U0466867

JI XIANLIN
DE XUESHENG SHIDAI

季羡林的学生时代

胡光利 ◎ 著

时代出版传媒股份有限公司
安徽文艺出版社

图书在版编目(CIP)数据

季羡林的学生时代/胡光利著.—合肥:安徽文艺出版社,2017.7

ISBN 978-7-5396-6021-9

Ⅰ.①季… Ⅱ.①胡… Ⅲ.①传记文学-中国-当代 Ⅳ.①I25

中国版本图书馆 CIP 数据核字(2017)第 036317 号

出 版 人：朱寒冬
责任编辑：李 芳 姚 衎　　　装帧设计：张诚鑫

出版发行：时代出版传媒股份有限公司　www.press-mart.com
　　　　　安徽文艺出版社　www.awpub.com
地　　址：合肥市翡翠路1118号　邮政编码：230071
营 销 部：(0551)63533889
印　　制：安徽新华印刷股份有限公司 (0551)65859551

开本：710×1010　1/16　印张：22　字数：370千字
版次：2017年7月第1版　2017年7月第1次印刷
定价：58.80元

(如发现印装质量问题,影响阅读,请与出版社联系调换)

版权所有,侵权必究

季羡林先生

2006年1月10日，季羡林先生在301医院与胡光利先生合影

目　　录

希望在你们身上（代序）　季羡林 / 001
前言　胡光利 / 001

小学篇

第一章　官庄六载 / 003
　　　追宗溯祖 / 003　穷孩子 / 006　"拾庄稼" / 007　三个小伙伴 / 009
　　　第一位老师 / 011

第二章　顽童读书 / 013
　　　济南的家 / 013　蝙蝠脸的老人 / 016　王妈 / 019　上私塾 / 023
　　　一师附小 / 024　新育小学 / 026　初学英文 / 028　"造反"失
　　　败 / 029　三只兔子 / 031　看热闹 / 034　路经刑场 / 037　蚂蚱进
　　　城 / 039　读"闲书" / 040　游开元寺 / 042　"少无大志"与"望子成
　　　龙" / 043

中学篇

第三章　少年英才（一） / 047
　　　正谊中学 / 047　微妙的变化 / 049　两个铜圆的午餐 / 051　父亲病

逝／052　山大附中／054　校园花絮／055　迟到的夸奖／056　先观景,后作文／057　"活新闻"／058　"英文状元"／059　"叔婶不我爱,于我何有哉"／060　"大清国"先生／061　状元公的表彰／062

第四章　少年英才(二)／066
"济南惨案"／066　失学一年／067　省立高中／069　两位业师／070　无爱的婚姻／073　毕业旅行梦／076　谋职未果／076

大学篇

第五章　发轫清华(一)／081
进京赶考／081　选清华,还是选北大／084　初到清华／085　西洋文学系的老师／086　失之东隅,得之桑榆／092　南下请愿／097　课余生活／101　藤影荷声之馆／104　"四剑客"／106　结交文坛耆宿／109

第六章　发轫清华(二)／118
秋妹出嫁／118　永久的悔／120　回乡偶遇／125　想当作家与"留学梦"／127　在文坛上崭露头角／129　一个美好的梦／132　毕业论文的诞生／135　杭州游／138

第七章　执教中学／143
回到济南高中／143　上课伊始／145　雕虫小技／146　自行车和手表／147　与家庭格格不入／148　饭碗堪忧／149

留学篇

第八章　负笈德国 / 153

天赐良机 / 153　离乡去国 / 154　进入"满洲帝国" / 157　哈尔滨三日 / 159　在国际列车上 / 161　"赤都"有感 / 162　Wala / 164　柏林趣话 / 167

第九章　小城春秋 / 170

哥廷根的魅力 / 170　第一印象 / 173　哥大一瞥 / 176　道路的选择 / 178　平静的留学生活 / 180　"一对一"梵文班 / 182　"博士父亲"的期望 / 183　学会"游泳" / 187　师生之情 / 188　两位母亲的情结 / 190　为何要拿下博士学位 / 196　机遇与挑战 / 199　一个莫逆之交的影子 / 203　一位有知遇之恩的教授 / 210

第十章　烽火岁月 / 213

大轰炸下的逸闻 / 213　在饥饿地狱里煎熬 / 218　烽火连八岁，家书抵亿金 / 221　博士论文的轰动 / 225　攻读吐火罗文始末 / 232　博士后的辉煌 / 238　一位异国的母亲 / 244　一份苦涩的恋情 / 249　与反希特勒人的交往 / 253　纳粹末日一瞥 / 258　泪别哥廷根 / 263

归国篇

第十一章　归国之路 / 269

初到瑞士 / 269　弗里堡见闻 / 271　与公使馆的斗争 / 273　抵达马赛 / 274　船上生活 / 275　西贡印象 / 278

第十二章　回到祖国／281

　　　　　　回香港／281　　回上海／283　　回南京／286　　回北平和济南／289

第十三章　走进红楼／293

　　　　　　红楼感想／293　　红楼冷雨／297　　来到胡适和汤用彤旗下／303　　痛苦而无悔的选择／308　　最初的学术研究成果／315　　与师友们在一起／326　　听两门课／333　　中印文化交流两件事／334　　亲睹夜幕下的北平／336

希望在你们身上(代序)

人类社会的进步,有如运动场上的接力赛。老年人跑第一棒,中年人跑第二棒,青年人跑第三棒。各有各的长度,各有各的任务,互相协调,共同努力,以期获得最后胜利。这里面并没有高低之分,而只有前后之别。老年人不必"倚老卖老",青年人也不必"以少卖少"。老年人当然先走,青年人也会变老。如此循环往复,流传不息。这是宇宙和人世间永恒的规律,谁也改变不了一丝一毫。所谓社会的进步,就寓于其中。

中国古语说:"长江后浪推前浪,世上新人换旧人。"像我这样年届耄耋的老朽,当然已是"旧人"。我们可以说是已经交了棒,看你们年轻人奋勇向前了。但是我们虽无棒在手,也绝不会停下来不走,"坐以待毙",我们仍然要焚膏继晷,献上自己的余力,跟中青年同心协力,把我们国家的事情办好。

我说的这一番道理,迹近老生常谈,然而却是真理。人世间的真理都是明白易懂的。可是,芸芸众生,花花世界,浑浑噩噩者居多,而明明白白者实少。你们青年人感觉锐敏,英气蓬勃,首先应该认识这个真理。要想树立正确的人生观和价值观,也必须从这里开始。换句话说就是,要认清自己在人类社会进化的漫漫长河中的地位。人类的前途要由你们来决定,祖国的前途要由你们来创造。这就是你们青年人的责任。千万不要把人生观和价值观当作一个哲学命题来讨论,徒托空谈,无补实际。一切人生观和价值观,离开了这个责任感,都是空谈。

那么,我作为一个老人,要对你们说些什么座右铭呢?你们想要从我这里学些什么经验呢?我也讨厌说些空话、废话、大话。我一无灵丹妙药,二无锦囊妙计。我只有一点明白易懂简单朴素、迹近老生常谈又确实是真理的道理。我引一首宋代大儒朱子的诗:

> 少年易老学难成,
> 一寸光阴不可轻。
> 未觉池塘春草梦,
> 阶前梧叶已秋声。

明白易懂,用不着解释。这首诗的关键有二:一是要学习,二是要惜寸阴。朱子心目中的"学",同我们的当然不会完全一样。这个道理也用不着多加解释,只要心里明白就行。至于爱惜光阴,更是易懂。然而真正能实行者,却不多见。

这就是一个耄耋老人对你们的肺腑之谈。

青年人,好自为之,世界是你们的。

1994 年 12 月 4 日

前　言

为了纪念和缅怀一代宗师季羡林先生的丰功伟业，继承和弘扬他的为学为人精神，谨向广大读者和各界朋友献上《季羡林的学生时代》和《季羡林在北大》两部作品。

《季羡林的学生时代》摄取季羡林先生早年求学的精彩片断，涵盖中小学—大学—出国留学三部曲。在此夯实事业基石的三十余年(1916—1949)，在国内外错综复杂的社会历史背景下，在异常艰苦的环境和条件下，季羡林先生由一个少无大志的顽童，逐渐成长为融通古今、学贯中西、兼备华梵的著名学者，演绎出一个个带有传奇色彩的故事。

1911年8月，季羡林先生出生于山东省清平县(现改为临清市)的一个贫农家庭，六岁离开农村来到济南叔父家里，过着寄人篱下的生活，身心的发展受到影响。他是一个顽皮的孩子，小学时并不好好读书，只是贪玩，但由于叔父管教得严，加之天资聪明，学习成绩总能保持在中上等，其中国文和外语是强项，为其日后接受传统文化教育和学习西方语言文学奠定了基础。直到初中高年级和高中阶段，他才逐渐意识到，为了抢到一只饭碗，必须好好读书。功夫不负有心人，1930年，他以优异的成绩，同时考取了清华和北大两所名牌大学。

清华四年，是季羡林先生求学的发轫阶段。他选择了清华大学西洋文学系德语专业，虽然与虚无缥缈的"留学梦"不无关系，但绝不是单纯为了留学而学习，而是严格按照教学大纲的要求，学完规定的专业必修课。他除了学习德语、英语、法语之外，还学习了国文、欧洲文学史、欧洲古典文学、中世纪文学、文艺复兴文学、现代文学、近代戏曲、文艺批评、莎士比亚研究、英国浪漫诗人、近代长篇小说、文艺概论、文艺心理学、西洋通史等专业课。同时，他又自学了俄语和希腊语。

在此期间，他还听了陈寅恪和朱光潜等名教授的课，为其日后学术研究和出国留学指明了道路。他思想活跃，酷爱文学，结交了吴宓、沈从文、郑振铎、冰心、巴金等文坛耆宿，他们的扶植，为其日后成为著名的散文学家提供了宝贵经验。

大学三、四年级，季羡林先生的散文创作欲望十分强烈，正处于平生第一次创作的高峰，发表了一些晓风残月般的散文奇葩。那时，他几乎每周都有一两篇文章问世，刊登在《文学季刊》《文艺月刊》《现代》《学文》《文学》《寰中》等全国有名的杂志上，有些文章还受到吴宓、叶公超、沈从文、闻一多等文坛前辈的好评和鼓励。

季羡林先生用英语撰写了大学毕业论文，题目是 *The Early Poems of F. Hölderlin*，译成中文是《论荷尔德林早期的诗》，成绩为"E"（优），获得了学士学位。

季羡林先生的一生，机遇总是垂青于他。1934年大学毕业后，他回到济南母校高中教了一年国文，然后作为中、德两国互相交换的研究生出国深造。由于"二战"爆发，远隔重洋，无家可归，他在外一待就是十年。在那炮声隆隆、饥肠辘辘的极端危险艰难的日子里，他仍然能够忘却自我，勤奋读书，励精图治，克服重重困难，在著名学者瓦尔德施米特和西克教授的指导下，刻苦攻读梵文、巴利文和吐火罗文，终于圆满地完成了学业，获得博士学位，成为一颗珍贵的读书种子，为祖国和人民增光添彩。

1946年，季羡林先生回到祖国，在陈寅恪先生的推荐下，经胡适、傅斯年、汤用彤先生批准，任北京大学教授和东方语言文学系主任。直至1949年新中国诞生,他已进入中年,继续竭智尽忠,满腔热忱,为新中国文化、教育和学术事业的发展贡献出毕生精力。

总之,从季羡林先生青少年时代的求学经历中,我们可以受到深刻的教育,汲取宝贵的经验和正能量。尤其对于激励和启迪21世纪青少年,继承和发扬中华民族的优秀传统文化,加强思想道德修养,树立正确的人生理想和爱国主义精神,培育和践行社会主义核心价值观,养成热爱读书、追求真理、刻苦治学的风尚和理念,提高人文素质水平和知识创新能力,为实现中华民族伟大复兴的中国梦,具有极其重要的现实意义和深远的历史意义。

本书采取纪实手法,以朴实流畅的语言、巧妙的构思和生动的故事情节,叙事与抒情相结合,全面真实地描述季羡林先生青少年时代的社会历史背景、求学经历、思想变化过程等,适于各阶层读者阅读、珍藏和作为馈赠礼品。

在本书创作过程中,一直得到季承先生的大力支持,并参考了季先生的亲友、同事、朋友、学生的回忆、评论文章,在此表示衷心的感谢。同时,衷心感谢安徽文艺出版社领导高瞻远瞩,慧眼识珠,对宣传以季羡林精神为代表的中华民族优秀文化的关心和重视。感谢责编认真负责,严格把关,为保证这部作品的质量付出了辛勤劳动。

由于水平有限,书中谬误和不足在所难免,亟盼广大读者和同行专家批评指教。

2016年7月8日

小 学 篇

我六岁离开了母亲，初到济南时曾痛哭过一场。上新育小学时是九岁至十二岁，中间曾因大奶奶病故，回过家一次，是在哪一年，却记不起来了。常言道："孩儿见娘，无事哭三场。"我见到了日夜思念的母亲，并没有哭；但是，我却看到母亲眼里溢满了泪水。

我一生自认为是一个性格内向的人。可是现在回想起来，我在新育小学时期，一点也不内向，而且外向得很。我喜欢打架，欺负人，也被人欺负。

根据我后来的经验，小学考试的名次，对一个学生的生命历程没有多少影响，家庭出身和机遇影响更大。

季羡林

第一章　官庄六载

追宗溯祖

公元1911年,旧历辛亥年,是中国历史上一个重要的年份儿。这一年资产阶级民主革命风起云涌,清朝封建专制统治风雨飘摇。10月10日,武昌起义爆发,各省纷纷响应。及至次年2月12日,清朝最后一位皇帝溥仪被迫宣布退位,在中国历史上延续了两千多年的封建帝制宣告结束。

不过,辛亥革命的影响所及似乎只在南方,或者大城市。在北方农村,人们对时局的变化了解甚少,农民仍然怀着敬畏之心称皇帝为"朝廷",仍然是日出而作,日落而息,好像什么也没有发生一样,只感到日子越来越不好过了。

这一年的夏季特别长。在农历闰六月初八,即公历8月2日这一天,山东鲁西平原上一个叫官庄的村子,一户普通的农民家中诞生了一个男孩儿。男孩儿的父亲叫季嗣廉,母亲姓赵,出嫁以前叫嫚儿,婚后就成了季赵氏;自从有了这个孩子——他们的头一个孩子,她就被丈夫称为"孩儿他娘"了。这个男孩儿是季家久久盼望的,喜得贵子,乳名喜子。父亲为他起了大名季宝山,季宝山改成季羡林,那是六年以后的事了。

说起季羡林的生日,新中国成立后有一次填表,他错填为8月6日,于是将错就错,没有改过来,就比实际日子晚了四天。因为当过宣统皇帝几个月的"臣民",季羡林时常戏称自己是清朝"遗少"或者"遗小",虽然没有赶上穿长袍、梳长辫,但幼时接受的家庭和社会教育仍然带有一些传统的色调。

官庄原属清平县官庄镇管辖。1956年清平县被撤销，改归临清县，即现在的临清市。临清位于山东省最西端，属于鲁西平原，古老的京杭大运河从北向南穿过全境。这里并非是个富庶的地方，旱涝、风沙、盐碱等自然灾害频频发生，农产品产量低而不稳。自打津浦铁路通车以来，运河淤塞，无人管理，一度繁华的临清逐渐变得萧条不堪。季羡林常说，他的家乡是山东省最穷的，而他家又是村上最穷的，穷上加穷，使得本族十一个兄弟被迫闯了关东。临清往南不远就是有名的水泊梁山，也许受乡土文化的影响，这里的人性格粗犷豪爽。季嗣廉的脾气也带有几分梁山好汉的遗风，他为人耿直，且喜欢仗义疏财——当然是在有财可疏的时候。此为后话。

季氏家族直到季嗣廉这一辈儿，已经是第九代了。原来他们住在王里长屯，季嗣廉的父辈儿搬到附近的官庄来。季家祖上虽然算不上名门望族，或者书香门第，却也是耕读传家，忠厚老实。季羡林的祖父名叫季秀吉，号老苔，生有三个儿子，季嗣廉是老大，老二叫季嗣诚，老三生下来还没起名就送给一户刁姓人家做养子。三个儿子尚未成年，季秀吉夫妇就去世了。季秀吉兄弟二人，其兄季汝吉曾经考中举人，在一个县里做过教谕，称得上方圆数十里最有学问的人。季嗣廉和季嗣诚小时候跟伯父读过书，有点儿文化。季汝吉兄弟共有子侄十一人，在所有堂兄弟中，季嗣廉行七，季嗣诚行九，季羡林管他叫"九叔"，那个被送人的小弟弟行十一，季羡林管他叫"一叔"。季汝吉去世后，遭遇灾荒，家道中落，无法维持生计，于是十一个堂兄弟中有六人去闯关东，只有老八曾经返回山东探亲祭祖，其余都杳无音信。季汝吉的两个儿子家境还好，各有几十亩地。季嗣廉和季嗣诚早在父母去世后，就被迫投奔到伯父门下，过着寄人篱下的日子。伯父母虽然很可怜小哥儿俩，可是家中人多，是非也多，他俩只好逆来顺受，饥一顿饱一顿地勉强凑合，有时饿得实在难受，就到村边枣树林里去捡掉下来的烂枣子充饥。

季嗣廉兄弟长到十几岁的时候，也想效法几位堂兄弟外出谋生。山东省会济南离官庄不算太远，兄弟俩步行两三天来到济南。他们两手空空，举目无亲，身无长物，只能靠出卖劳力维持生活。他们当过警察，扛过大包，拉过洋车，经历了无数艰难困苦。到头来，弟弟凭着一点儿才气考上了武备学堂，学习测绘。学校教的行当虽属行伍，学生毕业谋的差事却是文职。季嗣诚在黄河河务局找到了一份工作，收入较为稳定。这时兄弟俩商议，弟弟留在济南挣钱补贴家用，哥哥回官庄莳弄父母留下的半亩多地，不久娶了邻村王里长屯赵家的姑娘。

谁知，天有不测风云，弟弟突然失了业，被迫只身去闯关东。正在山穷水尽的时候，一天夜里他却做了一个好梦，梦见小时候举人伯父教他作的两句诗："阴阳往复竟无穷，否极泰来造化工。"第二天，他用仅剩下的一块钱买了十分之一湖北赈灾彩票，不意竟中了大奖，得了四千块大洋。这下子可算先人显灵，赐福子孙。

季羡林的叔父季嗣诚时来运转，梦想成真了！于是，他急忙叫来老家的哥哥，兄弟俩将大洋换成制钱，雇上两个伙计，千里迢迢地用手推车运回官庄。

回家后，季嗣诚没待几天就又去济南找工作，季嗣廉则用中奖的钱置办家产，创建家业。他买了一块有水井的地，又在村口南边盖了一座挺气派的三合院，五间北房，东西厢房各三间，比起村子里那些低矮的泥顶土坯房，简直是鹤立鸡群。说起盖房子的事儿，这里还有个小插曲，因为正赶上砖窑停工，一时买不到砖瓦，季嗣廉就放出话来："谁肯拆房子把砖瓦卖给我，我就出十倍价钱买下来。"结果，季家的房子竟成了名副其实的高价房。

实话说，那时季嗣廉只有二十来岁，连怎么过日子都不大明白，让他经营管理家业就更不靠谱儿。上文提到，他有个"怪癖"，就是仰慕仗义疏财的英雄豪杰。如今手中有了钱，三亲六故，左邻右舍，谁家有困难他都有求必应。有一次，他去城里赶集，一时兴起，宣布说："官庄来的父老乡亲，今天我季七爷请客，大伙儿捧捧场，到饭馆喝酒吃肉去！"

"好哇！多谢季七爷开恩！"男女老幼一窝蜂似的向饭馆拥去。

类似这种匪夷所思的事儿，季嗣廉干过不止一次，敢情赚了豪爽仗义的好名声，心中好不得意，沾沾自喜。可是待到囊中羞涩、捉襟见肘时，他竟落得窘相十足，狼狈不堪。你想想，钱来得快，去得也快，怎抗得这番折腾？须臾之间，债主们纷纷找上门来，怎么办？他手无分文，只好卖地，跟着卖房子。这房子明明是花大价钱盖的，当时值金值玉，眼下如同粪土，无人搭茬儿，最后干脆拆掉卖木料，卖砖瓦。没过多久，三合院只剩下三间西屋，他还欠下人家一屁股债，至死都没有还清。就这样，曾经阔过一阵子的季嗣廉又变成了穷光蛋。

季羡林的外婆家也是贫农。他母亲也像外婆一样，勤俭持家，善良贤惠，孝敬长辈,服从丈夫,生儿育女,和睦邻里,含辛茹苦,坚韧不拔,具备了那时妇女应有的一切美德。季羡林小时候不爱哭闹,母亲一边带孩子,一边还可以做点儿零活儿。后来,她又生下了女儿香妹,一家四口的生活全靠父亲一人打理,越发显得蹩脚,极为拮据。母亲大字不识,缠着小脚,一辈子连县城都不曾去过,走过的路也就是从娘家到婆家那几里路,除了在家照顾孩子,就什么事也干不成了。

按说,季羡林出生在这样的家庭和社会环境中,听到看到,以至接受的教育,必然是一些旧的传统和风习,长大后八成会是一个目不识丁的农民,足不出乡里,面朝黄土背朝天地终年劳作,可是事实却偏偏不是这样。一般来说,一个人一生所走的路,小时候自己根本无法想到,尽管父母长辈望子成龙,但也不一定能够把握得了。季羡林最终竟成了中外知名、学贯东西的大学问家,足迹遍及三十多个国家,其原因究竟何在呢?且听笔者慢慢仔细道来。

穷　孩　子

季羡林出生后家里越来越穷,他对童年的记忆几乎都是与吃的有关。家里日常吃的是"红的",很难见到"白的"。所谓"红的"和"白的",是以粮食的颜色区分的。高粱是红色的,是季家一年到头主要的口粮;面粉是白色的,则是季家一年到头难得一见的细粮,唯独过大年时才能吃上一两顿。此外还有"黄的",是指小米和玉米面,季家也很少吃。

高粱本是山东的特产,但看不出有什么特色,吃起来口感发涩且带有苦味儿。用它酿酒倒是上好的原料,可是作为必不可少的口粮实在有失恭维。清平这地方旱涝无常,高粱在五谷中长得最高,抗旱耐涝,即使夏秋两季发了洪水,一般也不会造成灭顶之灾,总能有些收成。高粱的确是一种最便宜的粮食,因此成了穷人家最主要的口粮。

季羡林小时候,家里饭桌上天天少不了高粱面饼子或者高粱面糊糊,里头时常还掺杂着野菜。下饭的经常是一碟自家腌制的萝卜咸菜,咸中带着苦味儿。因为没钱买盐,就把地里的盐碱土收拾起来,泡水熬成盐,腌成咸菜。这种土盐含有大量的硝,所以味道发苦。再说香油、酱油之类的"奢侈品",季家压根儿就没尝过是什么滋味儿。

越是稀有珍贵的东西,对小孩子的诱惑力就越大。平日里,季羡林老是琢磨着搞到一点儿"白的"吃。上文说过,季家出过一位举人,季羡林出生后举人已经故去,他的妻子还在,季羡林管她叫"大奶奶"。她的两个儿子家都有几十亩地,日子过得很殷实,为了孝敬老人,每天给她蒸几个白面馒头。"大奶奶"是一位宽厚仁慈的老太太,亲孙子不幸夭折了,就把满腔慈爱转移到了季羡林这个可爱的侄孙子身上。

老太太身高体胖,饭量很大。有一次,家里煮了一锅肉,老太太吩咐道:"肉好了没有?给我盛一碗,再拿俩馒头!"

"等一下,马上给您端上去!"家人答应道。

"别忘了,"老太太又大声说,"给喜子留一个馒头!"

老太太吃过饭,把一个馒头藏在肥大的袄袖里。那时季羡林才三四岁,早晨一睁开眼睛,滚下土炕一溜烟就往大奶奶家里跑。见到老太太甜甜地喊道:"大奶奶,侄儿来向您请安!"

"乖孙子,快来!你看这是什么?"老太太立刻眉开眼笑地招呼道,随即像变戏法似的从袄袖里掏出一个雪白的馒头来。

季羡林手中捧着馒头,眼里充满感激的泪花。

从此,季羡林隔三岔五就往大奶奶家跑。

几十年过去了,季羡林回忆童年往事时,总是提起这件事儿,无不感慨地说:"每当我从大奶奶手中接过白面馒头,我由衷地感到那是一种最高的享受,也是最快乐的时刻!"

"拾庄稼"

季羡林家住在村外,邻居不多,隔着一片枣树林有一户人家,对门而居,这就是宁朝秀大叔家。宁大叔和他的妻子和妹妹都很喜欢季家的这个小男孩儿,季羡林当然也喜欢他们,特别是宁大姑。

每年收割麦子或者"收秋"的时候,宁大姑都要到地里去"拾庄稼",就是拣拾收割后遗落在地里的麦穗、谷穗或者豆荚、豆粒。四五岁的季羡林也煞有介事地挎个小竹篮,像个跟屁虫一样跟在宁大姑身后边,每天要走很远的路,从一块地转到另一块地。口渴了,大姑带他找水喝;肚子饿了,大姑送给他一个高粱面饼子。在收割后的高粱或黄豆地里,大姑还要照看他不让茬子扎了脚。就这样,季羡林居然每天能拣上一小竹篮粮食带回家。

季羡林小小年纪就能靠自己的"劳动"挣一点儿"白的"吃,他感到没有比这更高兴的事儿了!母亲把他拣来的麦穗搓成麦粒儿,然后再磨成面粉,一个麦收下来总有十斤八斤的。每次烙白面饼子,母亲自己一口也舍不得吃,留着给儿子解馋,并且规定每顿饭只许吃一小块。

有一次,季羡林吃完一块,又伸手拿了一块,母亲不让,他就拿着往外跑,母亲在后边紧追。夏天里,季羡林身上一丝不挂,跑到房后不远的水塘旁,扑通一声跳下去。母亲赶来时,他在水中嬉皮笑脸地一边看着母亲,一边慢慢地享受着"战利品",嘴里还不住地说:"娘,太好吃啦!我只吃这一块,剩下的您吃吧!"

"唉,乖孩子。"母亲看着稚钝无知、混混沌沌的儿子,心疼地说,"吃吧,吃完跟娘回家,剩下的都给你留着。"

可惜,每年只有一次麦收,季羡林吃白面饼子的机会实在太少了,要不哪能出现这一幕呢?

收秋时,季羡林也能拣些谷穗和豆子,虽然无法与"白的"相提并论,但也觉得够不错的了。

那时,季羡林更谈不上吃肉,肉汤倒是喝过,那是在外婆家里。俗话说:"外孙是姥姥家的狗,有就吃,没有就走。"姥爷姥姥十分疼爱外孙子,每次来了总要想方设法给他弄一点儿好吃的。姥姥家隔壁是一家屠户,杀牛卖酱肉。姥姥家穷,买不起肉,有时就花几个制钱买一小罐儿肉汤回来。冬天,金黄色的牛肉汤凝成冻儿,油亮亮、软塌塌的,散发着一股诱人的香味儿。等到送进嘴里,立刻就融化了,只觉得香不可耐。这便是儿时的季羡林吃过的最好的东西。他把一小罐儿牛肉汤从王里长屯提到官庄,每天喝几小口,能喝好几天,真够解馋的。

有一次,季羡林发现牛肉汤里有一块牛肚子,简直乐坏了,赶忙找来一把锈迹斑斑的小刀,把牛肚切成一些小块,闲时拿出来打打牙祭,慢慢品尝,那滋味儿简直可与龙肝凤髓相媲美!

还有一年中秋节,有人给了母亲半块月饼,母亲同样一口也舍不得吃,全都给了儿子。在季羡林眼中,月饼的美味儿是找不出任何语言来形容的。

再稍大一点儿,季羡林又想出办法弄到一点儿好吃的。三伏天,正是高粱抽穗灌浆的时候,必须掰下一些高粱叶子,才能让它通风透光。高粱叶子是喂牛的好饲料,二大爷家有牛,他就掰了一些扎成捆,给二大爷送去,自然会受到夸奖。何止是夸奖,还少不了犒赏呢!

二大爷高兴地说:"小喜子,别走了,就在这儿吃饭吧!"

"不了,娘等我回去呢。"小喜子嘴上这么说,心里却美滋滋的。

"这小子出息了!放心吧,不就是一顿饭嘛,我不会告诉你娘的。"二大爷早已看出小喜子的心思,赶忙把他领进屋里。

看着饭桌上黄灿灿、香喷喷的玉米饼子,还有几盘菜,小喜子忍不住大口大口地吃起来。二大爷家的伙食可比自己家强多了,能蹭上一顿好饭,正中小喜子下怀,他边吃边说:"谢谢二大爷二大妈,明儿我还给送!"

"不急,过两天再送吧,牛不能天天吃高粱叶子。"二大爷笑眯眯地说。

蹭了一顿好饭,正中季羡林的下怀。二大爷家的伙食可真棒!通常是"黄的"——黄灿灿、香喷喷的玉米饼子,有时还特意炒了菜。虽然他也听出二大爷说话的意思,老来蹭饭实在不太好意思。在没有高粱叶子的时候,季羡林就隔三岔五割上一捆青草送来,照样在那儿吃饭。有时,二大娘还给他做黍子面发糕,颜色也是黄的,物以稀为贵,这东西比"白的"还抢眼呢!

三个小伙伴

贪玩是儿童的天性,也是他们成长的"维生素",季羡林就是这样一个孩子。

季家当时住在官庄村南,离村口还有一段距离,算是村外。如今村子向外扩出不少,季羡林故居几乎是在村中心了。当年,季家东边不远有一片枣树林子,西边不远是季羡林爷爷奶奶的坟墓,后来他的父母也长眠在那里。房后有一个大水塘,周围长满了茂密的芦苇。水中有青蛙、小鱼和小虾。

鸟儿在树上叽叽喳喳地叫,夏天还有数不清的知了叫个不停。

那时候，季羡林经常进村找小朋友玩。村里有两个和他最要好的孩子——杨狗和哑巴小。有时他俩也到村外来找季羡林。三个小伙伴天天在一起，几乎形影不离。杨狗大名叫杨继发，属狗，比季羡林大一岁，因属相而得此乳名。他人很本分，一辈子当农民，一辈子没有上过学，一辈子没有离开过官庄。哑巴小不知姓甚名谁，只知道他的父亲是个哑巴。

三个小男孩儿在一起玩什么呢？当然没有像今天买来的玩具。于是，他们便在村里村外、枣树林里、苇塘边上、庄稼地里寻找乐趣。春天，他们在路旁、田埂采野花，挖野菜，还到水塘边掰苇芽，挖芦根。苇芽嫩嫩的，味道像鲜竹笋，芦根有点儿甜味儿，既能嚼着吃，也能泡水喝。夏天，他们到苇塘里捉鱼捕虾，或者上树摘杏子，采桑葚，捉蜻蜓，逮知了。树林里知了多得很，在树梢上一天到晚尖叫着。白天，他们找来一把麦粒儿，放进嘴里嚼出面筋，然后粘在一根长竹竿的顶端，双手举着，对准树上的知了一粘就是一只；晚上，逮知了就更容易了，只要在树下点一堆篝火，使劲儿摇动树干，那知了就噼里啪啦掉下来。

村子周围有好几个大水塘。他们在水里摸小鱼小虾，捉蝌蚪，钓青蛙。早晨要是起得早，还能在芦苇丛中拣到又大又白的野鸭蛋。最高兴的是玩水，他们每天在水塘里嬉戏、洗澡、打水仗，无师自通地学会了游泳。秋天，苇塘芦花一片银白，他们在苇丛中捉迷藏，在枣树林子里打枣子，在地里偷些地瓜、毛豆烤着吃，还在豆子地里捉肥胖的蝈蝈和蚂蚱。冬天，他们打雪仗，堆雪人，在结了冰的水面上抽陀螺。没雪的时候，他们就到树林里拣拾被大风吹落的干树枝，拿回家当柴烧。有时，身手敏捷的哑巴小还爬上高高的大树掏鸟窝。那年月日子过得苦，但只有大人来承受，孩子自有孩子的快乐。

儿童的心灵是最纯真无邪的。三个小伙伴长大以后，虽然走上了截然不同的人生之路，但他们的心始终息息相通，非常珍惜儿时的那份儿感情。

1917年，季羡林到济南读书去了，从上小学到大学毕业只回过官庄四次，其中三次是奔丧——一次为大奶奶，一次为父亲，最后一次为母亲。每次他都来去匆匆，心情沮丧，再也没有机会与杨狗和哑巴小见上一面。

"文化大革命"期间，季羡林被关进了"牛棚"。为了罗织罪名，专案组两次派人到官庄外调，妄图把他打成"地主分子"。杨狗仗义执言，说道："如果让全官庄的人诉苦,季羡林应该是第一家。他家连贫农都够不上,还谈什么地主?"

"你们把季羡林放回来,我们想和他一块儿忆苦思甜呢!"乡亲们也跟着说。

听了这话儿,外调的人只好灰溜溜地走掉了。

"文革"结束后,1982年季羡林回到阔别多年的故乡,带着礼物去看望昔日的小伙伴。杨狗已是一位七十三岁的老人了,当年的小兄弟成了名副其实的老兄弟。世事沧桑,白云苍狗,令人唏嘘不已。

他俩不约而同地忆起另一位小伙伴哑巴小。哑巴小早已离开了人世,在那暗无天日的旧社会,他为生活所迫当了一名绿林好汉,最后被官府砍掉了脑袋。要说他的功夫,可谓远近有名,飞檐走壁,蹿房越脊,如履平地;用手抓着椽子,把身体悬空,能在大庙顶上"走"一圈儿。他打家劫舍,劫富济贫,被认为是梁山好汉式的人物。可是,"盗亦有道",他懂得"兔子不吃窝边草",从来不在家乡作案。后来,他被捉住,以"土匪"的罪名被打得皮开肉绽,寒冬腊月被扒掉衣服,泼上凉水,倒吊在树上,过了一夜居然还活着,真够得上一条好汉!可是最后,他还是没有逃出魔掌,惨死在血淋淋的屠刀之下……

季羡林与杨狗唠起哑巴小的事儿,无不为有这样的兄弟而感到自豪。

第一位老师

当年季家院子里有两棵杏树,长得高过屋顶。夏天,杏树上结的杏子又大又圆,味道却是酸的。喜子和杨狗、哑巴小有时上树摘杏子,主要是为了玩杏核儿,他们在泥地上挖个小坑,丢一粒杏核儿在里头,轮番用另外的杏核儿把它砸出来,直玩得不亦乐乎。村里别的孩子有时也爬上房顶偷杏子,曾经有个孩子不小心,从房顶跌落下来,摔断了腿。大人们很少有人喜欢酸杏子,可是也有个例外,那就是马景恭。

马景恭的名字又叫马景功,是官庄一位小知识分子。因为喜欢酸杏子,他常来季家摘杏子,和季羡林混得很熟。季羡林的父母让儿子称他为"马先生"。于是,既没有正式拜师,也没有学堂,甚至连纸笔课本都没有,马景恭便成了季羡林的第一位老师。马先生教季羡林识字写字,从未教过什么《三字经》《百家姓》《千字文》之类的童蒙读物,而是在院子里的泥地上,拿根芦柴棒随心所欲地写了几个字,让他辨认和临摹。起初季羡林对识字很有兴趣,脑子又很聪明,虽然不能说过目不忘,但学得很快。没过多久,常用的汉字就能认会写了。马先生对季羡林的父母说:"这孩子是块读书的料儿,要是能有好老师教他,将来可不得了!"

可是,季家穷得叮当响,连填饱肚子都不容易,哪有钱送他上学读书呢?

恰好,这时九叔从济南回来了。季嗣诚又在黄河河务局当上了小职员,已经娶妻成家,有了一个女儿,日子过得还算可以。回来后他惊奇地发现,兄嫂家里没有一本书,甚至连一片字纸都没有,可是侄儿小小年纪居然能读会写不少字。他想,这孩子的天分确实不错,只差高人指点,这样下去势必被埋没了,误了前程实在可惜,季家将来还要靠他顶门立户呢!于是他和哥哥商量赶快拿出个办法来。

上文说过,季家曾经人丁兴旺过,季嗣诚这一代堂兄弟共有十一人。可是,到了季羡林这一代,原来他有个堂兄季元林,被土匪绑票杀害了,现在只剩下他一个男孩子,传宗接代、光宗耀祖的希望自然寄托在他身上。要实现这个希望唯有让他好好读书,将来方能出人头地,光大门楣。

如今,季嗣诚完全有能力也有责任,帮助兄嫂把侄儿培养成才,他提出要把侄儿带到济南去读书。季嗣廉完全同意弟弟的意见,二人一拍即合,做出了这个重要决定。

季羡林的母亲根本没有想到会有这种事儿,她心中七上八下,犹犹豫豫,迟迟疑疑,说到底还是舍不得。是呀,孩子还小,从来没出过远门,每天晚上还要搂在她的怀里睡觉呢!可是,家中的大事小情历来都是当家的说了算,她没有任何话语权。至于季羡林,他又知道什么呢?即使知道,又有谁管他愿意不愿意?

1917年春节刚过,季羡林跟着父亲骑上毛驴到济南去了。一个六岁的孩子恋恋不舍地告别了母亲和妹妹,离开了亲切而又贫穷的故乡,走上了一条艰辛的漫漫求学之路。现在临清到济南的柏油马路宽阔而平坦,从官庄到省城不过两三个小时的车程。可是那时候,季羡林和父亲在崎岖不平、尘土飞扬的黄土路上,足足跋涉了两整天。

第二章 顽童读书

济南的家

  季羡林和父亲在毛驴背上颠簸着,听着驴子单调的铃声,看着似乎没有尽头的黄土路,一路向东走来。天边的山影从无到有,越来越近,待到南山清晰可见的时候,他们来到了济南。父子二人进入市区,穿过迷宫似的大街小巷,来到济南南关佛山街柴火市对面一个有石头台阶的古旧大门前,进了大门,院子里长着一株高高的枸杞树,凌乱的枝条上生出了米粒儿般的小芽。这里就是九叔季嗣诚的家。

  九叔没有儿子,只有一个女儿惠林,小名叫秋妹,比季羡林小十天。投奔到九叔家,季羡林不算过继,而是兼祧,就是俗话说的"一子担两门"。如果他是个乖巧的孩子,管叔婶喊爹叫娘,他的境况也许会好一些,可这孩子倔,认死理,始终没有改口,自然让叔婶有些见外。

  季羡林在叔父家每天都能吃到"白的",生活条件比在父母身边强多了。然而,一个小孩子离开母亲,来到一个陌生的环境,终究不是一件快乐的事儿。叔父和婶母毕竟不能跟亲生父母相比,无形中为他童心的发展设置了障碍。季羡林几乎天天想着母亲,时常扪心自问:"除了娘,我还能躺在谁的怀抱里打滚撒娇呢?"

  若不是真无奈,一个不懂事的孩子又怎能这样呢?刚来那阵儿,小喜子几次想偷偷地跑回官庄,但终究发现自己"身无彩凤双飞翼",哪儿有那么大的本事和胆量呢?他只能在夜里蒙上被子小声地啜泣,白天又不得不装出一副若无其事的样子。

一个人的性格形成与少年时代的家庭环境、学校教育和社会影响有着密切的关系。一般孩子的性格在学龄前已初步形成,但很不稳定,随着年龄的增长而趋于成熟,并有很大的可塑性。季羡林也正是按着这条轨迹发展的。他从官庄来到济南,由于家庭环境发生了变化,久而久之,他的性格也逐渐发生变化,由外向变得内向了。

单就家庭环境来说,它对孩子的成长至关重要,家庭是思想性格的塑造场,家教是人生价值的奠基石,"父母之爱子,则为之计深远"。那么,季羡林在济南的家庭环境对他的影响如何呢?

叔父季嗣诚是对季羡林影响最大的人。季嗣诚,号化斋,是济南黄河河务局的一名工程师,在当地治黄的技术人员中小有名气。季羡林曾经回忆说:

> 叔父是一个非常有天才的人。他并没有受过什么正规教育,在颠沛流离中,完全靠自学获得了知识和本领。他能作诗,能填词,能写字,能刻图章,中国古书也读了不少。按照他的出身,他无论如何也不应该对宋明理学发生兴趣,然而他竟然发生了兴趣,而且还极为浓烈,非同一般。

季嗣诚曾经写过一首七绝诗,是这样描绘济南北园白鹤庄的:"杨花流尽菜花香,弱柳扶疏傍寒塘。蛙鼓声声向人语,此间就是避秦乡。"季羡林虽然不解其意,却奉为至宝,像读《圣经》似的经常默诵着,仿佛觉得叔父很了不起,随之产生了几许敬畏感。

确实,季嗣诚对侄儿的教育十分重视,目的当然是"望子成龙"。他不许季羡林读"闲书",但对他补习古汉语和英文坚决支持,舍得花钱。也许是由于性格的缘故,或者来自工作、生活上的压力,他总是绷着一张严肃的脸,难见一丝笑容。他古貌古心,礼教甚严,吃饭时女眷不许上桌,小孩儿在盘子里连搛三回菜,筷子就会被打落在地。总之,叔父的守旧、严厉而刻板的管教,直接影响着少年时期的季羡林。

婶母马巧卿对季羡林的影响也很大。她是季嗣诚当年在武备学堂读书时的一位教官的女儿,当时季家在佛山街住的房子,就是马家的房产。所以,马巧卿在济南这个家里的地位,要比季羡林的母亲在官庄那个家里的地位高多了。马巧卿对季家寄予厚望的这个孩子一点儿也不娇惯,几无爱抚之心。上文说过,季羡林的父亲季嗣廉不善经营,又喜欢结交朋友,乐善好施,把一个好端端的家挥霍殆尽,末了还要靠弟弟接济。这令马巧卿甚为不满。季羡林后来上新育小学时,季嗣廉常常来弟弟家"打秋风"——住上几天,蹭上几顿好吃好喝的,然后再拿点儿钱回去。久而久之,马巧卿便不再欢迎这个不速之客。

有一次,季嗣廉又来了,住在北屋里,同儿子睡在一张床上。天刚蒙蒙亮,马巧卿就在西房里高声喊道:"起来吧,日头快要照屁股啦!难道不想上学了吗?"

"嗯,知道啦!"季嗣廉急忙应了一声,然后捅了捅睡得正香的儿子。

接着,她又指桑骂槐地数落一通。

这不明明是在下"逐客令"吗?季嗣廉这下失了面子,决定马上回家。

临走时,她还虚情假意地挽留说:"哥哥,再待几天吧,和儿子好好亲热亲热。"

"不了。在这儿添了麻烦,我得赶紧回去!"季嗣廉说完把小喜子抱起来,亲了一口。

小喜子立刻"哇哇"地哭起来。

从此,季嗣廉没再来过,只是临死前与弟弟见了最后一面。

再说,马巧卿心胸非常狭隘,平日里偏心自己的亲生女儿,对侄儿明显歧视。比如,做衣服给女儿做府绸的,而给侄儿做粗布的,有时干脆就不给做。还有,种牛痘只给女儿种,却没侄儿的份儿,结果季羡林染上天花,大病一场,脸上落下几颗浅白麻子。这些事儿积之既多且久,季羡林在潜意识中对婶母就愈加发怵,甚至上学时向她要点儿早点钱,都吞吞吐吐,很难张口。那是夏天的晚上,全家人在院子里铺上席子,躺在上面纳凉。夜深了,季羡林躺在那里翻来覆去,几次欲言又止,最后才硬着头皮,使出九牛二虎之力,规规矩矩地说:"婶母,明天上学我还要吃早点,请您给几个零钱吧。"

"急什么?明天给你就是了。"

一听这话儿,季羡林心里踏实了,立刻跑回屋里睡觉。

婶母如同后母般地刁钻,让季羡林在叔父家度过了十多年,饱尝了寄人篱下、人世之冷的滋味儿。

不过,季羡林毕竟是知道感恩的,叔父和婶母养育了他,给他吃的、穿的,更重要的是给了他受教育的机会,随着年龄逐渐增长,季羡林渐渐懂事了,对此事的感受越来越深。直到晚年,他还经常跟儿孙们回忆说,假如不是叔父把他带到济南来,给了他人生第一次求学机会——从小学读到高中,他注定要当一辈子农民。

蝙蝠脸的老人

说来也怪,季羡林刚来那天,第一眼看到的既非叔父,也非婶母,而是一个颇为怪异的老人。这个老人和季家非亲非故,可是看起来和季嗣廉挺熟识。季羡林发现他与父亲谈话蛮亲热的。老人灰白稀疏的胡子,谈话时不停地上下抖动,头顶上同样是灰白而更加稀疏的头发,在胡子和头发中间夹着一张黧黑的脸膛,如同一只黑色的蝙蝠。这副模样在一个六七岁的孩子看来十分可怕,尤其晚上做梦时他几次被吓醒了。

第二天早晨起来,季羡林第一眼偏偏又看见了他。他仿佛很高兴,朝季羡林笑了笑,算是打招呼。他那鲇鱼似的大嘴一咧,露出残缺不全的牙齿,那样子更加恐怖。鲇鱼须似的胡子朝后抖着,眼睛和鼻子之间的距离扯得更近了,中间又耸起几道皱纹,那脸就更像一只跃跃欲飞的蝙蝠了。季羡林感到实在可怕,不敢再看下去,只好转过身面对着那棵刚刚发芽的枸杞树。这时,街上突然传来小贩的吆喝声,因为初来乍到,季羡林不知道是卖什么,便向老人问了一句。老人又露出了笑容,回答后继续在院子里忙着自己的活儿。

日子久了,季羡林从别人嘴里渐渐知道了老人的一些情况:他家住在济南南边的山里,家里很穷,一直是光棍一条。几年前他来到济南做工,人很勤快,又能吃苦,还是个手艺不错的泥瓦匠,但始终没有挣到什么钱。现在老了,情况就更加艰难,只好借住在季家后院的一间草棚里,帮助房东修修房子,干点儿杂活儿。季羡林发现,老人那微笑的脸上隐藏着一颗为生活磨透了的悲苦的心。就是这个发现,使他同老人拉近了距离。

有一次,老人邀请季羡林到自己屋里去。其实,这哪里称得上屋子,只是靠着墙壁搭起的一间低矮的棚子。没有窗户,里头黑洞洞的,一股儿潮湿的霉味儿熏得人透不过气来。四壁烟熏火燎,屋顶上挂着蜘蛛网,只有一张床和一张三条腿的桌子。

当季羡林正要抽身出来的时候,他忽然发现墙龛里有一个肥白的大泥娃娃。老人看见他对泥娃娃感兴趣,就拿下来送给了他。这泥娃娃真就成了季羡林不会说话的玩伴儿,给他带来无限的乐趣。同时,他也渐渐觉得,老人的那张蝙蝠脸不仅不可怕,而且变得可爱多了。

闲下来的时候,老人常常带季羡林到附近去玩。他带他登上圩子墙,眺望云彩一样的青黛色的南山;带他到护城河边,看清清的河水里游动的小鱼和岸边碧绿的野草……最常去的地方是离家不远的一座古庙。古庙院子不大,里头栽着许多高大的柏树,树冠如盖,浓荫匝地。阴暗的大殿里排列着几尊泥塑神像,神像的油彩已经斑驳,两廊站立着面目狰狞的鬼卒,气氛异常阴森恐怖。古庙早已没有了香火,处处满是尘土,柱子和屋顶挂着蜘蛛网,梁间有燕子垒的窝。奇怪的是,季羡林很乐意跟老人到这座古庙来玩。老人在柏树下给他讲故事,说有一个放牛的小孩儿,怎样在山里遇见一只狼,又怎样同狼斗智斗勇,终于脱险。季羡林竟然听得津津有味,听完从古庙回家时天已经黑了,但他并不害怕。

有一年春天,季家搬了一次家,从柴火市搬到佛山街的南段。搬家时,季羡林从别人那里听到了一些关于老人的趣闻逸事。长期的单身汉生活,使老人的一些基本生理需求无法满足。也是因缘巧合,他认识了一个不安分守己的有夫之妇。老人为她发狂了,忘乎所以了……过了不久,一天夜里,两人正在寻欢作乐时,被女人的丈夫堵在屋里。老人因为当过泥瓦匠,有些身手,马上从窗户跳出去,翻过一道墙逃之夭夭了。

看来,这要比放牛娃的故事精彩多了,人们都在津津乐道地互相传着。从此,季羡林再看见蝙蝠脸的老人就想发笑。当他再次讲起放牛娃的故事时,季羡林看见他那撅着胡子、咧着大嘴、满脸严肃、一本正经的样子,就无心听下去,真想问问那天晚上他是如何逾窗逃走的。可是,季羡林又张不开口,只是把老人的隐私埋在心底,暗自玩味,偷偷地乐。

日子一久,老人的处境就更加艰难了。他早已从季家后院的那间草棚里搬到这座古庙来住。庙里没有和尚或道士,只有他孤零零一个人和那些泥塑的神像和鬼卒为伍。整整一个漫长的夏天,季羡林没有见到老人的影子。

初秋的一个黄昏,季羡林到庙里来看望他。古庙仍然同先前一样衰颓,柏树在风中摇曳着、呼啸着,头顶上没有了骄阳,只有翻滚着的乌云……季羡林刚走进庙里,一眼便看见老人的身影在大殿的角落里晃动。他也很快看见了季羡林,显得很高兴,立刻搬来了一条板凳,又忙着倒水给他喝。

看着老人那蹒跚的脚步和佝偻的身躯,季羡林觉得他的确老了许多。季羡林又下意识地朝周围望去,只见庄严稳重的神像仿佛变得诡谲阴险,青面獠牙的鬼卒似乎愈加鬼气森森。这时,季羡林的汗毛都竖起来了!老人却很平静地说:"最近我的身体越来越差,已经不能再做泥瓦匠了,只能干点零活儿。亏得几位好心的邻居经常来送饭,我还勉强活着。我真想壮壮实实再活上几年!"

忽然,老人脸上现出美好的笑容,眼睛闪出期待的亮光,十分激动地说:"昨晚我做了一个梦,梦见双手托着一个太阳。这是好兆头啊!托老天爷的福,我的身体会慢慢好起来的!"

"是的,愿老天爷保佑,您会好起来的!"季羡林没想到老人如此坚强,急忙鼓励说。

秋末冬初,天气变得越来越冷,老人大病一场。在挣扎了几个月之后,老人的背驼得更厉害,面孔像涂了一层黑灰,嘴里不停地哼哼着。他什么活儿也干不成了,只能靠乞讨度日,苟延残喘。

光阴荏苒,季羡林一年年长大,老人也一年年变老。后来,季羡林高中毕业要去北平上大学。老人知道后特意到季家来看他。那天,人还没到,就听到了一阵儿哼哼声;老人进屋后刚坐下来,就上气不接下气地喘息起来;过了半天,他才断断续续迸出几句话儿,接着又是一连串儿剧烈的咳嗽,那蝙蝠形的脸缩成了一个奇怪的形状。季羡林越发怜悯这位老人,心想,他恐怕活不了多久了;但在与老人的几句短暂的谈话中,他又惊奇地发现,老人非常从容镇定,脸上依然出现美好的笑容,眼睛依然闪出期待的亮光。

当第一个寒假来临季羡林回到济南时,他以为老人肯定不在人世了。可是,他又听见窗外传来了熟悉的哼哼声。他惊愕得不知所措,连忙扶老人进屋。老人坐下后又从断断续续的哼哼声中,迸出来几句话,季羡林听得出来,是在打听他上学的情况。接着,老人又是连珠炮似的咳嗽。季羡林简单地谈了一下自己,然后急忙问:"老人家,您过得好吗?"

"因为受本街流氓的欺侮,我已经不能在古庙里住了,就在圩子墙附近找到个地方住下来,照旧有许多好心人来送饭,其中就有你叔父。我觉得身体比先前好些了,真想壮壮实实再活上几年。"老人说罢,拖着蹒跚的脚步走了。

第二天下午,季羡林来看老人。当他走近圩子墙时,发现这里根本没有什么人家,只有一座接着一座的坟墓。寻找了半天,他终于发现坟场边的土崖下有一个洞,洞口有个秫秸扎的门。季羡林轻轻地拉开门,一股儿带烟味的土腥气直冲鼻官。老人蜷缩在铺着干草的地上,看见季羡林急忙想站起来,被季羡林一把拦住了。季羡林一边跟老人说话,一边看着"门"外边的坟墓,心想:"这个僵尸般的垂死老人,不就'生活'在坟墓里吗?"

季羡林的心剧烈地颤抖着。可是,老人看上去仍然从容镇定,目光里又仿佛蕴含着不可思议的希望……

季羡林从六七岁到二十几岁,同蝙蝠脸的老人从未中断过来往,他们不是亲戚,甚至不能算是邻居,却是感情甚笃的好朋友、忘年交。从老人身上,季羡林目睹了一个孤独无助的劳动者悲惨的晚年,这激起了他对人生和社会的无尽思考……

王　　妈

王妈是季羡林叔父家的老妈子,季羡林从官庄来到济南后,她就像母亲一样照顾他。季羡林曾经回忆说:

> 我不知道她什么时候到我们家里来的。当我从故乡来到这个大都市的时候,我就看到她已经在我们家里来来往往地做着杂事。那时,已经似乎很老了。
> 她特别注意到我衣服寒暖。在冬天里,她替我暖;在夏夜里,她替我用大芭蕉扇赶蚊子。

王妈是乡下人,干了半辈子庄稼活儿,后来丈夫死了,儿子逃荒到关外,她孤苦伶仃,只好到城里来谋生。两年前,季嗣诚把她叫到家里来做佣工,做饭、洗衣服、扫地、擦桌子这些琐碎的活儿,全让她一个人包了。在初秋的暴雨里,她提着篮子出去买菜；在严冬大雪的早晨，她点着灯起来生炉子，冷风把她的手吹得像红萝卜似的开了裂，露出鲜红的肉来，但她从来不叫一声苦。她有自己的感情、自己的脾气，这些都充分显示出一个北方妇女的勤劳与倔强。

王妈还要干一些季节性的活儿。每到夏末秋初，当院子里的夜来香开花的时候，她就像孩子似的，手忙脚乱地数着那些盛开的花朵。当然，在夏夜里，她的主要活计是搓麻线，用来纳鞋底，给主人家做鞋。干这活儿都在晚上，吃过晚饭，一家人坐在院子里乘凉，星光下，黑暗中，大家随意说着闲话儿，这也正是王妈搓麻线的时候。她那一双长满了老茧的手，看上去拙笨得很，十个指头又短又粗，像是老树上的干树枝。但是，每当这时，借着从窗子里流出来的微弱的灯光，她的手指倒显得异常灵巧美丽，那些杂乱无章的麻在它的摆布下，服服帖帖，要长就长，要短就短，一点儿也不敢违抗。她的那双手左旋右转，只见搓呀搓呀，一刻也不停，仿佛要把夜来香的香气也搓进麻线里。

季羡林对王妈的这双手再熟悉不过了，它同自己母亲的手多么相像啊！他总想多看它几眼，看着看着，不知道什么时候就睡着了，王妈马上把他抱进屋里。半夜醒来，他见王妈手里拿着大芭蕉扇，正在给自己赶蚊子，蒙眬中仿佛觉得扇子的声音很轻很轻，好像从遥远的地方传来似的。有时，他从飘忽的梦里醒来，看到窗纸上微微有点儿发白；再仔细一听，就有嗡嗡的纺车声，混着一阵阵夜来香的幽香飘进来。他走出房门，看见一盏油灯放在夜来香花丛下，昏黄的灯光照彻小院，把花的高大支离的影子投在墙上，王妈仍然坐在油灯旁纺麻线，她的影子也被投在墙上，和着花的影子晃动……

人是需要倾诉衷肠的，王妈最想把心里话儿说给季羡林听。闲着的时候，她总是把他叫到自己身边，话匣子一下子打开了。她说，她丈夫曾经是村上唯一的秀才，但未能攀上举人就去世了。她受家里妯娌的排挤，不得已出来做佣工。她有一个儿子，因为在乡下经常挨饿，到关外做买卖去了，留下一个媳妇也在这个城里，似乎不大正经。她又说，年轻时她很要强，什么活儿都会做，可是未承想临到暮年又来出卖劳力……季羡林总是耐心地听着，有时也愿意向她倾诉衷肠，津津乐道地讲起自己的故乡、自己的母亲、自己的小伙伴儿……

然而，王妈把暮年的希望又都寄托在身边的儿子身上。季羡林上中学时，曾经替她给儿子写过几封信。有一年夏天,王妈的儿子来信了,说他在关外辛苦几年挣的钱都给别人骗走了,为此害了一场大病。信的结尾说:"倘若母亲心中还有儿子,就给我寄来一点儿钱,我要回家!"

"唉,可怜的孩子,娘疼你啊!"王妈一连叹了几口气,脸色变得更加阴沉。

过了不久,一个星期天,季羡林从北园高中回来,看见一个高个子的黄瘦中年汉子帮着搬家具。有人告诉他,这就是王妈的儿子。原来,王妈把多年积攒下的钱大部分寄给了儿子,现在他终于回来了。儿子除了带回来一床破棉被以外,就只剩下一个病身子和一双连霹雳都听不到的耳朵,但他终究还是活着回来了。

又过了几天,媳妇也不知从哪儿名正言顺地找上门来,于是又重新组成了小家庭。儿子显然不能再干重活儿,但是想填饱肚子又必须出卖劳力。季羡林下一个星期天从学校回来,看到王妈的儿子咳嗽得很厉害,说话打着手势,一出一进地挑着满满的两桶水去卖钱。

尽管儿子拖着病身子每天拼命地出去卖水,可仍然填不饱肚子,于是他只能更加拼命了,结果旧病没好又添了新病。那个不正经的媳妇眼看着丈夫不能满足自己的需要,又起了花心,跟着别的爷们儿跑了。见此情景,王妈除了整日唉声叹气,又有什么办法呢?

王妈几年来起早睡晚侍候别人挣来的钱,从前都锁在一个箱子里,现在所剩无几了,她把它拿出来买米买柴,填饱肚子要紧啊!她最担忧的还是儿子的病。儿子的病越来越厉害,到后来动弹不得了,家里眼瞅着就要断了烟火。王妈终日以泪洗面,很快病倒了,眼睛蒙着一层白膜。可是,她不想死,请来巫医治病,供神水、念符咒,用大葱叶包起七个活蜘蛛生生吞下去,几乎什么办法都用上了。几个月以后,她的一只眼睛失明了,另一只眼睛似乎也没有多大用处,走路只能用手摸索,腰佝偻着,干活更加吃力。

1930年夏天,季羡林离开济南到北平上大学。在清华,他时常想着王妈。王妈怎么样了?后来他才知道老人已经回老家了。

原来,她正要带着儿子回老家的时候,儿子终于经不起病魔的摧折死去了。在严冬的大风雪里,在灰暗的长天下,一个风烛残年的老人,坐在独轮小车上,带着独子的棺材回故乡去。车子走上一个小木桥的时候,忽然翻下河去,老人掉进冰窟窿里,被捞上来时俨然成了一个冰人。

王妈在那穷僻的小村子里孤苦伶仃地活着,剩下的一只眼睛很快失明了。房子卖给了别人,借住在亲戚家,处在贫病的煎熬中……

1933年9月23日,季羡林收到秋妹的来信,知道王妈死了。他在当天的日记里写道:

> 我真难过,她这坎坷的一生,也尽够她受的了。早年丧夫(秀才),晚年丧子,一生在人家佣工,为何上帝造人竟这样不平等呢?竟这样不客气。自去年我听到她病了回家以后,我只是难过,但仍然希望她不至于死,或者可以再见面,然而现在绝望了,我真欲哭无泪啊!回想我小的时候,她替我扇蚊子,我有什么好处对她呢?

是呀,季羡林怎能忘记,在那闷热的夏夜,夜来香悄悄地绽放,小小的院子里弥漫着醉人的幽香。王妈在昏黄的油灯下纺着麻线,她的影子和着夜来香花的影子晃动……

就是这样一个辛勤劳作、自强不息的普通女人,生来命运多舛、凄惨悲怆,与鲁迅笔下的祥林嫂又有何两样?

从王妈身上,季羡林认识了什么叫人生,什么叫命运。他曾经动情地怀念为自己的成长流下许多汗水的老人:

> 第二年暑假我回家的时候,就听人说,王妈死了。我哭都没哭,我的眼泪都堆在心里,永远地。现在我的眼前更亮,我认识了怎样叫人生,怎样叫命运——小小的院子里仍然挤满了夜来香,黄昏里我仍然坐在院子里的竹床上,悲哀沉重地压住了我的心。我没有心绪再数蝙蝠了。在沉寂里,夜来香自己一闪一闪地开放着,却没有人再去数它们。半夜里,当我再从飘忽的梦境里转来的时候,看不到窗上的微微的白光,也再听不到嗡嗡的纺车的声音,自然更看不到照在四面墙上的黑而大的影子在和着凌乱的枝影晃动,一切都死样的沉寂。我的心寂寞得像古潭。第二天早晨起来的时候,整夜散放着幽香的夜来香的伞似的黄

花枝枝都枯萎了。没了王妈,夜来香哪能不感到寂寞呢?

上 私 塾

从官庄老家刚来济南那阵儿,季羡林照旧野性十足,不懂规矩,没有教养。离叔父家不远的曹家巷有一家私塾,塾师管教得很严,严师可以出高徒,叔父立即决定把侄儿送到那里读书。

快要上学了,总得起个学名。季嗣诚并不喜欢"宝山"这个名字,觉得太俗气,还是起个雅一点儿的好。根据季家的家谱,侄儿这一辈可用的字有"宝"和"林"。"宝"不好,"林"又怎么样?季嗣诚好读古书和作诗,想起了北宋一位诗人林逋,这位隐居杭州西湖种梅养鹤的名士太高雅了,那句"疏影横斜水清浅,暗香浮动月黄昏"多美呀!于是,他就给侄儿起名叫"羡林",字"希逋"。从此,季羡林每天早晨便到私塾上学,对着孔子牌位行礼之后,开始读《三字经》《百家姓》,接着又读了难度较大的童蒙诗书《千字文》、"四书"。

那位塾师与季羡林婶母的娘家沾点儿亲戚,是一位不苟言笑的老先生,撅着白胡子,阴沉着脸,令人望而生畏,唯独季羡林不买他的账。乡下来的孩子虽说"野"一点儿,但那精神头儿,机灵劲儿,哪点也不比城里的孩子差。要论读书识字,季羡林谁也难不倒他,甚至就跟玩似的。可是,他又调皮得很,塾师让他念《百家姓》,他就"赵钱孙李,先生没米,周吴郑王,先生没床"地胡诌一通,简直要把人家笑掉大牙。有时,塾师转身在黑板上写字,他就立刻做出孙猴子的姿态,眨巴眨巴眼睛,耸耸肩膀,挠挠头发,各种动作应有尽有,把课堂搅成了一锅粥。

那时,城里的孩子欺生,故意找季羡林碴儿,有时甚至抱着团和他打架。他们见季羡林脸上有些星星点点的麻子,便给他起了个外号叫"季大麻子",说他是个孬种。季羡林气急了,马上挥舞双拳,怒目圆睁,使足吃奶的力气与他们厮打在一起。当他打得兴会淋漓时,毛笔、砚台也充当了"武器",弄得满手、满脸,甚至衣服鞋袜上全是黑乎乎的墨迹。

他放学回家时,婶母劈头就问:"又跟同学打架啦?"

"没有。"季羡林又奇怪地问,"您怎么知道的?"

秋妹在一旁憋不住地笑，说："你去照照镜子吧！"

季羡林马上去照镜子，看见自己脸上东一块西一块的墨迹，也憋不住想笑，赶紧跑到厨房洗脸去了。

季羡林在家里照样调皮。婶母为了让他消停一会儿，常常把他和秋妹一起圈在屋子里写仿——练"大字"，照着柳公权、颜真卿的字帖临摹。起初他还像点儿样，一笔一画地写，可是写着写着就不耐烦了，一瞅婶母不在就玩起来。他拿起毛笔往秋妹眼睛上画一副眼镜，秋妹也不让呛，往他嘴上画两撇胡子，兄妹俩嘻嘻哈哈，胡闹一气。

只念了一年私塾，季羡林就被辞退了。那位塾师认为他朽木不可雕，就对季羡林的婶母说："你这位侄儿少爷简直要翻天了，我委实教不了，请你把他领回去，另请高师吧！"

"谢谢。都怪我们管教得不严。"婶母不好意思地说。

说完，她脸一下子沉下去，一边拽着季羡林往家走，一边没好气地数落道："你知道叔父为何把你送来吗？季家靠你光大门楣，简直是白日做梦！你这不争气的小子，看你叔父怎么收拾你！"

一师附小

私塾念不成，那就上学堂，1918年季羡林进了一师附小。学校全名是山东省立第一师范附属小学，地点在南城门内升官街西头。所谓"升官街"，与升官发财毫无关系。"官"是"棺"的同音字，这条街上棺材铺林立，人们忌讳这个"棺"字，遂改称"升官街"，以此图个吉利。

附小校长由一师校长王士栋兼任。王士栋，字祝晨，身体肥胖，工作勤恳，像一头牛，故绰号"王大牛"。他是山东教育界的名人，民国初年曾经担任教育界的高官，同鞠思敏等人同为山东教育界的元老，在学界享有盛誉。对于季羡林这样一个七八岁的小学生来说，校长宛如在九天之上，可望而不可即。可是，造化小儿又偏偏捉弄人，过了十六年，1934年季羡林清华大学毕业后，回到山东省立济南高中任国文教员，王士栋也在这里教书，任历史教员。往昔的师生竟成了平起平坐的同事，季羡林仍然执弟子礼甚恭,成为人们津津乐道的一段佳话。

季羡林在一师附小读了不到两年书,这一段学习生活并没有给他留下多少印象,唯独对一件小事儿念念不忘。那是在手工课堂上,老师教学生用纸折叠东西,其中有一个头盔。学生不知道"盔"字怎么写,就请老师把它写在黑板上。季羡林觉得老师写得很漂亮:当他看见老师写完转过身来,那张戴着近视眼镜的脸上露出了笑容,又觉得人如其字,老师长得也很漂亮。

城里不像农村那样,可玩的东西太少了,季羡林就反复琢磨着如何玩,玩得开心,玩得尽兴。有一阵儿,他迷上了玩推铁环,找来两根铁条,把一根揻成一个圆圈儿,另一根揻成曲尺状,每天上学他就推着铁环往前走。他家门口的南关大街人多车多,铁环推不成,可是一走到僻静的升官街,青石板的路面光滑平整,他推着铁环轰隆隆地一路小跑,一口气就跑到了学校门口,心里别提有多美啦!

在一师附小,季羡林与同班同学李长之是好朋友,两人无话不谈,形影不离;后来他们在清华也是好朋友,彼此的友谊一直保持了几十年。此为后话。

那时,季羡林仍然像上私塾一样,野性未驯,放荡不羁,非但一点儿不内向,反而外向得很。他喜欢打架、欺负人,也常被人欺负。有一个男孩子,比他大几岁,个子高出他半头,总好欺负他。起初,季羡林对他还有点儿发怵,处处躲着他,生怕吃亏。可是时间一长,那个男孩子越发得寸进尺。季羡林忍无可忍,就同他干了一架。人家个子高,打季羡林的上身;季羡林个子矮,打人家的下身。后来,两个人搂抱着滚在双杠下面的沙土堆里,打得难分难解。这时上课铃响了,各自回到教室。说来也怪,从此那个男孩子再也不敢欺负季羡林了。

再说,季羡林也有点儿欺软怕硬,有时喜欢欺负比他弱小的孩子。一个名叫刘志学的同学恰好被他选中了,季羡林让他跪下,他就必须跪下,不听就被拳打脚踢。这个同学的确窝囊,假如他稍稍硬一点儿,季羡林就会收敛一些;他越是逆来顺受,季羡林就越变本加厉。放学后刘志学向父母诉苦,他家本来与季羡林的婶母是拐弯抹角的亲戚,但照样找上门来,数落了一阵儿,结果季羡林挨了婶母一顿臭骂,这场闹剧终于落幕。

真是无奇不有,季羡林还做过一次"小生意"呢!他上学路过新桥附近的一家炒货店,门面虽然不大,但这里的五香花生米——济南话叫"长果仁"——咸香脆俱足,赫赫有名。有一次,他突发奇想,别出心裁,用买早点的钱买了半斤"长果仁",拿到学校分成几小包。同学们都想尝尝味道,争着掏钱购买。季羡林也不客气,照收不误,于是尝到了甜头儿。第二天,他依然照此办理。几天下来,他居然赚到了几个小钱。假如这生意一直做下去,说不准他还能发一笔小财呢!

季羡林在一师附小没有读完就转学了,这是叔父做出的决定。为什么呢?原来,王士栋是个新派人物,五四运动一来,他很快就把国文教材换成了白话文,其中选了一篇著名的童话故事《阿拉伯的骆驼》。故事说:

在沙漠大风暴中,主人躲进自己搭起来的帐篷里,而把骆驼留在门外。骆驼忍受不住风沙之苦,哀求说:"让我把头放进去行不行?"

主人答应了。

过了一会儿,骆驼又哀求说:

"让我把前身放进去行不行?"

主人又答应了。

过了一会儿,骆驼再次哀求说:

"让我全身都进去行不行?"

最后,主人被骆驼挤出了帐篷。

谁知,这篇课文被叔父看到了,引起这位守旧的家长极为不满,说道:"骆驼也能说话?小孩子就学这个,荒唐!不行,转学!"

新育小学

1920年,季羡林转到了新育小学。有趣的是,一位年龄比他大两岁的亲戚同来报名,面试时有一个"骡"字不认识,被录入初小三年级,而季羡林认识,则被录入高小一年级,一个字让他少读了一年初小。这少读了一年书非同小可,让他提前一年毕业,恰好赶上了大学毕业后赴德国留学的机会。此为后话。

新育小学坐落在南圩子门里朝山街,离季羡林叔父家不算远。学校大门朝东,进门是个外院,有几排平房,季羡林的班主任李老师就住在这里。同院还住着从曹州府来的三个李姓同学,都是大地主家的少爷,在家乡读过多年私塾,年龄偏大,国文水平也高。为了顺应潮流,想获得一个新功名,他们便到济南来上学,还带来了厨子和听差,显得阔气极了。学校二门是用木架子搭成的柴门,门上写着四个大字:"循规蹈矩",季羡林当然不懂是什么意思,只觉得这四个字笔画多,蛮好玩儿的。院内有一个废弃了的花园,里面有太湖石堆成的假山,半山腰有亭子,赫然挺立,前后有树木,蓊蓊郁郁,还有圆池和花坛。这个花园虽然已经破败不堪,却令人常常想起"晚来风动护花铃,人在半山亭"这句古诗,好有气势啊!

班主任李老师四十多岁,为人诚实厚道,朴实无华,说话时总是和颜悦色,从来没见过他训斥学生。当时的小学老师都是一人教多门课程,国文、英文、算术、历史、地理几乎都一锅煮了,因为小学课文简单,知识肤浅,老师讲课也无须费多大力气。

初春时节,有一天下着小雨,"沾衣欲湿杏花雨,吹面不寒杨柳风",在此和风细雨中,同学们跟着李老师兴高采烈地来到大圆池附近,栽种扁豆、芸豆、辣椒和茄子。大家一起挖地、下种、培土,干得认认真真,一丝不苟,最后竟然乐而忘返。季羡林曾经回忆说:

> 碧草如茵,嫩柳鹅黄,一片绿色充塞了宇宙,伸手就能摸到。我们蹦蹦跳跳,快乐得像一群初入春江的小鸭,是我一生三万多天最快活的一天。至今回想起来还兴奋不已。

在新育小学,季羡林依然改不了贪玩儿,对所有的正课一概采取对付的办法。上课时,他经常耍小动作,或者在本子上画小人,或者用小刀在课桌上刻字,或者从口袋里掏出捡来的小石子把玩儿,翻来覆去地看着上边美丽的花纹……他脑子自然常常走神儿,表面上装出听课的样子,实际上却斜眼看着窗外,欣赏四时的景色——春天繁花似锦,彩蝶飞舞;夏天绿柳成荫,蝉鸣鸟儿唱;秋天风卷落叶,层林尽染;冬天白雪皑皑,琉璃世界。

季羡林离开农村来到城市,不常看到大自然的美景,敢情这风景秀丽的校园给了他一些补偿。

那时,学生中间流传着一首打油诗:"春天不是读书天,夏日炎炎正好眠,秋有蚊虫冬有雪,收拾书包好过年。"这恰恰是季羡林的真实写照。但是,季羡林毕竟天资聪颖，虽然不可能是成绩顶尖的学生，却也能保持在中上等。当时写作文都用文言，季羡林感到最头痛的是不知道怎样开头。老师把作文题写在黑板上，面对"人生在世"四个字，他冥思苦想了半天才憋出一篇文章来。

有一次，老师出了一篇《风》的作文，季羡林倒是没费吹灰之力一下子就写出来了，原来他从一本书里抄了一段话："空气受热而上升，他处空气来补其缺，遂流动而成风。"结果受到了老师的表扬。对此，季羡林曾经回忆说：

> 可我一想起来，心里就不是滋味，愧悔有加。在今天，这也可能算是文坛的腐败现象吧。可我只是个十岁的孩子，不知道什么叫文坛，我一不图名，二不图利，完全为了好玩儿。但自己也知道，这样做是不对的，所以才愧悔，从那儿以后，一生中再没有剽窃过别人的文字。

新育小学是男女生合校，男生占大多数。有的女同学还裹着小脚，大家并不以为怪。季羡林上高小二年级时，来了一位教美术的女教师，年轻漂亮，温文尔雅。不知怎的，季羡林对这位女老师极献殷勤，每逢她来上课，他总是抢着把黑板擦得干干净净，上课时目不转睛地盯着老师，也许这就是顽童刚刚萌动的"知慕少艾"的心理表现吧！

当年的新育小学现已改为山东省实验小学。20世纪，学校出了两位名人，一是无产阶级革命家、中共一大代表王尽美；一是著名电影演员、《红高粱》的女主角巩俐。季羡林九十八岁时，也就是逝世前夕还给母校题词："桃李无言，下自成蹊。"

初学英文

季羡林从新育小学开始学习英文。上文提到的班主任李老师担任这个班的大部分课程，他教学生记英文字母有一个妙法，就是根据每个英文字母的形体编成顺口溜，比如，"f两头长，中间细，好像一只大马蜂"，学生读起来朗朗上口，一下子就记住了。季羡林对这件事印象很深。

英文完全不同于母语汉语，这引起了季羡林极强的好奇心。他原以为方块字是天经地义的,天下所有的文字都应该是方块字,可是这种像蚯蚓爬出的痕迹似的英文,居然也能发音,还有一定的意思,简直不可思议。越是神秘的东西,越有吸引力,季羡林从第一天学英文起,仿佛就与它结下了难解之缘。

更有意思的是,季羡林刚学英文时,对一些英文单词和简单的语法很难理解,其中有一个问题总在困扰着他:"是(to be)"和"有(to have)"分明不会动,怎么会是动词呢?他向老师请教,老师也说不出个子午卯酉。

季羡林还参加了一个英文补习班。有一位懂英文的老师要利用课余时间教英文,当然要收一些学费。季羡林把这个消息告诉了叔父,未想到一向守旧的叔父竟然坚决支持。这样,季羡林就和十几个同学一道,晚上学起英文来了。八十年之后,季羡林还记着这件事,他说:

> 我的记忆中有很清晰的一幕,在春天的晚间,上过课以后,在校长办公室高房子前面的两座花坛中间,我同几个小伙伴在说笑,花坛里的芍药或牡丹花的大花朵和大叶子,在黯淡的灯光中,分不清红色和绿色,但是鼻子中似乎能嗅到香味。芍药和牡丹都不以香名。唐人诗:"国色朝酣酒,天香夜染衣。"其中用"天香"二字,似指花香。不管怎样,当时,在料峭的春夜中,眼前是迷离的花影,鼻子里是淡淡的清香,脑袋里是刚才学过的英文单词,此身如遗世独立。这一幅电影画面以后常在我眼中展现,至今不绝。

不管怎样,在考初中的时候,没有想到正谊中学还考英文,题目是翻译一段话:"我新得了一本书,已经读了几页,不过有些字我不认识。"因为有小学的英文基础,季羡林没费多大劲儿就交了卷。他被录取了,不是一年级,而是一年半级,占了半年便宜。此为后话。

"造反"失败

其实,新育小学并非所有的老师都像班主任李老师那样和蔼可亲,一位教珠算的老师简直是个"迫害狂",对学生从来没有笑脸。一报还一报,学生也动不动就揶揄他、嘲弄他。这位老师的脸长得像知了,学生就送他一个外号叫"稍迁"。"稍迁"是济南土语,就是蝉的意思。这位老师知道了看似不以为然,实际上却对学生更严厉、更苛刻了。

"稍迁"先生果真动了真格儿的。他规定学生打错一个数,打一板子,打错一行就错十个数,打十板子。假如错到几十个到一百个数,那板子就不知要打多少次了,直到打累了才能板下开恩。课堂上,打手板的声音与打算盘的声音交织在一起,远远地便可听见噼噼啪啪的响声。一堂课下来,每个学生几乎都挨过板子。

老师作威作福,学生苦不堪言,于是家长去找校长,校长声称这种体罚合情合理,并不为过。"哪里有压迫,哪里就有反抗",学生求告无门,被逼到穷途末路,必然要起来"造反",把这位"稍迁"先生赶下台。

有一天,几个大一点儿的男孩子带头提出了"造反"方案:上课前把教桌翻倒过来,四脚朝天。全班同学都不去上课,躲到假山附近的树丛中,并从树上摘下黄色的豆豆,装进口袋里,准备用这些"子弹"打"稍迁"先生的脑袋,以致让他丢人现眼,教不了课,卷铺盖走人。季羡林觉得这个主意不错儿,又喜欢凑热闹,虽然年龄比他们小,也混迹中间,跟着离开了教室。

但是,过了半个多小时,当"造反者"回到教室,准备用口袋里的"子弹"袭击"稍迁"先生时,却都傻了眼。他们发现四脚朝天的教桌早已翻过来了,大约有三分之一的同学正在乖乖地听老师讲课呢!原来,这次"造反者"事先没有充分周密的动员和组织,贸然行事,结果"统一战线"彻底崩溃了,全班同学分化成良民与罪犯。

"稍迁"先生正在等待"造反者"自投罗网,一见他们走进教室,马上满脸怒容,威风凛凛地坐在教桌前,手中紧握戒尺,高声怒喝道:"你们竟敢跟我作对!简直要翻天了!"然后,他便开始实施严酷的"镇压"了。根据"造反者"的个头儿大小,他一眼就能看出谁是主犯,谁是从犯。他先把主犯叫了过去,让他们自动伸出右手,霎时噼噼啪啪的板子声不绝于耳,响彻教室,飞到校园……可是,"造反"者也真有"种",谁都不喘一口大气,被打得龇牙咧嘴也不哼一声。最后轮到季羡林了,他敢作敢当,毫不胆怯地把右手伸出去,啪啪十声,手掌立即红肿起来,刺骨地火辣辣地痛。因为他个头儿小,这还算是从轻发落呢!下课后,他用红肿的手掏出那些黄豆豆,悄悄地把它扔掉了……

三只兔子

  季羡林每天从家里到学校,再从学校到家,两点一线,过着十分单调的日子。乡音是那样可亲而可爱,但在高大的灰色的砖墙内,他只能听到闹嚷嚷的车马的喧嚣声,哪里像故乡清脆悦耳的牛羊的嘶鸣声呢?乡景又是那样美丽而令人向往,但在鳞次栉比的楼房的间隙里,他也只能看见一线蓝天,几片云彩,哪里像故乡广阔湛蓝的天空呢?他看不到远远的笼罩着轻雾的树,看不到天边上飘动的水似的云烟,嗅不到泥土的芳香的气息,小小的心灵充满了凄凉和孤寂。他是大地的儿子,渴望着再回到大地的怀抱里去。对故乡的每一点儿记忆,都是那样甜蜜,那样珍贵。其中最使他不能忘怀的,是关于兔子的记忆。那时候,季羡林喜欢到邻居家院子里看兔子,那有着宝石似的红眼睛的兔子,深深地印在他的脑海里。

  有一年秋天,叔父因公去望口山办事,临走时问侄儿想要什么,季羡林随口说道:"请您带几只兔子回来。"叔父从望口山回来的时候,伙计挑着一担东西,上面放着用蒲包装的特产肥桃,下面放着一个木笼子。季羡林正在猜测里面装些什么,仆人已经把它高高地举到他眼前——战栗似的颤动着的嘴,透亮的长长的耳朵,红亮的宝石似的眼睛……这不正是他梦寐以求的兔子吗?他仿佛一下子回到了故乡,怎么能不欣喜若狂呢?

  笼子里一共有三只兔子:一只大的,黑色,像母亲;两只小的,白色,像儿子。季羡林忘掉了美味的肥桃,只顾东跑西跑,忙着找白菜、豆芽,喂这几只可爱的兔子;接着,他又去张罗兔子的住处,最后把它们安顿在自己的床底下。

  在官庄的时候,季羡林一看到邻居家的兔子,就羡慕得不得了,巴不得自己也有一只兔子。现在愿望实现了,而且居然有了三只兔子,就在床底下,近在咫尺,他简直就像做了一箭射中爱神的美梦。

  兔子刚从笼子里放出来时,猫立刻就挤上来。兔子似乎很胆怯,伏在地上一动不动,耳朵紧贴在头上,嘴颤动得很厉害。季羡林急忙把猫赶走了,它们才慢慢地试着跑,一转眼,那只大兔子带着两只小兔子躲到花盆后面去了;再一转眼,它们又跑回到床底下。

有了兔子的第一个夜里,季羡林躺在床上,辗转反侧,愣是睡不着。他一边听着兔子在床底下嚼豆芽的声音,一边仿佛浮在云堆里。一夜过去,他已经记不起又做了什么梦了。

床底下凭空添了三个小生命,季羡林就像有了三个小伙伴儿,既给他带来了无限的乐趣,又给他带来了莫名的凄凉。

每当他坐在靠窗的桌子旁边读书时,兔子便偷偷地从床底下跑出来,没有一点儿声音。他屏住气息,从书页上看着它们——先是大兔子一探头,又缩回去;再一探头,跑出来了,一溜黑烟似的。接着,两只小兔子也跑出来了,它们白得像一团雪,眼睛红亮,比玛瑙还光莹。三只兔子走到从花盆里垂出的拂着地的草叶下面,嘴战栗似的颤动几下,停一停;走到书架旁边,嘴战栗似的颤动几下,停一停;走到小凳下面,嘴战栗似的颤动几下,停一停。忽然,季羡林觉得有软茸茸的东西靠上了自己的脚。他知道三只兔子正伏在他脚下,于是忍耐着不敢动。不知怎的,他腿忽然一抽,再看时,一溜黑烟,两溜白烟,兔子又藏到床底下去了。他伏下身子去看,在床下黑暗的角落里,只看见晶莹的宝石似的一对对眼睛。

猫常常在院子里走动,季羡林时时提防着,唯恐它袭击兔子。窗前有一棵海棠树,门关严了的时候,这棵海棠树就成了猫进屋的通道。自从有了兔子以后,在冷寂的秋夜里,季羡林有时蓦地惊醒——窗外风吹着落叶,窸窣地响,他疑心是猫从海棠树爬上了窗子;连绵的夜雨击着落叶,窸窣地响,他又疑心是猫爬上了窗子。他总是在静静地等着,但始终不见有猫进来。他又低头看看,兔子正在地上来回地跑着,在微明的灯光里,更像一溜溜的黑烟和白烟了,眼睛也更像红亮的宝石了。他正要蒙眬睡去,恍惚听到"喵"的一声,窗子上似乎破了一个洞,两只灯似的眼睛正在往屋里张望。

第二天早晨,季羡林要做的第一件事情,就是伏下身子去看兔子在不在。当他看见两只小兔子像两团白絮似的,依偎在大兔子身旁睡得正香,心里仿佛得到了一点儿安慰。过了一会儿,他回到靠窗的桌子旁读书,又看到它们在自己脚下来回地跑着,虽然没有任何声息,屋子里却仿佛充满了生气与欢腾似的,连周围的空气也仿佛变得甜美了。这三只兔子与季羡林混熟了,胆子也渐渐地壮起来,看见他也不再躲避了,一只小兔子还很温顺地让他抚摸,他竟然激动得流出了热泪。

如此颇有诗意的日子过了半个秋天。快要入冬的时候,在一个蓝天的早晨,季羡林又照例伏下身子,去看兔子在不在——奇怪,床底下空空的,仿佛少了什么东西似的。再仔细看看,只见两只小兔子默默地,互相依偎着睡。它们的母亲跑到哪里去了?

　　季羡林立刻慌了手脚,浑身渗出了冷汗。他想,这几天大兔子的胆子更大了,常常独自跑到天井里去,这次恐怕又跑到那里去了。但是,他把屋里屋外都找遍了,也不见它的影子,再回头看看那两只小兔子,仍然默默地,互相依偎着睡……

　　一种莫名的不安霎时袭上了季羡林的心头。他哭了,伤心地说:"我小小年纪就离开了家,无时不在想念自己的母亲,只有在睡梦中才能见到她,尽情地排遣心中的凄凉和孤寂。眼下,这两只小兔子难道也会像自己一样吗?"

　　本来,他还幻想着大兔子会跑回来的,蓦地给他一个惊喜,但是希望终于成了泡影。他更加爱这两只小兔子了。以前的爱是因为它们红亮的眼睛,雪絮似的绒毛;现在的爱却掺入了无尽的怜悯与同情。季羡林想用自己的爱来减轻它们失掉母亲的悲哀,这能办得到吗?两只小兔子渐渐地消瘦下去,在屋里跑着也不像以前那样轻快了,它们靠着季羡林脚的次数增多了。有时,他把它们抱在怀里,它们便驯服地伏着不动。当他看到它们踽踽地走开时,一种莫名的凄凉又马上袭上他的心头。

　　又过了两三天,季羡林忽然发现,屋子里跑着的只有一只小兔子了,另一只小兔子又到哪里去了?他又慌了手脚,在墙角、桌下,天井里低声唤着,只有落叶在脚下窸窸索索地响,仍然不见它的影子。

　　季羡林无精打采地回到屋里,看到仅剩下的那只小兔子好像也在默默地寻找着什么,再听听檐边呼啸的秋风,他的眼泪又流了出来,呜咽着说:"你在寻找母亲吗?你在寻找兄弟吗?怎么连一声叹息都没有呢?"

　　那只小兔子好像听懂了季羡林的话儿一样,马上跑到他身旁,宝石似的眼睛里仿佛也闪着晶莹的泪花。

　　夜里,季羡林又发现,在微明的灯光下,小兔子并没有在床底下沉睡,而是在屋子里来回慢慢地走动。季羡林马上将这只小兔子抱在怀里,抚摸着它那冰冷的身子,说:"在这冷硬的土地上,在这漫漫的秋夜里,难道你连排遣自己的凄凉和孤寂的梦都做不成吗?"

第二天早晨，天更蓝了，蓝得有点儿古怪，屋子里被照得通明。那只小兔子在眼前跑过时，季羡林看见它的洁白的绒毛上，仿佛有一点红，一闪一闪的；再看，就在它的透明红润的耳朵旁边，有一点血痕——只有一点，衬了雪白的毛，显得更红艳，像鸡血石上的斑。

这下子，季羡林真的心慌了！他听人说，兔子只要见血，无论多少都会死的。他心中不停地默念道："这个没有母亲、没有兄弟的孤独的小生命，难道也要死去吗？老天爷也太不公平啦！"

季羡林又不相信这会是真的，然而，摆在他眼前的就是那一点红艳的血痕，怎么能否认呢？

季羡林把小兔子抱起来，它仿佛预感到有什么不幸即将降临到它身上，乖乖地伏在主人怀里不动，放下也不跑。

就在这天黄昏的微光里，当季羡林再伏下身去看床底下的时候，除了一堆白菜和豆芽以外，什么也看不到了。他又到处去找，但什么也没找到——意料中的事情终于发生了！

悲哀沉重地压在心头儿，季羡林叹了口气，自言自语地说："这样也好。不然，小兔子孤零零地活在这个世界上，得不到一点儿温暖，它的悲惨的一生又该怎样度过呢？"

说完，他的眼泪并没有流出来，而是流到了肚子里。蓦地，他又想起了故乡，想起了母亲……

看　热　闹

"山水沟"

在上学的那条路上，虽然有的地方巷子很窄，但都是青石铺路，走上去极为平坦、舒适，并没有难走的地方。季羡林同其他比较顽皮的男孩子一样，除非肚子真的饿了，否则放学后往往不立即回家。一路上，他同一些小朋友说说笑笑、打打闹闹，或者独自一人磨磨蹭蹭地往回走。碰到什么新鲜事儿，他总要挤上去多看几眼；如果有人争吵打架,他更要看个水落石出。

济南的地势南高北低。夏天发洪水,城南群山的水量很大,汇流成河向北流去,进入圩子墙,穿过朝山街、正觉寺街等马路东边房屋后面的沙沟,再向前流去。济南人把这一条沙沟叫"山水沟"。山洪只有夏天暴发,平日里"山水沟"干干的,附近的居民就把垃圾,甚至死狗死猫丢在里面,因此人们都不到这里来。可是,季羡林同几个男孩子偏偏选了"山水沟"作为回家的路,尽管沟里垃圾满地,臭不可闻,他们却感到非常新鲜刺激,不是天天如此,但是次数也不算少。

看 捆 猪

还有一件事儿足以让小孩子产生兴趣,那就是看捆猪。新育小学的西邻是一个很大的宰猪场。如果第二天早晨杀猪,头一天黄昏时就要把猪捆好。捆猪并非容易,猪同羊、牛不一样,当它们感到末日来临时,总是用超常的力量奋起抵抗。放学后,季羡林和几个调皮的男孩子一听到猪叫,就马上爬到校园里的一棵柳树上,坐在高高的树杈上看宰猪场捆猪。有的猪劲儿特大,它们从不太矮的木栅栏一跃而过,满院飞奔。捆猪人使用的工具是一根顶端有两个铁钩的长竿,他们将长竿打在猪身上,铁钩深深地刺进去,鲜血立刻喷出。这时,猪并不肯束手就擒,继续带血狂奔,直到筋疲力尽才被捆绑起来,但仍然嚎叫不止。这种惊险的捆猪场面,着实让季羡林这些小孩子颇受刺激。

赶 庙 会

最热闹的还属九月九庙会。济南的重阳节庙会是在南圩子门外的大片空地上,西边一直延伸到山水沟。每年阴历九月,从全省各县府,甚至从全国各地来的艺人会聚于此,马戏团和戏班子纷至沓来,变戏法的、练武术的、说快书的、玩猴儿的、耍狗熊的,应有尽有。他们各自圈出地盘,搭起席棚,席棚有大有小,至少有几十座,每个席棚留有一个出入口,卖门票收钱。还有卖米粉、炸丸子、豆腐脑的担子,卖花生米、糖果、柿子的摊子,叫卖声此起彼伏,不绝于耳。柿子是济南南山的特产,个大色黄,非常诱人。

新育小学与庙会只有一墙之隔,庙会上的嘈杂声依稀可闻。季羡林这些顽皮的学生又焉能安心上课？他们即使勉强坐在课堂上，也是身在曹营心在汉，心早就飞走了。一有机会，他们便偷偷地溜出校门，嫌走圩子门远，就爬过附近的圩子墙，飞奔到庙会上。庙会上席棚多，他们就拣大的去看，谁身上都没有一文钱，买不起门票，反正都是三块豆腐高的孩子，混在购票观众中挤进去并不难。有时，他们就干脆自己钻进席棚去，进去后总要看个够儿，看完走出来，再钻到另一个席棚。如果实在钻不进去，他们就绕席棚转一周，看看哪个地方有小洞，就透过小洞往里看，也能看个大概。十几天的庙会，他们钻进大大小小的席棚，几乎一览无余，无须花一文钱，岂不大可快哉？可是，对于那些卖吃食的担子和摊子，他们就没法钻空子了，只好眼巴巴地看着流口水。

逛 马 市

在这大片空地上，除了每年举办重阳节庙会，平时还经常举办马市。马市这天，这里挤满了人和马、骡、驴等牲口，马嘶人叫，一片繁忙热闹的景象。看牲口交易非常有趣，它们的高低肥瘦一看便知，年龄从外表上却很难看出来。可是，交易人自有办法——马、骡、驴等都是食草的动物，草吃多了牙齿自然受到磨损，从牙齿磨损的程度，即从所谓的"牙口"上就可看出它们的年龄。这是北方人通用的办法。买主和他的经纪人看好了牲口的外相之后，就用手扒开它们的嘴，仔细观看牙齿，然后就开始讨价还价。这讨价还价最有趣，也最神秘，不像买卖蔬菜或者其他东西用嘴来讲价，而是用手。买卖双方的经纪人把手伸进袖筒里，用手指来定价，嘴上则一言不发。如果在袖筒里把价钱谈妥，就把手退出来，然后交钱牵牲口，否则就另起炉灶，找别的人去谈了。至于到底怎么个谈法，那是经纪人的秘密，局外人是无法知晓的。经纪人具有看牲口"牙口"和在袖筒里谈生意的两手绝招儿，因此被称为"牙行"。这种牲口交易方式，在季羡林这些小孩子看来更加神秘，所以他们不是太感兴趣，只是来看看热闹而已。

观 戏

季羡林还偷偷地看过一回戏。他们家住的佛山街中段有一座火神庙，庙前有一个戏台，破旧不堪，门窗早已脱落，几乎快要倒塌了。有一年，不知从哪里来的善男信女,发下大誓愿,为了免灾祛邪,保佑百姓平安,要给火神爷唱一天戏。于是,人们就把戏台稍稍修饰了一下,在戏台和火神庙左右两旁搭上了两座木台子,上设座位,是为当地有头有脸的人准备的,而一般人只能站在台下看。季羡林的叔父家家规甚严,绝不允许小孩子看戏。可是,一听见锣鼓声响起来,季羡林就神不守舍,心里怪痒痒的,借着给婶母买油打醋的机会,来到台下看上一会儿。

当然,季羡林听不懂唱的是什么戏,只见台上两边坐着敲锣打鼓、拉胡琴儿的人,中间站着一位演员咿咿呀呀地唱。戏台上还装饰着红红绿绿的门帘,煞是好看。说来也怪,不知什么原因,他从大人嘴里听说的一些演员的名字却记得很牢,多少年后还不忘那天唱坤角的叫云金兰,演老生的叫耿永奎,扮丑角的叫胡风亭。难怪,季羡林后来曾一度成了京剧票友,虽然谈不上入迷,但也有一定的欣赏水平。

路经刑场

新育小学位于朝山街的末端。出圩子门向右是一条通往齐鲁大学的大道。大道中段经过山水沟,右侧有一座小小的龙王庙,左侧是一大片荒滩,对面有高高的土堤,这里就是当年处决犯人的刑场。每当犯人被押赴刑场,就从城里院东大街路北的警察厅监狱出来,向右走一段路,再左拐至舜井街,然后出南城门,经过朝山街,出南圩子门就到了这里。

朝山街是季羡林上学的必经之路,有时他看到街道两旁挤满了人,就知道要杀人了,立即兴奋起来,把上学的事忘到脑后,挤在人群里,伸长脖子等候着。此时,只见街道两旁人山人海,街道中间既无行人,也无车马。过了一会儿,一个衣衫褴褛的人喝得醉醺醺的,右肩背一支步枪,慢腾腾地走过去,这就是官府雇来的刽子手。又过了一会儿,大队警察簇拥着待决的囚犯走过来,囚犯五花大绑,背上插一根木牌,上面写着他的名字,名字上面用朱笔画了个红"×"。犯人过去以后,街上的秩序立刻大乱,人群纷纷拥向街中间,摩肩接踵,跟着警察大队挤出南圩子门,抢占有利地形,以便看得清楚些,但又不敢离得太近。囚犯被警察押到刑场,面向南跪在高堤下,枪声一响,大事完毕,警察撤走。这时,人群又拥向前去,观看躺在地上的死尸。

季羡林和其他几个顽皮的孩子当然不甘落后,也随着大伙儿一起往前拥。等到看罢这一切,他们才想起上学的事,急忙往学校赶,结果免不了受到老师一顿斥责。然而,他们不思悔改,下一次照看不误。

有一天,季羡林放学走到刑场附近,看见很多人聚在那里,知道又要杀人了。他一打听,知道今天要杀一个土匪。所谓"土匪",在不懂事的孩子眼中就是绿林好汉、英雄豪杰。季羡林认为,自己看过的公案小说里描写的侠门剑客就是此等人物,他们个个儿飞檐走壁,武艺高强,令他羡慕不已。平时,他也背着家人练过"铁砂掌",把手掌插进盛满大米和绿豆的大缸里,一遍又一遍,直插得手指红肿破皮,疼痛难忍。他还练过"隔山打牛",在蚊帐顶上放一个纸球,每天早晨起床前朝纸球挥拳几十次,挥得胳膊酸痛。可是,现实中的土匪是什么样子?他们的功夫到底如何?又是怎样练成的?季羡林不得而知,于是怀着强烈的好奇心,准备今天好好看个究竟。

突然,刽子手走过来,他身上背的不是步枪,而是一把大刀,裹着一块血迹斑斑的破布。紧跟着,警察的步枪队和马队押着一个犯人走过来。那犯人面色蜡黄,双手被反绑着,由两个警察架着,显然已经瘫软,无法正常走路。

人们纷纷议论道:"此人好生孬种!怎么会当上了土匪?"

"什么土匪,这才叫绿林好汉呢!"

季羡林一看到这个犯人,立刻惊讶起来,他怎么这样面熟呢?再仔细观察,原来他就是自己每天上学时经常遇到的卖小米和绿豆的小贩。

季羡林每天早晨上学的路上行人很少,但却经常碰上一个挑着担子沿街叫卖的汉子。他四十来岁,头发已经花白,穿着一身粗布裤褂,看起来很和善,像是老实巴交的乡下人。有一次,季羡林刚走出家门,看见王妈正在同他讨价还价。原来,家里吃的小米和绿豆都是从他那儿买来的。于是,季羡林就与这个汉子认识了。以后每次见面,他总是朝季羡林笑一笑,或者说几句话,间或问道:"你家的小米绿豆吃完了没有?"季羡林起初还有点儿胆怯,很少言语,后来觉得他很和气,没啥恶意,就逐渐与他熟识起来。

久而久之,那汉子便喜欢上季羡林了,有时周末还来给他讲一些荒诞不经的故事,逗着他玩。他说,某年某月他看见了一只老鼠,有大象那么大,这当然不会引起季羡林的怀疑,因为他从来没有亲眼见过大象。他还说,某年某月他看见了一只花母鸡,下的蛋有西瓜那么大,这当然不会让季羡林相信,因为他不但知道鸡蛋有多大,而且知道鸡有多大。

　　季羡林感到寂寞时,很乐意听他胡诌八扯。有一次,他说有户人家蒸了一个大馒头,馒头皮有四里厚,全家人啃了几年才吃到馅儿。季羡林听了乐得直笑,他也跟着孩子似的笑了。

　　从春到夏,从秋到冬,季羡林每天在上学的路上,都会经常碰见这个汉子,可以说与他混得很熟很熟了。季羡林最愿意听他讲剑侠、剑仙的故事,因为那时他正练"铁砂掌"和"隔山打牛"。只是最近两三个月以来,季羡林再也没有见到他。难道他真的去当了土匪?

　　季羡林仔细地听人家议论,大体上明白了这个人的身世——早年他是乡下的农民,因为遭了灾,没有饭吃就铤而走险,劫富济贫,当上了土匪。但是,前几年他就洗手不干了,来到济南走街串巷做起了小买卖。遗憾的是,前不久他被人告发,坐了大牢,今日官府就要把他送上西天……

　　季羡林的心立刻冰冷了,头嗡嗡地响,不由得喃喃自语道:"难道土匪就是这种样子吗?"

　　季羡林跟着人群挤出南圩子门,成千上万的人围成了一个圈子,那汉子昂首挺胸,跪在正中。突然,刽子手抡起大刀,一道红的血光忽地一闪,季羡林的眼睛花了,只见西天的晚霞正结成一朵大大的红花……

　　自从那天从刑场回来,有好长一段时间,季羡林夜里经常从噩梦中惊醒,而且无论看什么东西,上面仿佛都蒙着一层令人恐怖的血一样的颜色。

　　多么恐怖的现实,多么残酷的人生!季羡林粉红的人生底色戛然而止,开始变成了大红、血红……

蚂蚱进城

　　一天早晨,季羡林上学刚走到曹家巷口,就发现马路上蹦的跳的全是蚂蚱,一群群正从南向北扑来。他越往前走,蚂蚱越多,密密麻麻,到处都是。当他走到朝山街时,简直就没了下脚的地方,一脚踩下去就会踩死一二十只。路上到处是被人踩死或者被车轧死的蚂蚱,假如蚂蚱有血的话,大概就要血流成河了!但是,季羡林发现,活着的蚂蚱仍然生死不顾,一往无前,犹如一支浩浩荡荡的大军,气势恢宏,蔚为壮观。

这些蚂蚱是从南圩子门进城的,个头儿很小,还没有长出翅膀,身体光溜溜的,不会飞,只会蹦跳。这种尚未发育成熟的蚂蚱学名叫若虫,又叫跳蝻。他们和蝗虫一样,胃口很大,数量很多,所经之处凡是绿色的东西,比如庄稼、蔬菜、野草,都会被啃食精光。

此刻,季羡林好奇地想:"这些蚂蚱是从哪里来?要到哪里去?是谁给它们带路?它们有首领吗?"

他懵懵懂懂地来到学校,一看,校园里竟然一只蚂蚱也没有。季羡林又好奇地想:"蚂蚱还有自己要走的路线吗?"

中午放学时,这场蚂蚱进城的闹剧终于落幕,大街上已经没有活着的蚂蚱了,人们已经把一堆堆、一片片的死蚂蚱扫进了"山水沟"。

蚂蚱进城本来是一种自然现象,却给季羡林的童心画上了一连串问号。从此,他对大自然产生了一种敬畏感,虽然后来在欧洲留学多年,但他并没有接受西方关于"征服自然"的理念,而是越来越认识到人类是大自然的一部分,只有与大自然和谐相处,才能创造出美好的前途……

读"闲书"

常言道:"雪夜闭门读禁书。"这里说的却是季羡林酷爱读"闲书"。所谓"闲书"就是课外书,主要是旧小说。那时候,叔父管教得严,"闲书"也被视为"禁书",季羡林只好偷偷地读,有时还和秋妹一起读。

季羡林为何喜欢读"闲书"呢?因为他太孤独、太寂寞了!每天放学以后,他总是孑然一身,干巴巴地坐在家里读书。用他的话说,"小屋里在白天也是黑魆魆的,仅有的一个窗户给纸糊满了。窗外有一棵山丁香,正在开着花。窗户像个闸,把到处都充满了花香鸟语的春光闸在外面"。他是多么向往外面的世界啊!

当时季羡林识字不多,读书经常遇到"拦路虎",念错别字是家常便饭,比如把"飞檐走壁"念成"飞dǎn走壁",等等。有时,他与秋妹读着读着就开起玩笑来——

兄问:"这么多生字,你是用笤帚扫,还是用扫帚扫呢?"

妹答:"那还用说,生字少了就用笤帚扫,生字多了就用扫帚扫。"

后来,季羡林识的字多了,竟然能够阅读武侠小说。他读的《彭公案》是刊行于光绪年间的一部长篇,有一百回,正本之外还续了四五十回。书中讲述清代康熙年间官吏彭朋在一群江湖侠客的帮助下,巡回办案,同豪强争斗的故事。故事中那些侠客武艺高强,蹿房越脊如履平地,而且越发神通,本事竟与齐天大圣孙悟空毫无逊色,堪为少年儿童崇拜的英雄人物。除了《彭公案》,季羡林还读了《施公案》《济公传》《七侠五义》《小武义》《东周列国志》《说唐》《封神榜》等等,都是大部头,有的书里还有插图或"绣像"。

季羡林读这类武侠小说可真着了迷。在新育小学,他把时间一边用在贪玩上,一边用在读这些"闲书"上,二者瘾头儿都很足。

白天,他在课堂上并不好好听课,而把闲书藏在课桌里,偷空儿就看上几眼。那时校门外空地上正在施工盖房子,摆满了许多红砖,中间有空隙,坐在里面谁也看不见。放学后,季羡林搬下几块砖坐在上面,掏出闲书大读特读,读得入迷时,那些侠客蹿房越脊,刀光剑影,仿佛就在眼前晃动。等到脑筋清醒了一点儿,他才想起回家,可是吃晚饭的时间已经过去,于是少不了挨叔父一顿训斥。晚上,他躲在自己屋子里,把煤油灯吹灭,钻进被窝用手电筒照着,一读就是大半夜。有时星期天,他把课本摆在家中大缸的盖帘上,读的却是"闲书"。看见叔父走过来,他便赶紧掀起盖帘,把"闲书"藏进缸里,再拿起课本读上几句"子曰诗云……"

季羡林一边读着"闲书",一边羡慕那些侠客的超凡武艺,有时暗地里模仿着练起武功来。无独有偶,文学大家钱锺书也喜欢读"闲书",读过《说唐全传》《济公传》《七侠五义》等,兴之所至也练起了"棉花拳"。

至于古典文学名著,如《红楼梦》,季羡林读不懂,也不喜欢动不动就哭鼻子的林妹妹,对此并不感兴趣。不过,在上中学时他就把《金瓶梅》读了。他读得最多的是《水浒传》,对发生在自己家乡水泊梁山的故事很亲切,直感到书中人物肝胆相照、忠义诚信,因此百看不厌。

现在的家长对孩子课外读书往往管得很严,不准他们读那些杂七杂八的书;但应该认识到,少年时期读一些"闲书",即所谓课外读物,并非是一件坏事。此类"闲书"虽然不同于老师指定的课外辅导材料,与课本没有直接关系,但它是孩子自己喜欢读的书,从中能够激发和培养他的阅读兴趣,开阔视野,增强美感娱乐享受,提高驾驭语言文字的能力,学到课堂上学不到的知识。为此,季羡林曾经深有体会地说:

> 记得鲁迅先生在答复别人问他怎样才能写通写好文章的时候说过,要多读多看,千万不要相信《文章作法》一类的书籍。我认为,这是至理名言。现在,对小学生,在课外阅读方面,同在别的方面一样,管得过多,管得过严,管得过死,这不一定就是正确的方法。"无为而治",我并不完全赞成,但"为"得太多,我是不敢苟同的。

游开元寺

有一年秋天,新育小学组织学生游开元寺,季羡林不但参加了,而且在回校后的国文竞赛中,写了平生第一篇排上名次的作文。这种乐山乐水的采风形式和内容确实让他大开眼界。

开元寺是济南名胜之一,坐落在千佛山东群山环抱中。寺上面的大佛头尤其著名,是在一面巨大的山崖上雕琢而成。

据说那佛头的耳朵眼儿里能摆上一桌酒席,其规模虽然比不上四川乐山大佛,但也颇有一点儿名气。

他们从山坡往上爬,路并不难走,不到半个小时就来到大佛头跟前。再从这儿往上爬,山路崎岖,山石亮滑,显得吃力多了。来到山顶上,只见一座用石块垒起来的塔状建筑,若从济南城里望去,就好像一个橛子,所以这座山叫作"橛山"。在济南南部群山中,橛山鹤立鸡群,从山顶上看千佛山如在肘下。可惜这里一棵树都没有,一片蓑草,光秃秃的。

他们又从橛山山顶经过大佛头下行,地势渐低,树木渐多,开元寺就在一个山坳里。这里松柏参天,柳槐成行,一片浓绿,绿树丛中掩映着红墙黄瓦。寺院里佛殿宏伟,佛像庄严,还有一座亭子,名曰"静虚亭"。最吸引人的是,一泓泉水从东面石壁的一个圆洞缝中滴出,积之既久,遂成一清池,名曰"秋棠池",池东岸上有一片青苔和几株秋海棠。泉水甘甜清冽,煮开用来泡茶,味道极佳,僧人和游客都从池中取水喝。

季羡林按捺不住回归大自然的心情,曾经几次来开元寺观景,这次与同学一起来,兴致愈浓,感受颇深。后来,季羡林在回忆这件事情时说,孔子登东山而小鲁,登泰山而小天下彰显的是先圣的胸怀和气魄,而他自孩童起每接触一次大自然,从中总能潜移默化地接受文化的熏陶和锤炼。

回校后老师出了一个作文题,名曰《游开元寺记》。季羡林的作文被选中,张贴在教室西头的走廊上。不过,他的作文仅排在八九名之后,前三名都被从曹州府来的那三个李姓同学所得,老师对第一名的评语是"颇有欧苏真气"。

看来,季羡林的这篇文章不是憋出来的,而是身临其境,有感而发,再加上平时读了大量的"闲书",遣词造句格外顺手,于是就很快写出来了。

"少无大志"与"望子成龙"

看来,季羡林读小学时最大的兴趣是贪玩。那么,他的学习成绩怎么样呢? 新育小学每学期考试一次,高小三年一共考试六次,季羡林的学习成绩大致徘徊在甲等三四名和乙等前几名之间,属于中上等。每次甲等第一名都被一个叫李玉和的同学包了,可是季羡林对此并不介意,因为他从来没有争第一名的念头儿,也许这就是他所说的"少无大志"吧!

说起学生的"少无大志",往往会与家长的"望子成龙"产生矛盾,如果处理不当,甚至会招致严重后果。1998年6月,已近望九之年的季羡林撰文称:

> 前几年,报纸上刊登了一条消息,一个母亲由于"望子成龙"的心情过于迫切,亲手把自己的儿子打死,事后头脑一清醒,又自杀身亡,追儿子于地下。还有一条消息,说的是一个父亲,也是由于"望子成龙"的心情,把自己的儿子捆绑起来,进行毒打。儿子奄奄一息中哀求自己的父亲说:"爸爸,以后我改了!别再打我了!"父亲置若罔闻,捆打了一夜之后,小孩子终于死去。但是小孩子这句话真正震撼了我的心灵,我当时痛哭失声。一直到今天,小男孩的这几句话

还时时响在我的耳边。

在另一篇文章中,季羡林又说:

那一个"考"字宛如如来佛的掌心,让你落到这张密而不漏的天网中。然而,小学阶段的考试名次对一生没有多大影响,家庭出身和个人机遇的影响却大得多。小学毕业由于家庭出身和个人机遇等原因,往往会走上完全不同的人生之路。

季羡林还曾回忆说,丰子恺画过一幅抒情漫画,题目是《小学同学》,画面上有一副吃食担子,旁边站着两个人,一个是摊主,另一个是食客,原来他们竟是小学同学。凑巧的是,他自己也经历过这种事,要比丰子恺笔下的漫画更逼真、更生动、更耐人寻味。有一天晚上,他雇洋车从济南院前街回佛山街,黑暗中没有看清车夫的模样,到了家门口付车钱时,蓦地一抬头,发现车夫竟是新育小学时的同班同学,这让他既惊讶又尴尬……

丰子恺的漫画和季羡林亲历的事,确实值得人们好好反思。都说"劳心者治人,劳力者治于人",可是"劳心者"与"劳力者"是怎样来的,难道用一句简单的话就能说得清楚吗?

中学篇

古文我读过不少，骈文却只读过几篇。这些东西对我的吸引力远远比不上《彭公案》《济公传》《七侠五义》等等一类武侠神怪小说。这些东西被叔父贬为"闲书"，是禁止阅读的，我却偏乐此不疲，有时候读起了劲，躲在被窝里利用手电筒来读。

但是，像国文和英文这样的课程，必须有长期的积累和勤奋，还必须有一定的天资，才能有所成就，得到高分。如果没有基础，临时无论怎样努力，也是无济于事的。我大概是在这方面有比较坚实的基础，非其他五个甲等第一名可比。

尽管我的高中三年是我生平最辉煌的时期之一，在考试方面，我是绝对的冠军，无人敢撄其锋者，但这并没有改变我那幼无大志的心态，我从来没有梦想成为什么学者，什么作家，什么大人物。

季羡林

第三章 少年英才（一）

正谊中学

　　1923年，季羡林小学毕业后考入正谊中学，正好赶上由秋季始业改为春季始业，所以他是从一年级下学期开始读的，只读了两年半初中就毕业了。1926年毕业后，他又留下来读到高中一年级上学期，也就是说，在正谊中学读了半年高中。

　　正谊中学并非是重点中学，而是二三流学校。季羡林曾经不止一次地坦言，他少无大志，自知是一个上不得台盘的人，新育小学毕业后连报考当时大名鼎鼎的济南一中的勇气都没有，只是凑合着报考了与"烂育英"齐名的"破正谊"。尽管如此，季羡林对正谊中学仍然怀有许多美好的记忆……

　　正谊中学坐落在济南大明湖南岸阁公祠，即阎敬铭纪念祠堂内，校园的景色非常美，特别是北半部靠近阁公祠的那一部分，绿杨撑天，碧水流地，一条清溪从西向东流去，尾部有一座假山，小溪穿山而过。登上阁公祠大楼，可以看到很远的地方，向北望去大明湖碧波潋滟，水光接天，荷香十里，绿叶千顷……

　　正谊中学是一所私立学校，创办人兼校长是鞠思敏先生。他是民国初年山东教育界的领袖人物之一。季羡林十二岁考入正谊中学，鞠先生已经六十来岁了。每次见到他，不知怎么回事，季羡林心中油然生出敬仰之情。鞠先生身材魁梧，走路极慢，威仪俨然，穿着极为朴素，夏天布大褂，冬天布棉袄，脚上穿着一双黑布鞋，袜子也是布做的。那时机织的袜子叫洋袜子，已经颇为流行了，可是鞠先生仍然穿布袜子，可见俭朴之一斑。

鞠先生身上的担子很沉重，在军阀统治年代，时局动荡，民不聊生，要维持一所有几十名教员、上千名学生的学校，谈何容易！他非常关心学生的成长和进步，特别是在思想道德方面，倾注了满腔心血，力求把学生培养成有文化有教养的人。

鞠先生每天都准时来学校办公。每周星期一上午八时至九时，全校学生集合在操场上，听校长讲话。他站在台阶上循循善诱地讲着，内容无非是怎样做人，怎样爱国，怎样讲公德、守纪律，怎样严于律己、宽以待人，怎样孝顺父母、尊敬师长、与同学和睦相处……看起来就像一位慈祥可亲的老爷爷。当时没有扩音器，他的嗓音并不洪亮，站的地方也不高，但学生们都洗耳恭听。他讲的那一些普普通通做人的道理，都称得上金玉良言，经年累月，潜移默化，学生们无不受到很大的影响。

刚上正谊中学那阵儿，季羡林仍然贪玩，虽然是班上年龄最小的学生，却能玩出个花样。他的兴趣就是到阎公祠大楼后面的大明湖捉蛤蟆、捕虾。

每到夏天，湖边长满了芦苇，芦苇丛中到处是蛤蟆和虾，它们都是水族中的笨家伙。季羡林从家里拿来一根针，把针尖砸弯，拴上一条绳，再拔一根苇子，当作钓竿，把绳系在上面；他又抓来一只苍蝇，穿在针尖上，然后把钓竿伸向端坐在荷叶上的蛤蟆，抖上两抖，它就一跃而起，想捕捉苍蝇，却被针尖钩住，拖到岸上。可是，季羡林似乎懂事多了，他并不伤害蛤蟆，又把它们放回水中。最笨的是那种长着一对长螯的虾，季羡林对付它们不费吹灰之力，顺手拔一根苇子，看到虾就往水里一伸，它们便用长夹夹住苇竿，死不放松，于是被拖出水面。季羡林仍然把它放回水中。

每天中午，他匆匆地在小吃摊子上买点儿东西吃，然后来到大明湖边，一直玩到下午上课。

季羡林在官庄老家就迷恋于捉鱼和捕虾，来到济南已经快十个年头了，仍然是外甥打灯笼——照旧。也许，他正是想从大自然中获取乐趣，借以排遣心中的积郁，消磨无聊的时光吧！

正谊中学是一所私立学校，老师工资低，福利待遇差，因此高水平的老师都不愿意来任教，不称职的老师也就多一些。季羡林清楚地记得，一位教生物的老师竟把"玫瑰"读成"久块"，简直让人笑掉大牙。但也有少数真才实学的老师，教国文的徐金台老师便是资深的一位。

徐老师的古文水平很棒,还在课外举办了一个古文补习班,只需交上几块大洋就能随班上课。季羡林的叔父听说这件事儿,非常高兴,立即让他报了名。上课时间在下午放学以后,地点在阎公祠大楼的一间教室里,念的是《左传》《史记》《战国策》一类的古书。这种课外"开小灶"式的古文学习,使季羡林获益匪浅,为他后来高中阶段进一步研读古文奠定了基础。

季羡林的叔父原来读过诗书,有一定的国文基础,所以他对侄儿学习古文极为重视。刚入正谊中学时,他曾心血来潮,亲手为侄儿选编并用毛笔正楷手抄了一本厚厚的《课侄选文》,并且亲自给他讲解,其中选的都是程朱理学的文章。而季羡林喜欢的却是唐宋八大家的文章,没办法只好硬着头皮去听,好在叔父讲了几次就搁置脑后,再也不提了,此事也就不了了之。

微妙的变化

季羡林是一个大器晚成的孩子。由于有叔父这样有点儿墨水的家长的引导和监督,随着年龄逐渐增长,具体说,直到初中高年级或者进入高中时,他的玩心才逐渐收敛和淡化,学习开始用了脑筋,产生了兴趣。

我们曾把季羡林小学考试名次定格为"中上等",刚入正谊中学那阵儿,他虽然还是贪玩,考试名次仍旧徘徊在甲等三四名与乙等前几名之间,看起来好像没有什么变化;但是,他后来总结这个时期的学习时,却说"在班上总还是高才生"。实际上,季羡林确实发生了一些微妙的变化。比如,以前他并不留意老师的讲课水平怎样,只要老师对学生体贴和气,没有批评过他,就自认为是好老师;现在却下意识地注意观察老师的举止言行,有时课后还与同学议论一番。对于老师的教导和指点,如果他认为是对的,就能听得进去。尤其,他开始注意与老师沟通和互动。

除了徐金台老师,还有两位老师给季羡林留下深刻的印象,一位是教国文的杜老师,绰号"杜大肚子",另一位是教英文的郑又桥老师。

杜老师是饱学之士,熟读经书,兼通古文,一手小楷写得俊秀遒劲,听说前清时还得过什么功名,可惜他生不逢时,命途多舛,毕生浮沉于小学教员与中学教员之间。

杜老师教高中一年级国文。有一次,他出了一个描绘风景抒发感情的作文题目。季羡林别出心裁地写了一篇带有骈体文味道的文章。那时作文都用文言文,没有写白话文的。季羡林第一次尝试写骈体文,一心期待获得老师的首肯,甚至想一鸣惊人。当作文簿发下来的时候,他看到杜老师在上面写了密密麻麻的字,等于又重新写了一篇作文,批语则是:"要做花样文章,非多记古典不可。"这短短的一句话正好击中他的软肋。

古人曰:"非读书不能作文,非熟读不能作文。"从小学到中学,季羡林虽然读过不少古文,但是骈文只读过几篇,仅凭自己脑子里记下的古文和几篇骈文,就异想天开地写"花样文章",哪儿能办得到呢?

看了杜老师批改的作文,要是搁在从前,季羡林准会弃之一旁,满不在乎,可是现在他已经是高中生了,再这样混下去行吗?此时,季羡林心中既感激又惭愧——杜老师已经年届花甲,还不厌其烦地修改自己的文章,而且批语一语中的,他怎能不由衷地感激呢?而自己根底儿还很肤浅,学殖瘠薄,他又怎能不感到惭愧呢?季羡林仿佛被猛击一掌,头脑清醒了许多。他想:"只有奋起直追,加倍努力,像古人说的那样'劳于读书,逸于作文',才能对得起杜老师的关心啊!"

从此以后,季羡林的国文成绩和作文水平果然有了明显的进步。

郑又桥老师教高中一年级英文。他是南方人,英文水平很高,用的课本是《天方夜谭》《泰西五十轶事》,语法是《纳氏文法》(*Nesfield Grammar*)。郑老师的主要特点也是表现在批改作文上。

季羡林清楚地记得,郑老师对学生的英语作文一个字也不改,而是根据原意重新写一篇。看来,这种做法是相当高明的。语言是思维的工具,学生作文使用的思维工具当然是母语,就是汉语,根据汉语思维写成的英文作文难免有一定的局限性,往往被称为"中国式英文",即"chinglish",至今仍为初学者之大忌。

季羡林当时既在校内上英文课,又在校外补习英文,英文成绩毫无疑问在全校名列前茅,但是这种"中国式英文"的毛病同样在所难免。郑老师改写的作文是由多年学养炼成的,应该是地地道道的英文,绝非每个人都能做到。所以,每当作文簿发下来的时候,季羡林总是认真地看,拿自己的作文与郑老师改写的作文细心比对,慢慢就悟出了一些道理来。

季羡林正是从这时开始，经过长时间的学习和实践，逐渐克服了"中国式英文"的毛病，终于得到一把开启英文宝库的钥匙，学到地地道道的英文。

在正谊中学，季羡林继续在课余时间补习英文，地点是在济南城内按察司街南口附近的尚实英文学社。如同在新育小学课外学习英文一样，那种电影似的画面直到晚年还展现在他的眼前。

尚实英文学社是广东人冯鹏展创办的，他是一个英文水平相当高的中学老师。学习时间仍然在晚上，每月学费三块大洋。除了冯老师，还有另外两位老师，教书都很卖力气，学生趋之若鹜，人数有七八十人。当时英文教学流行图解式教学法，季羡林感到很新鲜，收获很大。同时，他在校内英文课的成绩也是年年全班第一。

语言是人类思维和交流的工具，学好一门外语就等于打开一扇通往世界的窗口。正因为季羡林从小学到中学一直坚持学习英文，起步早，知识扎实，当他后来升入北园高中时，英文水平竟达到阅读和翻译英国小说原著的程度，英文作文也能写出相当长的文章，为他日后继续在清华大学西洋文学系深造以至出国留学，奠定了比较坚实的基础。

两个铜圆的午餐

季羡林每天早晨从南关家里几乎穿过大半个济南城，来到正谊中学上学，晚上五点回家吃晚饭，然后又立刻进城到尚实英文学社上课，晚上九点才回家。一个十五六岁的孩子，正是长身体的时候，饭量很大，即使一顿最简单的午餐也需要三个铜圆。可是，婶母却只给他两个铜圆。他用一个铜圆买一块锅饼，又用一个铜圆买一碗豆腐脑，或者一碗丸子汤，站在校门口的担子旁边，狼吞虎咽地吃下去。当他再看到路旁小铺里卖一个铜圆一小碟的小葱拌豆腐，嘴上虽然很馋，但因囊中羞涩，就只有咽口水的份儿了。济南有一种小吃叫作"油旋"，季羡林十分喜欢，只有他考了好成绩，叔父高兴了才赏他一两个铜圆开开斋。至于饭馆里的炒菜，他连想都不敢想。

有一次，学校开庆祝会，季羡林和几个同学帮助布置会场，每人获得一张奖励——午餐券，可以到附近的饭馆里去吃饭。平日里可望而不可即的地方，季羡林终于进去了，如同饕餮之徒饱餐一顿，撑得要命，晚上回家一口饭也吃不下去了。

父亲病逝

1925年夏天,官庄老家有人捎信来,说季羡林的父亲病重。此时恰好他正在放暑假,立刻决定回家看望父亲。季嗣诚八年没有回故乡了,季嗣廉也很少到济南来,所以弟弟很惦记哥哥的病情,并担心侄儿小小年纪,一旦有个三长两短应付不了,于是请假与季羡林一起回去了。

叔侄二人到家一看,季嗣廉果然病得不轻,直挺挺地躺在土炕上,不能动也不能说话,但面色红润,两眼也有精神,看样子一时出不了大事儿。季羡林的母亲正急得手忙脚乱,看见他们回来了,好像一块石头落了地,心中踏实了许多。

季羡林赶紧与叔父和村里其他几位叔叔大爷商量,他们认为必须马上请医生看病。可是,那年月像清平这样的穷乡僻壤,一无医,二无药,附近十里八村别说医院,就连医生都没有。幸好,官庄北面十几里外有个大地主庄园,庄园主懂一些医道,给人看过病。病急乱投医嘛,他们决定去请那个人。

从官庄去请"先生"——当地老百姓这样称呼医生,要走十几里路。季羡林到二大爷家借来一辆牛车,并请二大爷跟自己一块儿去。那时乡下全是土路,坑坑洼洼,高低不平,牛车摇摇晃晃足足走了两个小时。途经一个村庄时,季羡林停下牛车,飞跑着到一家点心作坊买了一木匣点心,给"先生"做见面礼。

到了"先生"家说明了来意,"先生"乍听起来,面呈难色,主要担心路上安全。因为连年军阀混战,民不聊生,有的农民铤而走险,当上了土匪。这一带土匪时隐时现,出没在高粱地里。眼下又正是盛夏,"青纱帐"笼罩四野,土匪经常窜出来闹事儿,很不太平,人们无事都蛰居家中。可是,为了给父亲治病,季羡林苦口婆心,好说歹说,甚至跪地相求,二大爷也陪了一车好话儿。

最后,"先生"终于点了点头,说道:"难得城里来的洋学生一片孝心。我就冒险去试一试吧。"

"多谢先生,我会报答您的!"季羡林高兴极了,马上把"先生"扶上牛车,向官庄驶去。

满山遍野的高粱地,季羡林既熟悉又陌生。他一边回忆童年的往事,一边警惕地东张西望,心中忐忑不安。他想,土匪要是劫了自己,那就只好听天由命;要是劫了"先生",麻烦可就大了!他知道,说有土匪绝非空穴来风,他的从未见过面的堂兄季元林,就是被土匪绑了票,虽然交了赎金还是被撕了票,死得很惨;而且,那个逗过他玩、卖小米绿豆的农村中年汉子,被官兵砍头的一幕,至今在他心中仍然笼罩着恐怖的阴影……

在季羡林看来,所谓的土匪就是自己读过的武侠小说中的剑侠剑仙、绿林豪杰。此时,他的注意力又马上转到他们身上。曾几何时,那个乡下的野孩子整天想的是知了、蜻蜓、蝈蝈、蚂蚱、蛤蟆、鱼虾……而今则是剑侠剑仙、绿林豪杰,乃至土匪,这说明什么呢?说明季羡林已经渐渐长大了,越来越关注社会、关注人生、关注现实。"穷人的孩子早当家",此番回家给父亲治病,他忙得不可开交,难道不就像个小大人吗?

亏得老天爷保佑,季羡林终于把"先生"平安地接回家。

母亲连忙给"先生"递烟送茶。"先生"给病人诊脉开方后,季羡林又把他扶上牛车,提心吊胆恭恭敬敬地送回去。回来的路上,他又绕道去了另一个村子,到药铺抓了药。

晚上,季羡林正要给父亲煎药、喂药,却被母亲拦住了。儿子累了一天,母亲心疼极了。她赶紧给儿子做饭,吃完饭又催促儿子上炕休息。季羡林怎能睡得着呢?自从六岁离开家,一晃八年过去了,他只回来过一次,给疼爱他的大奶奶奔丧。他是多么想念父母,尤其享受不到人间最珍贵的母爱,又有什么办法能够弥补呢?

过了三五天,季羡林又去请一次"先生"。父亲吃了药,病情虽然没有明显好转,但也没有进一步恶化。无奈,学校就要开学了,叔父也要上班,叔侄二人只好匆匆地离开了官庄。

开学后不久,父亲到底还是去世了,季羡林再次回到官庄。安葬完父亲,季羡林仍然要返回济南读书。分别那天,母子俩依依不舍,母亲把儿子送出大门口,两眼噙着泪花,呜咽着说:"喜子,你这一走,多咱儿还能回来见娘呢?"

"娘,多保重!儿很快就会回来见您!"季羡林的心忽然一颤,两眼盯着母亲,然后转身走了。可是,谁个知道,季羡林与母亲这一别,竟然留下永久的悔……

山大附中

　　1926年秋季，季羡林考入山东大学附设高中，读了不到两年书。山大附设高中文、理科是分开的，文科校址坐落在济南北园白鹤庄，又称北园高中。

　　经过小学、初中的一次次蜕变，季羡林逐渐成长起来了。进入北园高中后，季羡林不仅培养了读书兴趣，而且更重要的是改变了学习态度，终于由一个贪玩的孩子变成了品学兼优的学生。其实这来之不易，也可能是很痛苦的，但他毕竟没有退缩和放弃。可以说，在北园中学，季羡林十五六岁的青春年华又染上了绚丽缤纷的色彩。

　　泉城济南的地势南高北低，七十二名泉的水流出地面，一股脑儿向北流来，就连泰山北麓的泉水也通过黑虎泉、龙洞，汇入护城河，最终流向北园，一部分注入小清河，流向大海。因此，北园潇洒似江南，到处荷塘密布，荷叶田田，红花万头攒动，碧波潋滟，风乍起吹皱一塘清水，无风时则如一片明镜，可以看到二十里外的千佛山的倒影。塘边绿柳成行，夏天，杨柳绿叶葳蕤，铺天盖地，如烟如雾，即使不能"烟笼千里堤"，也把天地之间染成了绿色，煞是风光旖旎，赏心悦目。秋天，在灿烂的阳光照耀下，满塘的金色鲤鱼跃出水面，连蹿尺余高，然后又一头扎在水里，就像动物杂技似的分外动人。

　　白鹤庄坐落在绿杨深处，是一个荷塘环绕的小村庄。虽然不见白鹤飞来，可确是适宜念书的绝妙地方。文科校址设在村中的一处大宅院，住上二三百学生一点儿也不显得拥挤。学校共有六个班，三年级一个班，二年级一个班，一年级四个班，季羡林被分在一年级一班。现在他真的长大了，出息了不少，两年来一直担任班长，坐在第一排左数第一个位子上。每当老师来上课，他便喊一声"起立"，同学们应声站得刷齐。

　　北园高中是一所公立学校，师资队伍可谓极一时之选，待遇也蛮高。能够考入这样重点或一流的高中，应该说是季羡林一生中的一件幸事。从入学那天起，他就愈加敬佩那些德才双优的老师。

　　比如鞠思敏先生来山大附中应聘教伦理学课，这在当时是一门举足轻重的课程，课本用的是蔡元培的《中国伦理学史》。鞠先生衣着朴素如故，威仪俨然如故，讲课慢条斯理，句句真诚动人，紧密联系实际。在学生眼中，他本身就够得上是伦理的化身。

1947年，季羡林留学回国来母校拜访他时，鞠先生早已不在人世。但是，人们永远不会忘记，他在日寇侵占济南时大义凛然，不畏敌人的威胁利诱，誓死不出任伪职，穷到每天只能用盐水泡煎饼果腹，终至贫困而死，为中华民族留正气，为后世子孙树楷模。鞠先生的言教身教，深深地影响了季羡林的一生。他曾怀念说：

他那热爱青年的精神，热爱教育的毅力，热爱祖国的民族气节，我们今天处于社会主义建设中的中国人民，不是还要认真去学习吗？我每次想到济南，必然会想到鞠先生。他自己未必知道，他有这样一个当年认识他时还是一个小孩子，而今已是皤然一翁的学生在内心里是这样崇敬他。我相信，我绝不会是唯一的这样的人，在济南，在全山东，在全中国还不知道有多少人怀有同我一样的感情。在我们这些人心中，鞠先生是永远不死的。

校园花絮

北园高中学生的日常生活中也有一些小小的花絮。比如，负责学校日常管理的是一位刘姓监学，他经常住在学校，什么事情都管。因为他秃顶，学生赠以诨名"刘秃蛋"。此人为人奸诈伪善，学生都很讨厌他，而他却自我感觉良好。各班班长都由他指定，季羡林因为学习成绩突出，两年四个学期都被他指定为班长。他还别有用心地想拉拢季羡林给他做眼线，打小报告，季羡林有所警觉，存有戒心，没有上他的当儿。

还有，那时学生虽然都在校内"饭堂"吃饭，但校方根本不管伙食，由学生自己与承包商打交道。学生每月选出一名伙食委员管理食堂，这是费力不讨好的工作，谁也不愿意干，被选上了只好勉强干一个月。但是行行出状元，二年级的徐春藻同学上任后干得很出色，每天夜里都来厨房巡视，看看有没有厨子偷菜偷米。有一次，承包人把肉藏在酱油桶里，准备偷运出去，结果被他抓住了，罚了款。从此，伙食质量大有提高,经常能吃到肉和黄花鱼。徐春藻受到同学的拥护,连选连任,乐此不疲。

迟到的夸奖

  国文老师王昆玉先生是季羡林崇敬的老师。王先生是山东莱阳人,其父是当地有名的文士,也写古文,因此王先生家学渊源,从小受到良好的教育,特别是古文写作方面尤为突出。他为文遵桐城派义法,结构谨严,惜墨如金,逻辑性很强。王先生有一本自己手抄的文集,从来没有出版过,几十年辛勤耕耘,集腋成裘,只留下这薄薄的一小本。

  王先生讲课用的课本是现成的《古文观止》,这也是至今仍然受到推崇的古文名篇。他不是面面俱到,每篇都讲,而是从中选出若干篇讲解,文中的典故当然必讲,但重在文章义法上。《古文观止》的文章上起先秦,下迄明代,按年代顺序排列,选文共222篇。不知什么原因,王老师讲的第一篇文章则是明代袁宏道的《徐文长传》,讲完后出了一个作文题目《〈读徐文长传〉书后》。也许,徐文长其人其事备受人们关注,当时济南的一些刊物也登载过《徐文长的故事》。季羡林从小学起作文都用文言,到了高中仍然未变。他驾轻就熟地写了这篇作文,不意竟获得王先生的青睐,定为全班压卷之作,评语是:"亦简劲,亦畅达。"

  面对迟到的夸奖——这还真正是第一次呢,季羡林当然很高兴,这愈加激发了他的学习兴趣,增强了学习信心。于是,他又拿来韩愈、柳宗元、欧阳修和"三苏"的文集认真研读。这是他自初中开始学习古文的进一步拓宽和发展,直至晚年他对此类古书仍然十分熟稔,有些文章竟能背诵如流。

  但是,季羡林当时仍然够不上全班国文最好的学生。国文桂冠被一名叫韩云鹄的同学摘取,可惜他的其他课程并不优秀,严格说还不算优等生。上课时,王先生把批改后的作文簿亲手发给每一个学生,差的先发,好的后发,季羡林和韩云鹄的作文总是最后发,两年内从未有过例外。王先生在作文后面都写上评语,有时还当面向学生说上几句。在季羡林看来,他的确是一位认认真真、兢兢业业的老先生。

先观景，后作文

　　北园高中远离市区，学生全部住校。季羡林来自农村，自小喜爱自然风光。春日里，吃过早饭到上课之前的这段短暂时间，他经常一个人来到学校南面或西面的小溪旁散步，看小溪中碧水潺潺，绿藻漂动，顾而乐之。到了秋季，夜课以后他仍然来到小溪边徘徊流连，乐而忘返，只见月明星稀，柳影在地，草色离离，荷香四溢。他最喜欢看的是捕蟹，附近的农民每晚都到这里来，把苇箔插在溪中，水从苇箔流动，鱼蟹却游不过去。他们点上一盏马灯，放在岸边，螃蟹看见了亮光，就从芦苇丛中爬出来，一步步爬到灯边，只要一伸手就能把它捉住。间或也有大鱼游来，被苇箔挡住，又不知回头，只在箔前跳动，他们站起身来，举起带网的长竿想把它捉住，但鱼大劲儿也大，不会束手就擒，而在奋力抵抗，往往争斗了好一阵子才能被制服。这是季羡林最爱看的一幕！

　　王昆玉先生也常来溪边散步，有时遇上季羡林，面对眼前的景致，他就指指点点，唠个没完，季羡林当然是洗耳恭听，只字不漏。有一次，王先生还特意给学生出了一个作文题《夜课后闲步校前溪观捕蟹记》，有的同学一下子给蒙住了，只好来溪边观摩一番。而季羡林却正中下怀，他的生活积累足够，又喜欢写抒情或写景一类的散文，因此写起来真实感人、酣畅淋漓。这篇作文又受到王先生的好评，再次在全班夺魁。

　　季羡林对王昆玉先生的为学和为人佩服得五体投地，觉得这样的教书人在今天也是难得的。他曾回忆说：

　　　　后来听说，他到山东大学（当时还在青岛）中文系教书，只给了一个讲师头衔。我心中愤愤不平。像王老师那样的学问和人品，比某一些教授要高得多，现在有什么人真懂而且又能欣赏桐城派的古文呢？如果是今天的话，他早已成了什么特级教师，并会有许多论文发表，还结成了多少集子。他的大名会出现在什么《剑桥名人录》上，还有花钱买来的《名人录》上，堂而皇之地印在名片上，成为"名人"。然而这种事情他决不干。王老师郁郁不得志，也在情理之中，但是，在我的心中，王老师的形象却始终是高大的，学问是非常好的，是一个真正的读书人。

"活新闻"

历史和地理老师祁蕴璞先生，满族人，是山东中学教育界的名人。本来他是有名的省立第一师范教员，后来又调到山东大学教书，并在附中兼课。祁先生在历史和地理教学方面力拔头筹，无人能出其右。实话说，他的口才并非很好，说话还有点儿结巴，按理说很难受到学生的追捧，但是他以知识渊博和讲课内容精彩而制胜。他的讲义绝非陈年老套，而是根据世界形势的变化、考古发掘的最新结果以及学术界的最新学说，随时都在进行修改补充，因此教给学生的都是一些最新的知识。时至今日，这种做法在中学恐怕绝无仅有，在大学也实属罕见。

祁先生精通日文和英文，他深知自从1868年"明治维新"以来，日本对欧美先进国家的物质文化瞠目而视，尤为欣赏，最积极、最热情、最及时地学习和吸收西方的新知识、新科学、新技术。因此，他订购了多种日文杂志和日文新书，有时还把那些新书拿到课堂上给学生看，生怕被手上沾的粉笔末弄脏了，战战兢兢地用袖子托着……

对于祁先生的这个微末动作，季羡林始终难以忘怀，经常讲给他的学生听。他一生对书籍的珍惜和爱护也莫不如是。

斗转星移，世事万变，世界形势的变动随时牵动着祁先生的心。为了将新形势、新动态、新知识及时介绍给学生，除正课外，课余时间他还举办了时事讲座，愿意听讲的人尽可随便来听。祁先生演讲时只有提纲，没有讲稿，事先指定两个文笔好的学生做记录，然后整理成文，经他修正后油印成讲义，发给学生。季羡林被指定为两个记录人之一，为此他曾沾沾自喜，炫耀了一阵子，因而对祁先生也就愈加崇拜了。当时学生看不到报纸，祁先生的演讲便成为不可或缺的"活新闻"，使学生了解了大千世界究竟是什么样子，发生了哪些事儿，开阔了视野，增长了知识，产生了兴趣，培养了分析判断问题的能力，对他们的成长有极大的帮助。

"英文状元"

教英文的刘老师,个子矮矮的,也是济南一中的老师。刘先生毕业于北大英文系,水平倍儿棒,着实令季羡林佩服。由于有小学和初中的英文基础,以及在尚实英文学社补习英文的底子,季羡林绝对称得上全校的"英文状元"。

刘先生上课喜欢跟学生玩一场游戏——每当学生提出问题时,他自己先不回答,而是指定学生回答,指定回答的学生顺序按照英文水平的高低来定。每个学生的英文水平如何,刘先生心里都有一本账,他先指定一个英文水平比提问者略高一点儿的学生回答,如果回答不出,他再指定英文水平更高的学生回答。以此类推,最后就只有季羡林了。此时,提问的学生往往就会得到圆满的答案,因为大多数问题都难不倒季羡林。如果季羡林偶尔也被憋住,刘先生就亲自出马,这场游戏也就宣告结束。

季羡林的英文水平确实非同一般,课堂上老师教的英文似乎已是小菜一碟,远远满足不了他的胃口。于是他开始购买和阅读原版英文小说,并尝试着搞些翻译。他节衣缩食,每年从生活费里节省出两三块大洋,用来买英文书。买书通过日本东京的丸善书店,方法很简便,填一张明信片,写上书名,再写上三个英文字母 COD(cash on delivery),日文叫作"代金引换",意思是书到了以后,拿钱到邮局去取。两年时间,季羡林总共买过两三次书。有一次,他竟无厘头地把本来不出名的英国作家 Kipling 的短篇小说集买下了,因为当时他接触外国作家的原著毕竟不多,往往只是喜欢而已。

每逢接到丸善书店的回信,季羡林就像过年一样高兴,立刻约上一个要好的同学,午饭后沿着胶济铁路步行到十几里外的商埠,从邮政总局那里把书取回来。虽然只是薄薄的一本,他心里却增添了无穷的力量,全身充满了一股儿无可言状的暖流……

有一次,他去取书路过一片荷塘,依稀看见水面上出现二十多里外的千佛山倒影。季羡林感叹道:

刘鹗《老残游记》中曾写到在大明湖看到千佛山的倒影,有人认为荒唐,离开二十多里,怎能在大明湖中看倒影呢?我也迟疑不决,今天竟于无意中看到了,证明刘鹗观察得细致和准确,我怎能不狂喜呢?

季羡林一生爱书如命,在北大教授中堪称"藏书状元",他的数万册藏书就是从这时起,长年累月一本一本搜集起来的。这对于今天"冰点阅读"的人来说,不能不有所启示。

"叔婶不我爱,于我何有哉"

那时,季羡林开始学习第二外语——德语。胶东半岛曾经是德国列强的势力范围,特别是在青岛,住着许多德国人,不少当地的知识分子跟他们学了一些德语。北园高中开设了德语选修课。季羡林学习外语的兴趣一直很浓,马上选修了这门课。

教德语的老师是胶东人,身材相当魁梧,一脸络腮胡子。他的德语发音极不标准,带有明显的胶东口音,把"gut"念作"古吃",有人挑他毛病,他却不服气。所用的德语教材是清朝末年编写的,老掉牙了,中文注解也陈腐不堪。不过,这毕竟是季羡林学习德语的起点,学到了一些简单的语法和词汇,当他考入清华和出国留学,德语便成为须臾不可离开的重要"武器"了!

这位德文老师的业务水平虽然浅陋,但有一手杂学。他喜欢十七言诗,自费印制了收集编辑的诗集,还送给季羡林一本。这玩意儿类似今天的"三句半",挺有意思。几十年后,季羡林还记得其中一首:

发配到云阳,
见舅如见娘。
二人齐落泪,
三行。

这首诗妙就妙在末尾的"三行",言外之意是舅父瞎了一只眼睛。

季羡林还记得，他读了这首诗很有感慨，于是模仿着作了一首诗：

叔婶不我爱，
于我何有哉？
但知尽孝道，
应该。

季羡林来到济南整整十年了，已经长成了一个大孩子。他受到叔父母的供养，给他吃的穿的，给他受教育的机会，由小学读到了高中，对此他终生感激不尽。他甚至认为，人生至关重要的第一步棋是叔父母给布下的。但是，季羡林也的的确确饱尝了寄人篱下的滋味儿，叔父极端守旧，管教甚严；婶母相当刻薄，在如同后母般刁钻的冷面下度日，对于一个刚刚涉世的孩子来说，内心怎能不感到压抑和气愤呢？这首诗活脱脱地表达出季羡林的处境和心情。

"大清国"先生

那时正处于新旧政权交替之中，济南在北洋军阀统治之下，当局提倡读经，学校也把经学作为一门重要课程。教经学的老师是一位清朝"遗老"，可能在晚清时得过功名。他在课堂上张口就是"你们民国"如何如何，"我们大清国"如何如何，于是得了个"大清国"的诨号，真实姓名反被人家忘在脑后。"四书""五经"，原文加注疏，他都能背诵如流，而且还能倒背。

有一次，他在课堂上故弄玄虚，大声吟道："子曰：学而时习之……"

学生见没有下文，为之一惊。

突然，他又大声吟道："之习时而学……"

学生懵懵懂懂，随之付之一笑。

这不是瞎胡闹吗？原来，他是以此来炫耀自己的学问。

"大清国"先生上课从来不带课本，《诗》《书》《易》《礼》他都讲过一点儿，完全照本宣科，按照注疏讲。

还有一位教诸子的王老师，北大毕业，戴一副深度近视眼镜。王先生确实读过很多书，有学问，曾经写了一篇长文《孔子的仁学》，把《论语》中讲到"仁"的地方全部搜集起来，加以综合分析，然后得出结论，此文曾油印成讲义发给学生。季羡林把讲义带回家给叔父看，叔父读了几页便竖起大拇指，连声赞道："好！好！好！"

这类经学、诸子等所谓旧学，虽然并非是季羡林的主要爱好，也不一定能够完全读懂，但他毕竟从中学开始就读过一些，这要比只学"新学"好多了，即或浅尝辄止也对日后涉猎国学有所裨益。

状元公的表彰

季羡林不是常说他少无大志吗，小学毕业他连报考著名一中的勇气都没有。这句话并非谦辞，而是实事求是，且有一定的道理。

在我们看来，季羡林所谓"少无大志"主要是与他的出身和经历有关。你想想，一个六岁离开亲生父母、寄人篱下的苦孩子，能够混上一口饭吃，且有书可读，就已经感到心满意足了，他还能堂而皇之地谈什么远大理想和志向吗？

然而，这样的出身和经历也并非完全是一件坏事，它能使人领略到世事纷纭，道路维艰，人性里隐藏的并非只有光明的一面，还有黑暗的一面，如自私、阴险和邪恶。因此，季羡林虽然自幼缺乏自信心，但是头脑比较清醒，性格比较平和，认识到人生在世有许多自己不能掌控的东西，有许多不能实现的欲望，绝不能动辄立志，好高骛远，去做那些不切实际的事情。

季羡林"少无大志"的表现有目共睹。在上小学和初中时，他并不喜欢念书，只是贪玩，钓虾、捕鱼、捉蛤蟆对他的诱惑力太大了。有时凭着那一点点小聪明，考试成绩还蛮不错，名次相当靠前，可是他从来不想争第一名，对那玩意儿一点儿也不感兴趣。一辈子究竟要干什么，他压根儿就没有好好考虑过，似乎朦朦胧胧地觉得，家里的经济状况始终不好，自己又是一个上不得台盘的人，只要能混个小职员当当，就应该知足了。

但是，按照事物发展的普遍规律，人们的想法和做法不是固定不变的。尤其是青少年，人生路上有时甚至会发生180度的大转弯。可以说，季羡林小学和初中的一些想法和做法，在北园高中时发生了根本的变化，而且这种变化是由一件偶然的事情引起的。

北园高中既是山东大学的附设高中，当然要受山大领导。当时山大校长由山东省教育厅长王寿彭兼任。王寿彭(1875—1929)，字眉轩，号次篯，山东潍坊人。光绪二十九年(1903)他参加会试，文章写得相当漂亮。据说，此时恰逢慈禧老佛爷七十大寿，因为他的名字中有"王者寿比彭祖"的含义，慈禧以为这是吉兆，"窃比于我老彭"，于是将其名列第一，被点了状元。王寿彭还是一位著名书法家，字写得凝重潇洒，俊美雅秀，颇有"二王"之风，很受收藏家追捧。

北洋军阀当政时期，山东督军为奉系军阀张作霖部下三旅旅长张宗昌，绿林出身，绰号"狗肉将军"。此人以"三不知"蜚声全国，即不知自己有多少兵，不知自己有多少钱，不知自己有多少姨太太。他虽然一丁不识，却喜欢附庸风雅，俨然绿林中的一只金凤凰，竟也提倡尊孔读经，并起用状元公王寿彭当了教育厅长。

有一次，在山大本部举行祭孔大典，张督军亲临现场，状元公必陪，他们身着长袍马褂，威仪俨然，向孔圣人三跪九叩。北园高中那些十五六岁的大孩子也奉命参加，他们对孔圣人并不感兴趣，却被校园里的金线泉吸引住了，那一条金线从泉底袅袅向上飘动，煞是可爱，看着看着久久不愿离开。

就在一年级上学期考试以后，状元公突然决定要表彰学生了。高中生的表彰条件是，每班甲等第一名，平均分数达到或超过九十五分。奖品是状元公亲笔题词的一个扇面和一副对联。王寿彭的墨宝极具经济价值和收藏意义，很不容易得到，因此更加吸引人。

高中一共六个班，也就有六个甲等第一名；其中五个平均分数都没有达到九十五分，唯独季羡林的平均分数为九十七分，无可争议地获得了状元公的墨宝。当然，这对季羡林来说，是平生第一次获得的最高荣誉。

状元公的扇面题词抄录了清朝著名文学家厉鹗的一首七言诗：

　　净几单床月上初，
　　主人对客似僧庐。
　　春来预作看花约，

贫去宜求种树书；
隔巷旧游成结托，
十年豪气早销除；
依然不坠风流处，
五亩园开手剪蔬。
　　　　录《樊榭山房诗》，丁卯夏五
　　　　羡林老弟正　　王寿彭

对联题词是：

羡林老弟雅督
才华舒展临风锦，
意气昂藏出岫云。
　　　　　　王寿彭

值得庆幸的是，2003年年初，七十余年前的这副对联被季羡林的秘书在整理旧物时发现，为此他曾感叹道：

我们都大喜过往。一个六十岁老状元对一个十六岁的大孩子的赞誉使我忐忑不安，真仿佛有神灵呵护，才出现了这样一个奇迹。

这种表彰何以对季羡林产生戏剧性的影响呢？

状元公此举看似出乎意料，实际上却合乎情理。诚然，荣誉感人皆有之，尤其对青少年来说，通过表彰更能够激发他们的荣誉感，大大释放他们的潜能。诚然，季羡林并非是幼有神童之誉、少怀大志之人，他表面看起来很自卑，其实这里隐伏着他对荣誉感的渴望和追求，只是因为没有遇到适宜的外部条件而没有表现出来。如今，季羡林有了荣誉感，他的学习态度，乃至对自我价值的认识发生了变化，也就自在情理之中。

说到变化，主要有以下三方面的含义：

第一，九十七分这个平均分数给了季羡林启发和信心。因为，分数与分数不同，比如历史、地理等课程，只要不懒不笨，考试前临时抱佛脚，硬背一通，得个高分并不难；而国文和英文课程，必须有长期的勤奋和积累，还要有一定的天资，方能有所成就，得到高分。季羡林因为国文和英文的基础比较牢固，这个甲等第一名的成绩才有一定的含金量。当然，其他甲等第一名国文和英文的成绩也绝不会太差，但与季羡林相比自然要稍逊一筹。季羡林想到这里，心中自然有了底气，甚至觉得过去的自卑实在毫无道理，荒唐可笑，今后即使不能做得最好，也能做得更好。

第二，九十七分包含多少汗水，只有季羡林才有亲身感受，而今既然得之就不能轻易丢掉。如果保持不住甲等第一名，他的脸实在没处搁。这种最原始最简单的荣誉感能够促使他在学习态度上改弦易辙，发愤图强，认真读书。他在正谊中学时，虾和蛤蟆的诱惑力远远超过了书本；而眼下北园荷塘纵横，并不缺少虾和蛤蟆，他却视而不见。俗话说："浪子回头金不换"，季羡林成了回头的浪子、勤奋用功的学生，他在高中三年每个学期都考了第一名，获得了"六连冠"。

第三，再说季羡林"少无大志"，他原以为自己是一条小蛇，从未想要成为一条大龙，只求高中毕业后当一名小职员，抢到一只饭碗，平平安安地过一辈子就足够了；现在却以为自己即使不是一条大龙，也绝不心甘情愿当一条平庸的小蛇。于是，经过高中阶段的刻苦努力，他信心十足地前去北京"赶考"。从山东来的几十名考生大都报考六七所大学，如果名牌大学考不上，也有可能被其他学校录取，而季羡林却只报考清华和北大，对那些二三流学校不屑一顾。这与他小学毕业不敢报考著名一中形成鲜明的对照，他完全变成了另外一个人。

总之，季羡林从自卑到自信，从不认真读书到勤奋读书，盖由荣誉感使然，而这种荣誉感恰恰是受山大校长王寿彭的一次偶然表彰激发出来的。状元公原本也没有想到，一个被他称为"老弟"的十六岁的孩子后来竟然发生了巨大变化。这种偶然变成必然归根结底还是外因通过内因起作用，即由季羡林的勤奋、天资和爱好决定的。

由此看来，扶植和培养青少年的荣誉感、进取心，调动学习的积极性和主动性，对于他们的成长进步是非常重要的，应该引起老师和家长的足够重视。

第四章 少年英才(二)

"济南惨案"

1928年,蒋介石与汪精卫合流以后的国民党,中央政府的力量得到加强,继续打着孙中山先生的旗号进行北伐。年初,蒋介石复任国民革命军总司令,他在发布《告全党同志和全国同胞书》中称,历史赋予的使命是"誓竭全力,策励军心,会师前线,重申北伐,拥护中央,以固根本,震慑纷乱,以苏民生"。在北伐军的连续进攻下,张作霖的军队节节败退。5月1日,组织护法军政府,蒋介石被推举为大元帅,1922年亲自领导第一次北伐督办公署不到三个小时,日本人担心会失去在山东的特权,在派遣军司令官、第六师团师团长福田彦助中将的率领下,日军开进了济南城,其借口是"保护居该地的帝国臣民的生命财产的安全"。

人们压根儿不会相信,北伐军的作战目的与日本侨民有任何关系。当时济南城内的日本侨民不足两千,而从青岛和天津陆续抵达的日军多达三千五百人。面对中日两军一触即发的对峙局面,蒋介石派人与日军秘密联络,表示愿意承担日军军费,以换取日军撤回青岛。但日本人心里清楚,北伐军的北进将对他们控制中国东北乃至华北地区造成严重威胁。

5月3日,日军寻衅开枪打死中国军民多人,并向济南大举增兵,重炮轰击济南城。国民革命军第四十军被迫还击。深夜,日军包围了山东省交涉公署。中国战地政务委员会外交处长、山东特派交涉员蔡公时与日方交涉,因拒绝向日军下跪并破口大骂，竟被日军割耳剜鼻，连同下属十七人被残忍地杀害。

国民党政府外交部部长黄郛再次前去交涉，日军胁迫他在一份所谓中国军队枪杀了一个日本军曹的"调查报告"上签字，直到他被迫签上一个"阅"字后才被放回。

蒋介石认为日军正逼他趋于"无可忍"，以此为进一步的军事行动寻找借口，于是下令北伐军"全数撤离"设防地域。——蒋介石在日记中写道："如有一毫人心，其能忘此耻辱乎？忘之乎？雪之乎？何以雪之？在自强而已！"然而，北伐军撤离后，日军并没有停止进攻。5月11日，济南全城沦陷，日军大肆烧杀抢掠，奸淫妇女，无恶不作，中国军民五千余人被日军杀害，制造了骇人听闻的"济南惨案"。

失学一年

在日军占领之下，济南城遭到严重破坏，成了恐怖的地狱。爱国学生成了日军迫害的重点对象，学校只好停课，北园高中的老师和学生也都全部疏散。在此情况下，季羡林失学了，蜷伏在家中，心情极其郁闷。

有一天，表兄孙襄城来见季羡林。他俩不但是表兄弟，而且是同学。两人聊着聊着自然谈到了学校。好久没学可上了，学校咋样呢，他们都很想念老师和同学，于是决定去学校看一看。两个大孩子步行十多里，来到了北园，只见偌大的校园静悄悄的，仅剩下一个工友看门。他们向工友一打听，才知道只有教英文的尤桐老师没有走。他们马上来到尤老师的宿舍，与他谈起来。尤老师是南方人，不知什么原因还留在学校。他见学生来看他，很受感动。师生一起谈时局，谈日本鬼子的残暴，谈国民政府无能，接着又谈学校，互相打听老师和同学的下落。在这天昏地暗的时刻，他们看不到一点儿希望，心中充满了凄婉与幽怨。最后，尤老师说，学校早晚有复课的一天，要坚持自学，千万不能荒废了学业。他们谈了很久，从此季羡林再也没有看见过尤老师。其实，尤老师抗战胜利后1946年去了美国，在普林斯顿大学学习考古学，那时季羡林已经在德国留学十年回来了。

在日军的统治下，济南的老百姓战战兢兢，毫无人身安全和尊严。那时候即使你不撞车，也难保车不撞你，季羡林就亲尝了当亡国奴的滋味儿。他后来回忆说：

日寇占领了济南,国民党军队撤走。学校都不能开学,我过了一年临时亡国奴生活。

此时日军当然是全济南至高无上的唯一的统治者。同一切非正义的统治者一样,他们色厉内荏,十分害怕中国的老百姓,简直怕到风声鹤唳、草木皆兵的程度。天天如临大敌,常常搞一些突然袭击,到居民家里去搜查。我们一听到日军到附近某地来搜查了,家里就像开了锅。有人主张关上大门,有人坚决反对。前者说:不关门,日本兵会说:"你们怎么这样大胆呀!竟敢双门大开!"于是捅上一刀。后者则说:关门,日本兵会说:"你们一定有见不得人的勾当,不然的话,皇军驾到,你们应该开门恭迎嘛!"于是捅上一刀。结果是,一会儿开门,一会儿又关上,如坐针毡,又如热锅上的蚂蚁。此情此景,非亲身经历者,是决不能理解的。

我还有一段个人经历。我无学可上,又深知日本人最恨中国学生,在山东焚烧日货的"罪魁祸首"就是学生。我于是剃光了脑袋,伪装是商店的小徒弟。有一天,走在东门大街上,迎面来了一群日军,检查过往行人。我知道,此时万不能逃跑,一定要镇定,否则刀枪无情。我貌似坦然地走上前去。一个日军搜我的全身,发现我腰里扎的是一条皮带。他如获至宝,发出狞笑,说道:"你的,狡猾的大大地。你不是学徒,你是学生。学徒的,是不扎皮带的!"我当头挨了一棒,幸亏还没有昏过去,我向他解释:现在小徒弟们也发了财,有的能扎皮带了。他坚决不信。正在争论的时候,另外一个日军走了过来,大概是比那一个高一级,听了那个日军的话,似乎有点不耐烦,一摆手:"让他走吧!"我于是死里逃生,从阴阳界上又转了回来。我身上出了多少汗,只有我自己知道。

多么恐怖、多么屈辱的日子!季羡林突然之间长大了许多,在他那十六七岁的青年心中,深深地种下了仇恨的种子,激发了爱国热情。于是,他拿起手中的笔写了一篇短篇小说《文明人的公理》,描写日军制造"济南惨案",占领济南期间横行霸道,抢劫中国老百姓钱财的悲惨一幕,表达出对侵略者的无比憎恶和辛辣讽刺。这篇小说是季羡林的处女作,署名希逋,发表在 1928 年天津《益世报》上。

有句话说:"愤怒出诗人。"季羡林虽然不是"诗人",但这篇文章的确是怀着满腔的愤怒写出来的。这也是他一生从事文学创作的起点。

省立高中

1928年，季羡林失学在家待了一年。次年，日军与国民政府签订协议撤出济南，国民党军队开了进来。此时，山东大学附设高中与一中合并为省立济南高中，校址迁至城西杆石桥一个清代衙门的旧址。这是全省唯一的高中，季羡林与北园高中的同学来到这里继续学习，仍然担任班长。省立济南高中的校园里崇楼峻阁，雕梁画栋，颇为富丽堂皇。校门坐北朝南，门前有一段斜坡，走上斜坡进入校门，左侧是一个很大的传达室。校内院子很大，东西两侧有许多房子。东边有一间教师游艺室，里头摆放着乒乓球台。从院子西侧再往前走，上几个台阶就是单身教师宿舍，南北各有一排房子，这是一个独门独户的小院，院内栽着一排木槿花，春天里香气扑鼻，生机盎然，1934年季羡林清华大学毕业后来母校任教就住在这里。

小院西边有一个大圆门，进去是一座大花园，有荷塘、假山和花坛，虽然有些破败，但树木依然青翠，花草依然繁茂，是个读书兼休憩的好地方。胡也频老师就住在花园门口旁边，他常走过花园到后面的教室去讲课。校长办公室、教务主任办公室、教务处、训导处、庶务处，都在正对大门的一排高大的北房里。这排房子后面是全校最大的一个院子，西侧是几排学生宿舍，东侧是一大排教室，被又长又宽的风雨走廊连在一起，院子最东边与省立一中（初中部）相接，教学楼由两校平分。

学校的领导换了人。最初的校长姓彭，南方人，留美学生出身，不久便调到省教育厅当科长。继任校长张默生，山东人，北京师范大学国文系毕业，墨子研究专家，原任省立第一师范国文教师，曾为山东教育界名人、一师校长王士栋作传，书名叫《王大牛传》。张默生也是山东教育界名人，后来调至复旦大学、重庆大学、四川大学任教。

课程设置和师资队伍也有了很大的变化。国文课本由文言文改为白话文，学生不再学习经学，作文也改用白话，学生为之耳目一新。教国文的老师也彻底换了班，不再是前清的翰林、进士，而是清一色从上海来的青年作家，他们是胡也频、董秋芳、夏莱蒂和董每戡，其中前两位是季羡林的业师，对他的影响很大。

两位业师

胡也频（1903—1931），福建福州人，左翼作家，曾任"左联"执行专员。他同以前的老师完全不同，不但不讲《古文观止》，而且连新文学作品也不大讲。每次上课，他总是在黑板上大书"什么是现代文艺"几个大字，然后用浓重的南方口音滔滔不绝地讲起无产阶级革命文学来，直讲得眉飞色舞，学生听得入了迷。什么"现代文学"，什么"普罗文学"，一下子成了大家的兴奋点。

别看胡先生年纪轻轻，个头儿不高，眉清目秀，一副文弱书生的样子，却不愧是一位革命作家，意气风发，大义凛然，视敌人如无物，勇敢无畏。当时济南是国民党的天下，学校也掌控在他们手里，可是胡先生不仅在课堂上大讲革命文学，而且还在课下组织成立了"现代文艺研究会"，公开在学生宿舍的走廊里张贴海报，发放传单和表格，招收会员。"革命啦！"学生们高声喊道，热闹得就像过节一样。由于受到胡先生的影响，书店里摆着的几本普罗文学理论的译文，尽管佶屈聱牙，读若天书，仍然被学生一抢而空。大家生吞活剥地读着，心中似乎燃起了一把火，革命热情空前高涨。

胡先生还创办了一个刊物，季羡林凭着自己的国文水平和担任班长的身份，成为积极的参与者，帮助招兵买马，并为创刊号写了一篇稿子，题目是《现代文艺的使命》。他后来回忆说：

> 内容现在完全忘记了，无非是革命，革命，革命之类。以我当时的水平之低，恐怕都是从"天书"中生吞活剥地抄来了一些词句，杂凑成篇而已，决不会是什么像样的文章。

季羡林虽然尚很稚嫩，对革命道理知之甚少，但他那血气方刚、"初生牛犊不怕虎"的精神着实可嘉。

那一年，胡也频的夫人丁玲女士从上海来济南探亲，学生们立刻成了她的"追星族"。上海滩大名鼎鼎的美女作家来了，如同飞来了一只金凤凰，谁能不感到兴奋和好奇呢？丁玲面容俊秀，身材丰满，个子比胡也频略高，还穿着挺高的高跟鞋，那副娇小姐的样子颇受学生们的关注。看着胡先生与夫人手拉着手，亲亲密密地走在坑坑洼洼的马路上，谁能不感到新鲜和艳羡呢？学生们佩服胡先生是位好丈夫，因此对他更加尊敬了。

可是好景不长。自从1927年蒋介石背叛革命，国民党实际反动的黑暗统治，在文化方面发动了残酷的反革命围剿。1930年，胡也频遭到国民党当局的通缉，在校长张默生的保护和资助下，连夜秘密潜回上海。1931年1月17日胡也频被捕，2月7日同柔石、冯铿、殷夫、李求实等左翼作家一道，被国民党当局秘密杀害于龙华警备司令部，时年仅二十八岁。鲁迅先生曾经写了一篇杂文《为了忘却的纪念》，怀念自己的战友，愤怒声讨国民党反动派的暴行。季羡林曾怀念说：

> 等到我这一辈人同这个世界告别以后，脑海中还能保留胡先生身影者，大概也要完全彻底地从地球上消逝了……只要我在一天，胡先生的身影就能保留一天。愿这一颗流星的光芒尽可能长久地闪耀下去。

接替胡也频的是董秋芳（1898—1977），笔名冬芬，毕业于北大英文系，也是一位小有名气的左翼作家。当时有一本颇为流行的苏联小说《争自由的波浪》就是他翻译的，鲁迅先生作的序，不少学生都读过。

董先生个头儿不高，相貌也毫无惊人之处，一只手似乎还有些毛病。在课堂上，他与胡也频不同，并不讲现代文学，也不宣传革命，而是老老实实地教书，认认真真地为学生批改作文。他操着浓重的绍兴口音，给学生讲解鲁迅先生翻译的日本著名作家厨川白村（1880—1923）的《苦闷的象征》《出了象牙之塔》。他出作文题也很特别，往往在黑板上大书"随便写来"，意思很明白，想写什么就写什么，想怎么写就怎么写。董先生的这种做法，恰恰为季羡林提供了不受文章章法的约束，自由发挥特长的空间。

有一次，在董先生"随便写来"的启发下，季羡林写了一篇作文，抒发回乡为父亲奔丧时的悲痛心情。这篇文章除了感情真挚之外，季羡林并未觉得谋篇布局有什么独到之处。可是作文簿发下来时，让他大吃一惊，只见在每页的空白处，董先生都写了批注——一个地方批道:"一处节奏。"另一个地方批道:"又一处节奏。"

"难道这是我的作文吗?"季羡林不相信自己的眼睛。

"没错儿,这不是我的,又是谁的呢?"季羡林认出来了。

"自己从未想到的,被董先生点破了,又是一语中的!"季羡林顿时恍然大悟,遂又想起山大附中王昆玉先生对自己作文的批语。

"知我者,董先生也!"季羡林异常激动,从此对董先生也愈加敬重了。

还有一次,董先生在他的作文簿上批道:"季羡林的作文,同理科一班的王联榜一样,大概可以说是全班之冠,也是全校之冠!"

于是,他的写作积极性又一次被充分地调动起来。

季羡林从初中开始对作文越来越感兴趣,在正谊中学杜老师、北园高中王昆玉老师的指导下,成绩一直保持下来,如今受到董老师的褒奖,写作的劲头儿更足了,不再满足于老师指定的作文题目,而是要独辟蹊径,让自己的文章走出校园,走向社会。继《文明人的公理》之后,他又接连发表了《医学士》《观剧》。"小荷才露尖尖角",这些文章爱憎鲜明,文笔流畅,贴近现实,虽然显得不太成熟,但毕竟清新可爱。

几乎与此同时,季羡林又开始发表译作,如印度大文豪泰戈尔的《小诗》,俄国著名作家屠格涅夫的《老妇》《世界底末日(梦)》《玫瑰是多么美丽,多么新鲜呵……》《老人》等,发表在济南《国民新闻》《趵突周刊》和天津《益世报》上。这样一来,同学们都啧啧称羡,送给他"作家""翻译家"的绰号。

可以说,季羡林一生从事的学术研究与他的文学创作风马牛不相及,但他对散文创作始终情有独钟,乐此不疲。每忆及此,他就满怀深情地说,这"全出于董老师之赐,我毕生难忘"。

2000年12月,董秋芳的女儿董菊仙将父亲的译作整理成文集出版,季羡林为之作序说:

1928年是我在无意识中飞跃的一年。从《古文观止》《书经》和《诗经》飞跃到鲁迅和普罗文学。在新文学岸边迎接我的正是董秋芳先生,我自己也不知道,是由于什么原因,我的白话作文竟受到秋芳先生的激赏,说我是"全班甚至全校之冠"。我是一个平凡的人,受到赞赏,这本是不虞之誉,我却感到喜悦和兴奋。这样就埋下了我终身写作的种子。除了在德国十年写得很少,"十年浩劫"根本没写之外,我一直写作未辍。我认为,作家是一个高贵的称呼,是"人类灵魂工程师",区区如不佞者焉能当此称号!我一直不敢以作家自居。然而,写作毕竟成为我生活不可或缺的一部分,每有真实感触,则必写为文章,不仅是自己怡悦,也持赠别人。所有这一切,都必须归功于董先生,我称他为"恩师",不正是恰如其分吗?

季羡林以前一直读古典文学,但对左翼作家胡也频、董秋芳鼓吹和宣传的"现代文学"也接受得很快。因为他自小好读闲书,小学和初中看了一些志怪、公案小说;高中读了许多古典作品,从《庄子》《史记》到唐宋八大家,以及明代公安派、清代桐城派的文章;大学读了大量五四运动以来的新文学作品,如鲁迅、胡适、茅盾、周作人、郭沫若、巴金、老舍、郁达夫等人的作品。长此以往,季羡林在向前人学习的基础上,对于写文章逐渐形成了自己的一套看法。简单地说,他认为写好文章一要感情真挚、充沛;二要词句简练、优美、生动;三要布局紧凑,浑然一体。当然,这些看法在他上中学时尚处于襁褓之中,并无清醒的认识,直到上大学时才逐渐成熟定型。

无爱的婚姻

中国人讲究"孝道",说是"百行孝为先"。山东又是孔孟之乡,中华传统文化氛围尤其浓厚。关于孝亲,旧时还有一种说法:"天下没有不是的父母。"就是说,父母无论怎样都是对的,羊羔跪乳、乌鸦反哺这类故事对人们的影响很深。

在家庭和婚姻方面,季羡林身上也体现了一个"孝"字。

1929年,季羡林十八岁了,叔父母要为他张罗娶妻生子,延续家族香火了。季羡林马上就要高中毕业,那只饭碗还不知能不能找到,平心而论,他是不愿意在这个节骨眼儿上有家室之累。再说,叔父母究竟会给他娶个什么样的女孩儿,能和他的想法一致吗?对此他很在意。可是,"父母之命,媒妁之言",当时仍然禁锢着人们的头脑,季羡林对外面世界的风气毕竟了解得很少,充其量还只是个大孩子,尚不敢违背家庭礼教,对叔父母的决定和安排只能服从,没有任何别的选择。按照习俗,像季羡林这样"兼祧"的人,为了延续家族香火,叔父母和父母要在济南和清平老家各自为他娶一房媳妇。因为父亲已经去世,母亲无法再管他的事了,所以只能由叔父母做主,在济南为他娶媳妇。

季羡林的妻子是邻居彭家的三姑娘,名叫彭德华,比他大四岁。彭家是个大家族,彭德华有爷爷、父亲、继母和弟弟,还有二大爷、二大娘以及他们生的兄弟姐妹。

彭德华的父亲彭如山家中排行第四,号希川,与季羡林的叔父季嗣诚是好朋友,也是黄河河务局的同事。他们两家都住在济南南关佛山街柴火市,季家住前院,彭家住后院,共走一个大门,彭家人出出进进都要经过季家的院子。彭家的孩子与季羡林和秋妹从小就在一块儿玩,他们称季羡林为"喜子哥",称彭德华为"胖姐",季羡林与彭德华可谓青梅竹马。后来季嗣诚在佛山街南段买了一座四合院,但两家离得也不远,仍然常有来往。

彭家有五个男孩儿,最小的弟弟彭松生于1916年,比季羡林小五岁。季羡林很喜欢这个小弟弟,别人在院子疯玩,他就把彭松带到自己屋里。那时季羡林住在北屋东头,靠窗搁一张书桌,挨里放一张床,他从书桌的抽屉里拿出一本有插图的英文书,给彭松讲故事,讲的是《鲁滨孙漂流记》,每天讲一段,什么鲁宾孙、星期五,小彭松听得入了迷。北屋西头存放着粮食,季羡林常在那儿练"铁砂掌"。院里有一棵槐树,季羡林有时也在那儿练功夫,脚倒钩在树枝上,头朝下,一下能练几分钟。季羡林跟彭松的四哥也要好,他俩经常带彭松出去玩,嫌他人小走得慢,就一边一个架着,双脚悬空,拖着往前跑。这是男孩儿之间感情的自然贴近,无拘无束,不久以后,季羡林就被身边的女孩儿吸引过去了。

彭家的女孩儿也不少,一共有堂姊妹四人。起初,在季羡林眼中,彭德华并不是他的意中人,而二姑娘彭冠华倒让他怦然心动。那姑娘长得可够漂亮的,简直是花容月貌,而且心地善良,称得上是真正的美人。她比季羡林大一些,季羡林管她叫"小姐姐"。可遗憾的是,季羡林即或相中了"小姐姐",也该掂量掂量自己的分量。一个乡下来的小土孩儿,貌不出众,语不惊人,怎配得上这天仙般的美女呢?于是,季羡林只好收起非分之想,与"小姐姐"保持正常的姐弟关系。

再说彭家四姑娘彭蓉华,聪明伶俐,活泼可爱,虽然没有"小姐姐"那样漂亮,倒也挺受看。四姑娘也比季羡林大几岁,季羡林管她叫"荷姐"。说心里话,他俩最要好,觉得彼此情投意合,相当般配,朦朦胧胧中憧憬着有朝一日成就鸳鸯之美。可是,"荷姐"的母亲——彭家二大娘同样看不上季羡林这个乡巴佬,最终把闺女许给了有钱人家。

季羡林的"一箭双雕"落了空,到头来只能被套上枷锁,由家长一手包办了。

季羡林的叔父母既没看上彭家的二姑娘,也不喜欢彭家的四姑娘,却偏偏相中了勤快、孝顺、文静、少言寡语的彭家三姑娘,认为这才是最理想的侄儿媳妇。就这样,从定亲到过门,季羡林和彭德华成了两家老人任意摆弄的活道具。

结婚那天,小彭松倒是过了一把儿瘾——他给三姐"压轿",脚底下放着一块年糕,取"步步高升"之意。说到这儿,有人自然要问:"这样的婚姻能够谈得上'步步高升'吗?"

彭德华没有读书的天分儿,只读了几年小学,认识千把儿字。她不像季羡林和秋妹那样好读"闲书",什么书都不读,整天帮着父母做家务,带弟弟妹妹玩,学过的字渐渐生疏了,提笔写字很困难。结婚后她与季羡林长期两地生活,给丈夫写信都是找小彭松代笔。由于文化水平、性格和爱好方面的差异,季羡林的婚姻生活确实很不美满,他越来越感到家庭——妻子乃至叔父母——同自己的情感志趣格格不入,家庭不能成为他的避风港。总之,季羡林尝到了包办婚姻的滋味儿。

既然木已成舟,那又如何面对呢?季羡林明智地采取了逃避和妥协的态度。一方面,他对家庭始终抱着冷漠的态度,保持一定的距离,能躲即躲,敷衍应付;另一方面,他又从不回避自己对家庭的责任。尽管六岁离开父母,长期寄人篱下,受到明显的歧视,可他始终感谢叔父母的养育之恩和给予自己受教育的机会,认为不能忘恩负义,报答他们,对他们尽孝是自己不容推却的责任。

当然,季羡林比谁都清楚,自己的婚姻完全是为"孝顺"而存在,以传宗接代为目的,而代他为叔父母行孝的正是自己的妻子,并如愿地为季家生下了儿女。因此,如同他对家庭既厌烦又非背叛一样,他对自己的婚姻也始终怀有一种"爱不能婚,婚非所爱"的矛盾心理。也就是说,爱情是没有的,他也根本不想培养爱情,像当下有的年轻人那样,先结婚而后恋爱。

然而,季羡林心知肚明,彭德华并没有任何对不起他的地方,对他绝对忠诚、绝对服从。尤其是他出国留学后,由于战争爆发,有数年同祖国和家庭完全断了通信联系。那时，家乡流传着各种谣言，说他已经与外国女人结了婚，彭家有一个远房亲戚还打过彭德华的歪主意，彭德华竟毫不动摇；季羡林也做到了问心无愧，尽管对妻子没有爱，但绝对没有背叛她。

总之，季羡林与彭德华的婚姻生活没有花前月下、卿卿我我，然而做到了"执子之手，与子偕老"。他们长期天各一方，天命之年方才聚首，季羡林对妻子却始终不离不弃。正如古诗云："独卧绣窗静，月明宿鸟啼，不嫌惊妾梦，羡汝是双栖。"

毕业旅行梦

高中很快就要毕业了，同学们酝酿着离校之前集体出去旅行。可是，旅行需要花钱，钱从哪里来呢？向家里要吧，大多数家长都不支持，不是没有钱，就是有钱也不会让孩子"乱花钱"。唯一的办法就是自己设法筹集，同学们推举出一个筹委会，成员都是各班的骨干，主任由一名诸城籍同学担任，季羡林也是筹委之一。

筹委会决定组织一台文娱演出，卖门票筹集旅费。这些十八九岁的大孩子人才济济，凑一台节目并不难。有个高二同学叫台振中，京剧唱得好，"失、空、斩"是拿手好戏，演老生，饰诸葛亮，叫好又叫座，堪称台柱子。还有说山东快书的，耍戏法的，演杂技的，跳舞蹈的，五花八门，应有尽有，很快就选定了一台节目。说干就干，传单都印好了，全都散发出去，并且还送出去一部分嘉宾入场券。

现在是"万事俱备，只欠东风"。所谓"东风"，就是校长的批准和支持。校长张默生是一位老实人，他不愿意给学生泼冷水，可是能力又实在有限，跟教育厅长何思源也没有多少交情，指望他把入场券推销出去，换成银子，其实是不可能实现的。张校长不愿意承认自己爱莫能助，但又确实无法帮助学生，只好采取拖延战术，今天拖明天，明天拖后天。同学们渐渐明白过来，决定不再让校长勉为其难，只好忍痛作罢，鸣金收兵。这场美好的毕业旅行梦终于化成了泡影。

谋职未果

1930 年夏天，季羡林高中毕业。当时家里的经济情况并不景气，如果能找到一只铁饭碗,可以养家糊口,那当然求之不得,谢天谢地。在旧中国,百业凋敝,毕业求职绝非易事,想找个铁饭碗就更难。当时只有三个地方有铁饭碗:一个是邮政局,一个是铁路局,一个是盐务稽核所。这三个部门都把持在外国人手里,在那里谋个差事,只要不得罪"洋大人",虽然不可能荣华富贵,但也能保你一生平安。恰巧,济南邮政局要招考邮务生,叔父以为这是个难得的机会,遂命侄儿去应考。如果考中了,不出娄子,勤勤恳恳、老老实实干上一二十年,混个邮务佐,也够上一个小"官"儿,全家即可衣食无忧,太太平平,过着"小康"日子。

然而,季羡林早已不像小学毕业时那样"少无大志",如今,经过多年来的锻炼,尤其高中的学习成绩一直保持优秀,自信心增强了,他竟然想报考最好的大学。在这个节骨眼儿上,让他去报考一个邮局小职员,他怎么能心甘情愿呢?可是,叔父的话如同"圣旨",岂敢违抗?于是,他只好硬着头皮去应考。

季羡林本来是那一届高中毕业生中的佼佼者,以他的成绩十有八九能考上,可是不知为什么,主考的洋人却偏偏看不中他。季羡林终于名落孙山,求职未果。难道是他故意不好好考,故意要落榜吗?人们或许会这样猜测。直到晚年,季羡林才照实说出了个中缘由:

> 虽然不想当邮局职员,却也不是故意不好好考。没有录取的原因可能有两个:一个是自己数学成绩不好。这可以理解,因为高中是读文科班,三年中数学没有学习多少;第二个原因,可能是被关系硬的考生顶掉了。那时候虽然没有"走后门"这个词儿,可讲究关系在中国是根深蒂固的。能在洋人开办的邮局谋到一个职务,对许多家长来说可谓求之不得。竞争的激烈程度,并不亚于考名牌大学。有些考生,或者家长,走一走旁门左道,也没有什么好奇怪的。

邮务生既非季羡林之所愿,没考上也就作罢了。这时,他暗自庆幸:另外一条完全不同的人生之路,正摆在他面前呢!于是,季羡林便向叔父提出报考大学的要求。

本来,叔父先前那种期望侄儿光大门楣的想法不知到哪里去了,婶母也更加急功近利,只想着眼皮底下那点儿事,可是面对眼前的处境——侄儿一时很难抢到一只饭碗,他们又实在拿不出什么好办法。最后,叔父母冷静下来,想:"这孩子以后要是能有出息,如果不让他去考学,那就对不住他了。或许,将来他真就能光宗耀祖呢!"

于是,他们同意了。季羡林总算松了一口气,高高兴兴地准备进京赶考。

大 学 篇

考上清华以后，在选择系科的时候，不知是由于什么原因，我曾经一阵心血来潮，想改学数学或者经济。要知道我高中读的是文科，几乎没有学过数学。入学考试数学分数不到十分。这样的成绩，想学数学岂非滑天下之大稽！愿望当然落空。一度冲动之后，我的心情立即平静下来：还是老老实实，安分守己，学外国文学吧。

我的学士论文是用英文写成的，题目是 The Early Poems of F. Hölderlin.……现在回忆起来，我当时的德文水平不可能真正看懂薛德林的并不容易懂的诗句。当然，要说一点儿都不懂，那也不是事实。反正是半懂半不懂，囫囵吞枣，参考了几部《德国文学史》，写成了这一篇论文，分数是 E（Excellent，优）。我年轻时并不缺少幻想力，这是一篇幻想力加学术探讨写成的论文。如果这就算学术研究的话，说它是"发轫"，也未尝不可。但是，这个"初""发"得并不辉煌，里面并没有什么"天才的火花"。

季羡林

第五章 发轫清华(一)

进京赶考

1930年7月,季羡林和八十多名山东"举子"一起进京赶考。在此前一年,即1929年6月20日北京已改为北平,因为1927年8月25日国民党政府将首都定在南京。北京作为历史文化名城,也是高校云集的地方。那时大学虽然没有现在多,但也不算少。有官办的、私立的、教会办的,五花八门,总有十几所,还有一些专科学校。顶尖的大学当然只有清华和北大。此时,在高中获得"六连冠"的季羡林雄心勃勃,自认为有能力和那些王谢人家、书香门第的子弟一争高下,非考个名牌大学不可。

20世纪二三十年代,中国实行"大学独立、学术自由、教授治校"的原则。大学要独立地按照自己的标准和要求考核学生,采取自主选拔和考试的方式;学生则可以同时报考几所大学,最后自己决定上哪所大学。招生考试由学校自行命题,考试时间也不统一。有的二三流大学一个暑期竟招考三四次,一为捞报名费,二为挣学费。那时来京的考生一般都报考七八所学校,而且几乎没有人不报清华、北大,即使没有太大的希望,也想侥幸试一试,下边再报一个或几个保底的学校。1930年,朝阳大学把山东来的没有考上一二流大学的学生,几乎照单全收,一网打尽。每年全国有七八千考生报考清华和北大,可是清华只招二百来人,北大还不到清华一半,最后录取的还不到十分甚至二十分之一,可见对广大考生来说是"可遇不可求",竞争相当激烈。

　　季羡林是第一次来北平。他在前门火车站下了火车，坐上黄包车，来到前门楼子下面的城门洞时，看见木屋似的有轨电车正在向北行驶。他有点儿害怕，心想："'电'这东西挺危险，还是躲一躲吧！"可是，车夫仍然在电车前面慢悠悠地跑着，电车则在后面一个劲儿地摇铃催促。季羡林心里越发着急慌乱。来到长安街时，看见红墙黄瓦的皇城和高耸的天安门城楼，他好像刘姥姥进了大观园，翘首仰望，肃然起敬。黄包车顺着红墙一路向西，经过西单，把季羡林拉到大木仓胡同的一个小公寓。他住进一间北屋客房，窗前有一株高过屋檐的老枸杞树，院子里摆着一缸荷花和一盆开着白花的仙人掌，还有几盆叫不出名字的花草。

　　第二天天下着雨，季羡林静下心来，躲在客房里温课备考。看书累了，他就在院子里走走，和公寓的主人闲聊几句。

　　季羡林暗地里主意已定，决定只报考清华和北大，不像别的"举子"那样"撒大网"。

　　清华远离市区，借用城内沙滩北大的考场。清华和北大各考三天，直考得精疲力尽，焦头烂额。季羡林白天要去北河沿大街北大三院考试，晚上回到公寓还要对付臭虫的突然袭击。臭虫的"空降部队"可怕极了！它们先爬上天花板，然后"空降"到床上，咬你没商量。山东来的学生自会苦中寻乐，黄昏时结伴去西单逛街。那时北平街灯不明，马路不平，但他们仍然走街串巷，别有兴致，光顾老字号店铺，品尝京味小吃，观看路旁的杂耍；再走远一点儿，到北海和中南海观赏美景，耳听铿锵清脆、悠扬有致的京腔京韵，如闻仙乐，鼻子也能享受到路边小摊子上栀子花和茉莉花散发出的沁人心肺的幽香；晚上回到寓所，胡同里传来悠扬的叫卖声："驴肉！驴肉！""王致和的臭豆腐！""硬面儿饽饽！"虽然有几分凄凉，但是很受听，伴随着他们进入梦乡。

　　关于考试的情况，清华的党议试题（相当于政治题）是：孙先生民生史观与马克思唯物史观差异何在？国文试题（二选一）是：1. 将来拟入何系，入该系之志愿如何？2. 新旧文学书中，任择一书加以批评。这些考题规规矩矩、平平常常，没有什么特别之处，季羡林得心应手，成绩应该不错儿，否则也不会榜上有名。至于作文题，2001年他回忆说是《梦游清华园》，其实这个作文题确实由陈寅恪出过，但不是1930年的考题,而是 1932 年的考题。也许这个作文题不是那么抢眼,否则季羡林不会遗忘。

北大的国文和英文试题很有特色,季羡林印象极深,几十年后回忆说:

> 国文题就非常奇特:"何谓科学方法?试分析详论之。"这哪里像是一般的国文试题呢?英文更加奇特,除了一般的作文和语法方面的试题以外,还另加一段汉译英,据说年年如此。那一年的汉文是:"别来春半,触目愁肠断。砌下落梅如雪乱,拂了一身还满。"这也是一个很难啃的核桃。最后,出乎所有考生的意料,在公布的考试科目以外,又奉赠了一盘小菜,搞了一次突然袭击:加试英文听写。我们在山东济南高中时,从来没有搞过这玩意儿。这当头一棒,把我们都打蒙了。我因为英文基础比较牢固,应付过去了。可怜我那些同考的举子,恐怕没有几个人听懂的。结果在山东来的举子中,只有三人榜上有名。我侥幸是其中之一。

确实,此类试题并非简单,即使今天的考生也不会感到容易。季羡林的国文和英文考试成绩很优秀,被清华和北大同时录取了。

叔父母知道了这个消息,当然非常高兴。他们想的是,侄儿总算为祖宗增了光,念完四年大学就有出头之日了,苦日子即将过去。他们又把这个消息告诉了季羡林的母亲,母亲见儿子越走越远,又重复着早先说的那句话:"要知道他一去不回,当初决不会把它放走!"

这话儿如果让季羡林知道了,他会更加懊悔不已,因为自从父亲去世以后,母亲眼巴巴地等了他八年,直到临死也未能见到最后一面……

季羡林的故乡也引起了极大的轰动,清平县政府决定,为这个家境贫寒的学子,每年资助 50 块大洋。山东蓬莱的葛庭燧 1930 年考入清华物理系,甚至获得山东省政府每年资助 60 块大洋,后来成为著名的物理学家。可见,当时官方对考入清华和北大的学生是很重视的。

选清华，还是选北大

那时，同时考中清华、北大两所名牌大学的考生虽然是凤毛麟角，但每届都有个把儿的。1930年还有何其芳（1912—1977），他比季羡林小一岁，选择了北大，后来成为著名诗人、文艺理论家。选清华，还是选北大，季羡林也同样遇到了鱼和熊掌的问题。论师资和办学条件以及生源和名气，北大和清华难分伯仲，各有优势，都是全国考生的首选志愿，至今依然如是。几十年后，在北大教了大半辈子书的季羡林总结说：

清华强调计划培养，严格训练；北大强调兼容并包，自由发展，各极其妙，不可偏执。

又说：

北大的风范可用人们对杜甫诗的评价"沉郁顿挫"来概括。而对清华则可用杜甫对李白诗的评价"清新俊逸"来概况。这是我个人的印象，但是我自认是准确的。至于为什么说是准确，则绝非三言两语能够解释清楚的，这个问题就留给大家去揣摩吧。

那么，到底选择哪所学校呢？季羡林着实经过了一番严肃认真的思考。

清华大学肇始于1910年清政府创建的"清华学堂"，1911年更名为"清华学校"，即利用美国退还的"庚子赔款"建立的"留美预备学堂"，1925年设立大学部，1928年正式改名为"国立清华大学"，是一所文理科兼备的综合大学。季羡林考入清华时，虽然"留美预备学堂"早已不复存在，但仍然保持继续向外国输送留学生，尤其向欧美国家输送留学生的惯例。而且，当时社会上又盛行一种"留学热"，如果有机会出国镀镀金，回来就有可能抢到一只好饭碗。季羡林头脑中恰好萌发出国留学的幼芽，所以他最终选择了清华，想读上几年书，然后将其作为"跳板"，到国外待上几年，以便回国后找到一个好工作。

于是，季羡林开始了为期四年的大学学习生涯。

初到清华

那天，季羡林高高兴兴地来清华报到，未想到竟被老同学捉弄了一番。这是怎么回事呢？他曾经回忆说：

> 新生入学，第一关就是"拖尸"，这是英文字"toss"的音译。意思是，新生报到前必须先到体育馆，旧生好事者列队在那里对新生进行"拖尸"。办法是，几个彪形大汉把新生的两手、两脚抓住，举了起来，在空中摇晃几次，然后抛到垫子上，这就算完成了手续，颇有点像《水浒传》上提到的杀威棍。墙上贴着大字标语："反抗者入水！"游泳池的门确实在敞开着。我因为有同乡大学篮球队队长许振德保驾，没有被"拖尸"。至今回想起来，颇以为憾：这个终生难遇的机会轻轻放过，以后想补课也不行了。
>
> 这个从美国输入的"舶来品"，是不是表示旧生"虐待"新生呢？我不认为是这样。我觉得，这里面并无一点敌意，只不过是对新伙伴开一点玩笑，其实是充满了友情的。这种表示友情的美国方式，也许有人看不惯，觉得洋里洋气的。我的看法正相反。我上面说到清华校风清新和活泼，就是指的这种"拖尸"，还有其他一些行动。

清华的新生考试前不填报志愿，入学以后再选系和选专业。选择文科、理科或者工科悉听尊便，读上一阵儿觉得不合适还可以转系。低季羡林一届的钱伟长（1912—2010）本来也是文科学生，1931年他以国文和历史双百的成绩考入清华，原想学习历史，但刚入学就赶上九一八事变，他发愤造飞机大炮救国，遂改学物理，终成"万能科学家"。

这时，选系和选专业又同样困扰着季羡林。他高中学文科，高考数学成绩极差，百分制才4分。比季羡林高一届的钱锺书（1910—1998），高考数学成绩也只有15

分，因为国文和英文成绩优秀而被清华录取。为了弥补理科知识的缺陷，季羡林心血来潮，异想天开，竟然想选数学系，但经过反复思忖，权衡利弊，最后选了西洋文学系，这个系后来更名为外国语文学系。季羡林的这一决定事出有因：一是这个系在全国大学中只此一家，首屈一指；二是这个系与他出国留学的初衷密切相关。也许在高中选学过一个学期德语，有些基础，所以他又选了德语文学专业。

从季羡林和钱锺书的高考数学成绩来看，说明中学阶段文、理分科严重地影响了学生的全面发展，对此切不能掉以轻心。那么，考上大学又如何弥补数、理、化的缺欠呢？季羡林曾经提到这个问题，他说：

> 大概是1917年，蔡元培校长提出了一个意见：文科的学生必须学一门理科的课……后来，1930年，我考北大，考清华。当时北大出的国文题目非常奇怪："何谓科学方法，试分析详论之。"这不像国文题。当时我听说北大文科的学生必须学一门科学方法的课来代替理科的课。当时就有一本书叫《科学方法论》，作者是化学家王星拱……我到了清华，学校要求文科的学生必选一门理科的课。如实在有困难的话，可用逻辑代替。当时教授不是太多，哲学系的三个教授，金岳霖、冯友兰、张崧年，都开了逻辑课。所以我们就用逻辑代替了。

这一年西洋文学系入学的新生，只有一个班，18人，其中江苏籍的最多，有5人，山东和四川籍的各有3人。全班分三个专修方向：英语、法语和德语。起初与季羡林一起学德语的学生，有本班的，也有外系的，人数不少，后来逐年减员，三年级学德语的只剩下两人，四年级学德语的只有季羡林一人了，创造了"一对一"的德语教学奇迹。这种情况在他后来去德国留学也曾碰到，此为后话。

西洋文学系的老师

季羡林选读清华大学西洋文学系，虽然与虚无缥缈的"留学梦"不无关系，但绝不能单纯为了留学而学习，必须严格按照教学大纲的要求，学完规定的专业必修课。在这四年中，他除了学习德语、英语、法语之外，还学习了国文、欧洲文学史、欧洲古典文学、中世纪文学、文艺复兴文学、现代文学、近代戏曲、文艺批评、莎士比亚研究、英国浪漫诗人、近代长篇小说、文艺概论、文艺心理学、西洋通史等专业课。同时，他又自学了俄语和希腊语。

说真的，来到大学一下子学习这么多课程，对于一个高中毕业生来说，即使基础再好，抑或尖子生，也很难很快适应，季羡林当然也是如此。他在学术自传《学海泛槎》中总结道，清华四年专业课的学习"乏善可陈"，没有捞到什么"干货"，其原因要从授课的老师身上去找。当时，西洋文学系的老师大多数为外籍教授，教材基本上都是英文，就连中国老师也几乎用英文授课，这在今天来说，一般学校是很难做到的。

那么，季羡林眼中的外籍教授究竟如何呢？

温德教授，美国人，是个单身汉，教授欧洲文艺复兴文学和三年级法语课。在世界所有宗教中，他最喜欢伊斯兰教。生活上他很讲究，穿的、用的追求名牌，追求高档，但买东西经常上当，冤大头没有少当。他喜欢喝酒，经常是醉醺醺的，但身板硬朗，享年百岁，无疾而终，卒于中国。

温德思想进步，据说后来在昆明联大时，他与师生一起参加反美游行；北平解放前夕，他保护学生免遭国民党逮捕，吴晗、袁震夫妇就是他亲自用汽车护送出城的；朝鲜战争期间，他积极支持中国抗美援朝运动，公开控诉美国的罪行。可见，温德教授一生热爱中国，热爱中国人民，热爱中国文化。解放后，他一直在北大西语系任教，季羡林担任东语系主任，时常与他见面。

翟孟生教授，美国人，教授西洋文学史。原来他是清华"留美预备学堂"的理化教员，学堂改为大学后改行教西洋文学史。他有研究欧洲文学史的专著 *A Survey of European Literature*，学生读后能够对欧洲文学形成一个完整的概念。但他毕竟是半路出家，功底不足，可能没有详细阅读欧洲文学名著，因此书中不乏张冠李戴之处。

毕莲教授，美国人，教授中世纪英语。她一无著作二无讲义，拿手好戏是背诵英国大诗人乔叟（Chaucer，约1340—1400）的《坎特伯雷故事集》(*Canterbury Tales*)的开头几段，背得滚瓜烂熟，新生一下子就被唬住了，然后再也拿不出什么干货。学生开玩笑说："老师还不如程咬金呢，程咬金有三板斧，她只有一板斧。"

吴可读教授，英国人，教授中世纪文学，也是既无著作也没讲义。上课随口讲，学生随手记。他还教授当代长篇小说,讲过当时刚刚出版的《尤利西斯》和《追忆似水年华》。他是否读懂了这两部名著,只有天知道,反正学生听得迷迷糊糊,不知所以。

石坦安教授,德国人,教授三年级德语。他教课非常认真,颇受学生喜爱。季羡林四年级时听过他的德国抒情诗课,撰写毕业论文也征求过他的意见。

艾克教授,字锷峰,德国人,教授四年级德语,是季羡林的业师。他在德国取得了博士学位,主修艺术史,看来很有学问,但讲课不大认真。让人感到奇怪的是,他讲课用英语而非他的母语德语。有一次,学生请他用德语讲,他就口若悬河地讲起来,像超音速飞机那样快,真的是坐了一次"飞机"。讲完之后,他问道:"Verstehen Sie etwas daven?"("你们听懂了吗?")

学生瞠目结舌,只好回答:"No!"从此以后,再也不敢请他用德语讲课了。

有一次上课之前,季羡林在黑板上写了几个汉字,本来是写着玩的,好像有鬼画符的意味儿。可是当艾克走进教室,看见这几个字愣住了,站在那儿傻呆呆地看了半天,似乎很欣赏,问道:"这是谁写的?"

"老师,是我写的,忘擦掉了。"季羡林从实招来。

"漂亮极了!"艾克高声赞叹道,遂又发表见解说,"我虽然不认识汉字,但我是美学家。我看汉字就像看一幅画,只看结构、线条,不管含义。依我看,你这几个字写得很美。"

艾克娶的是中国媳妇,名字叫曾永荷,是曾国藩的后人。他家里很阔气,租了辅仁大学附近的一家王府,住在银安殿上,雇了中国听差和厨子。他专门研究中国古塔和明清家具,还收藏了不少中国古画。他有一部用英文写的专著,书名为《宝塔》,图文并茂,还有研究中国明代家具的专著,都是大部头儿。艾克在国外汉学界很有名气,他精通希腊文和拉丁文,对德国近代诗人荷尔德林及其诗作情有独钟。正是在他的指导下,季羡林用英文撰写了大学毕业论文 The Early Poems of F. Hölderlin (《论荷尔德林早期的诗》)。此为后话。

华蓝德小姐,德国人,教授初级法语。她是个脾气十分怪异的"老姑娘",动不动就破口骂人。最为荒唐的是,即使学生回答问题完全正确,她也故意找碴儿,臭骂一顿,把大多数学生都骂跑了,只剩下季羡林等五六个不怕骂的学生。他们决定进行

"报复"。有一次,华蓝德小姐又在课堂上破口骂人,这几个学生唰地站起来,连珠炮似的向她轮番轰炸。她压根儿没有想到学生这么厉害,赶紧宣布下课,败下阵来。从此,天下太平,皆大欢喜。

季羡林眼中的一个个众生相,形象逼真,新鲜奇特,智趣地反映出那个年代在华外籍教授的"群像"。常言道:"盛名之下,其实难副。"据季羡林观察,倘若凭他们的实际水平,在本国恐怕连教中学都不够格儿。

外籍教授如此,季羡林眼中的中国教授又是如何呢?

中国教授主要有三位,即王文显、吴宓(雨僧)和叶崇智(公超)。

王文显(1886—1968),字力山,江苏昆山人。他自幼负笈英伦,1915年获伦敦大学文学学士学位,回国后长期在清华任教,1926年西洋文学系成立,出任系主任,主持制定了该系最早的"学程大纲及学科说明"。他的英语倍儿棒,课堂上全讲英语,课后也没有听他说过一句中国话。他在戏剧研究和创作上颇有成就,20世纪二三十年代产生过积极影响。

1927年,他创作的剧本《北京政变》(翻译成为《梦里京华》)在美国演出后,《纽约时报》载文称:"自从西方接触中国以来,外人曾经努力表达各方面的中国生活,传教士、官员、游历者和小说家,在文学上和舞台上,出奇制胜,刻画中国,因为不公正,结果大多数人对于中国形成一种定型的看法:刺、邪恶、古怪,但《北京政变》努力表现中国人民的生动的风俗人情,可能尽一分力克服西方人士的误解。"

除《北京政变》外,20世纪三四十年代他还创作了几部著名戏剧作品。他又是莎士比亚研究专家。他用英文写出讲义,上课照本宣科读一通,下课铃响立马走人,一句废话都没有。他的讲义也是多年一贯制,基本没有改动。

吴宓(1894—1978),字雨僧,陕西泾阳人,著名学者、诗人、教育家。他于1916年清华毕业后去美国留学,师从美国哈佛大学教授、新人文主义大师白璧德,1921年回国后任教于东南大学。1922—1933年,他与梅光迪、胡先骕合编《学衡》杂志,任主编,《学衡》杂志发表的文章都是文言文,介绍西方古典文学,对新文化运动和白话文运动进行批评。1924年他去沈阳任教于东北大学,不久入清华大学筹办和主持国学研究院,其后任教于清华大学西洋文学系,教授《英国浪漫诗人》和《中西诗之比较》两门课程。他讲课认真严肃,有时也用英文讲,每当议论时有警策之句,在比较文学研究和外国语文教学方面,进行了开拓性工作,著有《吴宓诗集》《文学与人生》《吴宓自编年谱》等。他曾经解释西洋文学系基础课用英语教学的原因:"清华昔为留美预备专校,特重英语语文,教员督察勤严,学生讲谈写作恒用英语语文,亦成习惯……且以经办留美学生事多年,对欧美学术界教育界素常接洽,声气较通。"

季羡林与吴宓接触比较多,受到他的扶植和帮助。值得回忆的是,吴宓倾吐单相思的求爱诗《空轩十二首》,曾令季羡林和同学们唏嘘不已,并跟他开了无老无少无伤大雅的玩笑。此为后话。

叶公超(1904—1981),原名崇智,广东番禺人。他早年出国留学,1924年获英国剑桥大学文学硕士学位,回国后先后在北大、清华、西南联大等校任教。他教授第一学年英语,课本用的是英国女作家简·奥斯丁(Jane Austen,1775—1817)的《傲慢与偏见》。他讲课的方法奇特怪异:让同学按座次轮流朗读课文,第一个同学读了一段,他问:"有什么问题吗?"如果没人提问,他便让邻座的另一个同学接着读。假如真的有人提问,他却大吼一声:"查字典去!"于是全班愕然,无人再敢提问了。

季羡林与叶公超接触也比较多,认为他"有一肚皮学问,他人很聪明,英文非常好"。那时,叶公超与闻一多办了一个文学刊物《学文》,季羡林写了一篇散文《年》,得到他的赞赏,把它发表在《学文》杂志1934年创刊号上。季羡林自然喜出望外,随后又兴致勃勃地写了一篇《我是怎样写起文章来的?》,送给他看,谁知碰了一个大大的钉子。他把季羡林叫去,把稿子扔给他,铁青着脸,大声说:"我一个字都没看!"

"那好,我拿回去,谢谢。"季羡林红着脸回去了。

也许像季羡林那样的无名小辈,不配写这样的文章吧!

叶公超平时很少着西装,总是绸子长衫,冬天则是绸缎长袍或皮袍,下面是绸子棉裤,裤腿用丝带系紧,丝带的颜色与裤子不同,颇为鲜艳,做蝴蝶结状,随着步履微微抖动翅膀。他的头发有时梳得光可鉴人,有时又蓬松似秋后枯草,他却顾盼自如,怡然自得。用今天的话说,叶公超真够"卖萌"!当时学生们也都窃窃私语:叶先生是在那里学名士!

1941年,叶公超从西南联大到重庆外交部任职,1949年又去台湾当了国民党政府的"外交部部长""驻美大使"和"资政"。

对于叶公超的弃教从政,季羡林以俞平伯与他对比,提出自己的不同看法:"公超先生确是一个做官的材料,你能够想象俞平伯先生做官的样子吗?"并说俞先生是真名士,而叶先生则是假装的名士。

在西洋文学系,学习外语的环境和气氛颇浓,因此季羡林的英语水平大有长进,德语成绩虽然优秀,但是听说能力尚有欠缺。后来,他以德语为工具进一步学习梵文、巴利文和吐火罗文,那是留学德国的事了。

尽管季羡林认为专业课的学习乏善可陈,但也不能笼统地说西洋文学系的老师一无是处。上课效果不佳,也许还有其他方面的原因,比如课程安排不够科学等等。实际上,老师中不乏有许多名家高手,否则就不可能培养出像钱锺书、曹禺(1910—1996)这样的大家。钱锺书和曹禺都高季羡林一届,一个成了著名学者、作家,一个成了著名剧作家。季羡林临终前"口述人生"时说:

> 钱锺书比我早一年,五年级的。那时他在清华园已经很有名了,这是我的印象。在清华时我并不跟他讲话,因为什么呢?他就是装模作样,脑袋瓜灵。上海那一带的,脑袋瓜比北方的灵。所以我们在学校,不但没有来往,也没有讲过话。

至于曹禺,因为行当不同,季羡林在清华园与这位"中国戏剧第一人"未曾有来往,但对他在校内的戏剧演出很有好感。毕业后,他创作《雷雨》《日出》《原野》等著名戏剧时,季羡林则远涉重洋,在那炮声隆隆、饥肠辘辘的极端危险艰难的日子里,度过漫长的留学生涯。

由于对专业课的学习不满意,认为收获甚微,有时感到无聊和厌烦,季羡林和同学就常常以逃课的方式来应对,这种"闺密"似的隐私在他的日记中唾手可得,成为令人忍俊不禁的"奇葩"。请看他1932年11月连续三天的日记:

11月24日

头午只上了法文,别人一律大刷(指逃课——笔者注)。在图书馆看关于John Galsworthy(约翰·高尔斯华绥,1867—1933,英国小说家、剧作家,1932年诺贝尔文学奖得主——笔者注)的书。

11月25日

　　星期五,早晨仍然只上法文,别人一律大刷,仍然看关于John Galsworthy的参考书。

11月29日

　　早晨仍只上法文,别人一律大刷,看中世纪也。

失之东隅,得之桑榆

　　如今,清华大学已有百年历史,尽管当时季羡林对西洋文学系的老师颇有微词,但这里毕竟是藏龙卧虎、名师荟萃之地。比如,20世纪二三十年代,清华国学研究院赫赫有名,只办了几年就取得了令人瞩目的成就。梁启超(1873—1929)、王国维(1877—1927)、陈寅恪(1890—1969)和赵元任(1892—1982)四大导师,承袭了中国古代书院的优良传统,因材施教,培养出一批闻名中外的学术精英。他们写文章经常说"吾师梁任公""吾师王观堂"如何如何,因此被称为中国学术史上有名的"吾师派"。季羡林考入清华前几年,国学研究院因为梁启超、王国维相继去世宣布停办,但仍然有幸受到著名学者陈寅恪等人的教导和熏陶。

　　"失之东隅,得之桑榆",季羡林既然不是来混文凭的,那就要权衡利弊,抓住时机,把专业课的损失从别处补回来。幸好,那时清华开设了各种各样的旁听课、选修课以及讲座等,都是由名教授来主讲,用季羡林的话说就是"异彩纷呈",很有吸引力。于是,他就削尖脑袋去"蹭课",其中有两门课程对他的影响最大,让他终身受益。

　　一门旁听课是陈寅恪的"佛经翻译文学"。虽然这门课与别的课由于时间冲突而没有听全,却为季羡林后来学习梵文和从事梵文教学与研究起到了先导作用,产生了很大的影响。

　　陈寅恪,江西修水人,其祖父陈宝箴曾任晚清湖南巡抚,后被慈禧赐死,父亲陈三立(散原老人)是爱国诗人,也被慈禧斥逐。他早年游学日本和欧美,精通多种语言,兼治历史和佛学,学贯中西,博大精深。据说陈寅恪讲课,听课的教授比学生还多,故被称为"教授的教授"。陈寅恪原是清华国学研究院四大导师之一,1927年国学研究院停办,转入历史系任教,并应傅斯年之邀,担任中央研究院历史语言所历史组研究员兼主任,此时正是他学术研究的极盛时期。

陈寅恪上课没有讲义,用的参考书是《六祖坛经》。季羡林特意进城到王府井北边的大佛寺买了一本。上课时,他一句废话都不说,先在黑板上抄写资料,抄得满满的。然后逐条分析讲解,对一般人所不注意的地方总是提出新的见解,有如石破天惊,让人茅塞顿开。他的分析细如毫发,如剥蕉叶,愈剥愈细愈深,而且恰如其分,不武断,不夸大,不歪曲,不断章取义,令人信服得五体投地。季羡林觉得,听陈寅恪讲课如同夏季饮冰,非常解渴,简直是最高最纯的享受。可以说,陈寅恪在季羡林心中播下了学习和研究梵文的种子,待到有了合适的土壤和气候,终于破土而出,结成了丰硕的果实。

季羡林不仅爱听陈寅恪讲课,而且如饥似渴地阅读他的文章。他经常来到王国维纪念碑前仔细揣摩陈寅恪书写的碑文,受到启发,感慨良多。1929年梁启超逝世,其子梁思成留美归来正在东北大学任教,急忙赶回北平奔丧。他给父亲造墓,又为父亲的好友、两年前自沉昆明湖的王国维设计墓碑。陈寅恪书写了《清华大学王观堂先生纪念碑铭》:"士之读书治学,盖将以脱心志于俗谛之桎梏,真理因得以发扬。思想而不自由,毋宁死耳。斯古今仁圣所同殉之精义,夫岂庸鄙之敢望?!先生以一死见其独立自由之意志,非所论于一人之恩怨,一姓之兴亡。"

这里,陈寅恪对王国维的评价似乎有溢美之词,但季羡林对陈寅恪本人的"独立之精神,自由之思想"却由衷地赞赏。2000年,他在《对陈寅恪先生的一点新认识》一文中写道:

"独立之精神,自由之思想"这两个词儿是先生所撰《清华大学王观堂先生纪念碑铭》中的话,是赞美王静安先生的……静安先生自沉的原因,学者间意见颇不一致。依我个人的看法,原因并不复杂。他的遗言:"五十之年,只欠一死;经此事变,义无再辱"说得十分清楚。"事变",指的是国民党军的北伐。王氏是一个大学者,一个大师,谁也不会有异辞。但是,心甘情愿地充当末代皇帝溥仪小朝廷上的"上书房行走",又写诗赞美妖婆慈禧,实在不能不令人惋惜。他在政治上实在是非常落后,非常迟钝。陈寅恪先生把他的死因不说成是殉情,而是殉中国文化,说他是具有"独立之精神,自由之思想",又说"文化神州丧一身",颇有拔高之嫌。我认为,能当得起这两句话的只有陈先生本人。

季羡林晚年写了许多回忆陈寅恪的文章,对于他的举止言行,哪怕是细枝末节,都记得清清楚楚。他写道:

  在清华,陈先生身着长衫,腋下夹着一个布书包,步履稳重,目不斜视,去给学生上课的情景,几十年后仍然时时闪现在眼前……

另一门选修课是朱光潜的"文艺心理学",即美学。这门课程季羡林听了一个学年,同样获益匪浅。

朱光潜(1897—1986),字孟实,安徽桐城人,当代著名美学家。他毕业于香港大学,1925 年赴欧洲留学,先后在英国爱丁堡大学、法国巴黎大学和斯塔拉斯堡大学获得硕士、博士学位,回国后担任北大教授,在清华兼课。

朱光潜在讲授"文艺心理学"时,他的著作《文艺心理学》还没有出版,同样没有讲义,但他总是认真地讲,学生认真地记笔记。按说,他的口才并不很好,讲一口乡音浓重的蓝青官话,上课时眼睛不直接看学生,老是望着天花板。不过,他从来不说一句废话,慢条斯理,娓娓道来,竟把抽象玄虚的美学原理讲得学生入耳入心。正因为朱光潜的课讲得好,拜访者络绎不绝,"谈笑有鸿儒,往来无白丁",大家一致同意成立一个"读诗会",入会者群英荟萃,包括朱自清、沈从文、冰心、林徽因、俞平伯、冯至、卞之琳、萧乾、何其芳、周煦良等。

朱光潜既精通西方哲学和西方流行的美学流派,又对中国的旧诗词十分娴熟。他在课堂上博征旁引、触类旁通、头头是道,毫无牵强附会之感。季羡林曾经回忆说:

  朱先生讲课不哗众取宠,不像有些从国外回来的教授那样,用连自己都不懂的"洋玩意儿"去欺骗、吓唬年轻的学生，比起那些欧美来的洋教授也不知好多少倍。

20世纪三四十年代，朱光潜是中国比较文学和比较诗学的积极倡导者和践行者。他也是向季羡林播撒种子的人，为他涉足比较文学指明了方向和路径，以至比较文学终于成为他一生从事科学研究的一个重要领域。

新中国成立后，朱光潜任北大西语系主任，季羡林任北大东语系主任，昔日的师生又走到一起，共同度过了风风雨雨的岁月……

季羡林专业课的损失总算补了回来，这得益于陈寅恪和朱光潜两位先生。他在学术自传《学海泛槎》中写道：

> 陈、朱二师的这两门课，使我终身受用不尽。虽然我当时还没有敢梦想当什么学者，然而这两门课的内容和精神却已在潜移默化中融入了我的内心深处。如果说我的所谓"学术研究"真的有一个待"发"的"韧"的话，那个"韧"就隐藏在这两门课里面。

那时，季羡林还旁听甚至"偷听"了不少外系的课，比如朱自清（1898—1948）、俞平伯（1900—1990）、冰心（1900—1999）、郑振铎（1898—1958）的课。听这些名家名人讲课，季羡林不但长知识、开眼界，而且向他们学习了高贵的人格和优良的品质，并结成了深厚的师生情谊。

"月朦胧，鸟朦胧，帘卷海棠红"，散文大家朱自清那秀丽委婉的文字早已吸引了季羡林，他在高中时就读过《背影》《荷塘月色》等文章。此时，他又亲耳聆听朱自清的教导，被那绘声绘色的讲解吸引住了。朱自清散文创作的缜密、精致的艺术风格也深深地影响了季羡林，使他在清华用尽苦心写出了几篇反映自己心路历程的散文奇葩。1935年仲秋时节，季羡林出国留学前夕，特意来到朱自清《荷塘月色》中描写的荷塘边，此时新月当空，万籁无声，明月倒映荷塘中，比天上那一个似乎更加圆明皎洁……

"是真名士自风流"，俞平伯是国学大师俞樾的后代，著名诗人，红学家。他讲的

"唐宋诗词"课引来众多旁听者。季羡林记得，俞平伯选了若干诗词在课堂上摇头晃脑地朗诵，有时闭上眼睛，现出一副无限陶醉的样子；忽然，他蓦地睁开了眼睛，大声赞道："好！好！好！就是好！"学生们正在等他解释好在哪里时，他又开始往下朗诵了，令人感到莫名其妙。季羡林又记得，有一次俞平伯忽然剃光了脑袋，这在当时学生和教授中是从未见过的，因此轰动了全校，校刊上立即出现了"俞教授出家当和尚"的特大新闻。可是，他在众目睽睽下仍旧怡然自得，泰然处之，摇晃着脑袋在课堂上高喊："好！好！好！就是好！"季羡林认为，俞平伯"剃光脑袋"说明他率真天成，一任自然，而当时叶公超的"卖萌"实有"轰动效应"之嫌，所以前者是真名士，后者是假装的名士。

季羡林上旁听课也有不走运的时候。有一次，冰心发现来听课的学生太多，连走廊里都站满了人，知道其中有诈，就拉下脸来，下了"逐客令"："凡不修本课的同学，统统出去！"季羡林和那些"蹭课"的学生只好灰溜溜走人。几十年后，季羡林跟冰心先生提起此事，冰心先生笑着说："我忘记了。"

1999年2月28日冰心逝世，次日上午季羡林给治丧办公室打来电话，表示一定亲自参加追悼会，并向采访的记者说：

> 我只是冰心老人的小读者，她的去世还轮不到我来说话，我只有尊重她的资格。我与文学还有一点点距离，我是要写文章来纪念冰心的。

季羡林还旁听过郑振铎的课。郑振铎是燕京大学中文系教授，在清华兼课。他知识渊博，掌握的资料丰富，口才又好，课堂上口若悬河、滔滔如流，指手画脚，高谈阔论，很受学生欢迎。季羡林与他一接触，便发现他虽然是名教授，但与别的教授截然不同，他对学生说话非常坦率，有什么想法就直说，既不装腔作势，也不故弄玄虚。他绝对没有社会上流行的那种帮派习气，只要他认为有一技之长，无论老年、中年还是青年，都一视同仁，平等相待。他从来不教训别人，态度总是亲切和蔼。总之，从他身上季羡林看见了《水浒传》中的及时雨宋公明。

须知，那时社会上论资排辈的风气相当严重，教授待遇好，身价高，"存在决定意识"，一般都有架子，学生同他们随便交往简直令人难以置信。但是，上面提到的这些名教授虚怀若谷、坦诚相见、平易近人,在学生中一时传为美谈,受到普遍的尊重和爱戴。

南下请愿

1931年9月18日,日本关东军炮轰中国沈阳东北军北大营,爆发了九一八事变,蒋介石下令不抵抗,短短四个月日军侵占了中国东北全境。日本的大规模侵略行径强烈震动了中国社会,各界爱国人士看到大片国土沦丧,政府屈辱退让,无不痛心疾首,一致要求蒋介石停止内战,对日宣战,收复东北,一个群众性的抗日救亡运动迅速兴起,其中青年学生勇敢地走在爱国运动的前列。

九一八事变爆发十天后,南京中央大学的学生便到国民党政府外交部请愿。学生们冲入部长办公室,打伤了王正廷部长。接着,全国各地的请愿学生也涌入南京,总数有七万多人,北平的清华、北大、燕京等院校也纷纷响应,立即组织起来南下请愿。

清华学生义愤填膺,召开了全校大会,决定到南京向蒋介石请愿,要求出兵抗日。时任清华学生会会长、政治系三年级学生尚传道主持会议,六百余名学生参加,会后真正下决心去南京的不足一百人。季羡林积极参加了这次南下请愿活动,因为1928年日军占领后当过一年亡国奴,尝到了受人欺辱的滋味儿,而当此"国家兴亡,匹夫有责"之时,他又焉能无动于衷呢?

清华、北大、燕京等院校的学生共同组成了南下请愿团。他们从前门火车站登上一列火车,左等右等,车子迟迟不开。学生派人交涉,站长说:"我没有得到指令,这样不明不白的,我怎么负得起责任?"

一听这话儿,学生立即下车卧轨,把脑袋搁在枕木上,以此切断交通线,给当局施加压力。学生们也真够好样的!你想想,火车一旦开动,立刻就人头落地、血流成河啊!

经过一番斗争,站长终于答应开车。路上,大家讨论何时开始绝食,那时火车开得很慢,如果马上绝食,到了南京就要饿死,还请什么愿呢?于是决定到浦口绝食。清华的请愿学生分左派和右派,左派拥护共产党,领导者是解放后当过联合国副秘书长的唐明照,右派拥护蒋介石,领导者即是学生会主席尚传道。两派学生又为见到蒋介石谁代表清华讲话发生争执,他们都想争发言权。季羡林的政治态度不明朗,大概属于中间派,光听不表态。

火车到了浦口,学生乘轮渡过江,马上开始绝食。他们徒步走到总统府,那里全是学生,人山人海,上海来的居多,北平的学生受到热烈欢迎。蒋介石当然不会轻易出面,委派清华老学长钱昌照出面斡旋。他劝大家先去吃饭,然后蒋委员长出来接见。学生坚决反对,要求马上接见。他就让大家跟他走,说蒋介石在中央军校接见。清华学生跟着走了,其他学校学生原地不动,大骂他们是叛徒。到了中央军校又来了很多说客,都是清华老校友,还是劝他们先吃饭。大家坚决反对,硬挺着不吃,一直坚持到夜里十二点。

无奈之下,蒋介石终于出来了。他假惺惺地说:"你们从北方来,没有看到沿途络绎不绝的军车吗?那都是我派的,到北方去抗日。"

接着,他又花言巧语地说:"关于抗日形势,假如本人想要全国国民拥戴我,是最容易做到的。只要对日本宣战,全国国民一定称赞我。我为什么不这样做,反给一般人疑我不抵抗呢?不是我怕死,而是我不能把国家的命脉断送,不能使民族的生命危殆,我要为国家的前途打算,要为民族的前途着想,不能为个人名誉而使中国灭亡!纵令不致永久灭亡,或者灭亡不过是几十年或几百年,还是可以复兴的话;但是如果我们现在有办法可以使中国不亡,使中国不致受几十年或百年亡国痛苦,我们为什么不采用?为什么反而愿意冒几十年或几百年的痛苦?"

面对日本的侵略,到底是抵抗呢,还是不抵抗?蒋介石这番绕口令式的回答,着实令学生丈二和尚摸不着头脑。

蒋介石走后,大家开始吃饭,然后登上火车返回北平。事后,学生们终于发现,他们还是被蒋介石骗了。这次清华学生的表现不如北大,北大学生是被军警两人架着一个,强行押到返程火车上。季羡林也觉得清华丢了人,从此变得心灰意冷。

领导这次请愿的清华学生会会长尚传道毕业后留校任教,不久进入政界,当过国民党长春市市长,长春解放时被解放军俘虏。

1931 年全国学生到南京国民政府请愿,是一件较大的历史事件,笔者根据张治忠将军的回忆录,对其来龙去脉再做一些补充:

九一八事变后,日寇占领沈阳,进攻吉林、黑龙江,张学良麾下的"东北军"部分官兵进行了一定的抵抗,如被隔断北方的马占山将军、李杜将军在东北孤军苦战。上海的大专院校学生联合江苏、浙江、北平、天津的学生三千余人,高举爱国旗帜和标语,高呼爱国口号涌向南京国民政府大礼堂。请愿学生群情激昂,谴责蒋介石的"不抵抗"政策,要求支持马占山将军、李杜将军,其势如暴风骤雨,气氛异常紧张。于是,蒋介石指派二十几人处理此事,其中有吴稚晖、陈立夫、朱家骅、张道藩、张厉生等,主持人是张治忠。张治忠在国民政府会议大厅召开会议,研究对策。会上又分成两派,一派认为学生纯属捣乱,主张镇压,并要求从警察局调来打手,动用高压水龙和催泪枪;以张治忠为首的一派则认为学生动机是好的,主张和平解决,先用毛毯、开水、饼干把学生稳住。经过激烈争论,张治忠派占了上风,把毛毯、开水、饼干运到现场。学生们也较克制,一夜相安无事。

次日清早,张治忠对请愿学生讲话,并回答他们的提问。学生站在蒙蒙细雨中,秩序井然,认真地听着。张治忠为学生的爱国热情深受感动,表态说:"政府对在前线血战的马占山是能救必救,没有不救的道理;如果事实上救不到,也没有办法。"听了这种解释,学生的情绪逐渐平和。过了一两天,蒋介石亲自接见,做了讲话,学生们要求他书面表明抗战决心。学生们离开时,张治忠带领大家高呼口号:"打倒日本帝国主义!拥护国民政府!中华民国万岁!"声震屋瓦,掌声热烈。

事后,张治忠被国民党右派指责"姑息养祸"。当第二、三批学生前来请愿时,张治忠不便再管,主张镇压的右派占了上风,终于酿成一场血案。

这次请愿后,季羡林对国民政府的信心降至冰点,对形式主义的纪念活动毫无兴趣。1932年纪念九一八事变一周年时,他在日记中写道:

> 今天是九一八的周年纪念。回想这一年来所经的变化,真有不胜今昔之感。我这一年来感情的起伏也真不轻。但是到了现在,国际形势日趋险恶,人类睁着眼往末路上走,我对国家的观念也淡到零点。早晨在礼堂举行纪念典礼。这种形式主义的纪念,我也真不高兴去参加。

尽管如此,季羡林仍然时时刻刻关心国家和民族的命运。

1933年元旦，日本关东军占领了作为辽、冀之咽喉及平、津之屏障的山海关，接着分三路入侵热河省，将侵略魔爪伸向整个华北地区。热河省沦陷后，从1933年3月5日开始，中国军队在长城东段各口尤其在喜峰口顽强抵抗日军的进攻，史称"长城抗战"，历时八十多天，最后日军突破了中国军队的防线，相继占领了滦县、遵化、玉田、平谷、三河、密云等县城，逼近通县、顺义乃至北平城下。此时，日本侵略者认为时机成熟，迫使国民党政府签订了丧权辱国的《塘沽协定》。

　　中国军队在"长城抗战"中表现的英勇无畏的精神，着实令人敬佩，时任北大文学院院长胡适先生接受国民党第七军团总指挥傅作义的请求，为其麾下第五十九军在"长城抗战"中阵亡的将士纪念碑撰写碑文。碑文首次用白话文写成，言简意赅："这里长眠的是二百零三个中国好男子！他们把他们的生命献给了他们的祖国。我们和我们的子孙来这里凭吊敬礼的，要想想我们应该用什么报答他们的血。"

　　"长城抗战"的失败不啻危及北平。当此大敌当前、国家濒临沦亡之际，季羡林心如刀割，怒不可遏，无心上课，痛恨自己不能上战场杀敌报国。他在《清华园日记》中写道：

　　3月13日
　　杨（丙辰）先生说，古北口丢了——我不信。
　　看晚报——真丢了。
　　心里有许多感想，而且感情也颇激动。但是是喜呢？是悲呢？写不出来，也说不出来，反正"有"就完了。但是我在自己内心的深处发现了一个大大的"自私"。

　　3月14日
　　我最近发现个人的感情太容易激动了——我看孙殿英①（以前我挺恨的）

---

① 孙殿英，曾以盗窃清墓而臭名昭著的土匪军首领。

的战报,宋哲元①的战报,我想哭。报上只要说一句动感情的话,我想哭。

3月15日

连日报上警告蒋王八蛋不要为李鸿章第二,今天晚报又有妥协消息,无怪罗文干②连日奔走。

我兴奋极了,我恨一切人,我恨自己。你有热血吗?为什么不上前线去杀日本人,不没有热血吗?为什么看见别人麻木就生气?我解决不了。我想死。

这字里行间尽管隐含着季羡林的自责和无奈,但岂不正是那颗憎爱分明、血气方刚的心的独白吗?

课余生活

季羡林入学不久,便结识了来自江苏盐城的历史系新生胡鼎新,此人就是后来的胡乔木(1912—1992)。胡乔木当时虽然还不是共产党员,但已经在积极参加共产党领导的革命活动了。他和一些左派同学创办了一个工友子弟夜校——民众学校,约季羡林课余时间去上课,季羡林答应了。每周五晚上,他就到那一座门外嵌着"清华学堂"的高大的楼房内去上课,即使胡乔木一年后离开清华也没有中断。季羡林用的教材是自编的《农民千字课》。学生程度参差不齐,但都朴实敦厚,活泼可爱,季羡林想故作严肃也做不到,仿佛又回到了天真可爱的童年。

胡乔木通过暗中了解,对季羡林的情况心中有了底——出身贫苦,为人正直,憎恶国民党反动统治,有一颗炽热的爱国心,政治表现是中间偏左一点儿,于是决定动员他参加革命活动。一天夜里,胡乔木悄悄地摸到季羡林床头,坐下来与他攀谈起

---

① 宋哲元,国民党西北军将领。1930年11月被委任为第二十九军军长,军部设于山西阳泉。1933年初,第二十九军奉命开往北平附近,接着被调往长城战场。在坚守长城喜峰口的战斗中名声大噪,五百把刀向日寇头上砍去,大显威风,直令东北军统帅张学良汗颜,宋哲元因此获得了"抗日英雄"的美誉。

② 罗文干,国民政府外交部部长,1933年因《塘沽协定》的签订而愤然辞职。

来，无非讲了一大套革命道理。季羡林只是听着，一直未吭声。他虽然对国民党并无好看法，但对共产党的认识也很模糊，要想让他拿出个"行"或"不行"的态度很难。再说，他一心一意把精力用在学业上，又考虑到有家室之累，怕担风险，不经叔父同意绝不能轻举妄动，贸然行事。所以，尽管胡乔木苦口婆心，反复劝说，他却愣是不点头儿。最后，胡乔木只好叹了口气，悻悻地离开了。

不久，胡乔木离开了清华，担任共青团北平市委宣传部长，正是在他的指导下，东北抗日义勇军（1936年改为东北抗日联军）著名将领李兆麟从北平返回家乡辽宁省朝阳，发动群众，联合各路抗日力量，成立了第24路义勇军，与日伪进行了艰苦卓绝的斗争。"时势造英雄"，胡乔木后来当了共产党的高官，但解放后一直与季羡林保持很好的关系。

上文说过，季羡林曾经屡屡"逃课"，但这丝毫也不会减低他那"读书迷"的形象。清华四年，他仍然像高中时一样经常买书，课余时间读了不知多少中外名著，每天早晨、上午、下午、晚上都安排得满满当当，有时甚至焚烛读书，夜不能寐，越读越有感想和体会。

他在1932年11月23日的日记中写道：

> 今天读《苦闷的象征》。以前也读过，大概因为难懂没读完，而且董秋芳先生在高中时还特别开了一班讲这书，我似乎也不大能了解，现在读起真觉得好，话的确应该这样说，中国只要有个白村就够了。
>
> 因这本书而对精神分析学感兴趣，大想明了一下。最近我自体验得到，无论读什么书，总给我很深的印象，而使我觉得自己太空虚了，空虚得有点儿可怜了。而且，我对任何问题都感到兴趣，兴趣的方面加多了，精力也愈觉得不够——这或者也是很好的现象罢。

功夫不负有心人，一个二十刚出头的毛头小子读了大量的书，经过消化和吸收，撰写了一些颇有分量的文章，尤其那几篇晓风残月般的散文，发表在《大公报》《文学季刊》《文艺月刊》《现代》《学文》《文学》《寰中》等杂志上，深受吴宓、叶公超、郑振铎、沈从文等前辈大家的青睐。

季羡林上小学和中学时就酷爱外语,有课堂上学习英、法、德三门专业外语外,还在课余时间自学了俄语和希腊语。在一般人看来,学习外语本来是一件枯燥的"苦差事",一块儿学几门外语更不是好玩儿的,可是季羡林却感到有滋有味儿,乐此不疲,胜任愉快。他在1932年8月22日的日记中写道:

> 早晨读点法文、德文。读外国文本来是件苦事情,但在这时候却不苦。一方面读着,一方面听窗外风在树里面走路的声音,小鸟的叫声……声音无论如何嘈杂,但总是含有诗意的。过午,感到疲倦了,就睡一觉,在曳长的蝉声里朦胧地爬起来,开始翻译近代小品文。晚上,再读点德国诗。我真想不到比这更好的生活了。

季羡林还读了许多原版外文著作,并尝试着进行翻译,在《华北日报》副刊上发表了几篇译作,如美国幽默作家、诗人 D. Marquis 的《守财奴自传序》和英国散文家、文艺批评家 L. P. Smith 的《蔷薇》等。与高中同学送给他"作家""翻译家"的绰号相比,他现在应该更上一层楼了!

然而,季羡林并非"两耳不闻窗外事,一心只读圣贤书",他喜欢在课余时间听名家演讲,从中了解国家和世界大事。梅贻琦、胡适之、温德、朱自清、萧公权、金岳霖、燕树棠等人的演讲,他几乎都听过。

朱自清在演讲中说:"欧洲人简直不知道有中国,总以为你是日本人。说了是中国人以后,脸上立刻露出不可形容的神气。"

季羡林听了心像针扎似的疼,把此话记在日记里,并写下三个字:"真难过!"

胡适在做《中国文明和西洋文明》演讲时,季羡林听了肯定他的眼光远大,但又评论道:"观点浅薄。"可见他自有主见,并不盲从大人物。

季羡林的课余生活的确是丰富多彩的。尽管当时没有电视,连收音机都没有,可他仍然像今天的某些大学生一样,星期天经常进城,去北大或师大、朝阳会见老同学,到琉璃厂或者王府井的旧书店淘书,有时看一场电影,还和同乡同学徐家存一起到开明剧院看过梅兰芳演出的《黛玉葬花》,梅先生饰林黛玉,姜妙香饰贾宝玉,觉得精彩极了!春秋两季,他还常常和师友一道逛海淀,游燕大校园以及蔚秀园、颐和园和圆明园遗址。他喜欢"带历史臭味的东西",在被八国联军烧掉的圆明园的瓦砾堆中寻找宫殿的影子,在荒芜的湖水边想象当年水榭、画舫的豪华……有时,他租来一辆自行车,独自去香山赏红叶,登玉泉山,游碧云寺、卧佛寺,古寺里的松树高大繁茂,四季常青,那是他的最爱——未免又想起了自己的故乡官庄和济南。

季羡林在春、夏、秋三季经常打喷嚏、流鼻涕,满以为是感冒,其实是由过敏引起的。所以,他非常重视体育锻炼,三四年级时几乎每天都出现在操场上,跑步、打篮球,玩得最多的是手球和网球,直玩得大汗淋漓,不亦乐乎。他还喜欢看球赛,每当校内有篮球、排球或者足球比赛,他都是忠实的观众,即使临近大考也不例外,有时甚至为看球而逃课。那时候季羡林正年轻,处于青春期,又与刚刚结婚的妻子不在一起,因此对异性格外敏感和关注。当得知妻子怀孕的消息时,他在1932年9月23日的日记中写道:

> 我简直不知道是喜是悲。一方面我希望这不会是真的,一方面我又希望这会是真的。(I don't myself know whether I am happy or sorry)我的思想时常转到性欲上去,我这时的心情,我个人也不能描写了,我相信,也没有人能够描写的。

藤影荷声之馆

藤影荷声之馆位于清华园的工字厅内,是西洋文学系教授吴宓先生的寓所。吴先生曾多次邀请季羡林等文学青年来这里做客,有时还请他们到附近专为教员开设的西餐厅吃饭,这在当时师生关系普遍存在鸿沟的情况下实属难能可贵。

季羡林听了吴宓先生讲授的《英国浪漫诗人》和《东西诗之比较》两门课。吴宓先生工旧体诗,造诣颇深,英文也好,讲课常用英文,往往警句连篇。有时他把自己的作品印发给学生。那些编辑《清华周刊》的学生甚至与吴宓先生开起玩笑来,把他的《空轩十二首》译成白话诗,发表出来,他却并不生气,一笑置之。

20世纪三四十年代,除了朱光潜先生之外,吴宓先生也为中国比较文学学科的创立起到了奠基作用,当时他所开设的"东西诗之比较"课,正好涉及比较文学的重要内容。所谓比较文学,是通过对两种或两种以上民族文学形态、要素的比较研究,进而探索它们相互关系的一门学科。19世纪末至20世纪初,比较文学学科诞生于法国,后来形成法国学派和美国学派两大流派。吴宓先生在美国哈佛大学留学期间,与陈寅恪先生并称为优秀的"读书种子",他们曾对中西文化的长短、优劣、异同进行过对比研究。回国后,吴宓先生又专攻这门学科,成绩斐然。"名师出高徒",季羡林继承和发展了前辈学者关于东西文化的观点,对我国改革开放后比较文学学科的建设发挥了非常重要的作用。

1989年,季羡林在《吴宓先生回忆录》序中说:

> 雨僧先生是一个奇特的人,身上也有不少的矛盾。他古貌古心,同其他教授不一样,所以奇特。他反对白话文,但又十分推崇用白话文写的《红楼梦》,所以矛盾。他言行一致,表里如一,同其他教授不一样,所以奇特。别人写白话文,写新诗,他偏写古文,写旧诗,所以奇特。他看似严肃、古板,但又颇有一些恋爱的浪漫史,所以矛盾。他能同青年学生来往,但又凛然、俨然,所以矛盾。

1990年,季羡林在《第一届吴宓学术讨论会论文选集》序中又说:

> 我们都应该对雨僧先生重新认识,肃清愚蠢,张皇智慧,这就是我的愿望。我希望这次纪念会是一个良好的开端,对雨僧先生我们还要继续研究,深入研究,大大地发扬他那颗热爱祖国,热爱人民,热爱祖国文化的拳拳赤子之心,永远纪念他,永远学习他。

这里所说的"重新认识",主要是指对吴宓先生作为学衡派代表人物,长期被认为是顽固派、保守派,必须给予公正的评论。季羡林认为:

> 五四运动,其功决不可泯。但是主张有些过激,不够全面,也是事实,而且是不可避免的。有人主张,矫枉必须过正,不过正不足以矫枉。这个道理也可以应用到五四运动上。特别是用今天的眼光来看,五四运动在基本上正确的情况下,偏颇之处也是不少的,甚至是相当严重的。主张打倒孔家店,对中国旧文

化不分青红皂白一律扬弃,当时得到青年们的拥护。这与以后的"文化大革命"确有相通之处,其错误是显而易见的。

雨僧先生当时挺身而出,反对这种偏颇,有什么不对?他热爱祖国,热爱祖国文化,但并不拒绝吸收外国文化的精华。只因为他从不会见风使舵,因而被不明真相者或所见不广者视为顽固,视为逆历史潮流而动,这真是天大的冤枉。

"吾爱吾师,吾更爱真理",季羡林这种主持正义,敢于实事求是地为老师讲话的精神,不正值得我们学习吗?

"四剑客"

同类相从,同声相应。季羡林在清华结交了一些要好的同学和朋友,其中最有范儿的是"四剑客",一时传为美谈。那时,清华上映过一场电影——大仲马的《三剑客》,于是"剑客"一词风靡校园,"四剑客"也就应运而生。所谓"四剑客",是指李长之、吴组缃、林庚和季羡林四个意气相投的文学青年。

李长之(1910—1978),山东利津人,著名学者,文艺评论家。他1929年读北大预科,1931年考入清华,起初读生物学,后来改学哲学。李长之酷爱文学,出版过诗集,写过《〈红楼梦〉批判》《王国维文艺批评著作批判》《鲁迅批判》等著作。在《鲁迅批判》一书中,他说:"鲁迅在情感上是病态的,在人格上是全然无缺的。"这话很有见地,颇有剑客味道。20世纪30年代早期,李长之使用"批判"一词,是从日文借用的,意思无非是"评论"。后来,这个词的中文含义发生了较大变化,于是"攻击鲁迅"成了他的"罪状"之一。

季羡林与李长之是一师附小的同学,又同时考入清华,彼此过从甚密,在李长之的影响下,季羡林发誓要成为一个作家。李长之对德国文学也很感兴趣,他建议成立德国文学研究会,请杨丙辰老师做指导,这显然又是受了季羡林的影响。季羡林写作中遇到困难,总是与李长之商量,每有新作品脱稿,也往往让他先看,征求他的意见。季羡林写文章主张惨淡经营,追求完美,有时不免陷于"不知如何是好"的窘境。李长之则鼓励说:"不要管那么多,想好题目,捉笔就写,让灵感推着走,逢山爬山,遇水涉水,随弯转向,顺风扯篷,见好就收。"

于是,按照李长之的建议,季羡林一挥而就,写出了大学时的处女作——《枸杞树》。李长之将它寄给了沈从文,沈从文很快就在天津《大公报》副刊编发了,并来信邀季羡林见面。季羡林受到极大鼓舞,陆续创作出《黄昏》《回忆》《寂寞》《老妇人》等散文作品。

有时,季羡林与李长之的意见也不尽一致,他的散文《年》自认为写得很好,不料被《现代》杂志退稿,因此颇有些不平,于是拿给李长之看,想请他说几句公道话。谁知,李长之也不看好这篇文章,而对季羡林并不满意的另一篇散文《兔子》大加赞赏。这次季羡林没有理他,而是去找叶公超先生。叶先生却很欣赏这篇文章,指点他"文章要坚持朴实,写扩大的意识",然后将它推荐给《学文》杂志发表了。

季羡林在《年》的结尾写道:

> 当我们还没到达以前,脚下又正在踏着一块界石的时候,我们命定的只能向前看,或向后看。向后看,灰蒙蒙,不新奇了。向前看,灰蒙蒙,更不新奇了,然而,我们可以做梦。再要问:我们要做什么样的梦呢?谁知道。——一切交给命运去安排吧。

岂料,这段话竟被当时的左派刊物抓住了辫子,遭到批判,说是"发出了没落的教授阶级垂死的哀鸣"。其实,季羡林当时只是个穷学生,连伙食费都靠家乡县政府资助,说他是教授实在是误会,说他是没落的教授阶级就更冤枉他了!

吴组缃(1908—1994),安徽人,著名小说家,《红楼梦》研究专家。他1929年考入清华,先学经济,一年后改学中文,毕业后考入清华研究院,1935年中断学习,任冯玉祥国文教师、秘书。

在清华时,吴组缃创作了《一千八百担》《樊家铺》《天下太平》《某日》等小说,反映了当时中国农村的动荡现实和复杂矛盾,内容真实生动,语言细腻明快,有很高的艺术成就。他看了季羡林发表在《文学季刊》上的《兔子》大加赞赏,认为写得好极了。受到老大哥的赞许,季羡林很是感激。他们还一起"偷听"过冰心先生的课,竟被轰了出来。

吴组缃家境较好，夫人和女儿来京伴读，他就搬出学生宿舍，一家人在清华附近的西柳村租房居住。有时，季羡林和李长之、林庚一起来他家闲聊儿，看见吴家人其乐融融，季羡林心中别有一番感受，那种"爱不能婚，婚非所爱"的滋味儿又系上心头儿。

清华一别，二十余载，直到20世纪50年代高校院系调整，季羡林又与吴组缃走到了一起，他们分别在北大东语系和中文系任教。一转瞬间，又过去了四十余年，彼此始终保持着深厚的友谊。

林庚（1910—2006），原籍福建，著名诗人，1929年考入清华大学中文系。1933年林庚出版了第一本诗集《夜》，共有43首抒情诗，俞平伯作序，闻一多题签。他说，这就是他的毕业论文。看来，林庚确实有才气，命儿也不错，毕业后留校当了朱自清先生的助教。

有一次，林庚清晨从梦中醒来，看见风吹帐子动，灵感来了，写了两句诗："破晓时天边的水声，深林中老虎的眼睛。"他得意极了，立即拿给"剑客"欣赏。还有一次，他又把一篇诗稿拿给"剑客"欣赏，里面有"袭"来了什么什么，可是他把"袭"字写得像是"聋"字，李长之立刻高声吟道："聋来了什么什么！"惹得大伙儿捧腹大笑。

林庚的诗意境和技巧都堪称一流，大多采用象征主义的手法，诗中"他否定了现实，虽然有强烈的想念过去的情绪，但他也不能不直感地去追求"，如在《二十世纪的悲愤》一诗中写道："乃如黑夜卷来；令人困倦，漫背着伤痕，走过都市的城。"新中国成立后，季羡林与林庚一直保持着深厚的友谊。

1952年，林庚来北大中文系任教，他们又成为同事。2006年，林庚逝世的消息没有马上告诉季羡林，因为他也年事已高，正在301医院住院，怕经不起打击。后来他知道了甚为惋惜，不禁仰天长叹。

"四剑客"有时在他们的宿舍里聚会，多数时间相聚在风景如画的荷塘边或者幽静的工字厅，那块咸丰皇帝手书的"水木清华"匾额就悬挂在工字厅后墙上。如同毛泽东诗词所说："恰同学少年，风华正茂，书生意气，挥斥方遒。指点江山，激扬文字，粪土当年万户侯。"这些不知天高地厚的毛头小伙子，指点文坛，臧否人物，高谈阔论，侃大山，吹牛皮，皇帝轮流做，今日到我家，嬉笑怒骂皆成文章，真可谓"语不惊人死不休"。他们对胡适、鲁迅、茅盾这样的大师级人物也要评论一番，意见一致的时候似乎不多。有时他们争得脸红脖子粗，谁也说服不了谁，但并不伤和气，仍然是"你好，我好，大家都好"。比如，茅盾《子夜》刚出版，他们就凑到一起调侃，季羡林说茅盾的作品死板、机械，没有鲁迅那种灵气，吴组缃则说茅盾的作品气势恢宏，气象万千……

当时的《清华周刊》是"四剑客"的重要写作园地。李长之一度负责周刊的文艺版。从1933年10月号起，季羡林担任周刊校内特约撰述人。周刊上发表了"四剑客"的许多作品，如林庚的诗《风雨之夕》，吴组缃的散文《黄梅时节》，季羡林的评论《现代才被发现了的天才——德意志诗人薛德林》（薛德林为德国诗人荷尔德林的另一个中文译名——笔者注）和译自英文的随笔《代替一篇春歌》（原作者为Halbrook Jackson——笔者注），以及李长之的诗《一只无能的鸟》和杂谈《我所了解的陶渊明》。"四剑客"的老师和同学，如郑振铎、俞平伯、叶公超、钱锺书、卞之琳、曹葆华、孙毓棠、钱伟长、张露薇、张君川等人，都在《清华周刊》上发表过文章。

结交文坛耆宿

季羡林在清华时，虽然是个非常活跃的地地道道的文学青年，却走过了一段艰辛的路，我们从他写的日记中即可真真切切实实在在地感受到。他喜欢舞文弄墨，但又经常为构思一篇文章苦恼；他读了许多国内外作家的作品，但又很难把其精华融会到自己的写作中；他不时地与同学谈论名家的作品，但又总是理不出头绪抓不住纲……因此，他亟待高人亲自点拨、提携和栽培。不过，季羡林是个幸运儿，由于置身于享誉中外的名牌大学，由于低头不见抬头见的名家名师，由于俯拾皆是唾手可得的机缘，更由于备受赞誉的天分和勤奋，他很快就讨得前辈们的青睐，结交了几位文坛耆宿，甚至建立了终生友谊。

下面，就来看看季羡林结交了哪几位文坛耆宿。

闻一多（1899—1946），字友三，著名学者、诗人，当时是清华中文系教授。1934年，季羡林创作的散文《年》在《学文》创刊号上发表，为此，季羡林很感激叶公超和闻一多两位先生。当时，由胡适、梁实秋、徐志摩于1928年创办的《新月》杂志已经停刊，闻一多先生仍然非常留恋，于是与叶公超先生合编了旨在继承《新月》前期特点的纯文学期刊——《学文》。这个刊物除了发表《新月》故人老友的作品外,也有意扶植培养文学青年,优先发表他们的作品,以使他们在文学界崭露头角。在这些文学青年中,除季羡林之外,还有陈梦家、李健吾、卞之琳、何其芳、臧克家、吴世昌、曹葆华、陈铨、赵萝蕤等人。

1935年秋,季羡林赴德国留学前夕,特意在清华园拜访了闻一多先生,与他辞行。遗憾的是,当他十一年后留学回国时,闻一多先生已经被国民党特务暗杀了,他在上海听到这个消息后万分悲痛。

郑振铎(1898—1958),笔名西谛,福建长乐人。当时,郑先生除了在燕大、清华讲课之外,还兼着城里几所大学的课,他或坐人力车,或乘校车,或骑毛驴,戴一副高度近视眼镜,手里拿着一个鼓鼓囊囊的大包,风尘仆仆地来往于各大学之间,急匆匆走路的样子好像一只大骆驼。季羡林既景仰他的学识,又敬佩他的为人,所以很愿意同他接触,只要有机会总是去旁听他的课,还曾约上几位同学到他家中拜访。郑先生的书房优雅典丽,书香飘拂在画栋雕梁之间,大家不由得连声叫绝。

郑先生家住在燕园东门里的平房,外边有走廊,室内有地板,书房里清一色的红木书架摆着珍贵的古代典籍,都是人间瑰宝,其中明清小说、戏剧的收藏在全国首屈一指。郑先生爱书如命,他认识许多书商,买书从不讲价,只要有好书,他就留下,什么时候有钱,什么时候付款。实在没钱就用别的书籍对换。他自己也印了一些好书,如《插图本中国文学史》《玄览堂丛书》等,有时就用这些书偿还书债。

季羡林认为,郑先生对青年学生的爱护,除了鲁迅先生之外,恐怕并世无第二人。1933年,郑振铎与巴金、靳以一起在北京创办了大型文学刊物《文学季刊》,季羡林等几个文学青年应邀担任编委或者特别撰稿人,看到自己的名字和那些名人的名字一起出现在杂志封面上,他们确实有受宠若惊之感,心里怎么能不既感激又兴奋呢?季羡林在《文学季刊》1934年第二期上发表了散文《兔子》。通过参与《文学季刊》的编辑和撰稿活动,季羡林得以与当时文艺界的许多著名人士相识。他在1934年1月6日的日记中写下参加《文学季刊》编委会举行的一次招待会的情景:

> 群英济济,三山五岳的英雄好汉群居一堂,百余人。北平文艺界知名人士差不多全到了,有的像理发匠,有的像流氓,有的像政客,有的像罪囚,有的东招

西呼,认识人,有的仰面朝天,一个也不理,三三两两一小组,热烈地谈着话……

1934年,季羡林大学毕业后回到济南教书,郑先生去上海主编很有影响的《文学》月刊,他们还通过书信。季羡林曾给郑先生寄去散文《红》,刊登在《文学》1934年第三卷第一期上。郑先生还准备给季羡林出一本散文集,后来因为他去德国留学,匆忙之中没有出成。

长期以来,季羡林一直与郑振铎保持着师生情谊。新中国成立初期,郑振铎出任文化部副部长兼文物局局长。1951年,季羡林作为中国代表团成员访问印度,与他同行,留下了美好的回忆。

1958年季羡林随中国代表团出席在塔什干召开的亚非作家会议,回国途中在莫斯科听到了一个噩耗:郑振铎率中国文化代表团访问阿富汗、阿联酋途中因飞机失事遇难。季羡林万分哀痛,曾经引用江文通的名句怀念之:

春草暮兮秋风惊,秋风罢兮春草生。
绮罗毕兮池馆尽,瑟瑟灭兮丘垄平。
自古皆有死,莫不饮恨而吞声。

上文说过,吴宓先生是季羡林的业师之一,对他的帮助很大。吴先生是陈寅恪在哈佛大学的同学,回国后担任清华国学研究院主任,力荐陈寅恪为国学研究院导师。吴先生对学生也从不端"教授架子",平易近人,他除了给季羡林讲专业课,还经常邀请季羡林等文学青年做客他的藤影荷声之馆,师生间的关系十分融洽。应吴先生之邀,他们又协助他编辑《大公报·文学副刊》,经常在上面发表一些文艺动态之类的文章,从老师手里领到几元稿费,对于季羡林这样的穷学生来说不无小补。季羡林听了吴先生的"英国浪漫诗人"和"中西诗之比较"两门课,受到启发写了一篇论文,把陶渊明同一位英国浪漫诗人加以比较。这在今天看来未免牵强附会,但终究是他在毕生从事比较文学研究——仅是他众多科研项目之一——迈出的大胆的第一步。

在与吴先生的长期接触中,季羡林又觉得他学问好,为人耿直,虽然貌似古板,却是一个极易接近的人，对学生很关心，重德又重才。

季羡林留学回国以后，利用在德国学到的梵文、俗语和吐火罗文，经过周密的考证，1947年写了一篇《浮屠与佛》论文，是在胡适与陈垣对此问题正进行激烈辩论的背影下，抱着"两老我都不敢得罪，只采取一个骑墙的态度"写成的，并由陈寅恪推荐在中央研究院《历史语言研究所集刊》上发表。当时在武汉大学任教的吴先生看过这篇论文，于1948年8月28日的日记里写道：

晚读唐长孺携借之中央研究院《历史语言研究所集刊》第二十本（上册）完，三七年七月出版。首为陈寅恪《元微之悼亡诗手艳诗笺证》。中有季羡林《浮屠与佛》，谓浮屠乃印度梵文Buddha之对音，汉时即入中国，且通用。其后佛之单音自中亚西亚诸国（吐火罗文B［较古］龟兹文Pud，吐火罗文A［较近］焉耆文Pat）译语传来，遂替代前名，实则此二字渊源不同，佛非佛陀之简者也，云云。

可见，吴先生一直关心着季羡林的学术研究。

那时，吴宓先生追求毛彦文的沸沸扬扬的恋爱"绯闻"尽人皆知，季羡林与同学偏偏借此跟他开玩笑。吴先生在一首求爱诗中写道：

吴宓苦恋×××，
三洲人士共惊闻，
离婚不为圣贤讥，
金钱名誉何足云。

其中的"×××"，即指毛彦文，此人比吴宓小四岁，毕业于金陵女子大学英语系，后入美国密歇根大学，获教育学硕士学位，后任复旦大学、暨南大学教授，1999年在台湾逝世，享年101岁。据说，从20世纪20年代一直到40年代，吴先生与她的马拉松式的恋爱无果而终，只能经常在梦中与情人相会，一觉醒来，泪湿枕巾。

吴先生也真够上一个"情种"，他还有一组求爱诗，名曰《空轩十二首》，在课堂

上发给学生,据说每首诗都影射一位女子。编辑《清华周刊》的学生将其中第一首诗译成了白话文。诗中写道:

> 一见亚北貌似花,
> 顺着秫秸往下爬。
> 单独进攻忽失利,
> 跟踪盯梢也挨刷。

于是,这首诗在学生中盛传一时,季羡林也跟着起哄,吴先生却不以为忤,一笑置之。

老舍(1899—1966),本名舒庆春,北京人,满族。季羡林上高中时就喜欢读老舍的作品,《老张的哲学》《赵子曰》《二马》他都读过。在清华时,老舍先生每有新作发表,季羡林总要先睹为快。1933年他的小说《离婚》发表,季羡林在第一时间写出书评,以笔名窘羊发表在《大公报·文学副刊》上。季羡林觉得,老舍先生的作品和其他作家不一样,语言生动幽默,是地道的北京话,偶尔夹杂一点儿山东俗语,他是自己最喜爱的作家之一。

季羡林与老舍先生相识,是老同学李长之介绍的。有一年暑假,季羡林从清华回到济南,老舍先生正在齐鲁大学教书。李长之告诉季羡林,他要在家里请老舍先生吃饭,让季羡林作陪。季羡林喜出望外,但又不知老舍先生是否有"教授架子",心里有些忐忑不安。见面后季羡林发现,老舍先生完全不是他想象的那样,一点儿架子都没有,谈吐自然,和蔼可亲,特别是那一口道地的京腔铿锵有致,听起来就像听音乐一样,真是一种享受。

第一次见面后,季羡林与老舍先生天各一方,世事两茫茫,过了二十多年才在北京见面。季羡林记得,那是20世纪50年代初召开的一次汉语规范化会议上,曲艺界名人侯宝林、马增芬姊妹,语言学界名人叶圣陶、罗常培、吕叔湘、黎锦熙等人都参加了。会后作为"北京土地爷"的老舍先生请大家吃了一顿地道的北京饭——西四砂锅居的"白煮肉"。他与饭馆的经理以至小伙计都是哥儿们,因此服务周到,饭菜极佳,大家美美地饱餐了一顿。

还有一次，季羡林到东安市场附近的理发店理发，看见老舍先生正在那里刮脸，不便跟他谈话，只寒暄了几句。季羡林开始理发时，从镜子里看见老舍先生跟他点点头儿走了出去。当季羡林理完发正要付钱时，理发师说道："刚才那位先生已经代付了。"

这些都是平常小事，未想到更大的事终于降临在老舍先生头上。1966年8月24日，老舍先生不堪人格污辱，自沉太平湖中。原来，就在前一天，北京上演了一出"打全堂"。在孔庙的院子里，戏衣、头面、凤冠、玉带、朝靴等戏服和道具被堆成了一座山，一场大火点起，将之付之一炬。一些被打成"走资派""反动学术权威"的知识分子被迫围着跪了一圈儿。红卫兵小将抡起皮带抽打这些"罪人"，他们被打得皮开肉绽，鲜血淋漓，其中便有老舍先生。对于老舍的死，季羡林写了一篇怀念文章，其中说道：

当老舍先生徘徊在湖水岸边决心自沉时，眼望湖水茫茫，心里悲愤填膺，呼天天不应，唤地地不答，悠悠天地，仿佛只剩下孤身一人，他会想到自己的一生吧！这一生是忠诚于祖国、忠诚于人民的一生，然而到头来却落到这种地步。为什么呢？究竟是为什么呢？如果自己留在美国不回来，著书立说，优游自在，洋房、汽车、声名禄利，无一缺少，舒舒服服地过一辈子，说不定能寿登耄耋，富埒王侯。他不是为了热爱自己的祖国母亲，才毅然历尽艰辛回来的吗？是今天祖国母亲无法庇护自己那远方归来的游子了呢？还是不愿意庇护了呢？我猜想，老舍先生绝不会埋怨自己的祖国母亲，祖国母亲永远是可爱的，在任何情况下都是可爱的。他也绝不会后悔回来的。但是，他确实有一些问题难以解决，他只有横下一条心，一死了之。这样的问题，我们今天又有谁能够理解呢？我想，老舍先生还会想到自己院子里的柿子树和菊花。他当然也会想到自己的亲人，想到自己的朋友。所有这一些都是美好可爱的。对于这一些难道他就一点也不留恋吗？绝不会的，绝不会的。但是，有一种东西哽在他的心中，像大毒蛇缠住了他，他只能纵身一跳，投入波心，让弥漫的湖水给自己带来解脱了。

沈从文（1902—1988），湖南凤凰人。这位出身湘西、靠自学成才的苗族作家，把神秘的湘西大地呈现在人们面前，深受读者喜爱。应该说，沈先生也是季羡林学生时代最喜欢和崇拜的作家之一。他认为，在所有并世作家中文章有独立风格的人并不多见，除了鲁迅先生，就是沈从文先生，他的作品只要读上几行，立刻就能辨认出来，绝不会错。尤其，季羡林从沈先生的作品中深切地感受到他所欣赏、所追求的人与自然和谐共生的理想境界。

季羡林结识沈先生，是从一件不大不小的"文案"开始的。1932年，丁玲的《母亲》出版以后，季羡林写了一篇书评，发表在《文学季刊》创刊号上。后来他听说，早在1928年就曾与丁玲共事、过从甚密的沈从文先生有些意见，于是立刻给沈先生写了一封信，同时请郑振铎先生在《文学季刊》创刊号再版时，撤掉那一篇书评。应该说这是一个不大愉快的开端，可谁知这样一来，一位大作家和一个文学青年竟成了朋友，并结成了终生友谊。

1933年9月，沈从文与张兆和女士结婚，在前门外大栅栏撷英番菜馆设盛大婚宴，胡适先生证婚，出席者名流云集，群星璀璨，季羡林居然也收到请柬。一个二十岁刚出头儿的年轻人的身影，出现在一群大人物中，岂不令人刮目相看！

1988年，季羡林在《怀念沈从文先生》一文中写道：

> 像沈先生这样一个人，怀念文章之如此之少，有点不太正常，我也有点不平。考虑再三，还是自己披挂上马吧。

又说：

> 我们共同经历了北平的解放。在这个关键时刻，我并没有听说，从文先生有逃跑的打算。他的心情也是激动的，虽然他不故作革命状，以达到某种目的，他仍然是朴素如常。可是厄运还是降临到他头上来。一个著名的马列主义理论家，在香港出版的一个进步的文艺刊物上，发表了一篇长文，题目大概是什么《文坛一瞥》之类，前面有一段相当长的修饰语。这一位理论家视觉似乎特别发达，他在文坛上看出了许多颜色。他"一瞥"之下，就把沈先生"瞥"成了粉红色的小生。我没有资格对这一篇文章发表意见。但是，沈先生好像是当头挨了一

棒,从此被"瞥"下了文坛,销声匿迹,再也不写小说了。

巴金(1904—2005),原名李尧棠,字芾甘,四川成都人,现代著名文学家。1932年9月23日,季羡林的老师杨丙辰请巴金吃饭,季羡林应邀作陪,这是季羡林同巴金先生的第一次见面。季羡林在当天的日记中写道:

真想不到今天会能同他见一面。自从读了他的《毁灭》后,就对他很留心。后来听到王岷源谈到他,才知道他是四川人。无论怎样,他是一个很有希望的作家。

1929年《毁灭》出版后轰动一时,从此一位完全不为人们认识的作家以不同凡响的身手闯进了文坛。季羡林正是通过读这本书知道了巴金先生。三年后,他又亲眼见到了巴金先生,莫不有相见恨晚之感。后来,巴金先生的《家》《春》《秋》出版后,季羡林更是爱不释手,读过不止一遍,并在1933年8月《大公报》副刊上发表了《家》的书评。

巴金先生担任全国作家协会主席时,季羡林是作协顾问。季羡林晚年在医院治病期间,为了他安心疗养,工作人员有时不得不对他封锁一些"坏消息"。巴金先生去世时,大家都不敢向他透露这件事儿。可是,他很快就拿出不知何时写好的稿子,对秘书说:"快,快把这篇稿子发出去!"

秘书接过稿子一看,惊讶道:"季老,真有您的,简直太神了!"

这时,正好一个小护士走进来,悄声对秘书说:"对不起,是我跟季老说过:'巴老去世了,您该当作协主席了吧?别再推辞了,我们都希望您来当!'"

就这样,季羡林马上写出了一篇情真意切的悼念文章。文中说:

我在清华读书时,就已经读过他的作品,并且认识了他本人。当时,他是一个大作家,我是一个穷学生。然而他却一点架子都没有,不多言多语,给人一个老实巴交的印象,这更引起了我的敬重。

我觉得,一个作家最重要的品德是爱祖国、爱人民、爱人类。在这三爱的基础上,那些皇皇巨著才能有益于人,无愧于己。

巴老一生创作了大量的作品,在国内外广泛流传。特别是他晚年那些随笔,爱国爱民的激情,炽燃心中,而笔锋又足以力透纸背,更引起了广泛的注意和反响。

巴老!你永远永远地走了。你的作品和人格却会永远永远地留下来。在学习你的作品时,有一个人决不会掉队,这就是九十五岁的季羡林。

"士死知己,怀此不忘",季羡林与这些文坛耆宿一直保持着坚贞纯洁的友谊。他们共同经历了那些难忘的岁月,无论阳光灿烂,还是风雨交加,无论金光大道,还是独木小桥,总是在政治上互相勉励,在事业上互相支持,在学问上互相切磋,在生活上互相关心,呈现出当代中国文坛上一道亮丽的风景。

第六章 发轫清华（二）

秋妹出嫁

季羡林离开济南这几年，家里也发生了一些变化。首先，比他只小十天的秋妹结婚了。自从他六岁来到济南，十九岁去北平求学，十三年间几乎天天和秋妹在一起，他们的关系与同胞兄妹没什么两样。虽然婶母偏爱自己的女儿，另眼看待侄儿，但小孩子不懂事，他俩之间并无任何成见，有时发生点儿争执过后就和好了，可是随着年龄的增长，情况就有所不同了。

据季羡林《清华园日记》记载，1933年暑假他回到济南，秋妹带着夫婿回娘家。秋妹的丈夫名叫弭菊田，济南人，生于1914年。弭家住在济南西关，据说是大房产主，相当富有。菊田是弭家二少爷，个子高高的，仪表堂堂，寡言少语，年龄符合"女大三抱金砖"的讲究。秋妹对这门亲事十分满意。在老一辈看来，弭家门第要比季家高，于是婶母便让季羡林常到弭家走动。季羡林以为这是巴结人家，很不情愿，但又不得不去。其实，他看不惯的是弭家那位大少爷，他仗着有钱不好好读书，也不认真做事，游手好闲，花天酒地。这位二少爷要好一些，但季羡林也不太满意，认为他木讷呆板，不善应酬，来后刚坐下就打牌，想走拔脚就走，大大咧咧，马马虎虎。叔父母却忙不迭地倒屣相迎，这使季羡林非常讨厌，觉得滑稽可笑，因此对家庭的反感愈来愈烈。他在1933年6月30日的日记中写道：

> 我近来对家庭感到十二分的烦恶,并不是昧良心的话。瞻望前景,不禁三叹。

当然,绝非只是这一件事情。上文提到,季羡林对家庭和婚姻的烦恼事出有因,时间一久,即会使年轻人产生一种逆反心理。

弭菊田自幼学习绘画,有些功底,1934年暑期高中毕业,投考北平美专深造。据季羡林《清华园日记》记载:7月28日,他进城到庆林公寓替菊田租房子,供他到北平应考时居住。晚上,因为第二天要进城接菊田,怕耽误了,竟致失眠。29日早晨,他起得很早,八点便进城了,要接站为时尚早,他又到天桥走了一圈儿。接到菊田,在庆林公寓安顿下来。带他去游北海,他们登上白塔山,眺望北平街市,高耸的城墙和城楼,隐映在绿树中的棋盘似的街巷,红墙黄瓦的故宫,波光潋滟的三海,显得那么动人!游兴未尽。次日,他又带菊田游中山公园和太庙。8月1日,他再访菊田,菊田已去美专参加考试。5日上午,他又进城,菊田已经考完。他们又去逛天桥、先农坛,一起在东安市场吃晚饭。

看来,季羡林的妹夫到北平来,他这个大舅哥该做的事情都尽心竭力做到了。

弭菊田美专毕业后,长期生活在济南,以绘画、教书为业,20世纪80年代初,受命组建并出任济南画院院长,在齐鲁书画界享有盛名。

弭家作为季家的至亲,互相肯定是有来往的。可是,在弭菊田的回忆录中关于季羡林的记载,却有张冠李戴之处,可见他们并不太了解。原因何在呢?这里有客观原因,也有主观原因。客观原因是,20世纪60年代季羡林将婶母陈绍泽,即叔父续弦的妻子和夫人彭德华接到北京,两家从此不在一个城市,而且行当也不相同,大家都忙,所以不太来往,也不够了解。主观原因是,季羡林与秋妹之间确有一些隔膜,这在季羡林的《清华园日记》中也看得出来。季承先生对此发表过自己的看法,曾经撰文称:

> 这个家里有两个女人使他(指季羡林——笔者)对家庭产生了反感。一个是他的婶母,一个是他的秋妹。很显然,婶母自己没有儿子,对培养他这个外来的侄儿肯定缺乏热情。况且父亲只会读书、花钱,他乡下的父母也要靠城里的

叔叔供给,婶母哪里会高兴?这是人之常情。秋妹则嫉妒这个乡下来的哥哥,也很自然。在亲生父母的娇惯下,她后来又嫁了一个有钱的丈夫,表现出"轻浮"和"高傲"也自在情理之中。至于给父亲不断制造麻烦,譬如说她母亲的病是让父亲气出来的,等等,也是可以理解的。父亲把这些归为"女人天生的劣根性",再加上他所谓"挥之不去的穷困",父亲对此感到压抑和气闷也是很自然的。

永久的悔

紧接着,季羡林又摊上了一件天大的事,让他一辈子追悔莫及。

1933年上半年,季羡林忽然收到从清平老家寄来的信。信里说母亲身体不大好。因为这是母亲给他的第一封信,他收到后很兴奋,没太在意信的内容。本来他打算利用暑假回去看望多年未见的母亲,可是暑假一回到济南,就赶上婶母得了重病,叔父又不在家,他着实手忙脚乱了一阵子。后来一叔(即季羡林的另外一位亲叔叔,生下来还未起名就送给了别人——笔者注)从清平来济南,商量香妹出嫁的事。香妹是季羡林的二妹妹,1919年出生,父亲去世后她也来到济南叔父家。一叔告诉季羡林母亲生病了,可是即将开学,他已经没有时间回官庄。回到清华后,他似乎有些不祥的预感,在8月19日的日记中写道:

我最近觉得很孤独。我需要人的爱,但是谁能爱我呢?我需要人的了解,但是谁了解我呢?我仿佛站在辽阔的沙漠里,听不到一点人声。"寂寞呀,寂寞呀!"我想到故乡里的母亲。

过了不久,九十月间,季羡林突然接到叔父从济南打来的电报,上面只有四个字:"母病速归。"他仿佛当头挨了一棒,脑袋迷糊了半天,急忙买好车票,登上开往济南的火车。

季羡林六岁离开了故乡和母亲。正如老舍先生所说:"我真正的老师,把性格传给我的,是我的母亲。母亲并不识字,她给我的是生命的教育。"季羡林接受的也是母亲的生命的教育,正是母亲那双温暖的手拨动了他心灵的第一根琴弦,扣上了他人生的第一颗纽扣。因此应该说,季羡林无时无刻不在想念着母亲。

1925年,他最后一次回故乡为父亲奔丧,从此家里没有了男主人,只有半亩地,母亲的日子怎么过,心情会怎样,对于一个十四岁的穷人家孩子来说,难道就一点儿也没想到吗?可是,即使想到了,又有什么办法呢?在那万般无奈的情况下,母亲哪怕还有一点点儿能力,是决不会放儿子走的。她大字不识,一辈子连个名字都没有,做了一辈子"季赵氏",如今男人一走,她连自己都养活不了,如果再把儿子留下来,母子俩不是要一块儿去送死吗?最后,她只能眼睁睁地看着自己的儿子离开,但怎能想到,这是最后一次看到儿子,也是儿子最后一次看到母亲啊!

对于母亲内心的痛苦和忧愁,季羡林的感受越来越深刻,他在《清华园日记》中写道:

> 当我死掉父亲的时候,我就死掉母亲了,虽然我母亲比父亲晚八年死的。

季羡林由初中升入高中,从济南到北平上大学,八年过去了,他由一个小孩子长成了一个青年人,知识增加了,对人生了解的也多了。虽然他对母亲仍然是不断地想念,但在暗中饮泣的次数少了,想的是实实在在的问题。他指望接娘享富贵,梦想熬到大学毕业,抢到一只饭碗没问题,那时有钱了,第一件事儿就是把母亲接到济南。她才四十来岁,今后享福的日子还长着呢!

然而,季羡林为什么不能在考上清华时或者入学后利用放假的机会,回去看看母亲呢?当面把自己的一片孝心表达出来,让母亲得到几许宽慰呢?如今,季羡林的美梦被一纸"母病速归"的电报打得支离破碎,一生受苦受难的高堂老母还没等到儿子的奉养就要走了,他又怎能不后悔呢?

季羡林坐在火车上,心惊肉跳,忐忑难安。暗自思忖:母亲到底是病了,还是走了?他不会求签占卜,可又偏想知道个究竟,于是就自己想出来一个办法:他闭上双眼,如果一睁眼就能看到一根电线杆,那母亲就是病了;如果看不到,就是走了。当时火车速度极慢,从北京到济南要走十四五个小时。就在这样长的时间内,他闭眼又睁眼不知反复了多少次。有时能看到电线杆,心中一喜;有时又看不到,心中一惧,始终得不出一个肯定的答案……

回到济南叔父家,季羡林方才知道,母亲不是病了,而是真的走了。这消息如同五雷轰顶,把他一下子击倒了。他昏迷了半晌,躺在床上哭了一整天,水米不曾沾牙。他陷入了深深的悔恨和自责中——自从父亲去世以后,你为了继续读书又回到济南,香妹也从家乡来到了济南,家中只剩下母亲一个人,孤苦伶仃,形单影只,而且又缺吃少喝,日子是怎么过的呀?你不但一次也没有回家看看,而且你经济上虽然尚未自立,但每年总能挤出一点儿零花钱帮帮母亲吧,你为什么没有这样做,甚至连想都没有想呢?你的良心和理智哪里去了?你还算得上是一个孝子吗?

季羡林的心情处于极度的矛盾中,他找不出任何原谅自己的理由。他甚至想自杀,追随母亲于地下,但是母亲只有等儿子回来才能入土为安,你现在自杀了,在乡亲们看来,那才是大逆不道!

于是,季羡林赶忙为母亲写了一副挽联:

一别竟八载,多少次倚闾怅望,眼泪和血流,迢迢玉宇,高处寒否?
为母子一场,只留得面影迷离,入梦浑难辨,茫茫苍天,此恨曷极!

挽联道出了儿子锥心刺骨的永久的悔恨和歉疚——八年未见,甚至母亲的面容他都模模糊糊,记不起了!

叔父和婶母看出苗头儿不对,生怕出个好歹,急忙委托马家二舅把季羡林送回家。

回到家中,母亲已经成殓,棺材停放在屋子中间。只隔着一层薄薄的棺材板,却不能再见到母亲一面,季羡林如万箭钻心,痛苦难忍,想要一头撞死在棺材上。他被人死力拽住,昏迷了半天才醒过来,抬头再看看屋子四周,真正是家徒四壁,除了几把破椅子和一只破箱子,什么都没有。在这样的环境中,母亲这八年的日子是怎么过的,不是一清二楚了吗?他又不禁悲从中来,大哭一场。事后,乡亲们告诉季羡林,母亲有时把省下来的粮食,送给更穷的没有爹娘的孩子吃,她是因为吃蒜皮和茄子叶中毒死的。

季羡林只好强忍着悲痛,白天到二大爷家吃饭,商量安葬母亲的事儿,晚上再回到自己家里。那时村里没有电灯,连煤油灯也没有,家家户户都点豆油灯,用棉花搓成捻儿,只能发出一点点微弱的光。二大爷劝他晚上别回去,但他执意不肯,要陪陪母亲。二十多年过去了,他在母亲身边只待了六年,尝到的母爱太少了! 在这最后的时刻,如果还不陪陪母亲,那就真要抱恨终生了!

二大爷亲自提一个小灯笼送他回家。此时,万籁俱寂,宇宙笼罩在黑暗中,只有天上冰冷的星星在眨眼。全村没有亮光,没有声音,沉闷得让人窒息。季羡林走近自家的破篱笆门,发现门旁地上有一团黑东西,原来是自家的那条老狗,静静地卧在那里。狗与人一样有感情,白天家里人多,它就出去到处游荡,找东西吃,晚上总是早早回来,守在那里一动不动。看见了季羡林,它好像认出了他与女主人的关系,不叫也不咬,有时还站起来摇摆着尾巴,亲昵地跟在他身后。

季羡林走进屋里,外屋停放着母亲的棺材,他躺在里屋的土炕上。炕上到处是跳蚤,他感觉不出。他孤身一人守着棺材,是不是怕呢! 不,一点儿也不怕。棺材看起来可怕,但里面躺着的是母亲。母亲永远爱儿子,是人是鬼都不会改变这种爱。

季羡林无论如何也睡不着,瞪大两只眼睛在黑暗中望着,有时仿佛感到眼睛一亮——母亲的面影出现了,亲切而激动地说:"喜子啊,自从你父亲去世,你叔父就不再接济我们了。娘每天拖着一双小脚,下田莳弄那半亩地。尽管时常吃糠咽菜,累得腰疼腿酸,每天夜里躺在这铺土炕上,总是想着你——喜子出息得怎样了? 怎么连一封信都不来? 难道发生了什么事? 有时娘也恨自己,当初为什么不把你留在身边呢? 憋闷时常跟街坊邻居说:'要是知道他一去不回头,好歹也不会放他走啊!'"

"树欲静而风不止,子欲养而亲不待。"听了母亲的倾诉,季羡林马上想起了这句古话。他又在心中默念道:"跪在灵前拜母时,肝肠寸断泪如丝,世上多少娇儿女,能解寸草春晖诗?"

是啊,这不正好应在自己身上了吗? 怎么能不悔恨交加呢? 再过一年就毕业了,就有能力奉养母亲了,可母亲竟这样早地撒手人寰。晚了! 太晚了! 逝去的时光不能再追回了!

长夜漫漫何时旦? 季羡林在黑暗中煎熬着——失去了母亲,就失去了幸福和希望!

这时,宁大叔突然来了,叫季羡林马上到他家去,说道:"你娘叫你呢!"

"我娘叫我？"季羡林马上从坑上爬起来，懵懵懂懂地跟着宁大叔走了。

来到宁家，只见宁大婶坐在炕上，两眼直勾勾地望着季羡林，说道："喜子啊，娘好想你呀！"

听那声音和口气，好像真是母亲在说话！原来宁大婶"撞客"了。这种"鬼魂附体"的事情，季羡林平时无论如何也不会相信，可是现在他又多么希望是真的啊！八年过去了，母亲想儿想得好苦，儿子又何尝不想母亲呢？此刻，哪怕母亲能跟儿子说上一句话，娘儿俩不就感到释怀了吗？

过了一会儿，宁大婶清醒过来，对季羡林说："你娘不止一次地跟我说，要知道你一去不回，决不会把你放走！"

听了这话儿，季羡林又止不住地流下热泪……

2001年8月，聊城市和临清市两级政府出面，邀请季羡林还乡，为他庆祝九十大寿。季羡林归来作《故乡行》一文，其中《官庄扫墓》一节写道：

8月6日，一大早我们就出发到官庄去。

……感谢义德和孟祥（均系季家后人——笔者注）的精心安排，墓地上一切都已准备就绪，有供品，有香烛，还有一挂鞭炮。大概还有别的东西，只觉得眼花缭乱，五光十色，一时难以看清了。这里共有两座坟墓，其中之一埋葬着我的祖父和祖母，两个人我都没有见过面。另一座埋葬着我的父母。我最关注的还是我母亲的坟。我一生不知道写过多少篇关于母亲的文章了，我也不知道有多少次在梦中同母亲见面了，但我在梦中看到的只是一个迷离的面影，因为母亲确切的模样我实在记不清了。今天我来到这里，母亲就在我眼前，只隔着一层不厚的黄土，然而却人天悬隔，永世不能见面了，我的眼泪夺眶而出，滴到了眼前的香烛上。我跪倒在母亲墓前，心中暗暗地说："娘啊！这恐怕是你儿子今生最后一次来给你扫墓了。将来我要睡在你的身旁！"

最后一句话儿："娘啊！这恐怕是你儿子今生最后一次来给你扫墓了。将来我要睡在你的身旁！"这是多么令人动容之笔！年轻的朋友，趁着父母尚且健在的时候，常回家看看，以免留下永久的悔！

回乡偶遇

"季家的喜子回来了!"

"喜子回来送他娘了!"

"这孩子八年没回来,连他娘最后一面也没见到!"

"在他娘灵前哭得死去活来,也怪可怜的!"

这消息如同一阵风,传遍了整个官庄。

邻居的婶子大娘们来了,住在三里五乡的亲戚们也来了。他们一是来吊唁死者,二是来看看北平回来的大学生。冷清破败的季家小院里,拥进了许多人。

季羡林守着母亲的棺材,不停地哭。他的脑子已经有些迷糊了,简直不敢相信母亲真的永远地走了。看到厨房里有半个茄子和半棵葱,他仿佛觉得母亲还没有走远。他恨自己为什么不早几天回来,即使能见母亲最后一面也好啊!他泪眼蒙眬地看着吊唁的人群进进出出,机械地、忙不迭地跪下给吊唁的人叩头,又身不由己地被人搀扶起来,如此多次重复。

一大群女人围着他,七嘴八舌地劝慰他,至于是谁,说了些什么话,他似乎一句都没有听进去。他看着那些或熟悉或陌生的面孔,其中有一位老妇人格外引起他的注意——满脸的皱纹,霜白的乱发,红肿的眼睛,没有牙齿的嘴一凹一凹地动着,絮絮叨叨地说些什么。季羡林使劲儿地从自己的记忆库里搜索,还是想不起她是谁。算了,管她是谁,反正不是亲戚就是邻居,季羡林不再费神想她了。

谁知,这位老妇人上午走了,下午又来了;头一天走了,第二天又来了,嘴巴一直在一凹一凹地动着,絮絮叨叨地说个不停,照样听不清她说些什么,好像尼姑念经似的。季羡林感到有些蹊跷,一次,在她离去的时候,悄悄问宁大婶:"那位老人是谁呀?"

"你不记得啦?她就住在村东头,你该叫她大娘,小时候还抱过你呢!"

"想是想不起来,不过现在知道了。"季羡林仍旧在雾中。

过了两三天,季羡林的头脑渐渐有些清醒。听老妇人一遍又一遍地述说,他终于明白了是怎么回事儿。

她每天到这里来,与吊唁季羡林的母亲并没有什么关系,而是想从别人的嘴里打听一些消息。她的话总离不开军队,离不开打仗,她是来打听在军队中服役的儿子下落的。三年前,她的独生子因为家里没饭吃,瞒着她偷偷当兵去了,还扔下了他的媳妇和儿子——就是她身旁那个流着鼻涕的小男孩儿。去年儿子寄来了一封信,说是马上就要开到前线打仗去了。儿行千里母担忧,况且儿子要去打仗,打仗就会死人,做娘的怎能不担忧呢?从那儿以后,她再也没有收到儿子的来信,家里吃了上顿没下顿,媳妇经常哭哭啼啼,这日子可怎么过呢?

在老妇人看来,季羡林从京城回来,还到过天津、济南这些大城市,是见过大世面的人,而且读了好多年书,不但能识文断字,而且还会说好几种洋话呢,天下的事儿敢情都会知道,这下可算找准人了!所以,她抱着极大的希望,每天都到这儿来,每句话都离不开自己的儿子。她身旁的小孙子淘气得很,不停地捂着她的嘴不让她说话,可她还是说个没完没了,就连儿子小时候的事儿都不落,她说,儿子的脾气很大,有一次他打碎了一只饭碗,被她打了一巴掌,这孩子哭得无休无止,把嗓子都哭哑了……

此时,季羡林本来正需要别人安慰,可是面对这位同样需要安慰的老妇人,他究竟能说些什么呢?他不忍心告诉老妇人不知道她儿子的下落,只能编出一些莫名其妙的宽心话来安慰她。他还答应回北平后一定继续打听,一旦有了准信儿就马上告诉她。季羡林明知这种承诺无法兑现,可是不这样又能怎么样呢?

办完了母亲的丧事,季羡林准备回清华。就在他动身离开官庄的前一天,那位老妇人又来了。这次,她脸上居然挂上了笑容,急忙从怀里掏出一封信,说道:"你看,我儿子来信了!我虽然大字不识,但知道这准是我儿子寄来的。除了儿子,还有谁给我写信呢?"

接着她又说:"收到这封信的头一天晚上,我做了一个梦,梦见儿子回来了,还当上了军官,骑着高头大马,十分神气。这叫天人感应,托老天爷的福啊!"

"老人家,您有福了!我来看看您儿子的信,好吗?"季羡林心中也燃起了希望,急忙问。

"看吧!我正想求你给他写封信呢,就说我想他。让他早点儿回来。"老妇人说完把信递过来。

季羡林先看了看信封,邮戳上标明信是半年前从河南某地寄出的,地址也没有完全写对,信封上的套红已经被水沤得模糊不清,好在字迹还能辨认。看来,这封信经历了不少艰苦的旅程,终于到了老妇人手里。然后,季羡林打开信封,仔细地看着,原来这信并不是她儿子写的,而是同她儿子一起参军的一个同乡写的。内容简单明了,说她儿子在河南某地一次战斗中阵亡了,要她赶快来把灵柩运回去。

季羡林看完信,望着老妇人充满期待的眼光,浑身立刻颤抖起来,他哪有勇气说出事实的真相呢?

"老人家,您千万把身子保重好,等您儿子回来。"季羡林敷衍着说,把信还给了老妇人。

"你就赶快写信吧,告诉他,娘等着他呢!"老妇人高兴地把信接过去,揣进兜里。

"放心吧,我会给您写的。"季羡林双眼注视着老妇人,差点儿流出泪来。

离开官庄那天,季羡林把那封信的内容告诉了几位乡亲,请他们好好安慰老妇人,想办法尽快把她儿子的灵柩运回来,并从兜中掏出一点儿钱表示心意。他激动地说:"这件事千万不要马上告诉老人家,或者永远瞒着她,反正她在这个世上也活不了多久了!"

季羡林怀着一颗破碎的心,告别了长眠地下的母亲,回到清华。从此,他在念念不忘自己母亲的同时,也常常想起那位老妇人——一位失去儿子的母亲与失去母亲的儿子一样,命运是何等的惨啊!

想当作家与"留学梦"

母亲逝世以后,毕业也越来越临近了,季羡林走到人生的十字路口上。求职让人头痛,要费一番心思;出国留学的梦想如同海上仙山,可望而不可即;妻子生下"千金",生活担子越来越重……这些事儿一股脑儿堆在季羡林面前,他感到精神压力很大。

然而,作为清华"四剑客",季羡林多少也有一些声名。由于文坛前辈的器重和关心,他发表了几篇受到关注的散文作品,从而信心十足,大有鸿鹄之志,于是便想起了当作家。

1933 年 11 月 25 日，他在日记中写道：

> 我最近很想成为一个作家，而且自信也能办得到。说起原因很多，一方面我受长之的刺激，一方面我也想先在国内培植起个人的名誉，在文坛上有点地位，然后再用这地位到国外去，以翻译或者创造（应为创作——笔者注），作经济上的来源。以前，我自己不相信，自己写出好文章来，最近我却相信起来，尤其在小品文方面。你说怪不？

这段话儿透露出三个消息：

第一，出国留学依然是季羡林追求的目标。去哪个国家呢？当然是德国。11 月 17 日，他在日记中写道：

> 最近又想到，非加油德文不可，这大概也是因为留学而引起的刺激反应。昨天晚上我在纸条上写了几个字："在旋涡里抬起头来，没有失望，没有悲观，只有干！干！"然而干什么呢？干德文。我最近觉到，留美实在没意思，立志非到德国去一趟不可。我在这里自誓。

第二，出国留学的经济支撑何在？靠家庭肯定不行，只有自力更生。季羡林一介书生，身无长物，只有一支笔，他决心靠这支笔在文坛上打拼出一席之地。所以，他的近期目标是成为一个作家。靠小品文——散文的创作和翻译养活自己，并作为赴德留学的经济支撑。

第三，这个计划有没有可行性？他认为是有的，所以才有信心。信心从何而来？

首先，信心来自李长之的"刺激"。这年暑假，李长之写了《我对现代文艺批评的要求与主张》，并在《现代》杂志 8 月号上发表。季羡林认为这篇文章写得好，是一件很有意义的事儿。11 月 12 日，季羡林在李长之的宿舍又看到他的另一篇新作《梦想》，文中表达了他的所思所想，季羡林大有同感，暗自下了决心："李长之能做到的，我季羡林也一定能做到！"产生了一种强烈的"效颦冲动"。

其次，信心来自前辈王力先生的启发。11 月 24 日，吴宓先生请几位文学青年在工字厅的西餐厅吃西餐,季羡林应邀参加。第一次面对一大堆刀叉,他有点儿手足无措。好在他善于观察,顾左右而模仿之,虽然模样笨拙,但不至于出丑。同席有从法国留学归来的王力先生,王先生 1932 年获得巴黎大学文学博士学位,回国后被朱自清聘为专任讲师,相当于副教授。他告诉季羡林,他出国留学一无公费,二无私费,全靠自己为商务印书馆翻译书稿挣钱,维持在国外的学费和生活费。季羡林听后佩服极了,以为王先生为自己树立了一个好榜样。他问自己:"事在人为,经济条件不好,照样可以出国留学。王先生可以做到,我季羡林为什么不能做到?"

可是,想当作家毕竟不是一件容易的事儿,著名诗人臧克家曾说:"在当日文坛上想'登龙'须'有术'……鲤鱼跳龙门,有多少跌死在浪头上……"可见作家之路绝非坦途。季羡林也有自己的亲身感受,还记得,他把《我是怎样写起文章来的》一文拿给叶公超先生看时,不是被认为一个区区小辈没有资格写这样的文章,而被泼了一头凉水吗?他的散文《年》发表后,不是被人说成是"发出了没落的教授阶级垂死的哀鸣"吗?他在评论臧克家的《烙印》后,不是惹得彼此都不愉快吗?因此,季羡林在想当作家的同时,又不得不考虑其他出路。

其他出路在哪儿呢?1934 年 2 月 26 日,他在日记中写道:

> 我最近有个矛盾的心理,我一方面希望再入一年研究院。入研究院我并不想念什么书,因为我觉得我的想从事的事业可以现在才开头,倘离开北平,就不容易继续下去。一方面我又希望真能回到济南做一做教员,对家庭固然好说,对看不起我的人,也还知道我能够饿不死。

为了不至于饿死,是留下来从事自己的事业,实现当作家的愿望,还是回母校济南高中当个教书匠?毕业在即,季羡林又一次面临困难的选择,处于极度的思想矛盾中……

在文坛上崭露头角

说实在的,季羡林想当作家并非空穴来风,还是有本钱的,这里就来具体谈一谈。

　　大学三、四年级，季羡林的创作欲望和状态都不错，正处于平生第一次散文创作的高峰。那时他几乎每周都有一两篇文章问世，发表在《文学季刊》《文艺月刊》《现代》《学文》《文学》《寰中》等重要杂志上，有些文章还受到吴宓、叶公超、沈从文、闻一多等文坛前辈的好评和鼓励。

　　可以说，季羡林一旦登上文坛，便初有文名，他的作品甚至与一些名家名作一起发表在杂志上。比如，他的开山之作、第一篇散文《枸杞树》，1933年12月27日和30日发表在沈从文、杨振声、吴宓主编的天津《大公报·文艺副刊》上，同年萧乾在该副刊发表了第一篇小说《蚕》；他的散文《母与子》发表在上海著名文学杂志《现代》1934年第6卷第1期上，而茅盾1932年创作的著名短篇小说《春蚕》也发表在该刊第2卷第1期上；他的散文《红》发表在上海很有影响的《文学》月刊1934年第3卷第1期上，而巴金的《一个女人》1933年也发表在该刊上，在此前后，鲁迅、郭沫若、茅盾、闻一多、臧克家、何其芳等也都在该刊发表过作品；他的散文《年》发表在闻一多、叶公超主编的《学文》杂志1934年5月2日创刊号上，而钱锺书、李广田、何其芳、卞之琳、陈梦家、李健吾、曹葆华等人也经闻一多、叶公超之手，借《学文》杂志扬名文坛。

　　看来，季羡林是以散文创作见长，尤爱抒情散文。他之所以能够在大学期间发表这些散文作品，首先在于他有争文坛一席之地的决心和勇气，其次在于他的深厚的读书功底，最后当然离不开文坛前辈的栽培和影响。

　　说到季羡林的读书功底，今日大有可以借鉴之处。虽然他在济南高中读书时才开始接受新学，但从小就学过《百家姓》《千字文》和"四书""五经"，一生没有停止过对传统文化知识的研读和吸收，最后达到对国学经典娴熟于心，该用的时候张口就来。尤其，他非常喜欢古代的一些优秀散文作品，如司马迁的《报任安书》、陶渊明的《桃花源记》、李密的《陈情表》、韩愈的《祭十二郎》、欧阳修的《泷冈阡表》、苏轼的《前赤壁赋》和《后赤壁赋》、归有光的《项脊轩记》等都百读不厌，经常背诵，对于他的散文创作产生了潜移默化的影响。而且，他又是一个完美主义者，一篇文章从构思到定稿，再到誊清，不知要修改多少遍。当时他一边准备各门功课的结业考试，酝酿撰写毕业论文，一边利用夜间从事写作，宿舍熄灯后秉蜡烛，继电灯，鏖战到深夜。

这个时期，季羡林创作出一些批判现实主义的作品，如《红》《王妈》《母与子》等，是他真实思想的自然流露，但也有一定的局限性。由于看不到祖国和人民以及个人的前途，他的作品调子低沉，情绪幽凄。他虽然注重文学创作的艺术性，强调文学功利观与审美追求的统一，但遣词造句还显得生硬、牵强、做作，时而出现一些不规范的、自造的词语，透着一股初生牛犊不怕虎的气势。他的作品大多表现抽象的观念，一些难以表达、难以捉摸的东西，在他笔下颇有几分意识流的味道，这或者说是他早期散文创作的一个显著特点。

说到此，我们不妨做出这种假设，如果季羡林大学毕业后不到德国去抠梵文、巴利文、吐火罗文等死文字，经过长期磨炼，他一定会成为中国文坛的佼佼者。换句话说，著名文学家与学术大师，二者面临鱼与熊掌的问题，要想兼得确乎难矣。不过，值得学习和效法的是，正因为季羡林写出了一些漂亮的散文、小品、杂文、随笔等作品，才拉近了他与广大读者的距离，体现出一位学者型作家的独特魅力。

季羡林写文章并非完全出于兴趣爱好。上文说过，他是想以赚稿费来资助自己出国留学，除此之外，在很大程度上又是家庭经济压力使然。那时候，家里已经无钱供他继续读书，他经常处于囊中羞涩的窘境，创作《年》的时候，他只抄了一页就没有了稿纸，又没有钱买，只好放下数日。1934年年初，《文学季刊》编委会在前门外大栅栏撷英番菜馆举行大型集会，季羡林与吴祖缃、林庚、俞平伯同车前往。那天到会的有巴金、沈从文、郑振铎、靳以、沈樱、杨丙辰、梁宗岱、朱光潜、郭绍虞、刘半农、徐玉诺、徐霞村、孙伏园、朱自清、台静农、容庚、刘廷芳等人，可谓群贤备至，少长咸集，好不风光。可是，会议结束回到清华，季羡林付过车费口袋里只剩下六角钱，真是狼狈极了！一般说来，在此境遇下与其奢谈出国，还不如赶紧谋个差事养家糊口吧！

季羡林除了散文创作，还写了一些书评。巴金的《家》、丁玲的《母亲》、老舍的《离婚》、臧克家的《烙印》出版后，他都要评论一番。书评这玩意儿见仁见智，意见很难一致。季羡林的批评也招来一些反批评，闹得很不愉快，但是通过这一"炒作"，他也增加了一点儿名气。

一个美好的梦

　　大学时代是多梦的季节,每个人都想有所发明,有所创新,这确乎是一件大好事。季羡林在读大四的时候,也做了一个美好的梦——他要与李长之、张天麟、张露薇等同学一起创办"中德学会",这与他所学的德语专业乃至想到德国留学不无关系。

　　这里先介绍两个重量级人物,一个是张天麟,一个是杨丙辰。

　　张天麟,原名张天彪,字虎文,比季羡林年长四岁。1924 年季羡林在济南正谊中学读书时,张天麟与他是同班同学。当时,张天麟在班上年龄最大,脑瓜也最灵。当时军阀混战,流通一种军阀当局发行的"军用票",币值极不稳定。私立中学要靠学生缴纳学费维持,家长必须给学生准备充足的学费和生活费。于是,张天麟就用"军用票"兑换外地同学带来的"硬通货"——现大洋或者中国银行、交通银行发行的钞票,从中占了不少便宜。这种投机钻营的本领,使他在一群十三四岁的同学中显得鹤立鸡群。

　　初中毕业后,张天麟去南方从军,在国民党军队里混上了一官半职。1928 年,日军为阻止北伐军北上,侵占济南,血腥屠杀中国军民,制造了"济南惨案"。1929 年初,日军撤出济南,张天麟跟着国民党军队"衣锦还乡"。在季羡林眼中,这时他好像是个官儿了。

　　1930 年,季羡林到北平上清华,张天麟也到北平私立中国大学哲学系读书。那时候,北大教授讲课,允许外校学生旁听,张天麟就常去北大听课,所学外语也是德语。既然在同一个城市,又学习同一种外语,张天麟和季羡林就经常来往。后来,张天麟正式进入北大学习哲学和德语。季羡林每次进城必去找他,有时就借宿在他的宿舍西斋。张天麟来清华探访季羡林和李长之的次数也不少,有时候是自己来,有时候还带着老师或同学。他们一起逛海淀,游圆明园遗址。

　　杨丙辰,本名震文,字丙辰,1896 年生人,北大德语系名教授,也在清华兼课。他早年留学德国,是精通德语的前辈学人,口语会话连德国人都叫好,翻译德语著作的水平也很高,如《费德利克小姐》《火焰》等都是经典之作。由于张天麟擅长交际,很快就成了杨丙辰的得意弟子。杨先生是河南南阳人,后来河南大学请他出任校长,他就把张天麟也带了去,作为自己最得力的助手。过了一段时间,杨丙辰又回到北大执教,张天麟也跟着回来,继续在北大学习。

1932年秋季,杨丙辰在清华讲授《浮士德》,季羡林听了他的课。就在前一年,徐志摩因飞机失事去世,《新月》杂志推出纪念专号。对徐志摩的评价当时在清华师生中分歧较大,杨先生持否定态度,得到李长之的支持;季羡林则认为,他们的意见过于偏颇,徐志摩虽然是为参加林徽因在北平为外国使节做中国建筑的演讲而殉难的,但这只是友情的表示,对此不应小题大做。尽管与杨先生的意见不同,但并不妨碍季羡林将翻译出的一些文章拿去请他修改,以提高自己的德语水平。1932年中秋节,杨丙辰送给季羡林一册《鞭策周刊》,上面刊有他从德语翻译的《罗密欧与朱丽叶》。杨先生还请季羡林、李长之、张露薇喝咖啡、吃月饼,并一起去燕大校园游玩赏月。总之,杨先生给季羡林的印象是:忠诚,热心,说话夸张,乐于助人,没有等级观念,是一个十足的好人。后来,李长之提议组织一个德国文化研究会,请杨丙辰当指导,季羡林完全赞成。

杨先生中等身材,略微肥胖,面色黑红,时常穿一件肥大的深色长袍,看外表有点儿像晋西北来的乡下人。他有些迂阔,显得呆头呆脑,学生中流传着不少关于他的逸闻趣事。张中行先生曾经回忆说:"杨丙辰的夫人小他二十多岁,据说原来是说大鼓书的演员,不但年轻而且喜欢打扮。一堂一室之内,枯藤老树与桃之夭夭并列,显得很不协调。也许因为如此,杨先生在夫人身上费尽心思,有时还难免捉襟见肘。大家都见到的是每月领薪金,钱拿到手,端端正正地坐在休息室的一张书桌前,面前摆一张纸片,一面写数字,一面把钱分成若干份。有人问他这是做什么,他说,怕报假账露了马脚,所以必须算清楚。问他为什么要报假账,他说,每月要给穷朋友一点钱,夫人知道恐怕不高兴,所以要找些理由瞒哄过去,目的是不惹她生气。他这样解释,郑重其事,听的人却禁不住转过身暗笑。杨丙辰推崇佛教的'四大皆空'。他对待学生十分随和。据说,每次考试,杨丙辰均当场阅卷,阅卷并不认真,凭印象随笔给个分数。有个学生陈兆枋对分数不满意,赖在讲桌边不肯离去。杨丙辰立即加分,把S当场改为E。结果,皆大欢喜。那时候,清华的计分方法分五级:用英文字母E、S、N、I、F表示'超、上、中、下、劣'。学生管E叫'金耙齿',S叫'银麻花',N叫

‘三节棍’，I 叫‘当头棒’，F 叫‘手枪’。"

杨丙辰学问如此，为人如此，所以受到季羡林等许多学生的拥戴。

1933年11月11日晚上，季羡林到北大去访张天麟，不巧赶上停电，四周黑灯瞎火。季羡林摸黑来到西斋，张天麟带他夜访杨府。在烛光下，他俩和杨先生一直谈到十点半才起身告辞。

12月30日，杨丙辰应邀来清华演讲。季羡林请杨先生和同来的张露薇在合作社用茶。演讲地点在生物厅，由于临近新年，又逢星期六，听讲的学生人数不多，有五六十人。杨先生演讲的主题是"文学与文艺学——文艺创作与天才"。季羡林听得认真，记得详细，以为很受启发。

杨丙辰是中德文化协会的主要成员之一。他要季羡林为协会翻译《罗曼语族文学》，季羡林欣然从命，认为这对提高自己的德语水平、了解德国文学史有一定帮助。

李长之、张天麟、张露薇和季羡林都把杨先生视为研究和推介德国文化，乃至研究中德关系的领袖人物。从1934年2月下旬开始，几个年轻人萌生了一个梦想，多次在一起商量，计划成立中德学会，取中德文化协会而代之。他们认为这个学会应以杨先生为首，并商量了筹集经费、拟定会章、发展会员、出版会刊，宣传鼓动等一系列具体事宜，企图不鸣则已，一鸣惊人。看见几个青年人热情如此高涨，杨先生深受感动，积极联络冯至、杨晦、陈翔鹤创办的沉钟社和鲁迅、韦素园、李霁野、曹靖华创办的未名社以及周作人等人，请求给予支持，并着手筹办会刊《文学评论》。

季羡林虽然做了一个美好的梦，但直到他1934年夏毕业离开北平，中德学会还没有办成。他走后不久，张天麟等同学终于把梦圆了，办起了中德学会，后来张天麟正是通过这条渠道到德国杜宾根大学留学的。

1946年季羡林从德国留学回国后，参加过中德学会的一些活动，在这里结识了冯至等许多先生。那时，他见到的都是清一色的新面孔，与三十年代截然不同了。季羡林认为，中德学会虽然是一个民间学术组织，但对中德文化交流发挥了积极的促进作用，并为他德国留学吹响了前奏曲。当然，他与张天麟有所不同，当年是通过中德两国官方签订互派留学生的渠道出去的。

毕业论文的诞生

1934年3月,季羡林完成了大学毕业论文。论文是用英文撰写的,题目是 *The Early Poems of F. Hölderlin*,翻译成中文是《论荷尔德林早期的诗》。

荷尔德林(Johann Christian Friedrich Hölderlin,1770—1843)是德国著名诗人,杜宾根大学神学院毕业。青年时代荷尔德林受席勒影响进行诗歌创作,诗作有《自由颂歌》《人类颂歌》,表现了古典主义和浪漫主义精神,渴望德国统一,同情法国资产阶级革命,并把古希腊政治理想化,但是带有悲观情绪。诗作还有《致德国人》《为祖国而死》等。他的书信体小说《许佩里昂》描写1770年希腊人民反抗土耳其压迫者的斗争,流露出他对古希腊文明的向往,同时通过主人公在德国的见闻,对当时德国社会进行了批评。他三十岁以后精神失常,是一位短命而多产的诗人。

季羡林为何以评述荷尔德林的诗作来写作毕业论文呢?

季承先生在《我和父亲季羡林》一书中说过:

> 荷尔德林生活在18—19世纪,他的早期诗歌受克洛普施特克和席勒影响,洋溢着革命热情,多以古典颂歌体的形式讴歌自由、和谐、友谊和大自然。但是他的价值却是在他逝世一百多年后,也就是20世纪中叶才被发现。那正好是季羡林在清华求学的时期。从这里可以看出他当时的思想状况。那时候他也许梦想成为一个诗人,也有一些革命热情,但没有投身革命的勇气和打算。若非如此,他已经追随胡乔木投身革命了。

荷尔德林在沉寂了百年之后,被人们重新发现,名声大噪,这自然引起了学习德语文学的季羡林的关注,或者说,季羡林正好抓住了这个"热点"来做文章。而德国老师艾克言必称"荷尔德林",对其情有独钟,"近水楼台先得月",季羡林又抓住了这个"支点",想尽情地来做文章。

根据季羡林在《清华园日记》中的记载,从1932年11月起,也就是毕业前一年半,他就开始阅读和研究荷尔德林的生平和作品。他从日本邮购了《荷尔德林生平》，晚上熄灯后点上蜡烛，读到夜间 12 点才上床休息。他在 11 月 22 日的日记里写道：

> 刚才我焚烛读 Hölderlin——万籁俱寂，尘念全无，在摇曳的烛光中，一字一字细读下去，真有白天万没有的乐趣。这还是我第一次亲切地感到。以后我预备作的 Hölderlin 就打算全部在烛光里完成。每天在这时候读几页喜欢的书，将一天的压迫全驱净了，然后再躺下大睡，这也是平生快事吧。

1933 年春，季羡林又设法购到了德文版《荷尔德林全集》。因为日军侵略华北，占领热河，北平战云笼罩，6 月清华就提前放暑假了。季羡林回到济南叔父家，每天都看一点儿书，其中就有荷尔德林的诗作和小说《许佩里昂》。季羡林喜好诗歌，喜好抒情作品，这篇小说尽管是书信体，但感觉好像用写抒情诗的手法写的一样，因而很感兴趣。

开学后，德国老师石坦安正好讲德国抒情诗课，季羡林又抓住时机，提前在琉璃厂淘到一本 Germen Lyric Poetry（《德国抒情诗》）和一部古罗马诗人维吉尔（Virgil）的史诗《埃涅阿斯纪》。他一边听课一边从头到尾仔细阅读荷尔德林的作品，并尝试把一些作品翻译成中文。这些一个多世纪以前的作品，有许多生僻字，而且对作者当时的处境和环境的介绍也很模糊，尤其荷尔德林的作品一般都不容易读懂，读起来如对符咒、读天书。季羡林边读边告诫自己，不要贪多，一定要弄明白。因为学校提前放假，开学后要补考上学年的功课，还要听新课，相当紧张，所以他坚持每天一早一晚来啃荷尔德林的书，着实下了一番苦功夫。

同时，季羡林还找来了一些参考书，如麦克雷德（Macleod）、韦特科普（Witkop）等人的书。对照这些名家对荷尔德林作品的评论，他感觉荷尔德林的《致异教徒》曲调回环往复，优美极了。类似的诗作还有许多，他竟然爱不释手，恨不得全都读完。尽管读荷尔德林的作品拦路虎一个接着一个，可他有一股犟劲儿，非把它拿下不可。

经过前期的酝酿和准备，季羡林决定把荷尔德林早期诗作作为毕业论文的论述对象。9 月 21 日，他在日记中写道：

我毫不消极,非要干个样子不行,连这个毅力都没有,以后还能做什么呢?

9月下旬,各门功课一股脑儿都堆上来了。季羡林仍然每天挤出一个小时,继续啃荷尔德林的书。后来因为回故乡安葬母亲,耽误了一个多月。

回到学校,季羡林把写作毕业论文的想法告诉了艾克和石坦安教授。他们表示赞成,并答应再给他找一些参考书。这时,季羡林又拿起荷尔德林的诗集,一个多月没读了,现在竟有旧友重逢之感。10月底,学校图书馆购进一批德文新书,其中有荷尔德林的,还有席勒(Schiller)和赫尔德(Herder)的。季羡林兴奋地读着这些德文新书,读着读着眼前豁然开朗,产生令人惊喜的直觉和感悟,一些观点油然而生。遇到问题时,他就将两位德国教授抓住不放,有时还与他们展开热烈讨论。

常言道"诗无达诂",况且对文学作品的评论仁者见仁,智者见智,艾克和石坦安教授的意见也很不一致,一个对荷尔德林的诗赞不绝口,另一个认为他的诗并无音乐元素。季羡林则大胆地发表了自己的观点,这说明他对荷尔德林作品的研究已经达到了较深的层次。

寒假时季羡林回济南过春节,随身仍然带着那本德文版《荷尔德林全集》。1934年春天,他的多篇优秀散文相继发表,几门功课正在结业考试,可是这本书始终没有离开他身边。季羡林在后来数十年间,写作、翻译与科研并举,全力驱动三驾马车,"辗转于几张书桌之上",智慧、灵感和激情永无止境地喷涌,这种不同于常人的工作方式和精神境界,应该说是从清华求学时逐渐培养起来的。

3月5日,季羡林开始动笔写作毕业论文。由于经过充分的酝酿和构思,以及读了大量的参考书,他胸有成竹,奋笔疾书,第一天就写出一半初稿,创造了史上作文最快的奇迹。但话说回来,就季羡林当时的德语水平,并非能够完全读懂荷尔德林诗中晦涩的诗句,当然也不能说完全不懂;可是他有浪漫和丰富的想象力,借助几部《德国文学史》的给力,把严谨的学术与创作的激情融为一体,几乎一气呵成,到了3月27日就把论文全部写完了。

季羡林的这篇毕业论文成绩为"E"(优),最后获得了学士学位,这是公平的,因为其中包含着至少一年半的心血和艰辛。然而,季羡林对这篇论文并非十分满意,认为没有多少学术价值,更没有什么"天才的火花",仅仅是应试之作,或称"应制之作"而已。他在当天的日记中写道：

> 论文虽然当之有愧，毕业却真的毕业了。

清华毕业后，季羡林回到济南高中当了国文教员，也就与荷尔德林"拜拜"了。可是，谁也没有想到，过了一年他又奇迹般地来到荷尔德林的国度……

杭 州 游

1930 年季羡林高中毕业时的旅行梦，终于在四年后大学毕业时实现了，这回是去杭州游了一圈儿。

1934 年 4 月 7 日，季羡林与几位同学离开北平，20 日返回。这是他平生第二次到南方去，1931 年那一次，为了抗日冒死去南京请愿，哪有心思到杭州游玩，这次却实现了他多年的夙愿。

4 月 6 日，星期五。季羡林十分兴奋，无心看书，也无心写作，不停地走来走去，心情一直静不下来，仿佛还有什么要准备的。其实，一切早就准备停当，就等第二天出发了。最近几天他老是梦见杭州，梦见西湖，置身在南国旖旎的春光里。

4 月 7 日，星期六。下午两点半从清华园乘汽车进城，在前门车站乘火车。六点五十分，火车徐徐开动。车到天津，夜幕降临，上来了许多旅客，严重超员，车内拥挤不堪。次日早晨，车到德州，外边下着淅淅沥沥的细雨，车走走停停，天黑才到徐州。车上人多拥挤，季羡林十分疲劳，坐在那儿闭上眼睛，想睡一会儿却睡不着。9 日早晨八点，车到浦口，季羡林乘轮渡江。季羡林在济南长大，黄河见过无数次，可见到长江只有两次。放眼望去，只见江面宽阔，水天一色，气势恢宏，江上舟来船往，一派繁忙，远非黄河可比。在南京换车不久，车忽然停在镇江，久停不动，一打听方知前边有列车出轨，工人正在抢修。从这里上来的乘客，都操吴语，北方人很难听懂，季羡林意识到，这才真正来到了南方。几小时后，列车重新启动。停靠苏州时，天色已晚。季羡林趴着车窗想看一看苏州夜景，可惜外边黑咕隆咚，只能看见星星点点的灯光。午夜时分，列车到达上海。季羡林和同学投宿在北站旅社。10 日早七点，登上上海至杭州的列车。铁路两边竹林茅舍,绿柳红花,一派明媚春光,大片大片金黄色的油菜花,开得灿烂,令人赏心悦目。季羡林不禁赞叹道:"江南就是不同,竟如此秀美!"列车快到杭州,只见一湾碧水环绕着古城,城墙上盘满翠绿的爬山虎,再往远处看,透过片片云雾,隐约可见点点青黛色的山影。杭州简直美得不可胜收!晚上,下榻在浙江大学理学院,在地板上打地铺,听说此地就是旗下。吃过晚饭,季羡林心里默诵着北宋词人柳永脍炙人口的词作:

> 东南形胜,三吴都会,钱塘自古繁华。
> 烟柳画桥,风帘翠幕,参差十万人家。
> 云树绕堤沙,怒涛卷霜雪,天堑无涯。
> 市列珠玑,户盈罗绮,竞豪奢。
>
> 重湖叠巘清嘉,有三秋桂子,十里荷花。
> 羌管弄晴,菱歌泛夜,嬉嬉钓叟莲娃。
> 千骑拥高牙,乘醉听箫鼓,吟赏烟霞。
> 异日图将好景,归去凤池夸。

季羡林魂牵梦绕,久盼的杭州终于到了!他迫不及待,约上林庚来到西湖边,想看一看西湖夜景。可惜天色已晚,周围的景色一片模糊。

4月11日,春雨断断续续、时大时小地下着,季羡林和同学在雨中游览杭州。首先,他们乘车来到灵隐寺。寺在西湖西面的幽谷之中,始建于东晋咸和元年。建筑极其宏伟,弥勒殿高悬康熙皇帝手书大匾"云林禅寺",可是老百姓偏不买账,都说皇帝是将"靈"字的雨字头写得太大,只好将错就错,写成"云"字,故仍旧称之为灵隐寺。灵指灵鹫山,原来是印度的一座佛教圣山,传说从印度飞来此地,故称"飞龙峰"。此峰矗立在山门前,有众多的洞窟和佛教造像,最有名的是布袋和尚,被认为是弥勒化身。所以,此寺殿门上方有匾额"灵鹫飞来"。灵隐寺在江南名气极大,和尚众多,香客如云,多为老年女性,她们挎着黄色香袋,撑着红色油纸雨伞,来此进香,队伍相当壮观,从远处看像一簇簇红蘑菇。

出灵隐寺顺山墙西行,山径石阶两边翠竹参天。一路大雨滂沱,登上半山亭,远望烟雾苍渺,云气回荡,流水潺潺,犹如仙乐。再往上攀登,只见一座凌空高阁,这便是韬光寺。韬光寺创始人是唐代诗僧韬光大师。白居易任杭州刺史时,时常到寺访问韬光,二人品茗赋诗,互相唱和,关系甚笃。寺有莲池,池内金莲相传为韬光所植。莲池之上有一观海亭,季羡林在亭内眺望西湖、钱塘,感叹道:"生平没有见过如此景色,描写不足,唯有赞叹,赞叹不足,唯有狂呼!"

下山后来到岳坟,凭吊岳飞这位为世人景仰的南宋民族英雄,从昔日岳飞抗金遇害的历史悲剧,联想到山河破碎、民生凋敝、东北抗日联军在白山黑水间苦斗的现实,季羡林心中无不感慨万千。从岳坟到孤山,看罢古代藏书名楼文澜阁和西泠印社,美丽的西子湖就在眼前。

苏东坡有诗云:"水光潋滟晴方好,山色空蒙雨亦奇。"雨中游西湖,别有一番味道,但见湖面烟云淡白,四面青山点点,山上塔影于雨雾中时隐时现。乘小舟经阮墩至湖心亭、三潭印月,每至风景绝佳处,季羡林总是与同学合影留念。登岸后来到南屏山下的净慈寺,这是吴越国王创建的千年古寺,曾经屡建屡毁,又屡毁屡建,存留至今。净慈寺出过许多著名的高僧,名气最大的就是道济和尚济公。济公俗名李心远,浙江天台人。民间有许多关于济公的神奇传说,说他是降龙罗汉转世,在罗汉堂有特殊重要的位置。季羡林与同学既已到此,当然要看看传说中当年修庙时济公运木头的古井,还要看看那口有名的南屏晚钟。净慈寺对面就是夕照山,雷峰夕照当然为西湖一胜,遗憾的是雷峰塔已经垮塌,他们来到雷峰塔遗址,但见断砖重叠而已。

4月12日,雨依然下着。早晨季羡林与同学从旗下乘小艇去茅家埠。湖上风大浪高,小艇颠簸摇晃。从茅家埠登山去龙井寺,泉清竹翠,幽深至极。他们品茗,用素斋,参观著名的十八棵御茶树,选购龙井茶,而后沿山路至九溪十八涧,赤脚涉过一道道溪水,走进幽篁深处。虽然雨大,淋得全身湿透,而游兴不减。翻过一个山头,到达理安寺,这里楠木参天,溪水环绕。在南山上又游烟霞三洞,烟霞洞观音像体态婀娜,呼之欲出;石屋洞数百罗汉济济一堂,蔚为壮观;水乐洞泉声如琴,千回百转。下山来到虎跑泉,意外的是泉水极小,且不甚清。问和尚此泉有何特别之处,答曰:"无他,唯喝了可以解渴,洗衣可以洁净耳。"季羡林喝了一杯,果然感觉甘冽无比。从虎跑泉来到六和塔,眺望钱塘江。此时暮色四合,他们便登车返回住地。

4月13日,雨已停,依然乌云满天。他们先到照庆寺,然后登西湖北面的宝石山,再到保俶塔。保俶塔初建于北宋初年,是为保佑吴越王钱俶所建。塔体玲珑秀美,在塔上眺望,西湖美景一览无遗。登上初阳台,居然看见了久违的太阳。接着又游北山三洞,黄龙洞假山叠石,清泉铿锵,精致优雅;栖霞洞宽敞豁朗,怪石嶙峋,凉风习习;紫云洞峭壁斜倚,巨石如悬,阴凉彻骨。从黄龙洞去玉泉,一路竹篱茅舍,黄花竞放。在玉泉看到二三十斤的大红鱼。在岳庙乘船游雅号"汾阳别墅"的郭庄和号称"西湖第一名园"的刘庄,至白云庵月下老人祠,季羡林与同学竞相磕头求签,以求婚姻幸福,家事万吉。而后乘小艇到旗下,返回住地。

4月14日,季羡林一行依依不舍地告别杭州,晚六时抵达上海,住江苏省立上海中学。又是睡地铺,他们虽不情愿,可只好将就。

4月15日,季羡林与同学在上海盘桓了一天。他们逛外滩、城隍庙,接着是永安、新新、先施三大百货公司,晚上又到南京路溜达一番。家境富裕的同学当然要采购洋货,可是季羡林囊中羞涩,只是闲逛。在清静环境中生活惯了,来到车水马龙、摩肩接踵、熙熙攘攘的大上海,季羡林感到难以适应。

4月16日早晨,季羡林与同学乘上海至无锡的列车。途经苏州,他们原想下车游玩,可是大家旅途劳顿,又决定不下车了。就这样,车到无锡,他们住进铁路饭店。饭后,他们乘汽车游太湖。太湖比济南的大明湖、杭州的西湖大多了,黄水接天,浩浩汤汤,横无际涯,季羡林这是第一次见到如此宽阔的水面。他们乘坐小艇游览了风光秀丽的鼋头渚,返回时又参观了梅园,梅园以梅著称,名气很大,可惜没有赶上梅花开放的季节,只能欣赏梅树的枝叶了。

4月17日早晨,季羡林与同学从无锡乘车北上。火车在南京稍作停留,然后过江在浦口上岸,次日下午五点到达济南,季羡林下车回家。他在当天的日记里写道:

> 家庭对我来说总是没缘的。我一见到它就讨厌。婶母见面三句话没谈,就谈到我应当赶快找点事做。那种态度,那种脸色,我真受不了。天哪!为什么把我放在这样一个家庭里呢?

毕业一天天逼近,饭碗在哪里,还没有眉目;幼女嗷嗷待哺,妻子无法为他分忧……这难道还怪婶母的态度和脸色吗?然而,季羡林思想压力之大,内心苦恼之极,又有谁能够理解呢?

既然认为与家庭无缘,那就早点儿逃离吧!19日下午四点才有去北平的火车,可是季羡林不想再待下去,只看了一眼熟睡的女儿,一大早就到体育场观看武术表演,借以消磨时间。20日早晨八点,季羡林回到了北平。连日来跋山涉水,晚上睡地铺,又在火车上坐了一夜,他疲惫至极,回到宿舍倒头就睡,醒来洗了个澡,接着又睡。直到次日上午十点,肚子"咕咕"地叫起来,他才发现至少一天一夜没吃东西了……

第七章 执教中学

回到济南高中

1934年夏天,季羡林大学毕业了。他既不可能留在清华继续深造,也不可能马上出国留学,更不可能去当梦寐以求的作家,而是回到母校济南高中当了国文教师。

那时候,社会上流行一句话:"毕业就是失业。"因为东北沦陷,时局动荡,民生凋敝,大学毕业找个饭碗十分不易,即使名牌大学的毕业生也不例外。季羡林是学外文的,找工作就更难。相反,同为清华"四剑客"的李长之、吴组缃和林庚却都留校工作或继续深造。这里再讲个例外,那就是钱锺书,当他1933年从清华外文系毕业时,出乎预料的是,文学院院长冯友兰亲自告诉他,破格录取他留校继续攻读西洋文学研究硕士学位。然而,钱锺书却一口拒绝,并狂妄地说:"整个清华,叶公超太懒,吴宓太笨,陈福田太俗!没有一个教授有资格充当钱某人的导师!"

再说季羡林,他的家庭出身乃至个性无法与钱锺书相比,也就无法像钱锺书那样口吐狂言。那时,随着毕业日期越来越近,季羡林承受的压力也越来越大。一家五口上有老下有小,日子过得很艰难,犹如大旱之望云霓,企盼着他挣钱养家糊口。季羡林一无靠山,二不会溜须拍马,一个人孤军奋战,前途十分渺茫。毕业前一年,他就开始四下寻职,但是毫无结果。苦读四年,找不到工作,连自己都无法养活,有何脸面见人?他几乎陷于绝境,一筹莫展,到了食不甘味、寝不安席的份儿上。

就在季羡林走投无路的时候,机会来了。毕业于北大历史系的梁竹航忽然来找季羡林，问他愿意不愿意回母校济南高中教国文。因为一位教国文的老师被学生轰走了，需要有人来接替，现任校长宋还吾便想到了季羡林。原来，在济南高中时，季羡林作文全校第一，在报刊上发表过好几篇文章，学校尽人皆知。而在清华，他的散文屡屡见诸大报和高级刊物，早已声名鹊起。在一般人看来，会写文章肯定会教国文。所以，宋校长想让季羡林来补缺。

其实，在此一年多的寻职过程中，季羡林有时也曾想到回济南高中教书，以便找到一只饭碗，对叔父婶母也算有个交代。现在居然有人主动来请，他便一口答应下来。可是，他又仔细一想，自己毕竟不是科班出身，假如教英文还差不多，教国文则不算正宗，势必要让人说三道四，况且会写文章的人也未必会教书。至于那些高中学生也不是省油的灯，鸡蛋里面挑骨头的事儿准有不少。此时，他倒觉得自己一无本钱，二无信心。但是，眼下实在无路可走，只好横下一条心——你敢来请，我就敢去！于是这一年秋天，季羡林来到济南高中走马上任。

宋还吾是北大毕业生，为人豁达，喜欢结交朋友，绰号"宋江"。他是山东教育厅长何思源的好朋友，曾在曲阜、青岛、济南等地多所中学当过校长，在山东教育界很有些名气。季羡林应聘来任教，他当然十分高兴，在济南铁路宾馆设宴接风，表示热烈欢迎。

季羡林离开济南高中四年了，这里发生了很大的变化。行政领导已经全盘更换，教职员中的许多老面孔也杳如黄鹤。有意思的是，季羡林小学时期的校长王士栋也在这里执教，昔日师生今天成了同事，季羡林对王先生仍然执弟子礼甚恭。在教师中，季羡林很快结交了一些新朋友，其中有训育主任张叙清，国文老师冉性伯、童经立，英文老师顾寿昌、张友松，教物理的周老师等。他们经常在小饭馆里互相请客，一道骑自行车去济南南边的群山中郊游，一直跑到泰山脚下。1934年中秋，季羡林约上两个朋友，一起乘火车到泰安登泰山，走过斗母宫、快活三里、中天门，攀上十八盘，经南天门爬上绝顶。从下边看泰山并不很高，但是人在绝顶处，自然能够领略到"一览众山小"的意境，感受到泰山的伟岸和崇高。

上课伊始

济南高中三个年级共有十二个班,每个年级四个班。原来的三位国文教师每人包一个年级三个班,他们都是地地道道的国文系毕业生,教课如小菜一碟,驾轻就熟;而留给季羡林的却是一个年级一个班,共有三个头儿。人家备一次课可以讲三次,季羡林备一次课只能讲一次,工作量之大可想而知。季羡林感到很不公平,但也无话可说,只琢磨着无论如何要把它拿下来,万不可出娄子。

按理说,季羡林虽然没有教国文的经验,但是学国文的经验十分丰富,正谊中学的杜老师、北园高中的王昆玉先生、济南高中的胡也频、董秋芳先生,清华大学中文系的刘文典先生,都可以作为他的借鉴,因此他还是应该有信心的。再说,当时教育当局和学校领导对国文教学并没有什么条条框框,提不出具体要求和硬指标,老师便成为"独裁者",无所顾忌,想怎么教就怎么教。不过,季羡林仍然心有余悸——他的前任王老师不就是被学生轰走的吗?足见这些学生确实不好对付。

刚上课那阵儿,季羡林着实感到战战兢兢,如履薄冰,吃不好饭,睡不好觉,整天翻来覆去地摆弄着那几本现成的教材,琢磨着怎样讲得通俗些、明白些。幸好,那时国文老师还可以自选一些教材,于是他便认真地编选了一些中国古典文学作品,有唐宋散文、明人小品、李商隐的诗歌,还有少数外国文学作品。

上课时,他把自己敬佩的中学、大学老师的教学风格带到课堂上,不说一句废话,也不标新立异,哗众取宠。他着重讲解教材中的典故和难懂的词句。为了弄明白一些典故的来源,他把《辞源》和《辞海》都快翻烂了,查阅速度竟达到出神入化的程度。他有错必改,偶尔讲错了一个典故,第二天马上就改正过来。无论讲解课文,还是批改作业,他都实事求是,有一说一,有二说二,绝不添枝加叶。他对学生既不敷衍搪塞,也不阿谀奉承,从来不随意夸奖和批评。

课余时间,他还经常与学生聊天,天南地北侃大山,或者在一起打乒乓球,直打得大汗淋漓,好不痛快。那时,他比学生只大几岁,有些农村来的学生比他还大,因为基本上都是同龄人,所以他不会摆老师的谱儿,就像教过他的中学、大学老师一样,从不端架子,把自己看成既是学生的老师,又是学生的朋友和伙伴儿。

当老师的都知道，有的学生往往会找机会提出各种各样古怪刁钻的问题"难为"老师。每当这时，如果老师说"不知道"，肯定要被讥笑，没办法只好顾左右而言他；或者被逼急了乱说一通，这虽然暂时保住了"面子"，内心却非常痛苦。这样的事季羡林也遇到过几次，下课后他马上跑回宿舍，坐立难安，感到十分无助，真想大哭一场。

正因为季羡林在文坛上小有名气，一回到济南就有一家报社——山东《民国日报》主编找上门来，约他编一个文学副刊。季羡林愉快地答应了。副刊取名为《留夷》，源自《楚辞》上一种香花的名字，据学者考证就是芍药。趁此机会，他又学着清华老师的做法，把学生的优秀作文发表在这个刊物上。学生欣喜若狂，犹如金榜题名一样，而且每千字还可以得到一元稿费，当时一元钱能买不少东西，那些穷学生简直乐坏了！季羡林还精心撰写了一篇游记《游灵岩》，发表在副刊上，学生们看了拍手叫好。

学生当中有个叫牟善初的男生，作文成绩全班第一，不但通畅流利，而且有自己的风格，这对一个十六七岁的孩子来说是难能可贵的。季羡林偏爱这个学生，经常找他谈心，鼓励他争取考上名牌大学，将来当个作家。谁知过了半个世纪，牟善初来看望季羡林时，他已经是一位出色的军医了，担任解放军总医院副院长。季羡林晚年住院期间，牟善初和他的同事为老师提供了一流的治疗和服务。季羡林教书育人大半生，弟子遍天下，像牟善初这样的例子不胜枚举。

这里再顺便说一下，新中国成立初期与季羡林一起在北大东语系工作的马学良（1913—1999），他与季羡林是省立济南高中的校友，比季羡林晚四届，在校时二人未能见面。1932 年，济南高中校长在全校大会上说："我校有一名往届毕业生，名字叫季羡林，他以优异的成绩同时考上清华和北大，大家都要向他学习呀！"

从此以后，马学良以季羡林为榜样，勤奋刻苦学习，1934 年终于以优异的成绩，考上了北大中文系。

雕虫小技

且说，季羡林第一次上课时，心里头难免直打鼓。另外三位国文老师几年前都教过他,向他们请教本来是应该的,但季羡林虚荣心十足,生怕掉价儿,庶几难以启齿。他想,原来自己是学生,现在身份变了,与他们平起平坐,自然也就成了竞争对手,你去问人家,人家会真心实意帮你吗?

其实,老师也并不都像季羡林想的那样,一点儿也不关心自己的学生。就在他第一次上课前,那三位"同事"正儿八经地向他介绍说:"上课前要把学生名册好好看一遍,人名里经常有些生僻的字。如果不认识就赶紧查《康熙字典》。第一堂课叫不出学生的名字,便砸了锅,在学生中威信扫地,甚至会丢掉饭碗。假如真的碰上不认识的字,就不要点这个名字,等点完名以后再问一句:'还有没点到的吗?'那个学生一定会举手站起来。然后你问:'你叫什么名字?'他一回答你就知道那个学生的名字了。"

此招儿一出,果然奏效。季羡林教的班里有几个学生的名字连《辞源》上都查不到,由于老师的指点才没有闹出笑话儿。看来,这虽属雕虫小技,却为经验之谈,在现成的书本里是找不到的,刚上课的新手往往想不出来。从这件事上,季羡林转变了对老师的看法,打心眼里感激他们,彼此相处得很好。

自行车和手表

自行车和手表本来是普普通通的生活必需品,可在那个年代却是"小资"身份的象征,并非每人都能买得起。季羡林回到济南马上置办了这俩"大件"。

他买了一辆英国产的老飞鹰自行车,每周回一次家,有辆自行车可方便多了。他还和同事结伴骑车出游、探亲访友,好不开心。所以,季羡林对这辆自行车十分珍爱,每天下班都要擦洗一遍,一尘不染,崭新瓦亮。

一次,他的内兄彭平如想借车用一下,他却找了个理由拒绝了。内兄甚为恼火,趁其不备在自行车前放了一只香炉,插上三炷香,意思是把它"供"起来了,颇有揶揄嘲讽之意,让季羡林感到十分尴尬。

说了自行车,再说手表。在清华读书时,季羡林没有手表,连当时流行的怀表都没有。那时候,上下课听铃声就行了,手表可有可无。可是,如果出门没有表也着实有点儿别扭,有时他坐公共汽车进城,左等不来,右等也不来,想知道一下时间,又不好意思问别人,于是就钻进店铺,想找个钟看看。伙计见他东张西望,便狐疑地盯着他。这还不算,有时刚刚找个地方看了时间,车就开过去了;有时看了两个或者三个地方,竟相差半个钟点以上,弄得他越看越糊涂。于是他想,要是有块表就好啦!但他的经济状况总是捉襟见肘,偶尔有点儿稿费又喜欢买书,哪里有"闲钱"买表呢?

如今季羡林当了老师,要按钟点上课下课,没有表实在不方便;更何况,每月160块大洋的薪水,连块表都买不起,那不让人家笑掉大牙!最后,他当机立断买了一块表。谁知用上没几天,表就不走了,拿去修说是发条松了,没花几个钱就修好了;过了几天表又不走了,再拿去修说是表针有问题;接着游丝、齿轮都有了毛病,七修八修,修表的钱够买一块新表了。原来,季羡林舍不得花大价钱买块好表,结果自找麻烦。等他一年后去德国留学,临走时狠狠心买了一块好表,不料刚到柏林,那块表又跟他找了麻烦。此为后话。

与家庭格格不入

那时,季羡林的月薪 160 块大洋,要比大学助教高出一倍。季家老小的吃饭问题得到解决,脸上都出现了笑容。这下子,季羡林总算可以报答叔父婶母的养育之恩了!实际上,他已经成为赚钱的工具,说得好听一点儿,成了家中的顶梁柱,每月交给婶母上百块钱,她无话可说,再也不吊脸子了,只顾偷着乐。可惜好景不长,季羡林参加工作不久,婶母马巧卿就病故了。

每逢星期天,季羡林回到位于佛山街的家里。这是一座坐西朝东的四合院,正房是西屋。虽然房子是土墙草顶,但底座却是条石砌成的。院子里两株海棠树高过屋脊,春天花儿开得繁花似锦。北屋窗下有一棵石榴树,油亮亮碧绿的叶子和红灿灿的花朵相映成趣,让人赏心悦目。女儿婉如已经两岁了,正在蹒跚学步,可爱极了!南屋住着一家田姓木匠,他的小女儿与婉如一般大,路走不稳,话说不全,这小家伙与季羡林挺有缘分,看见他不会叫"大爷",而是"爷——爷——"地跑过来,张开两只小胳膊要他抱。

按说,季羡林属性情中人,尤其离家四年,虽然每逢寒暑假都回来,但如今与家人朝夕相处在一起,敢情会享受家庭的温馨和天伦之乐了。可是,他却仍然感到与这个家庭格格不入,难以成为他的避风港湾。叔父非常守旧,讲老礼儿,家规甚严,他说的每一句话,做的每一件事,不管是否符合情理,季羡林都必须言听计从,绝不敢说半个"不"字。叔父无论看书打牌,还是迎来送往,都要季羡林侍奉左右,须臾不得离开。后来,季羡林留学德国十年有余,回来后叔父的脾气依然如故。此为后话。

上文说过,与季羡林一块儿长大的秋妹已经出嫁。婆家是弭姓大户,算得上是"阔佬",秋妹的身价也随之飙升,颐指气使,盛气凌人,季羡林很是反感,但婶母在时又不好说什么。如今,秋妹又经常带着丈夫回来,动不动就发脾气,拐弯抹角、指桑骂槐地说,她母亲是被别人气死的。季羡林自然也是气不打一处来,但碍着叔父又不好跟她"理论"。

再说,他的妻子彭德华,自打来到季家,只看见她整天围着锅台转,忙家务,带孩子,侍候公婆和丈夫。从前她识得的千八百字早就还给老师了,平时与丈夫无话可说,即使偶尔说上几句也不对季羡林的心思,更不能也不会为他分忧解愁。眼下妻子又怀了身孕,季羡林感到又多了一分累赘……

面对此番情景,季羡林实在不想在家久待,自从来校报到那天起,他就搬到老师单身宿舍去住——那个散发着木槿花浓香的小院要比沉闷得令人窒息的家庭轻松自在得多啦!

饭碗堪忧

那时候,山东教育界帮派林立,主要有北大和师大两大派。宋还吾是北大派的首领,在学校里有一班人马。他聘任季羡林,自以为有恩于他,便有意收其为"亲信",以便发号施令,任意摆布。季羡林刚来不久,宋校长为了壮大自己的势力,便授意他组织一个济南高中校友会。可是,季羡林不善交际,不谙此道,校友会无法搞成,让宋校长大失所望。

再说校长夫人,她喜欢打麻将。有的老师为了巴结校长,就陪着玩儿。每当薪水发下来,他们便悉数带上,与校长夫人搞"原包大战",通宵达旦,纵情取乐,连第二天上课都迷迷糊糊。但是,要让季羡林加入"麻将大军",舍命陪君子,那是根本办不到的。他在清华时,课余时间也打打麻将,可是如今刚参加工作,身上的担子压得他喘不过气来，哪有闲心来消遣呢？结果，宋校长对他流露出不满，背后跟其他老师说："季羡林很安静。"这"安静"二字，到底是什么意思呢？季羡林琢磨了半天，仍旧感到莫名其妙，难道自己的饭碗真要被打破吗？

这该怎么办呢？季羡林从别人那里陆续听到了一些风声：某某给校长送礼了，某某请校长夫妇吃饭了，某某……他想，这没准儿是保住饭碗的好办法，不妨也来试一试吧！

可是问题来了！买礼物，备酒席，尚且不难，但怎么送，如何请，其中却大有文章。如果只说："这是礼物，我要送给你。"或者说："我要请你吃饭。"只要厚着脸皮，那也并非难事。可是，这也未免太粗俗了！其实，送礼请客也是一门"艺术"，也就是说，非做点儿"花样文章"不成，那就既非季羡林所知，又非季羡林所能了！到底该怎么办？没有人可以请教，只有凭自己的那张嘴。季羡林苦苦地思索着，甚至几次把自己关在寝室里"预演"，背诵台词，胡诌一通，末了只好承认自己缺乏这方面的"天才"，不再去做无用功了！

此时，季羡林正好又目睹了一场滑稽剧，让他毛骨悚然，不寒而栗。一位名叫刘一山的同事，因为他的靠山——教育厅的一位科长倒台了，没有拿到下学期的聘书。那时候教师一年一聘，没有拿到聘书就意味着丢了饭碗。本来，宋校长是有意解聘刘老师的，他却玩了一番花样。事先他派人给刘老师透露风声，说什么学校老师超编了，晚走不如早走，以后学校需要时还会被请回来……为了保全面子，刘老师二话没说，忍痛主动请辞。接着，宋校长带上教务长和庶务主任，"三驾马车"一齐出动，来见刘老师。他们假惺惺地说，与刘老师是一个战壕里的"战友"，要和刘老师"同进退"。宋校长的演技可谓高也，天衣无缝，老到成熟，如同真的一样，就连圈内人也难辨真伪。

从这件事上，季羡林又一次感受到世态炎凉、人情冷暖，心里反复琢磨着宋校长说的"季羡林很安静"那句话。他暗自想道："阿弥陀佛，自己会不会也像刘老师那样，说不准儿哪一天，宋校长也要找上门来'共进退'呢？假如真是这样，还不如早点儿做些准备吧！"

但是，他又想道："天地纵然很大很大，可我又能到哪里去呢？"

留 学 篇

到了德国以后，开始学习梵文、巴利文、吐火罗文，这是我一生在学术上走上正路的时期。在那儿十年，应该说还做了一些工作，做了工作就是这样子，写了几篇文章，不管大家赞成也好，反对也好，反正写了一些新东西，就是对我这门学科起到推动的作用。现在媒体介绍我的地方非常多，但是我在德国十年究竟干什么东西，知道的不多。

留学期间，七七事变发生，半壁河山，沦为外寇铁蹄之下，我的家乡更是早为外寇占领，让我无法回国。"等是有家归未得，杜鹃休向耳边啼。"我漂泊异乡，无从听到杜鹃鸣声，我听到的是天空中轰炸机的鸣声，伴随着肚中的饥肠辘辘声。有时候听到广播中希特勒疯狗似的狂吠声。如此度过了八年。"烽火连八岁，家书抵亿金。"抵亿金的家书一封也没能收到。大战终于结束。我在瑞士待了将近半年，费了千辛万苦，经法国、越南回到祖国。

季羡林

第八章 负笈德国

天赐良机

但是,季羡林是幸运的,就在这欲进无门、欲退无路之时,机会又一次垂青于他。清华大学文学院院长冯友兰与德国方面洽谈,促成了清华大学与德国的大学建立交换留学生制度。双方交换研究生,为期两年,路费和制装费由学生本人承担,食宿费相互由对方负担,德国留学生在华每月30元,中国留学生在德每月120马克。

据说,这种交换留学生制度1935年以后便取消了。季羡林早年在新育小学少读了一年初小,使他提前一年高中毕业,于1930年考入清华大学,1934年大学毕业后在济南高中教了一年国文,1935年正好赶上赴德国留学的机会。这虽然是阴差阳错,但看起来季羡林的命儿还是蛮不错的。

就在一年前,季羡林大学毕业时还在日记中写道:

> 最近我一心想去德国,现在当然不可能。我想做几年事,积几千块钱,非去一次,住三年四年不成。我今自誓:倘今生不能到德国去,死不瞑目。

可见,季羡林到德国留学的心铁了。于是,得到清华大学要向德国派遣留学生的消息,他立即报了名。1935年快放暑假的时候,季羡林果然收到母校寄来的通知,他已经被批准了。

然而，如果真的要走，困难又实实在在地摆在面前。家庭经济濒临破产，叔父年纪逐渐大了，而且失了业，两个小孩儿大的两岁，小的才出生不久，他这一走，家中的这根顶梁柱可就没了。本来，靠他每月160块大洋的薪俸，家中的生活还可以维持，这下子等于釜底抽薪，其后果不堪设想。季羡林思来想去，犹豫不决，举棋不定。

可是出乎预料，叔父竟然爽快地说："反正留下来教书也不是回事儿，那就走吧！撑死也就是两三年，我们咬咬牙，勒一勒裤腰带，很快就过去了。只要饿不死，等你回来日子就好过了！"

"那就多谢了，叔父放心，侄儿一定会为您争气！"季羡林心里一块石头总算落了地。

看来，为了侄儿能够出人头地，给祖宗门楣增光，每到紧要关头，季嗣诚总是当机立断做出决定。那时，社会上封建科举思想还很有市场，人们把小学毕业当成秀才，高中毕业当成举人，大学毕业当成进士，以此类推，出国留学可就是"洋翰林"啦！当个"洋翰林"何等风光，回国后可以端个"金饭碗"，又怎能轻言放弃呢？

于是，季羡林开始紧张地做出国准备。最棘手的还是筹措路费和置装费。一去万里迢迢，光是火车票就要花不少钱，还有路上花销。到了那里，人家给的那点儿津贴只够吃饭和零花，哪有余钱添置衣物，必须在国内备齐四季服装，又要花不少钱。季羡林虽然教了一年书，多少有点儿积蓄，但还差得远呢。现在他临时抱佛脚，求亲告友，东挪西借，碰了不少钉子，确实尝到了人情世故之险恶。他甚至一度想打退堂鼓，但是天下自有好心人，在几个朋友的鼓励和资助下，他终于凑足了路费，添置了几身衣服，准备工作终于大功告成。

济南高中的同事得知季羡林出国的消息，都对他刮目相看，羡慕之情溢于言表。学校飞出了一只金凤凰，那位宋校长也觉得脸上有光。他热情得很，亲自带季羡林去找教育厅长，想争取一点儿赞助，无奈空手而归。宋校长热情不减，又是勉励，又是设宴饯行，并邀请"安静"的季羡林回国继续合作，为母校增光添彩。

离乡去国

很快到了"割慈忍爱，离乡去国"的时候。8月1日，季羡林辞别一家老小，去北平办理出国手续。妻子抱着半岁大的儿子,拉着不到两岁的女儿把他送出家门。面对一家老的老,小的小,季羡林不敢再看他们一眼,把心一横,坐上洋车走了。

其实,季羡林去北平办手续的时间很宽裕。他早早离开家有一个不便明说的原因。因为他的婶母马巧卿1934年已经去世,在他离家之前,叔父正准备"续弦"。此时季嗣诚已经五十出头儿,而准备迎娶的陈绍泽才不到三十岁,用今天卖萌儿的话说,就是"大叔控"嫁给了"大叔"。季羡林对此颇不以为然,不想参加这对老夫少妻的婚礼,就借口办理出国手续躲了出去。未想到,当他十几年后从欧洲回来时,得知叔父娶了这位陈氏婶母并非偷着做梦,她竟是维持季家生存的"大功臣",不禁懊悔不已,只好俯首叩拜,称其为"老祖"。

据说,陈绍泽的家族历史还有一段传奇故事呢!清朝雍正皇帝在位时,王妃钮钴禄氏盼望得子继承王位,却生下了一个女孩儿。而在此前,当朝太子太傅、文渊阁大学士、礼部尚书转工部尚书陈元龙的夫人恰巧生了一个男孩儿。于是,钮钴禄氏采取"狸猫换太子"的计谋,用自己的女孩儿换了陈家的男孩儿。这个男孩儿正是后来的乾隆皇帝。这样,陈家就等于篡夺了皇位,而且是汉人篡夺了满人的皇位,实属罪大恶极,如果此事败露,必将被诛灭九族。陈元龙见势不妙,借口年事已高请求告老还乡,回浙江海宁老家隐居去了。后来乾隆皇帝多次下江南,名为巡视,实为寻根,而且曾经住在陈家。于是,社会上一时谣言四起,说乾隆皇帝本是陈阁老的儿子。人言可畏,陈家慌了手脚,陈元龙决定将全家疏散到全国各地避灾躲祸。陈绍泽的父亲是一位著名中医,他带着女儿逃往天津,后来又将女儿寄养在济南的一户亲戚家,并将妇科和儿科的医术传授给她。

陈绍泽嫁到季家之后,在季羡林出国的十余年间,正是战火频仍、兵荒马乱之时,她以柔弱的肩膀,与丈夫一起渡过难关,充当了季家的顶梁柱,成为季羡林终生爱戴和尊敬的四位女性之一,其他三位是大奶奶、母亲和妻子。

季羡林来到了北平,把两大箱行李寄存在沙滩附近一家小公寓里,然后回到清华园,住进工字厅招待所。此时学校正在放暑假,绝大多数师生已经离校,偌大一个清华园,虽然柳绿花红,荷花盛开,但是显得十分寂寥冷清。

工字厅位于清华园的中央。四年的大学生活,季羡林在这里留下了不少足迹。此时旧地重游,心生许多感慨。他来到吴宓先生的"藤影荷声之馆",此时吴先生已经离校，季羡林不能进去和老师高谈阔论，只能隔着玻璃窗看一看屋里的陈设。还有不远处那间临湖大厅，里头摆着高雅的红木家具，当年他和李长之、吴组缃、林庚经常在此聚会，月旦评文坛人物，评说文学作品，海阔天空，旁若无人，而今却冷冷清清。季羡林睹物思人，不禁倍加伤感，心中暗想："一年未见，尚且如此，倘若十年未见，又该如何？"

一日晚饭后，季羡林信步来到朱自清先生在《荷塘月色》中描写的荷塘边，此时新月初现，倒映塘中，月光下，荷花、荷叶皆呈灰色。清清荷香直冲鼻腔，塘边柳树上蝉鸣声声，低空中流萤点点，忽隐忽现。季羡林不知怎么又想起济南，想起官庄长眠地下的母亲……

然后，季羡林又走进闻一多先生的竹林居所。闻先生喜形于色，连声说"好！好！好！"，祝贺他出国成功。季羡林对这位前辈敬仰已久，感谢他对自己文学创作的扶植和影响，分别时说道："后会有期，我回来后还会来此拜会先生。"但遗憾的是，这竟是他们的最后诀别。

季羡林很想去拜访冯友兰先生，正是他同德国方面谈判出力最多，使季羡林圆了"留学梦"，但不巧冯先生正在欧洲讲学。他又去拜访了清华历史系主任兼文学院代理院长蒋廷黻先生。蒋先生同德国谈判也出了不少力，此时正要弃教从政，到南京国民党政府履职，不久又出任驻苏联大使。蒋先生反复叮嘱说："德国是法西斯国家，在那里一定要谨言慎行，免得招惹是非，闯下大祸。"

招待所同屋住的是一位清华老校友，一家保险公司的总经理。得知季羡林要到德国留学，他极力劝说要学保险专业，这是一只"金饭碗"，回来极为抢手，薪俸绝对一流。无奈，季羡林对经商发财毫无兴趣，辜负了这位学长的一片好心。

当时北平没有外国领事馆，办理出国签证必须到天津去。季羡林和清华历史系的乔冠华（1913—1983）一起乘火车去了天津，在德国和俄国领事馆办了签证。回到北平，几位好友在北海公园为季羡林饯行，李长之、林庚、王锦弟、张露薇都来了。北海公园蓝天碧水，荷叶田田，红花映日，几个年轻人租了两条小船，在湖上泛舟，又去仿膳吃饭，议论时政，臧否人物，高谈阔论，兴高采烈，玩了一整天。分别时，大家祝季羡林一路顺利，学业有成。

那时，前去欧洲还没有民航班机，乘坐轮船又遥远而麻烦，最为便当的是火车，取道苏联,通过西伯利亚大铁路,直达欧洲。

1935年8月最后一天,季羡林和乔冠华、王竹溪、谢家泽、敦福堂、梁祖荫等清华赴欧研究生一起,在前门车站登上火车,开始了万里征程……

进入"满洲帝国"

火车出了山海关,进入东北境内。1931年9月18日,日本军国主义悍然发动九一八事变,进攻中国沈阳北大营,点燃了法西斯对外侵略战争的第一场战火,从此东北军民打响了反法西斯战争的第一枪。

早在九一八事变爆发前,日本参谋部就已决定,为使中国东北地区"脱离中国本土",必须建立一个独立国,扶植一个傀儡政权,然后将东三省并入日本版图。为此,日本人突然把清废帝溥仪"请"了出来,就任"满洲帝国"执政,导演了一出"独立自治"的丑剧,一夜之间东三省的父老乡亲变成了亡国奴。迨至1934年,溥仪正式在东北"登基复国",称为"康德皇帝",成立了代表傀儡政权的"满洲帝国"。

1932年2月16日,国际联合会(简称国联)各会员国发出呼吁,要求日本政府注意盟约的第十条:"凡有违反该条而致侵害任何国联会员国领土之完整,及变更其政治独立者,国联会员国均不应认为有效。"英、美等国随后也发表声明,宣布建立"满洲帝国"不符合国际法普遍公认的原则,要求国联其他成员国不予承认,同时要求日军立即撤出中国东北。可是,"满洲帝国"的实权既已掌握在日本人手中,任何决议也就只能成为一纸空文。

季羡林一行进入"满洲帝国",九一八事变已经过去了四年。在此期间,尽管东北军民正在白山黑水之间奋力抗击日本侵略军,但这里已经成为日本人的天地,到处是布满荆棘的火坑。他们过"关"时,免不了遭到一番盘查,填了几张"入境"申请表,每人又必须缴纳手续费三块大洋。三块大洋对一个普通的学生来说,是半个月的生活费,真是有点儿舍不得!然而,强盗剪径,称王称霸,作福作威,这"买路钱"无论如何也省不得。于是,他们只好小心翼翼,装出笑脸,赔着小心,恭恭敬敬地把大洋奉上。

过"关"以后,他们事事小心谨慎,连说话都压低了声音。半夜里,包厢内进来了一位乘客,二十五六岁,穿着一身西服,脚蹬高筒马靴,英俊潇洒,面呈微笑,睡在季羡林的上铺。夜深了,包厢内一片寂静,只听见滚滚的车轮声。

忽然,上铺那人问道:"你是干什么的?"

"学生。"

"从哪里来的?"

"北平。"

"要到哪里去?"

"德国。"

"去干什么?"

"留学。"

沉默片刻,那人又问:"你觉得'满洲国'怎么样?"

"我初来乍到,说不出来。"

又沉默片刻,那人再问:"你看我是哪国人?"

"我看不出来。"

"你听我说话像哪国人?"

"你中国话说得蛮好,只能是中国人。"

"你没有听出我有什么口音吗?"

"我听不出来。"

"是不是有点儿朝鲜味儿?"

"不知道。"

"我的国籍今天在这里无法告诉你。"

"没关系。"

"你大概知道我的国籍了,也就知道我同日本人和'满洲国'的关系了。"

季羡林立刻警觉起来,说:"我确实不知道。"

"你谈谈对'满洲国'的印象,好吗?"

"我初来乍到,实在说不出来。"

谈话到此结束,那人自觉没趣,只好叹了口气睡下了。

9月2日早晨,火车到了哈尔滨,所有旅客都下了车。临别时,上铺的那位旅客对季羡林点头儿笑了笑。季羡林和同学在车站办完了手续，猛然看见上铺那位旅客换上了一身笔挺的警服，从警察局走出来，脚上仍然穿着那双高筒马靴。季羡林着实捏了一把儿汗。他想，昨晚幸亏没有说什么，如果不慎说了出格的话儿，被他抓住"辫子"，后果不堪设想。这也难怪，那时的"满洲国"各色人物应有尽有，有穿长袍马褂的，有穿西装和日本和服的，对他们稍有疏忽大意就有可能引火烧身。

唉，可悲的"满洲国"！即将离开祖国母亲的学子的心情该是如何呢？

哈尔滨三日

他们在哈尔滨采购了一些食品，供路上吃，那时到苏联的旅客大多都这样做。因为，苏联国际列车上的饭菜价格奇高，而且只收美元，季羡林这些学生吃不起餐车上的饭菜，必须在这里备足给养。

这是季羡林第一次来到哈尔滨。这座城市颇具俄罗斯风情，楼房高耸，街道宽敞，上面行驶着"摩电"车。尤其，大街小巷到处可以见到俄国人——"十月革命"后从俄罗斯逃过来的所谓"白俄"，季羡林对此感到十分新奇。

他们找了一家小旅店住下，松弛一下紧绷的神经。那位穿马靴的侦探刚给季羡林不小的刺激，同行的敦福堂又马上制造了一场虚惊。他是学心理学的，在校时相当活跃。下车后提取行李时，他突然发现行李票不见了，其他五个同学心急如焚，急忙去找行李员和站长交涉，拿出所有的证件担保，证明不是冒领，此事方才了结。来到旅店，大家余悸未消，纷纷议论，谁知敦福堂伸手往衣兜里一摸，把行李票掏了出来，弄得大家啼笑皆非。在以后半个月的旅途中，他又多次上演这种闹剧，大伙儿从中取乐，权作消除紧张和疲惫的兴奋剂。

他们住的旅店前台的接待是一位操胶东话的老头儿。季羡林发现，哈尔滨有许多山东人，大到百货公司的老板，小到街边的小贩，随处可见，于是想起他的前辈当年"闯关东"的情景。这些山东老乡大都会说几句俄语，与"白俄"可以交流。季羡林发现柜台边儿有一个手拿长鞭的俄罗斯小男孩儿，便上前用俄语问道："你拿鞭子干什么？是赶马车的吧？"

"我跟他明白，跟你不明白。"小男孩儿翻了翻眼睛，指着前台那位老头儿，回答说。

　　季羡林明白了男孩儿的意思，扑哧一声笑了。他想："人与人交流离不开语言，与外国人交流离不开外语，可是语言这玩意儿不是很容易就能学到手的。一个人想精通本国和外国语言，必须付出极大的努力，穷毕生精力也未必能精通。如果用外语进行一般交际，看起来非常简单，只要学会一些日常用语就可以了，可我学的那点儿俄语真到用时却傻眼了……"

　　类似这样的事，季羡林初到德国时也遇到过，所以他到柏林后又马上补习了一段德语。此为后话。

　　他们在旅店休息了一会儿，便出来采购食品。大街上有许多"白俄"开的铺子，各种各样的商品应有尽有。随便走进一家就能买到一大篮子装好的食品，主食是几个七八斤重的俄式大面包，俄语叫"列巴"，副食是几根粗大的香肠，再加一些奶酪、黄油，另配几听罐头，总共四五十斤重，差不多够在火车上吃八九天了。约莫用了半个多小时，他们就满载而归。

　　傍晚，他们出来吃晚饭。沿街高楼大厦的地下室里有不少餐馆，清一色是俄罗斯人开的。老板娘人高马大，穿着白色大褂，应是名副其实的"白俄"。这里的饭菜十分精美，服务周到，价格实惠，季羡林在北平久闻俄式大菜的美名，但从来无缘品尝，这回倒是开了洋荤，和同学一起喝罗宋汤，吃牛排、猪排、牛舌，真够痛快淋漓、大快朵颐。

　　吃过晚饭，他们又在街上逛了一会儿。马路用碎石铺的，电灯若明若暗，时而看见高大的俄式"六根棍"马车隆隆驶过，马蹄在石头路面上踏出点点火花，如同群萤飞舞。高踞车上扬鞭催马的车夫往往是十几岁的俄罗斯小男孩儿。高大的车马和矮小的车夫相映成趣。这种情景在内地城市很难见到，令人大开眼界。

　　第二天下午，他们来到松花江游览。时值夏末秋初，天高云淡，金风送爽。几个同学租了一条小船，在江上泛舟，只见江水茫茫，风平浪静，远处铁桥如同彩虹，横卧在波涛之上，江面游船如织，白帆点点。同学们真没想到，这座"冰城"竟然也有江南的美景。

　　季羡林仔细观察船上的两个俄罗斯小男孩儿，划船的竟然双目失明，掌舵的眼睛没有问题。他万没有想到，一个盲童在水深流急、危机四伏的江上从事这种危险的营生。他和两个孩子说了几句话,无奈对方仍然听不懂,只好作罢。

季羡林仿佛又回到了童年。他暗自猜度:他们肯定是为生活所迫,否则,谁家父母舍得让这么小的孩子出来受这份儿苦,冒这份儿险呢?他们的家人是什么时候来到哈尔滨的?他们祖上也许是沙俄的贵族,可这两个孩子太小,应该是在中国出生的,他们没有享到福,家人正在等着他们挣钱回去买面包呢?想着想着,季羡林心头一阵儿酸痛,似乎无心再欣赏眼前的美景了。

太阳西斜,两个孩子把船划到岸边。六个同学只能尽其所能,给他们一点儿钱,略表心意。看见孩子满意的笑容,他们多少得到了一些安慰……

在国际列车上

9月4日,季羡林一行登上苏联国际列车。火车奔驰在一望无际的松嫩大平原上。黄昏时分,车外草原似海,风吹绿草如同波涛翻滚,残阳如血,挂在西边天际。

"再见了,中国,我们还会回来的!"几个同学不约而同地高声喊道。

第二天从满洲里出境,需要下车接受检查。当时苏联海关的通关速度之慢,工作效率之低,是数得着的。海关官员的检查细致入微,一丝不苟,慢条斯理。旅客携带的行李,不管是箱是包,是篮是筐,一律打开,一一检查。旅客在一旁躬身肃立,随时准备接受询问。同学们带了一把白铁造的水壶,准备在火车上打开水用的,极其普通,极其粗糙,可是海关官员仍然对它很感兴趣,翻来覆去,敲敲打打,没完没了。季羡林看着看着,渐渐失去了耐心,刚想发火,一位外国老年旅客拍了拍他的肩膀,说了句"Patience is a great virtue"("忍耐是大美德")。季羡林会心一笑,强忍着把火气压了下去。检查完毕,同学们在车站的商店里买了几个酱菜罐头和几瓶饮料,又上了火车。

车厢里四人一间的包房,中国同学占了一间半,空着的两个铺位,不时地有别的旅客进进出出。

火车进入苏联境内,餐车上的东西果然很贵。一天中午,从餐车走出来一位女服务员,身材高大魁梧,身披白袍,头戴白色高帽,足蹬高跟皮鞋。她右手托着一个大盘,里头盛满新出锅的牛排,香气四溢,让人直流口水。一问价钱,一块牛排三美元，真够宰人的！这位"女将军"见没有人买，只好托着盘子原路返回。

季羡林和同学确实饿了，从篮子里拿出"列巴"大啃起来。吃的没有问题，喝水倒是有点儿困难。车上别说开水，就连凉水都没有。火车每到一个车站，他们就拿起那把铁皮水壶，飞奔到开水供应处，打回来还要省着点儿喝。旅客中有一位欧洲老太太，满头银发，颤颤巍巍，没有能力自己去打开水。同学们打来开水，她就把自己的杯子伸过去，用生硬的中国话说："开开水！开开水！"他们觉得老太太也真可怜，便给她倒满杯子，老太太高兴极了，笑着表示感谢。车上的苏联旅客吃饭大多就地取材，就是到车站的商店去买。偶尔也会看见苏联官兵，他们每到一个大站，就凭着身份证明领取一份儿食品：面包、香肠和奶酪，当时苏军内部实行供给制，免费就餐。

吃喝无大碍，拉撒却难多了。一节车厢四五十号人，只有小小的两间厕所，经常人满为患。初次出远门，怎能不上火呢？同学中十有八九便秘，想方便又方便不出。季羡林每天早早起来去排队，有时出现"内急"就更加狼狈了。

每当寂寞无聊时，季羡林和同学就挤在包房里侃大山。他们虽然都来自清华，但所学专业不同，在校接触并不多，有的甚至不认识。这次同赴欧洲，结成了临时命运共同体，一路上成了推心置腹的朋友。大家天上地下、山南海北，无所不谈，小小的包房里充满了笑声。除了神聊，他们还下象棋，学物理的王竹溪不愧是高手，其他同学无论"单挑"，还是联合作战，没有一次赢过他。

火车奔驰在苏联大地上。同学们向窗外望去，辽阔雄浑，美不胜收，马上想起了苏联国歌："我们祖国多么辽阔广大，她有无数田野和森林……"火车一过西伯利亚，一望无际的森林、草原、湖泊接踵而来。大森林郁郁葱葱，波澜起伏，大草原野阔天高，白云悠悠，贝加尔湖湖水一片湛蓝，深不可测。火车穿过乌拉尔山，山洞一个接着一个，连绵不绝。

9月14日夜晚，火车驶进了苏联首都莫斯科。

"赤都"有感

火车到达莫斯科，铁路当局宣布停车一天，检修车辆。外国旅客则由官方组织参观游览。这时,来了一位导游小姐,浓妆艳抹,珠光宝气,搔首弄姿,让季羡林等中国学生大惑不解。这哪里是他们想象中的"无产阶级"的样子呢?

莫斯科是当时世界上唯一的社会主义国家的首都,又称"赤都"或"红都",在中国绝大多数青年学生的心目中既神圣又神秘,但又不可能都来实地考察它的真实面貌。季羡林读过国内一些作家描写苏联的书,如胡也频的《到莫斯科去》、郁达夫的《莫斯科游记》等,把莫斯科想象成人间天堂,非常向往这个红色首都。可是,今日身临其境,留给他的印象并非都是美好的。而且,外蒙古在苏联的支持下宣布独立,从中国分离出去,更令季羡林百思不得其解。因此可以说,他对苏联的情感是矛盾的,正如他到德国不久写给好友储安平的信中所说:

> 俄国人民是好人民。个个都有朝气。政府却是个怪政府,只在对旅客的待遇上,就可以完全表现出来。他们似乎特别不喜欢旅客,签护照就难,向你要许多钱,然而还是不痛痛快快地签。入境之后随处加以限制,使你没有自由。在俄国境内,外国人只能用美金,在莫斯科有几个秘密的地方,每块美金可以换到40卢布,然而我们用的美金,每块却只能当一个卢布。我们倘若用卢布,被发现了要入监狱的。在火车上,我向一个孩子买过一个松子,西伯利亚树很多,松子遍地是。然而一经 Intourist 的手却用了两毛美金。在莫斯科吃饭的价钱,说出来更骇人听闻。为什么他们这样做呢?俄国政府真有它的怪劲。

再来看看季羡林一行参观游览莫斯科的情况。

旅游大巴载着他们来到一栋破旧的楼房前,那位导游小姐用英语介绍说:"我们国家即将开始的社会主义五年计划要把这座楼拆除,你们下次再来就是新楼了……"

车子又开到另一个地方,导游小姐又这样介绍说。凡是到过的地方,她都是这一套说辞,而且态度越来越冷漠。过了半天,他们也没有看见一栋新楼,唯一的印象就是苏联正在实行五年计划。他们感到太扫兴了,心中暗自嘀咕道:"难道社会主义就是这个样子吗?"

最后,他们被带到一座富丽堂皇的大楼,据说这是"十月革命"前一位沙皇大臣的官邸,现在改为国家旅游总局招待所。只见楼内大理石地面,大理石墙壁,五光十色,宽敞明亮,顶棚的水晶吊灯有十几米长,豪华璀璨。季羡林看得入了迷,仿佛置身于神话世界,不由得连声叫绝。这里的服务人员大多是年轻貌美的女郎,个个金发碧眼,唇红齿白,十指纤纤,指甲涂满蔻丹。季羡林恍然来到太虚幻境——弥勒佛居住的兜率天宫,一个个仙女国色天香,绝妙无比,全身荷佩无量璎珞,满脸呈现迷人的微笑……

时近中午,大部分旅客留在这里吃午饭,当然要消费美元。在中国使馆工作的清华校友谢子敦出面做东,把季羡林等人带到一家餐馆就餐。这家餐馆十分讲究,菜品精美,还有用大马哈鱼鱼子做的名贵的鱼子酱。啃了几天干面包的几个青年人,如同饿虎扑食一般,放开肚皮饱餐一顿。对于这些并非"官二代""富二代"的学生,这第一次见过的豪华大餐竟吃掉300卢布,约合200美元,真是连做梦都不会想到。于是,他们终生难忘谢先生的一饭之德。

天色已晚,火车马上就要启动,旅客陆陆续续回到车上。在满洲里车站劝说季羡林忍耐的老头儿和在车上要"开开水"的老太太都回来了。

季羡林问那老头儿:"您在哪里吃的午饭?"

"别提了,我吃了一顿十分精美而又非常便宜的大餐。"老头儿说完眨眨眼,诡秘地一笑。

季羡林大惑不解,请他仔细说来。那老头儿附在他耳边,悄悄地说:"我在哈尔滨黑市上用美元换了卢布,汇率比这儿高出十倍多。在这儿只消八个美元,就能美餐一顿。"

季羡林也朝他笑了笑,心想:"这种人都是'老油条'了,神通广大,无孔不入。"

火车不知不觉地开出莫斯科,经过长途跋涉,第二天下午到达苏联和波兰边境城镇斯托尔扑塞,旅客在这里换乘波兰列车。

Wala

火车又继续向前行驶。过了不久,一个年轻的波兰女孩儿悄没声息地走进了车厢。她细高挑的身材,圆圆的面庞,淡红的两腮,一对晶莹澄澈的大眼睛,天真无邪,非常可爱。她向四周环顾了一遍,看见中国学生座位中间有个空位儿,便径直走过来,从手提包里掏出一个精致的椅垫,铺在座位上,坦然坐了下来。

那女孩儿刚巧就坐在季羡林对面。季羡林还记得,在北园中学听祁老师讲世界历史和地理课时,他对波兰产生过印象,觉得那个国家十分遥远、抽象而模糊。现在真的来到了波兰的领土,而且竟有一个美丽的波兰姑娘坐在面前,他感到新鲜极了!

如果在国内遇上这种情况,几个二十出头的小伙子,肯定会没话找话,"吃豆腐",逗得姑娘脸红,以便瞧瞧她那娇羞嗔怪的模样。可现在身在异乡,又有语言障碍,他们谁都不敢轻易造次。那女孩儿却用水灵灵的大眼睛,不慌不忙仔仔细细地挨个将他们瞧个够儿。这下子,他们反倒很不得劲儿,一个个低下了头儿。

过了一会儿,还是那个女孩儿先开口。她好像看出他们不懂波兰语,就用德语问道:"你们会说德语吗?"

"是的,我们会说。"他们异口同声回答道。

其实,六个中国同学有一半儿不会说德语,只有季羡林是个高手,学德语专业的,于是他们捅了捅季羡林,把他推到前台。

"咱们随便聊聊。"季羡林只好硬着头皮说。

"你德语说得还不错儿,那就聊聊吧。"姑娘大大方方地说。

这时,话匣子终于打开了,几个人七嘴八舌,漫无边际地谈起来。季羡林背诵德语课文没问题,这种场面却从未见过,虽然只是聊天,谈话内容并不深奥,但老是"卡壳",不时地以一笑代之,这一笑也许能表达出许多难以表达的意思。其他同学干脆说起英语来。谁知,那女孩儿也懂英语,可以用英语会话。于是,德语加英语,天南海北,叽里呱啦,聊得好不热闹。

忽然,中国同学谢家泽问:"What is your name?"

女孩儿伸手向他要来笔和纸,然后写下了自己的名字——Wala。

"哇——啦……哇啦!"谢家泽高声念道。

大家立刻被逗乐了,哄堂大笑。这一笑竟把女孩儿笑蒙了,她那两只圆圆的眼睛死盯着谢家泽,问道:"你们笑什么?有什么好笑的?"

"我们……我们……"谢家泽一时语塞。

这下子,大家真的不好意思,都不吭声了。

在满洲里上车时,几个中国同学买了几瓶饮料,大概是啤酒之类的。一路上,他们用铁皮壶打开水喝,把它给忘了。现在他们拿出来,打开瓶子,第一杯当然要敬客人。女孩儿毫不客气地接过杯子,但是没有喝。她问季羡林:"这是什么?"

"是酒。"季羡林叫不出这种饮料的名字,只好用德语"酒"来代替。

女孩儿轻轻地抿了一口,立刻抬起含笑的大眼睛,仿佛责备似的,问:"你说这是酒?"

"难道不是吗?"望着她那玫瑰花似的又圆又亮的大眼睛,季羡林故意反问道。

"你说是酒,那就是吧!"女孩儿说完拿出随身带来的饼干分给他们吃。

中国同学也不客气,边吃边聊。过了一会儿,女孩儿又从手提包里掏出许多照片给他们看,中国同学也拿出自己的画册、护照,甚至毕业证给她看。就这样,大家已经忘记这是在国际列车上邂逅,素昧平生的异国男女青年仿佛是相交多年的朋友,就连女孩儿坐的椅垫也不知不觉跑到中国学生的屁股底下。

这时,季羡林突然发现,坐在他旁边的一位大鼻子先生死死地盯着 Wala,一个劲儿地皱眉头,挤眼睛,露出很不满意的神情。季羡林愣了半天,搞不明白这是怎么回事儿。他又看了一眼 Wala,见她一面瞅着那位先生,一面把自己头上戴的那顶红红绿绿的小帽慢慢地摘下来。季羡林心里嘀咕道:"莫非女孩儿头上的帽子触犯了那位先生?那顶帽子有啥不好的,配上女孩儿圆圆的脸蛋,不是显得更俏皮、更可爱吗?"

夜深了。季羡林在座位上打了个盹儿。当他重新睁开眼睛看 Wala 时,她已经下车了。从此,那个波兰女孩儿美丽的大眼睛、可爱的面庞、大方的举止、爽朗的笑声,经常出现在他的记忆中……

后来,季羡林在德国哥廷根大学读了两年书,第二次世界大战就爆发了。他亲眼看见德国法西斯对犹太人和波兰人的残酷迫害,时常惦记着那个可爱的波兰女孩儿,甚至在梦中问她:"你现在怎样了?没有受到欺负吧?"

有一天,在一个细雨萧索的晚上,有人告诉季羡林,看见一个波兰女孩儿每天在附近的一个菜园里干活儿,她是不久前被希特勒士兵装进一辆军用火车押送来的。听到这儿,季羡林眼前立刻浮现出 Wala 的面影。第二天早晨,他鬼使神差地直奔那个菜园,但没有见到那个女孩儿。以后他又去了几次,还是没有见到。季羡林终于失掉了信心。他想：

"这女孩儿不会是 Wala 了，即使不是，Wala 的命运不是也和这女孩儿一样吗？"

同是天涯沦落人，季羡林再想想自己的处境，又陷入了极度的痛苦中……

柏林趣话

列车晚上经过波兰首都华沙。上下车的波兰旅客与苏联旅客不同，他们衣着华丽，表情从容，对中国人的态度也很友善。多数波兰人能讲一点儿德语或者英语，季羡林等中国同学就用这两种语言同他们交谈。

9 月 14 日早上 8 点，列车进入德国境内，整整行驶了两天，16 日上午 8 点，季羡林一行到达旅行目的地——德国首都柏林。清华老同学赵九章前来接站，带领他们办妥了必要的手续。清华老同学汪殿华和他的德国夫人在下罗腾堡区的魏玛大街为季羡林租到了一间房子，房主名叫罗斯瑙，看长相像是犹太人。

来到柏林，应该说是季羡林旧生命的结束，新生命的开始。看着这座期盼已久而又十分陌生的城市，季羡林的心情异常复杂，既兴奋又好奇，既兴会淋漓又忐忑不安。从经济文化落后的中国，一下子来到现代化的大都会，置身于高楼大厦之间，季羡林有明显的压抑感，感到自己就像大海里的一滴水、沙漠中的一粒沙。

万事开头难，季羡林在此人地两生，不可能很快适应环境，即使看起来微不足道的小事儿，也常常来找他的麻烦，从下面的两件事情上就可以看出来。

季羡林出国前买的那块表，不料在斯托尔扑塞换车搬行李时，表蒙子被碰破了。他把表小心翼翼地装在一个盛茶叶的小瓶里，保存起来。到了柏林他赶紧去修。一位早他两年来到柏林的留学生带他来到康德街的一家表铺。修表的是一个老头儿，他说换一个玻璃罩第二天就能取，然后递给他一张纸条。季羡林也没细看就收起来了，以为上面写的无非是店名和地址，拿它来取表不会有问题。

第二天下午，季羡林不想再麻烦别人，自己拿着那张纸条来取表。可是初来乍到，路不熟，他掏出纸条一看，原来上面写的并非店名和地址，只有"收到某某牌手表一只"一行字。没有办法，他只好凭着模模糊糊的记忆，沿着康德街一家一家店铺去找。奇怪，康德街怎么这样长呢？他走到尽头也没看见一家表铺，只好再折回来继续找。他好不容易在一大堆招牌里找到了一家表铺，因为门面太小，刚才走过去的时候竟没有发现。季羡林一脚跨进去，发现不大对劲儿，昨天修表的老头儿身后有一个摆着钟表的小橱柜，怎么不见了？他正想再看看店里的其他摆设，主人出来了，也是一个老头儿。

老头儿接过季羡林递过来的那张纸条，立刻去找表，找了半天也没找到。那个老头儿搔了搔光亮的头皮，显得很焦急，说道："您的表可能被我老伴儿放在什么地方了。对不起，她今天出门了，你明天来吧！"

说完，老头再三表示抱歉，还把地址用铅笔写在那张纸条背面。季羡林拿起纸条，踏着暮色失望地走回去。

第三天，季羡林又去取表。他觉得昨天那家表铺实在没有把握，就注意观察路过的每一个铺子。终于，他发现了一家更小的表铺，进去拿出纸条问："这条子是不是您这里的？"

主人一看，肯定地说："对不起，不是。您再到别的铺子看看。"

"打扰您了，谢谢。"季羡林赶忙走出来。

季羡林找了半天，最后又来到昨天那家表铺。这回老头儿不在，老太太接过纸条，看见丈夫写在上面的字，立刻去找表。她打开每一个抽屉，找遍了每一个角落，始终没有找到。老太太非常着急，只好请季羡林下午再来，问一问老头儿到底是怎么回事儿。

快到黄昏时，季羡林又来到这家表铺，里面光线很暗。老头儿和老太太似乎有些惊慌，他们打开电灯，又里里外外翻箱倒柜找了一遍，还是不见表的影子。这时候，老头儿搔着光亮的头皮，问道："表是您亲自送来的吗？"

"是的。"季羡林嘴上这么说，心里却直打鼓，因为他来到柏林才几天，对这里的环境太不熟悉了。

"您再看看这张条子，是不是您这里的？"季羡林又把那张纸条拿出来，请求说。

老头儿立刻打开抽屉，取出一沓自己铺子的条子，与那张纸条一比较，非常肯定地说："不是。您看，我这里的条子是绿色的，不是白色的，而且也比这张条子大得多。"

这下子，该是季羡林抱歉了，他竭力搜索着表达歉意的德语单词。

老头儿笑了笑,告诉他附近还有一家表铺,不妨去看一看。老太太又急忙找来了一块橡皮,使劲儿地擦去丈夫写在纸条上的字。

为了修表,季羡林光临好几家表铺,折腾了好几天,最后还是那位陪他修表的中国留学生,帮助他找到了那家表铺。这家表铺在康德街西段,距离他给那个老头儿道歉的表铺,至少有一公里的路程。

这虽然是一件小事儿,季羡林却从中感受到德国人的老实厚道、淳朴善良。

无独有偶,季羡林在买东西上又出了洋相。

按照德国人的习惯,他们每天只在中午吃一顿热餐,晚饭吃香肠、面包和奶酪,佐以热茶。季羡林入乡随俗,也只好照着这样做。

有一天,他去肉食店买了一些香肠,准备回去吃晚饭。晚上,他兴致勃勃地泡了一壶印度红茶,想就着香肠美美地吃上一顿。可是一咬香肠,发现味道不对,原来里头的火腿肉全是生的。他大为恼火,愤愤不平地说:"德国人这样捉弄外国人,真太不像话,简直岂有此理!"

第二天,季羡林一早起来就拿着香肠去找那家肉食店。一进门,他就怒气冲冲地嚷起来:"真倒霉,我还是第一次见过这样的香肠!"

"先生,究竟发生了什么?"一位女店员赶紧走过来,接过香肠仔细地看了一遍,不由得咯咯笑了。

季羡林更为恼火,没好气地数落着。那位女店员耐心听完他的"申诉",然后和颜悦色地解释说:"在我们这里,火腿肉都是生吃的。有时连肉也生吃。而且只有最新鲜的肉才能生吃。如果您吃不惯,我们如数把钱还给您。"

"对不起……谢谢……"季羡林如同刘姥姥进大观园少见多怪,露出一副傻相来。

修表、买香肠之类的事儿,预示着季羡林在德国的学习生活将会遇到这样或那样的麻烦和困难。不过,这些毕竟都是小事儿,更大的事儿还在后头呢!正当他满怀信心投入学习时,谁知天有不测风云,首先中国抗日战争全面爆发,山东沦陷,有家难归,然后又爆发了第二次世界大战,交通阻隔,有国难投。结果,季羡林原定只在德国待上两年,被迫滞留了十年之久——他要经受多少困难和挑战啊!

第九章 小城春秋

哥廷根的魅力

还记得,2001年季羡林九十华诞之际,德国驻华大使馆代表哥廷根大学,向他颁发毕业六十年杰出贡献金质奖章;季羡林逝世前十个月,又传来喜讯——哥廷根大学向他颁发杰出校友荣誉证书。证书说:

> 值此2008年第一届国际校友返校之际,哥廷根大学授予季羡林教授、博士2008年哥廷根校友荣誉称号。
>
> 季羡林生于中国,1935年—1945年间在哥廷根大学学习和研究,1941年获梵文博士学衔。上世纪80年代,他撰写《留德十年》,为哥廷根大学在中国塑造了形象,由他描述的德国学术生活对中国的影响更是一直延续至今。
>
> 哥廷根大学校长库尔特·冯·费古拉教授、博士于哥廷根
> 2008年9月27日

对于母校给予的嘉奖和荣誉,季羡林自然万分感激。留德十年,他在那里不仅结识了后来栽培他、帮助他的恩师和挚友,而且哥廷根小城的山山水水、草草木木都给他留下了美好的回忆……

1935年深秋,季羡林在柏林强化了一个多月的德语口语练习,又面临着一次选

择。因为柏林只是前站,他还要到自己真正想去的地方。当时是分配与自愿相结合,德国学术交流处决定把他分到东普鲁士的哥尼斯堡大学学哲学,那里学习条件极佳,是德国著名的古典唯心论创始人康德曾经任教的地方。但是,季羡林认为学非所愿,拒绝了。季羡林自认不是学哲学的料儿,他曾说过:

> 对哲学我是一无能力,二无兴趣。我的脑袋机械木讷,不像哲学家那样圆融无碍。

与季羡林一起强化德语口语练习的乔冠华,倒是痛痛快快地去了德国南部小城杜宾根,继续学哲学(有人说他学的是军事,所以抗战初期在四路军总部任参谋,此说有误——笔者注)。乔冠华一走,季羡林心里有些着急。当德国学术交流处最后宣布,他到中北部小城哥廷根时,季羡林立刻欣然同意。

10月31日,季羡林终于风尘仆仆地从柏林来到了哥廷根。清华老学长、正在哥廷根大学学习生物学的乐森珣,从火车站将他接回来,安排了住处——明希豪森街20号,欧朴尔夫妇家。从此,他与房主人朝夕相处,结下了深厚的友谊。时令已是深秋,季羡林刚刚踏上哥廷根的土地,并没有"天凉好个秋"之感。因为,这里的自然景色之美、人文环境之优、学术氛围之浓、德国主人之热情诚恳,足以能够温暖着一个远离故乡的年轻人。

哥廷根位于原德意志联邦共和国东部下萨克森州境内,濒临威悉河。该城历史悠久,公元953年建城,公元1211年设市,14世纪中叶与德国北部卢卑克、汉堡、不来梅等城市一起,加入欧洲著名的商业和政治同盟——汉萨同盟,在此后的百余年间,一直保持着重要的政治、经济地位。哥廷根具有日耳曼文化的基因和条件,呈现出自然与人文交相辉映的双重底色。

先说哥廷根的自然景色。城西的威悉河缓缓流淌,河水卷着清凉的风,驱走了夏日的酷暑,送来了冬日的暖意。城东南的山林独具洞天,山有山的雄姿,林有林的秀气。群山之巅的俾斯麦塔巍然耸立,层云中冒出的塔顶有蓬莱仙山般的意境,山下一望无际的席勒草坪终年绿茵如盖,四周古木参天。山中的林木和草地也都郁郁葱葱,风景如画——春天处处开满了鲜花,一片锦绣;夏日丰沛的雨水洒满山林,抹上层层的绿色,绵绵的雨丝与浓浓的绿意织成一张神奇的网;秋季又变成各种黄色,浅黄和深黄交织着染在树梢上,间或夹杂着灌木的浓绿;冬天虽然皑皑白雪覆盖着绿草,但是绿草依然青翠欲滴,仿佛大自然的生命永远不会停息……

哥廷根的建筑也别具一格,古色古香。这里有古代石砌的城墙,上面长满浓绿的橡树;有尖顶直刺云霄的哥特式教堂,不时地传出清脆的钟声;有 14 世纪宏伟壮观的市政大厅,地面镶嵌着晶莹剔透的大理石……这一切都给人们留下恍如隔世的古朴厚重之感。最惹人注目的是,市政厅广场上矗立的那尊"抱鹅女郎"铜像,聪慧俊俏的女郎左手捧着一个花盆,右手提着一只白鹅,高傲地站在高台上,一股股泉水喷洒在她身上,一群群鸽子经常在她周围盘旋,有时亲昵地落在她头上,忽而被人惊动,一声呼哨飞向附近大教堂的尖顶。这尊雕塑已经成为全城的标志性建筑,人逢喜事都来亲吻这位美丽的少女,许多获得博士学位的青年学子也与女友来此幽会。

哥廷根非常清幽洁净,喧声无起,尘埃不染。一些老年人甚至用肥皂来洗刷人行道,条条街路光鲜照人,成为一道道亮丽的风景……

再说哥廷根的人文环境。自从 18 世纪上半叶哥廷根大学创办以后,这里便逐渐形成了德国资产阶级进步文学迅猛发展的狂飙突进思潮的一个流派——哥廷根林苑派。该流派的创始人哥廷根大学学生 F. L. 施托尔格贝(1750—1819)、J. H. 福特(1751—1819)、M. 克劳迪斯(1740—1815)等,以德国近代启蒙运动的重要代表人物 I. 赫尔德(1744—1803)、F. G. 克洛普施托克(1724—1803)为旗帜,进行诗歌创作,冲破洛可可的传统,摆脱理智和理性的束缚,使感情和感觉释放出来。他们的作品别具一格,语言清新,人物形象鲜明,感情充沛,表现出德国资产阶级反对封建主义的爱国精神。18 世纪后期,哥廷根大学又是浪漫主义先驱诗人集会的中心。哥廷根的这种独具特色的人文环境影响了几代人,他们的文化素养较高,富有饱满的浪漫和激情。

季羡林来到哥廷根,置身于这样的人文环境中,可谓如鱼得水。他自幼既受到中国传统文化的熏陶,又受到五四运动以来新文化的影响。大学时,他读的是西洋文学系,学的是德语文学专业,完成了学士学位论文《论荷尔德林早期的诗》。荷尔德林深受克洛普施托克、席勒(1759—1805)等人的影响,写出了一些讴歌自由、和谐、友谊、爱情、青春的诗歌,被誉为德国少有的积极浪漫派诗人。季羡林虽然没有写过多少诗,见诸报端的也很少,但他有诗人般的情怀,有爱诗读诗的情趣。他来到哥廷根后,哥廷根林范派以及荷尔德林的影子会不时地出现在他的脑海,他们的诗会使他亢奋。尽管他在这里没有继续攻读德语文学专业,而选择攻读梵文、巴利文和吐火罗文,但他同样有激情、有抱负、有胆识、有智慧,最终成为精通印度学、东方学的一代宗师。

第一印象

常言道:"在家靠父母,在外靠朋友。"季羡林初来乍到,人地生疏,困难肯定不少。然而,房东欧朴尔太太就像母亲一样对待他——季羡林自小就缺少母爱呀!女主人五十来岁,具有典型德国人,抑或哥廷根人的气质。她受过中等教育,能欣赏德国文学,喜欢听德国古典音乐,但对新潮爵士乐则不屑一顾;她善良正直,能体贴人,有同情心,但小市民的习气颇浓……

这就是一个普普通通的德国妇女,给中国海外学子留下的第一印象。

季羡林曾评论德国人说:

> 德国人是一个伟大的民族,虽没有太长的历史;但是学术艺术,彪炳寰宇,人民一般说起来老实诚恳,认真,有时到了板滞的程度。同他们交往不必怀有戒心,也用不着虚伪客气。我们中国这一套谦虚客气,他们就信以为真……

季羡林的这一评论,在欧朴尔太太身上得到真实而完美的体现。

但是,世界上无论哪一个民族,都不能说是十全十美的。季羡林刚来没几天,就在大街上亲眼看见了这样一场"闹剧":

不知为什么,两个孩子动了肝火,厮打在一起。十四五岁的大孩子将八九岁的小孩子打倒在地,骑在身上,用手使劲儿地打他。过了几分钟,大孩子站了起来,小孩子随后也站起来。忽然,大孩子放声大笑,好像在显示自己的威力,小孩子也不甘示弱,跟着大笑起来。这下子又惹怒了大孩子,他跳上去一把抓住小孩子的金发,再次把他按倒在地,痛快地打着。这期间,围观的人越来越多,却无人上前拉架……等到两个孩子又站起来进行第三回合的较量时,才有一个老太太从对面窗户上泼下一盆水。于是,两个孩子马上从地上爬起来,又都笑起来,围观的人也哄堂大笑,然后各自散去……

难道这还能算是一个民族的优点或长处吗?

这虽然是一件小事儿,但季羡林一直耿耿于怀——既唏嘘不已,又感慨万端。直到七十多年后,他仍然记忆犹新。

2007年6月18日下午,金庸在北大演讲,有学生提问:"侠之大者,要有为国为民的侠风义骨。请问在当今社会,侠义还有什么发展空间?如果有,会是一种什么样的表现?"

金庸回答道:"今天上午我去探望季羡林先生,他跟我谈到了侠。"

于是,金庸并没有谈出自己的看法,而是借用季羡林与他谈话的内容来回答学生的提问。

在此,不妨录下季羡林与金庸谈话的片断:

金庸:我今天来看望先生,顺便请教先生对"侠"的理解。

季羡林:中外关于"侠"的理解是有很大不同的,"侠"下面是两撇,是两个人在打架。一个大孩子和一个小孩子在打架,小孩子打不过大孩子,外国老太太站在旁边看到了也不管,一直打下去好了,可以打两个小时。直到最后,老太太才拿一盆水泼过去,把两个孩子泼开。

金庸:听说,先生在德国就亲眼见到类似的事情。

季羡林:是的。在日本侵略我们中国的时候,我们还去告状,请世界主持正义,当时我在欧洲,就觉得这个做法行不通。人家会想,你有本事打回去。武侠精神,在中国,还有日本、韩国、泰国、新加坡、越南这些亚洲国家,人们非常接受,认为很有道理,但是西方人就不大接受。他们不明白侠者要路见不平,拔刀相助。西方人觉得强的就可以欺负弱的。

2008年2月27日下午,季羡林在301医院为央视奥运频道《武林大会》以及即将播出的《武林盛典》题词:

中国人的传统美德之一就是助人为乐,路见不平,拔刀相助。

故带刀的人,就不会是我们平常所讲的白面书生,即带刀就与武术有关,中国古书上常常有"侠"这个字,我想,侠就是带刀的侠客。

实际上,季羡林极力推崇的这种侠的精神,即侠气、侠风或侠骨,只要有了它,人们心中就会蕴藏着一份英雄情结,拥有蓬勃的生命力,分泌出旺盛的荷尔蒙,萌发建功立业的理想和决心,为国家和民族做出贡献和牺牲。我们从季羡林青少年时代的求学经历中,不是也能悟出个中道理吗?

还有一件事儿也挺逗人。季羡林一来到哥廷根,就像着了魔似的,常常到古城墙去,徘徊在寂寥无声的橡树下,一遍一遍地吟着荷尔德林那首《浮生之半》:

> 大地以黄梨似金
> 和野玫瑰的花丝如绵
> 投影于湖中,
> 优雅的天鹅
> 陶醉于亲吻,
> 不断探首于
> 灵澈的水中。
> 堪叹冬日将至,
> 哪儿是我寻觅花朵的地方
> 还有阳光
> 和大地的一片阴凉?
> 城墙无语立孤寒
> 风声里
> 画旗泼喇翻。

此刻,在季羡林心中,仿佛正在寻找诗人笔下的那种自然万物和谐的意境。

季羡林不仅自己默默地吟诗，而且还特别喜欢听别人吟诗。刚来到哥廷根，他便神不知鬼不觉地听了两次，俨然是一个诗迷。第一次，他被老诗人宾丁的诗句深深打动了。起初，诗人的声音很低，微微颤抖，然而却柔婉得像秋空的流云，像春水的细波，像一切说都说不出的东西。诗人转了几转之后，声音渐渐地高起来，每一行不平常的诗句都仿佛加入了许多新东西，加入了不平常的神秘力量，仿佛有一个充满了生命力的灵魂跳动在里面。听着听着，季羡林由衷地感到自己那渺小的灵魂随着诗的节律在跳动，也加入了不平常的神秘力量……

又有一次，季羡林去听卜龙克吟诗，开始的感觉很不好，因为台上挂了希特勒的国社党的红底黑字旗，桌子上摆着两瓶乱七八糟的花，他感到深深的失望和悲哀。但是到了后来，听到诗人吟起用采集的民间故事创作的民歌时，他的心又不知不觉飞了出去，飞到了一个忘我的美好境界……

季羡林虽然许多次听别人吟诗，但从未作过诗，只是继续从事他的散文创作，将自己身在异国他乡的真情实感，以诗一般的语言表达出来。

山好水好人更好，思山思水更思人。季羡林生前无时不在想着哥廷根，哥廷根也一直想着季羡林。是的，前辈学者蔡元培、陈寅恪、傅斯年、杨丙辰、冯至等人都曾在德国留过学，甚至朱德同志也曾去过哥廷根，季羡林与他们一起，以高尚的品质、开明的思想、过人的睿智、精湛的学业，为中德人民的交往和友谊架起了一座金桥……

哥大一瞥

哥廷根大学培育了季羡林这颗读书种子，决定了季羡林一生的命运。

清华大学吴宓先生有一句诗："世事纷纭果造因，错疑微似便成真。"意思是，尽管大千世界错综复杂，但每件事情都是有果必有因。季羡林之所以成为学习和研究梵文、巴利文和吐火罗文之翘楚，盖由得以进入哥大并巧遇恩师使然。对此，季羡林十分珍惜，曾经感叹道，倘若能有来世的话，他还要学习和研究梵文，但他也祷祝造化小儿，不要将他播弄成知识分子。连知识分子都不是，那又谈何学习和研究梵文呢？

我们说,"文章憎命达,诗穷而后工",季羡林的人生道路并非平坦。留学十载,看起来大功告成,但归国后他便面临改行的尴尬局面,且在特定的历史背景下为灵魂中的"原罪"付出了巨大代价。所以,他只能"有多大碗,吃多少饭",既然梵文、巴利文以及吐火罗文的研究暂时不能继续下去,那么,就尝试着涉足其他相关的研究领域,于是他便成了一个"杂家"。然而,季羡林毕竟是季羡林,耄耋之年他又突然杀了回马枪,来了个"百米冲刺",终于为他学习和研究梵文、巴利文、吐火罗文画上了圆满的句号。

闲话少叙,下面就来看看哥廷根大学的情况。

与欧洲其他国家相比,德国建国的时间并不太长。19世纪初叶,德国出现了资本主义大变革。19世纪中叶以后,普法战争(1870—1871)中普鲁士国王威廉一世和首相俾斯麦率兵打败了拿破仑三世,统一各邦,建立了德意志帝国。从此,德国在欧洲大陆独占鳌头,处于显赫的地位,与英法两国一起对世界产生了巨大的影响。与此同时,在自然科学和人文社会科学方面,德国也取得了长足进步。

专就哥廷根大学而论,它创建于公元1733年,在全欧乃至世界都称得上最古老的大学之一,产生了一些自然科学的大师巨匠。19世纪中叶,德国最伟大的数学家高斯(1777—1855)和韦伯(1804—1891)在该校任教。从19世纪末叶起,这里与柏林大学并称世界数学中心,当代最伟大的数学家希尔伯特1899年在《几何基础》一书中,创立了几何的形式公理系统,奠定了公理化的基础。季羡林来到哥大时,希尔伯特仍然健在,他对中国留学生特别友好,有一次季羡林在书店里见到他,他还主动上前嘘寒问暖,非常热情。在化学、天文、气象、地质方面,哥大的教授阵容也极其强大,其中有好几位是诺贝尔奖获得者。

再看人文社会科学。上文说过,随着资本主义蓬勃发展,18世纪70年代德国文坛上掀起的那股狂飙突进思潮,曾经席卷了哥廷根大学,这里的不少青年学生在赫尔德、克洛普施托克、席勒、歌德(1749—1832)等最具狂飙突进思潮代表性的理论家指引下,发起组织了哥廷根林苑派。他们主张破坏旧制度,建立新制度,反映了新兴市民阶级与封建势力的斗争,促进了文学艺术的发展。

世上通行一种说法:"所谓大学者,非谓有大楼之谓也,有大师之谓也。"这恰好在哥廷根大学得到了证明。这里并无我们想象中的摩天大楼,一般只有四五层高,但大师则屡见不鲜,著名的童话大师格林兄弟即曾在此任教。

季羡林来到哥大时,这里一共有五个学院:哲学院、理学院、法学院、神学院、医学院。五个学院异地而居,分散在全城各个角落,因此这里又称"大学城"。哥廷根本来是一个小城,人口只有十几万,可是进进出出、川流不息的国内外大学生却保持在两三万人之多。每天,各条街路上大学生摩肩接踵,比比皆是。像被磁石吸引过来的世界各地的留学生,要想像今日的学生一样,在这里课余时间打打工,赚点儿小钱,恐怕是找错了地方,只好到其他大城市去了。

道路的选择

季羡林一生走过的路,有几次可以由他自己选择。他选择了,虽然一般都没有"一失足成千古恨"的教训,但走下去并非那么容易。他曾深有体会地说:

逢到过"山重水复疑无路",也逢到过"柳暗花明又一村",颠颠簸簸,坎坎坷坷,摇摇晃晃,趔趔趄趄,走过了这样漫长的道路。

季羡林来到哥廷根大学,似乎又站在人生的十字路口上,像在清华一样,又一次面临选择专业的难题。也许由于书卷气太浓,他认为专业一经选定,就决定了一生要走的路,并且要持之以恒走到底。耄耋之年他回顾这件事情时说:

这条道路,我已经走了将近60年,今后还要走下去,直到不能走路的时候。

那么,季羡林是如何选择这条道路的呢?
刚来到哥大的第二天,即1935年11月1日,他在日记中写道:

终于又来到哥廷根了。这以后,在不安定的漂泊生活里会有一段比较长一点的安定的生活。我平常是喜欢做梦的,而且我还自己把梦涂上种种的彩色。最初我做到德国来的梦,德国是我的天堂,是我的理想国。我幻想德国有金黄色的阳光,有 wahrheit(真),有 schonheit(美)。我终于把梦捉住了。我的一切希望都泡影似的幻化了去。然而,立刻又有新的梦浮起来。我梦想,我在哥廷根,在这比较长一点的安定的生活里,我能读一点书,读点古代有过光荣而这光荣将永远不会消灭的文字。现在又终于到了哥廷根了。我不知道我能不能捉住这梦,其实又有谁能知道呢?

其实,季羡林的梦想仍然盯在"西方"上,这似乎与他在大学所学的西方文学有关,那时同学们就常常"言必称希腊",赞佩古希腊名人荟萃,文化繁荣。于是,1935年冬至1936年春,他把希腊文定为主课,并兼读另外几门课程,但让他大失所望。他在1935年12月5日的日记中写道:

上了课,Rabbow 的声音太低,我简直听不懂。他也不问我,如坐针毡,难过极了。下了课走回家来的时候,痛苦啃着我的心——我在哥廷根做的唯一的美丽的梦,就是学希腊文。然而,照今天的样子看来,学希腊文又成了一种绝大的痛苦。我岂不将要一无所成了吗?

看来,季羡林似乎要退下阵来,但实际上,他是在真正地往前冲。此时,他想到在清华时自己就想学点儿梵文,但因为陈寅恪先生无意开这门课而落空。如今,就来重拾旧梦吧!于是,季羡林又张开了想象的翅膀。他在日记中写道:

1935 年 12 月 16 日
我又想到我终于非读 Sanskrit(梵文)不行。中国文化受印度文化的影响太大了。我要对中印文化关系彻底研究一下,或能有所发明……

1935 年 12 月 17 日
我又想到 Sanskrit,我左思右想,觉得非学不行。

1936 年 1 月 2 日

仍然决意读 Sanskrit……我现在仍然发誓而且希望不要再变了。再变下去,会一无所成的。

季羡林要走的道路终于选定,他很年轻,才二十五岁,这条路还很长很长。他要在这条道路上脚踏实地,一步一个脚印地实现自己的梦想。

我们说,一个人的梦想大致包括两种基因,一为"因",即过去的经验,二为"想",即现在的体验,从而产生了对未来的信念和追求。对于季羡林来说,可谓二者兼备。况且,他的梦想如同"庄周梦蝶"一样,既不想升官发财,也不想光宗耀祖,原本只想抢到一只饭碗,来到哥廷根后也只想"在这比较长一点的安定的生活里,我能读一点书,读点古代有过光荣而这光荣将永远不会消灭的文字"。然而,这种看似平淡无奇的梦想,背后却充满着无穷的信心和勇气……

十年后,季羡林果然梦想成真,学有所成。陈寅恪先生慧眼识珠,介绍他到北大去教书,培养出一代又一代弟子,使梵文在中国大地上生根、开花、结果……

平静的留学生活

道路既已选定,季羡林便很快投入角色,开始了原定两年的留学生活,而这两年又是在第二次世界大战爆发前的相对平静的环境中度过的。

1933 年 1 月 30 日,法西斯头子、纳粹党党魁阿道夫·希特勒出任德国总理。1934 年 8 月兴登堡总统去世,希特勒立即修改宪法,解散国会,取消总统职务,自任国家元首和总理。从此,德国的命运便掌控在这个杀人魔王手中,走上了屠杀犹太人、蹂躏邻邦、妄图征服世界的道路。

季羡林来到德国时,希特勒刚上台不久,他的狂热的演说和宣传,获得了具有浪漫主义和非理性主义情调的德国人的支持,他们都把他的《我的奋斗》一书奉为必读的圣经和不可偏离的准则。尤其那些青年人,他们纷纷加入纳粹武装团体"冲锋队"和"党卫军",身着褐色衬衣或黑色制服,高举红底、白圆心、中间嵌黑色"卐"字的旗帜,迈着嚓嚓作响的步子走在大街上。人们对希特勒的崇拜达到无以复加的程度,见面时总是举起右手,喊一声"希特勒万岁!"。有一次,一个与季羡林认识的漂亮女孩儿竟然对他说:"我若能和希特勒生个孩子,那真是无上光荣!"季羡林听了毛骨悚然,未想到天下竟会有这种荒唐事儿。尽管德国人听信希特勒的宣传和蛊惑,但与外国留学生还是和平共处,并无摩擦,只是忌讳跟他们谈论国事。季羡林似乎有一种"山雨欲来风满楼"的微妙感觉,不过,这也并未影响他的正常的留学生活。

自从踏上德国的土地,季羡林就特别留心那里的人到底咋样,这对他的留学生活至关重要——如果德国人好,就会给他带来许多方便。上文说过,季羡林在柏林发生了修表和买香肠的趣闻,从中看到了德国人的诚挚实在;他住在房东欧朴尔太太家里就像回到自己家里一样,从中看到了德国人的热情厚道……

在生活上,季羡林也不用发愁,德方每月发给他120马克津贴,房租和伙食费大约分别用去40马克,剩余的零用钱绰绰有余,这是出国前始料未及的。市场上的食品应有尽有,每天早点是小面包、牛奶、黄油、干奶酪,佐之以一壶红茶,中午在外面饭馆就餐,晚上欧朴尔太太特意将中午的饭菜给他留下一份儿,用不着像德国人那样,晚饭只吃面包、香肠和喝茶。

季承先生说过,父亲"凡是自然的东西,他都热爱"。每逢周末,季羡林就和几个中国留学生,不约而同地来到城外的席勒草坪,然后一起到山林中游逛,午饭就在山林中吃,尽情享受着大自然带来的欢乐。"老乡见老乡,两眼泪汪汪",每当和中国同学在一起,季羡林由衷地感受到一种亲和力,他说:

> 见到中国人,能说中国话,真觉得其乐无穷。往往是在闲谈笑话中忘记了时间的流逝。等到注意到时间时,已是暝色四合,月出于东山之上了。

仁者乐山,智者乐水,如同祖国的山山水水一样,哥廷根的山山水水也滋养着一位至仁至善者,一位大智大勇者。

这里再宕开一笔,话说晚年季羡林并非像年轻时那样,有游山玩水的闲情逸致——年轻时他也只是打打牌、下下棋,但绝不会跳舞,而是与时间赛跑,与学术研究拼命。他曾经说道:

在学术工作方面,有人说,我对自己太残酷。已经到了望九之年,虽然大体上说来,我的身体还算是硬朗的,但是眼睛和耳朵都已不再灵光。走路有点"飘";可我仍然是不明即起,亮起了朗润园的第一盏灯,伏案读写,孜孜不倦。难道我不知道,到圆明园或颐和园去遛弯儿,再远一点儿,到香山去爬山,不比现在这样更轻松愉快吗?

有人说,这还用得着吗?既然名利早已到手,那就应该明白"本来无一物,何处惹尘埃"的道理啊!为此,季羡林只用一句简单的话来解释:"他已经是习以为常,要改恐怕很难了。"

"一对一"梵文班

1936年春,一天,季羡林来到大学教务处,查看全校各系和各研究所的课程表。当看见瓦尔德施米特的名字时,他眼前顿时一亮——这位著名教授果真要开梵文课啦!这不正是自己多年以来梦寐以求而又求之不得的吗?于是,他立刻报了名。

还在清华时,季羡林就听陈寅恪先生提起瓦尔德施米特的名字。1918年陈寅恪先生赴美国哈佛大学,师从兰曼教授学习梵文、巴利文,1921年转学到德国柏林大学,在著名教授海因里希·吕德斯的指导下,又学习了四年梵文、巴利文。瓦尔德施米特与陈先生同时为吕德斯教授的及门弟子,这就使季羡林对他多了一分了解和尊重。天下无奇不有,季羡林想跟陈寅恪先生学习梵文的梦想,竟通过在万里之外拜瓦尔德施米特教授为师实现了,岂非天助人也!

1936年4月2日,季羡林兴致勃勃地来到"高斯—韦伯"楼,在东方研究所梵文研究室上第一堂梵文课。当年伟大的科学家高斯和韦伯就在这里进行过电磁学的试验研究,发明了第一台有线电报机。毋庸置疑,19世纪至20世纪的一百年间,德国的科学技术发展突飞猛进,除发明有线电报机外,电流计、X射线、塑料以及平炉炼钢、交流发电机、四冲程发动机、电车、汽油机、汽油发动汽车、柴油机等,也都出自德国人之手。

季羡林既然选择学习梵文,当然也就属于东方研究所的学生。德国大学历来强调教学与研究相结合,各个学院都创办了一些研究所,并提倡学术自由的风气。

在这样的国度里生活,在这样的大学里学习,季羡林大有"春风得意马蹄疾,一日看遍长安花"之慨!

但是,这第一堂课却让季羡林百思不得其解,虽然在清华时他也碰上过这种事儿——四年级的德语课只有他一个学生——但是在这样一位世界顶尖教授名下,竟然也会如此,而且他的学生竟然是一个外国人。这是开国际玩笑吧!

实际上,这种情况也会被人理解。哥廷根大学的梵文研究固然经历了辉煌时期,出现了几代梵文大师,但当时德国青年对文学、艺术和科学技术的爱好乃胜于梵文、巴利文等东方古代语言,而后者又是一种枯燥无味的古文字,当然不会太受欢迎。由此,笔者想起当代美国著名天文学家钱卓拉塞卡尔教授开设的天文物理班,最初有几十名学生,最后也只剩下两名;又想起陈寅恪先生当年在岭南大学开讲的选修课,也只有五六名学生,却照常讲课,他的双眼几近失明,每当看见一位老者身着夏布长衫,一点点摸索着走进教室时,学生不禁肃然起敬,感动不已,老者的形象霎时在心中高大起来……

另一个原因是,哥廷根大学的梵文研究虽然历史悠久,具有雄厚的实力,但1810年创办的柏林大学同样与哥廷根大学呈比翼双飞之势,而吕德斯教授的影响绝非其他人可比。因此,20世纪八九十年代,为了培养出色的东方学人才,季羡林将他的弟子分别送到柏林大学和哥廷根大学两所名牌大学深造。由此看来,大学必须有响当当的名教授,办成自己的特色,才能成为一流大学,具有更大的吸引力。

"博士父亲"的期望

1980年11月4日—15日,季羡林率领中国社会科学代表团赴联邦德国参观访问。一别三十五载,他走在哥廷根的大街小巷,宛然走进缓缓流淌的历史长河中。那一幢幢古老的建筑物,那市政厅广场上矗立的"抱鹅女郎"铜像,那广场周围"黑熊""少爷"餐馆……齐齐映入眼帘,心中立刻飞溅起汹涌奔腾的浪花,将他回乡的幽情敲打,行囊和衣衫顿时湿成一片……

眼前物是人非,徒留下一连串绵绵的回忆。不过,季羡林还是祈望着一位老人能够活在世上,将梦中无数次相见的情景移到眼前。那位老人正是他的"博士父亲"——瓦尔德施米特教授。

季羡林终于和垂暮之年的恩师相见了。当他把刚刚翻译出版的印度大史诗《罗摩衍那》第一卷拿给他看时,瓦尔德施米特教授极为诧异,问道:"你怎么搞起这玩意儿来了?"

季羡林不知怎么回答才好。过了片刻,他才照实说:"那是在'文革'中尚未被'解放'的时候,偷偷地译出来的。"

"我是恨铁不成钢啊!"瓦尔德施米特教授痛心地说,"我早就跟你说过,希望你能尽快写出一部案头必备的佛教梵文语法书!"

然而,季羡林满腹的苦衷又能向谁倾吐呢?

"少年乐新知,衰暮思故友。"此刻,瓦尔德施米特教授与自己的弟子回忆起三十多年前在一起潜心研读梵文的情景……

那时瓦尔德施米特三十七八岁,看上去非常年轻,一副孩子似的面孔;季羡林也才二十五六岁,更年轻帅气,朝气蓬勃。他们"恰同学少年,风华正茂",为了美好的理想和愿望,携手走在同一条道路上。可是,这条路是非常艰辛的,因为梵文是世界上已知语言中年代最古老、语法变化最复杂的一种,要比汉文难学多了!这条路是极其冷僻的,因为很难找到同路人,世界上有多少人愿意终生死抠这种古文字呢?这条路是十分清贫的,因为一经走上这条路,那就注定要安贫乐道,与富贵荣华"拜拜"了!然而,这却是一条追求科学真理之路,只要沿着这条路走下去,就能寻回失落千年的人类文明,焕发迈向新时代的生机,生起创建新家园的信心和勇气!

季羡林跟瓦尔德施米特教授学习的主要是佛教梵文。佛教梵文与古典梵文有所不同。古典梵文是印度古代、中世纪的文学语言,而印度古代早期佛教典籍,除包括一部分巴利文佛典外,一般都不是以纯粹的古典梵文写成,而是用掺杂了许多方言的"混合梵文"即佛教梵文写成。由于各地区的方言不同,语法变化各有特点,为顺应统一的"梵文化"趋势,各自向梵文转化的程度也不尽相同,所以通过对佛教梵文的研究,可以探求早期佛典产生的地点和时间,从而对印度佛教史的研究具有重要的意义,这正是季羡林学习佛教梵文的目的所在。

在德国,19世纪是研究古典梵文的极盛时期,20世纪则将佛教梵文的研究作为新的主攻方向。这种转变是有其原因的,正如陈寅恪先生所说:"一时代之学术,必有新材料与新问题,取用新材料,以研求问题,则为此时代学术之新潮流。"20 世纪初德国探险队四次来到中国新疆吐鲁番等地考察,发现了大量的梵文以及其他古文字残卷,其中早期佛典残卷均用婆罗米字体的佛教梵文写成,即通常说的梵文贝叶经,这就为德国梵文学者的研究提供了新资料,开辟了新天地,比如吕德斯、瓦尔德施米特等学者对梵文佛典残卷的研究取得了惊人的成就。

好雨知时节,润物细无声。就像上帝早已安排好了似的,瓦尔德施米特教授和季羡林不约而同地来到了哥廷根,在他的满腔心血的浇灌下,季羡林这颗种子破土而出,茁壮成长。

根据当时季羡林的"学习簿"记载,在瓦尔德施米特教授 1936—1939 年授课的七个学期中,他除了选修多达 20 种与专业有关的课程外,主要攻读的包括印度古代语言在内的印度学专业课程为:

1936 年夏学期
初级梵文文法

1936—1937 年冬学期
梵文简单课文
译德为梵的翻译练习

1937 年夏学期
马鸣菩萨的佛所行赞
巴利文

1937—1938 年冬学期
印度学讨论班:《梨俱吠陀》

1938 年夏学期

艺术诗（Kunsfgediehf）（迦梨陀莎）

印度学讨论班：Brhadaranyaka – Upanisad

1938—1939年冬学期

巴利文：长阿含经

印度学讨论班：东土耳其斯坦的梵文佛典

1939年夏学期

梵文 Chandogyopanisad

印度学讨论班：Lalifavistara（《普耀经》）

季羡林学习这么多专业课和选修课，必须下一番常人无法想象的苦功夫。

首先，他要读许多书，如施腾茨勒的《梵文基础读本》、雅克布·瓦克尔纳格尔的《古印度语语法》、弗朗茨·基尔霍恩的《梵文文法》、海德曼·奥尔登堡的《佛陀》以及吕德斯的《印度语文学》等。其中施腾茨勒的《梵文基础读本》已有百余年的历史，德文版重印了17次，并被译成其他多种文字，他还要学会运用这些工具书来解决学习中的"拦路虎"。1960年，季羡林在北大开设梵文课即采用施腾茨勒的《梵文基础读本》，用汉文译出，编成讲义，后由他的弟子段晴和钱文忠补充完整，在国内公开出版。

其次，季羡林还要学会熟练掌握和运用古典梵文和巴利文的能力，为此他所攻读的专业课程，除巴利文、佛教梵文典籍如《普耀经》外，还有公元前1500年前的《梨俱吠陀》、公元前5—4世纪的《奥义书》、公元4世纪前后的古典梵文艺术诗、公元7世纪的梵文文法体系等等，这些属于高年级的课程都是先由瓦尔德施米特教授选出原著，季羡林课下准备，上课就翻译，其难度可想而知。

总之，季羡林涉猎广，钻研深，这为他日后从事梵文古典文学作品的翻译以及佛教梵文和早期佛典的研究奠定了坚实的基础。

学会"游泳"

季羡林对瓦尔德施米特教授的教学方法很感兴趣，回国后他给学生讲课也"洋为中用"，采用了这个方法。为此，"文革"中他竟落了个"鼓吹德国法西斯教学方法"的罪名，又多挨了几次批判。但他并不服气，曾经辛辣地讥讽那些白痴说：

这种说法百分之九十九点九是胡说八道，他们根本不知道，这种教学法兴起时，连希特勒的爸爸还没有出生哩！

那么，这究竟是一种什么样的教学方法呢？德国19世纪著名东方语言学家埃瓦尔德总结说："教语言如教游泳，把学生带到了游泳池旁，把他往水里一推，不是学会游泳，就是淹死，后者的可能性微乎其微。"这便是典型的德国式教学方法，是由瓦尔德施米特教授在季羡林身上实验过的。

据季羡林回忆，第一堂课老师先教字母发音，虽然梵文字母并不像英文字母那样简单，但他却感觉良好，并没有产生多大压力；第二堂课却给了他当头一棒，老师对梵文的"拦路虎"即非常复杂的连声规律根本不加讲解，对词形变化——名词有24种，形容词有72种，动词甚至有成百上千种——也一律不加讲解，只带他做《梵文基础读本》例句练习，这就等于把他推下了水。由于字母刚刚学过，语法概念一点儿没有，他只能结结巴巴地读，莫名其妙地译，直弄得满头冒汗，心中发火。于是，下课后他就拼命预习，一个只有五六个字的例句，查连声，查语法，需要一两个小时；一周两小时的课程，需要准备一两天。这样一来，他的主观能动性被大大地调动起来了，不久就适应了"在游泳中学会游泳"。1936年4月2日至6月30日，他在第一学期已经学完了全部梵文语法，做了几百个例句练习。这时，瓦尔德施米特教授满意地笑了，季羡林也轻轻地舒了一口气。

从第二学期开始，瓦尔德施米特教授就开始讲授新疆出土的印度早期佛典残卷，使用的仍然是德国式的教学方法，主要是季羡林课前充分准备，上课先由他译出，再由瓦尔德施密特教授纠正。实际上，这是训练季羡林日后从事佛教梵文以及早期佛典研究的一种最好的方法，使他掌握了如何整理、阐释那些断简残卷古文献的真本事。

总之，瓦尔德施米特教授传授的这套教学方法，看起来匪夷所思，似乎给人留下不负责任的"错觉"，但实际上他对学生的要求甚严。学生对梵文语法中那些古里古怪的规律都必须认真掌握，绝不允许有半点儿马虎和粗心大意，连一个字母和符号也不能放过。季羡林回国后，名正言顺地继承了瓦尔德施米特教授的衣钵；季羡林的学生当了老师，也名正言顺地继承了他的衣钵。

季羡林回忆说：

学了一段时间以后，瓦尔德施米特教授问我："你是不是想在印度学方面发展？"我说："是的。"他当然非常高兴。为什么呢？德国人对印度学有兴趣的也不多，选这种文字学习的也不多。找到了我这么一个人（愿意学），（他）很高兴。他就问我是不是要学下去，我回答说："当然要学下去了。"

在我们看来，对于瓦尔德施米特这样的大学者，他之所以想要季羡林在印度学方面继续发展，并不完全因为找不到愿意学的人，而主要是出于印度学研究的长远考虑以及对季羡林的关心、信任和期望。

师生之情

如果用"言传身教""悉心呵护""耳提面命""雨露恩泽"等等一大堆致谢词，来形容季羡林对瓦尔德施米特教授的感恩之情，一点儿也不为过。季羡林耄耋之年对每一位恩师仍然念念不忘，并希望青年一代继续发扬"尊师重道"的传统美德。2001年4月15日，他看了以他为主人公制作的公益宣传片《尊师重道，薪火相传》后，深有感触地说：

尊师重道是中国文化的一个重要组成部分，在当今社会，对弘扬中国文化的意义很重要。

下面,我们再从点滴小事儿上,看看季羡林与瓦尔德施米特教授日常生活中的交往。

从1936年夏到1939年夏,在整整三年的时间里,他们朝夕相处,留下了许多美好的回忆。在季羡林眼中,瓦尔德施米特教授的家庭十分美满,夫妇俩外加一个十多岁的儿子,恩恩爱爱,欢欢乐乐。他家位于城郊山脚下的林荫旁,一幢漂亮的三层新楼。季羡林常常到那里去,帮助老师翻译汉文佛典,同全家人一起吃晚饭,然后一直工作到深夜。

吃饭时大家都不多说话,气氛显得严肃有余,活泼不足。有一次,瓦尔德施米特教授高兴起来,对他儿子说:"今天家里来了客人,明天你就要在学校里吹嘘一番啦!"

"当然。不过,只有您的学生我才向外宣传,其他人休想!"

这话儿马上逗得大家笑起来。

1939年秋二战爆发后,瓦尔德施米特教授被征从军。他原来是个上校,服役期满被列入预备役,直到四十五岁。眼下时局紧张,他又被迫进入军营。不久,他的儿子也应征入伍。从1941年冬季开始,苏德战争处于僵持阶段,最后德军在莫斯科保卫战中彻底失败。此时传来不幸的消息,瓦尔德施米特教授的儿子在北欧战场上阵亡了,这自然会带来极大的悲痛,但瓦尔德施米特教授还是蛮坚强的,他并没有把内心的痛苦向季羡林倾诉过,只是家庭气氛从此变得更加冷清寂寞了。

在被征从军的那年冬天,瓦尔德施米特教授预订的大剧院冬季演出票并没有退掉,而是委托季羡林陪伴师母去观看,每周一次,一共十多次。演出节目有歌剧、音乐、钢琴和小提琴独奏等,都是由国内外赫赫有名的演员演出。因为没有赶上盟军的空袭,剧场内照旧灯火辉煌,灿如白昼,男士服装笔挺,女士珠光宝气,一片升平祥和的气象。可是,散场时则是另一番情景,由于灯火管制,不见一丝光线,全城犹如死一般寂静。季羡林搀扶着师母一步一步地摸索着,走了很长的路才将她送回家中。然后,他独自走在回家的路上,万籁俱寂,只听见自己的窸窸窣窣的脚步声,又想起了故国和母亲,仿佛来到故乡萧萧白杨下母亲的那座萋萋孤坟……

两位母亲的情结

季羡林一生不知多少次谈过他有两位母亲,一个是生他的那位母亲,一个是养他的祖国母亲。季承先生在《我和父亲季羡林》一书中写道:

> 令人感动的是,最近我在整理父亲的遗物时,从一个笔记本上发现了他写的一些文字,竟然仍在述说这两个母亲的事,他写道:"一个人有两个母亲,第一个是生身之母,这用不着多说;第二个是养身之母,就是我们伟大的祖国,道理并不深奥,一思考就能理解。"写这些文字的时间是2009年7月3日,距他7月11日离世只有八天时间。由此可见,这两个情结对他有着多么深刻的意义。

季承在书中还说,2009年春节的前十几天,他在父亲的病房里发现了一张便笺,上面写了一行潦草的字,左高右低,斜斜地展现在纸上。那行字是:"一年将尽夜,万里未归人。我已经忘记了,是在什么书中读到了这么两句诗的。"他断定,这的确是父亲的笔迹。没过几天,他又在父亲的病房里发现另一张便笺,上面写的一段文字显然不是父亲的笔迹。那段文字是:

> 一年将尽夜　万里未归人
>
> 我已经忘记了,是在什么书中读到了这么两句诗的。作者当然更忘记了。这两句话看起来很平常,很简单。但是身临其境者,感受却完全不同。我流浪德国达十几年之久,每一年都有一个"一年将尽夜"。在那十年之内,我当然是"万里未归人"。每到一年将近夜的时候,想到自己的处境,总要哭一场的。
>
> 中国古代诗人有一句有名的诗:每逢佳节倍思亲。

季承发现这张便笺的最上面写的日期是2009年1月23日,距春节只有3天。他断定,这是父亲生前没有写完的最后一篇散文,自己已无力动笔,只好由别人代写。

我们听了这位百岁老人的故事,有谁能不深受感动呢?
对于两位母亲的情结,季羡林晚年如此,年轻时远在异国他乡又是如何呢?
这里,不妨摘录几篇他初到哥廷根的日记:

1935年11月16日

不久外面就黑起来了。我觉得这黄昏的时候最有意思。我不开灯,只沉默地站在窗前,看暗夜渐渐织上天空,织上对面的屋顶。一切都沉在朦胧的薄暗中。我的心往往在沉静到不能再沉静的氛围里,活动起来。这活动是轻微的,我简直不知道有这样的活动。我想到故乡,故乡里的老朋友,心里有点酸酸的,有点凄凉。然而这凄凉却并不同普通的凄凉一样,是甜蜜的,浓浓的,有说不出的味道,浓浓地糊在心头。

11月18日

从好几天以前,房东太太就向我说,他的儿子今天回家来,从学校回家来,她高兴得不得了。……但儿子只是不来,她的神色有点沮丧。他又说,晚上还有一趟车,说不定他会来的。我看了她的神色,想到自己的在故乡地下卧着的母亲,我真想哭!我现在才知道,古今中外的母亲都是一样的!

11月20日

我现在还真是想家,想故国,想故国里的朋友。我有时简直想得不能忍耐。

11月28日

我仰在沙发上,听风声在窗外过路。风里夹着雨。天气阴得如黑夜。心里思潮起伏,又想到故国了。

此外,季羡林在1936年7月11日写了一篇散文《寻梦》,开头便说:

夜里梦到母亲,我哭着醒来。醒来再想捉住这梦的时候,梦却早不知道飞到什么地方去了。

结尾又说：

> 天哪！连一个清清楚楚的梦都不给我吗？我怅望灰天，在泪光里，幻出母亲的面影。

是的，"夜长春梦短，人远天涯近"，季羡林从迈出国门那天起，那颗赤子之心便朝着缥缈的春梦的地方飞去，去捕捉母亲的面影，这时他会觉得离他很近很近；当他醒来发现捕捉不到这面影时，他又觉得离他很远很远。季羡林正是这样度过了漫漫的长夜，终于没有了追梦的勇气，于是夜不能寐，苦不堪言……

季羡林的父亲去世时，他才十四岁，因为对父亲的印象并不算太好，对此他已经淡忘。母亲却不同，她去世时季羡林已经是大学三年级的清华学子，本来对母亲有一种难以割舍的特殊的爱，再加上八年未曾回家看看，终于铸成了他心中永久的悔……

季羡林来到德国，母亲刚刚去世两年。他孤身一人，举目无亲，尤其在那炮声隆隆、饥肠辘辘的日子里，思母之情愈加浓烈，与母亲胶着的质朴厚重的爱，又怎能化得了呢？这种爱，除了个人的主观原因外，还受到客观因素的影响和刺激。季羡林既是性情中人，感情超过需要，最容易触景生情，又是细心之人，最善于观察周围的人与事。

对此，季承先生曾说："父亲到了德国，脱离自己的家，孤零零地一个人在万里之外的异国他乡，攻读着枯燥无味的学问，饱尝着二次大战的战火、饥馑和各种危险的苦难。但是即便在那种严酷的条件下，父亲还是有机会体味到几个家庭的温暖：章用家、他的女房东家、伯恩克家、迈耶家、弗里堡的克恩家……"

那么，季羡林又是如何体味到这几个家庭的温暖呢？

这里，不妨看看他在《留德十年》一书中的记述：

> （章用的母亲）在这离开故乡几万里的寂寞的小城陪儿子一住就是七八年，

只是这一件,就足以打动天下失掉了母亲的孩子们的心,让他们在无人处流泪,何况我又是这样多愁善感?又何况还是在这异邦的深秋呢?我因而常常想到在故乡里萋萋的秋草下长眠的母亲。

(有一次房东夫妇)到儿子的住处大学生宿舍里去,一瞥间,他们看到老头千辛万苦寄来的面包和香肠,却发了霉,干瘪瘪地躺在桌子下面。老头怎么想,不得而知。老太太回来后,在晚上向我"汇报"时,絮絮叨叨地讲到这件事,说他大为吃惊。但是,奇怪的是,老头还是照样拖着两条沉重的腿,把面包和香肠寄走。我不禁想到,"可怜天下父母心",古今中外之所同。

(伯恩克小姐的母亲)个儿不高,满面慈祥,谈吐风雅,雍容大方……当时正是食品极端缺少的时候,有人请客都自带粮票。即使是这样,"巧妇难为无米之炊",请一次客,自己也得节省几天,让本来已经饥饿的肚子再加上忍受更难忍的饥饿。这一位老太太就是在这样的情况下,亲手烹制出一桌颇为像样子的饭菜的。她简直像是玩魔术,变戏法,我们简直都变成了神话中人,坐在桌旁,一恍惚,热气腾腾的美味佳肴已经整整齐齐地摆在桌子上,大家可以想象,我们这几个沦入饥饿地狱里的饿鬼,是如何地狼吞虎咽了。这一餐饭就成了我毕生难忘的一餐。

(迈耶家女主人)给中国学生做的事情,同我的女房东一模一样。我每次到她家去,总看到她忙忙碌碌,里里外外,连轴转。但她总是喜笑颜开,我从来没有看到她愁眉苦脸过。她们家是一个非常愉快美满的家族。

(克恩家)夫妇俩都非常关心我的生活。我在德国十年,没有钱买一件好大衣。到瑞士时正值冬天,我身上穿的仍然是十一年前在中国买的大衣,既单薄,又破烂。他们讥笑称之为 Mantelechen(小大衣)。教授夫人看到我的衣服破了,给我缝补过几次,还给我织过几件毛衣。这一切在我这个背乡离井漂泊异域十多年的游子心中产生什么感情,大家一想就可以知道。

这一切,自然激起季羡林对母亲的深深思念。

母爱,被认为是人类最纯真的感情,那么,子孝呢?就季羡林来说,他是农民的儿子,浑身散发出一股儿"土"气,充满着朴实无华的感情;季羡林又是著名学者、资深教授,对中国几千年来形成的儒家道德思想知之甚多,颇有研究。正因为二者俱备,他便很容易成为一个孝子——中国传统道德的践行者。

与中国传统道德中的"孝"相比,西方国家的情况又是如何呢?季羡林曾说:

比如"孝"这个概念,"三纲五常"里面都有,除了中国以外,全世界各国都没有这么具体。何以证之呢?可以看一看欧洲现在的社会情况跟我们作比较。当然现在青年人也不像以前那样愚忠愚孝,"割肉疗母"我们也不提倡,可是就眼前来讲,我们中国的青年人还是比世界各国的要孝得多,虽然程度不如以前了。我是研究语言的,有件事很有意思:把"孝"这个词翻译为英语,用一个词翻译不出来,得用两个词。什么原因呢?因为虽然不能说外国没有孝,但是孝并非作为一个很重要的概念,所以译过去就得用两个词。英文里面的两个什么词呢?就是儿女的"虔诚"与"尊敬",而在中文中光一个"孝"就够了。这就说明"孝"这个词有中国的特点。

季羡林在德国就碰到过这样一件事:有一个退休的老妇人,看样子已有七八十岁了,老态龙钟,走不了路,孤身一人住在第二层楼的一间小屋里,由儿子给她送饭来。季羡林每次来拜访住在楼上的好友章用时,便能看见老妇人的卧室门外放着一份极其粗粝的饭菜,一点儿热气都没有,用中国话说就是"连狗都不吃"。这话真就说对了,据说老妇人的儿子确实养了一条大狼狗,那狗不但不吃这样的饭,而且非吃牛肉不行,牛肉吃多了患了胃病,还要请狗大夫会诊。有段时间老妇人病了,季羡林每到章用家去,看见同一份饭菜总是摆在那里,等待着老妇人享用,可是她这时大概连床都起不来了……

总之,像季羡林这样终生对母亲怀有风木之悲的人,所言孝是中华民族的传统美德,颇能令人信服。

下面，再来看看季羡林远在异国他乡对另一位母亲的情结。

1935年8月23日，即将出国那一刻，季羡林在天津《益世报》上发表了一篇散文《去故国》，其中写道：

> 我真不愿意离开这故国，这故国每一方土地，每一棵草木，都能给我温热的感觉。但我终于要走的，沿着自己在心里画下的一条路走。我只希望当我从异邦转回来的时候，我能看到一切都不变的故国，一切都不变的故乡，使我感觉不到我曾这样长的时间离开过它，正如从一个短短的午梦转来一样。

从这字里行间，不正可以看出季羡林眷恋祖国母亲的殷殷之情吗？

1937年七七事变爆发，8月8日，日军驻北平司令官河边正三率领三千多日军，在大金王朝皇帝完颜璟书写的"卢沟晓月"前庆祝。当此中华民族蒙受奇耻大辱之时，季羡林在德国的两年学习刚好期满，决定立即回国，但是他的家乡被日军占领，断了回国的退路，只好应聘到哥廷根大学汉学研究所担任汉文讲师。1938年，汉学研究所所长古斯塔夫·哈隆教授应聘到英国伦敦大学任客座教授，并想把季羡林一起带走。此时，他正在完成博士论文，只好婉言谢绝。不久二战爆发，此事便不了了之。

直到1945年二战结束后，季羡林正要返回祖国时，哈隆教授来信说，为他在剑桥大学谋到一个职位，季羡林答应回国后处理完家庭问题再说。可是，当他回国后看到家贫、亲老、子幼的境况时，立刻写信给哈隆教授，决定不再返回欧洲，对于哈隆教授的一片心意，只好由心动变成心领了。

从这件事情上，不正可以看出季羡林无论何时都把心沉甸甸地落在中国吗？

二战爆发后两年，季羡林在炮声隆隆、饥肠辘辘中完成博士论文，通过答辩取得了博士学位。"山川信美非吾土，漂泊天涯胡不归"，他立刻决定启程回国。适逢德国政府与南京汪精卫汉奸政府建交，国民政府驻德国使馆被迫撤到瑞士，他经过仔细考虑，决定离开德国先到瑞士，再从那里设法回国。

但是，他到柏林后才知道去瑞士并非容易，即便到了那里也难以立即回国。当此"已恨碧山相阻碍，碧山还被暮云遮"的情势下，他只好返回哥廷根，继续从事博士后研究。这时，他与哥廷根大学的几个中国留学生约定：假如同德国学生发生冲突，他们出言不逊侮辱个人，那还可以酌情原谅；但若侮辱中国，那就必须同他们坚决抗争。

季羡林对南京日伪政府深恶痛绝，不屑与之发生联系，又与张维（1938年由英国到德国哥廷根大学攻读力学理论，解放后曾任清华大学副校长、中国科学院院士——笔者注）等人到德国警察局宣布自己为无国籍者，从此成了"海外孤子"。须知，他们的这种举动极为危险，因为一个失去国籍的人，没有任何人身保护，好像天上的飞鸟，随时都有可能被人射杀。可是，为了祖国的尊严和荣誉，季羡林觉得这样做值得——一个堂堂正正的中国人，宁可失掉性命，也不能失掉人格和国格！

从这件事情上，不正可以看出季羡林的那颗赤诚、坚定、刚毅的中国心吗？

为何要拿下博士学位

的确，季羡林选择学习梵文是破天荒的事儿，他所追求的人生目标似乎跨越了几个台阶。在他那个年代，毕业即失业，但中国老百姓历来看重"学而优则仕"，学历越高，或者再出一趟国，弄一个洋博士头衔，就能捞到一只"饭碗"，谋个差事并不难，甚至会攀上高位，荣耀显赫一时。还记得，出国前有人劝季羡林去学保险，也许那是一只"金饭碗"，但他对经商不感兴趣，别人的好意只好心领了。

眼下，季羡林既然心甘情愿地选择学习梵文，那就不在乎"饭碗"或有或无，或大或小了，只是一门心思要把他学好。最后，季羡林捞到的"饭碗"并不算小，但他既无下海经商之本事，又对仕途不感兴趣，只好在北大老老实实教了一辈子书。由此看来，术业有专攻，造化小儿也算公平和公正，因人而异地将这份儿差事落到季羡林头上。

此时，与中小学相比，季羡林再次由少无大志一跃而变得踌躇满志了。在原定两年的留学期限内，他不但发誓要把梵文学到手，而且下决心要拿下博士学位。

他曾经说道：

> 我在国内时对某一些趾高气扬不可一世的留学生看不顺眼，窃以为他们也

不过在外国炖了几年牛肉,一旦回国,在非留学生面前就摆起谱来了。但自己如果不也是留学生,则一表示不平,就会有人把自己看成一个吃不到葡萄而说葡萄酸的狐狸。我为了不当狐狸,必须出国,而且必须取得博士学位。这个动机,说起来十分可笑,然而却是真实的。

季羡林的话是真实的,不能只当作茶余饭后的谈资和笑柄。诚然,他的这种想法并非如此简直,正如他要学习梵文的想法有道理,他要拿下博士学位的想法也同样有道理。因为,他的前辈王国维、梁启超、陈寅恪、郭沫若、鲁迅诸大师,虽然没有取得博士头衔,但都在学术界乃至社会上占有重要的地位。仅以陈寅恪为例,他十二岁出国,游学日本、德国、瑞士、法国、美国,长达十五年,不以猎取学位为目标,最后并无任何头衔,但其学识却深得国内外学术界的推崇,在德国留学时,被誉为中国留学生"最有名望的读书种子"。但是,季羡林那个年代却不同,大凡有成就者都取得了博士学位,或者说,博士并不是一张"空头支票",既要付得起辛苦,又要拿出真正的本事来。

季羡林的这一决定举足轻重,但也必然要冒一定的风险。试想,要在原定的两年时间内拿下博士学位,如果不是匪夷所思,那就必须付出常人无法付出的代价。

于是,他为此全力以赴。根据德国大学的规定,要取得博士学位必须修完一个主系和两个副系。季羡林的主系无疑是梵文、巴利文,即所谓"印度学"。问题是如何选择副系,对此,他曾回忆说:

这件事又是颇伤脑筋的。当年我在国内患"留学热"而留学一事还渺如蓬莱三山的时候,我已经立下大誓:决不写有关中国的博士论文。鲁迅先生说过,有的中国留学生在国外用老子与庄子谋得了博士头衔,令洋人大吃一惊,然而回国后讲的却是康德、黑格尔。我鄙薄这种博士,决不步他们的后尘。现在到了德国,无论主系和副系决不同中国学沾边。我听说,有一个学自然科学的留学生,想投机取巧,选了汉学作副系。在口试的时候,汉学教授问的第一个问题是:中国的杜甫与英国的莎士比亚,谁先谁后?中国文学史长达几千年,同屈原等比起来,杜甫是偏后的,而在英国则莎士比亚已算较古的文学家。这位留学生大概就受这种印象的影响,开口时说:"杜甫在后。"汉学教授说:"你落第了!下面的问题不需要再提了。"

季羡林把这种"两头嗷"式的先生揭露得淋漓尽致,真可谓"可怜一个小玩笑,断送功名到白头"!

最后,季羡林选的两个副系是英国语言学和斯拉夫语言学,学习了与此相关的许多课程。

说到此,我们不妨再来谈谈季羡林的清华校友、与他一起去德国留学的乔冠华。据季羡林回忆,乔冠华在清华读的是哲学系,高他两届,小他两岁。那时乔冠华"经常腋下夹一册又厚又大的德文版黑格尔全集,昂首挺胸,旁若无人,徜徉于清华园中"。乔冠华在德国留学选的专业正是中国学,并很快写出了一篇关于庄子哲学的博士论文,取得了博士学位。这不正好被鲁迅所言中?季羡林说,他自己在德国一住就是十年,而乔冠华却"早已到了延安,开始他那众所周知的生涯。我们完全走了两条路,恍如'云天相隔,世事两茫茫'了"。看来,在获取博士学位上,乔冠华确实捡了便宜,走了捷径,只用了两年多时间,而季羡林却用了五年。但是,"时势造英雄",1938年乔冠华回到香港,告别学者生涯,投笔从戎,主办《时事晚报》,曾用英、法、日、俄、德多种语言文字收集二战欧洲战场的消息,进行宣传报道。1942年年底,他来到重庆,于曾家岩50号见到仰慕已久的周恩来,接着奔赴延安,投身革命。

如今,季羡林和乔冠华两位前辈都已谢世,纵观他们走过的路,我们似乎能够得出这样的结论:尽管他们的一生平平凡凡,或者轰轰烈烈,都是竭尽全力为国家和人民做出了应尽的贡献,庶几对得起自己的良知、良能和良心,可以告慰于在天之灵了!

话再说回来,留学生中"两头嗷"式的先生确有人在,不但过去有,现在也有,实为季羡林之大忌也。比如,1992年4月,新加坡学者郑子瑜被北大聘为客座教授。季羡林与他早已相识,见面时对他说:"古人讲'道德文章',道德和文章不能脱节,这是我国传统的衡人称文的标准,郑先生是配得上'道德文章'这四个字的称许的。"接着,他说他见过有的中国学者,在德国作论文写的是老子、庄子,得博士学位回国后,挂在嘴上的却是康德、黑格尔,其实是巧妙避开了弄大斧于鲁班门前,这样的学者是"学"而有"术"。1994年10月,季羡林和宿白教授推荐校外一位老师来北大任教,他对那位老师说:"中国学术要发展,必须能直接与西方一流学者相抗衡,有些人在国人面前大谈希腊、罗马和苏格拉底,而在洋人面前讲《周易》,谈老庄。这不算什么本事。真有本事,就应去和西方学者争论他们的学问,与国人讨论中国的学术。"

总之,季羡林要拿下博士学位的话题,提醒人们在人生道路的选择上,虽然有佛家讲的"因缘和合"因素,但毕竟应该采取认真负责、积极进取、勇于创新的精神。

机遇与挑战

季羡林要在原定两年的时间内拿下博士学位,尽管他决心倾力拼搏,但无可避免地会产生一个问题:如果能拿下博士学位,那正遂心愿,皆大欢喜;如果拿不下来,那就心甘情愿空着两手打道回府吗?

说真的,要想在两年内拿下博士学位,确实难度很大,面临严峻的挑战。因为,他在入学第二学期才学梵文,而且梵文是死文字,学起来并非容易。实际上,截至两年留学期满,他仍然没有拿下博士学位。然而,与其说"天有不测风云",不如说"天赐良机",机遇总是垂青于有志气、有抱负的人。

1937年七七事变发生后,敌人的飞机轮番轰炸洛口黄河铁路桥,不久日军便占领了济南城,切断了返乡归国的行程,真正是:"等是有家归未得,杜鹃休向耳边啼。"

于是,季羡林滞留下来,继续完成他的学业,直到1941年2月19日终于拿下了博士学位。因此,他在哥廷根大学学习梵文的时间并非两年,而是五年。

在此期间,机遇与挑战并存,希望与困难同在,季羡林曾对此做过比较详细的分析和总结。

首先,看看德国梵文和印欧语系比较语言学的教学、研究的历史和现状。

梵文,一般是指印度古代、中世纪的文学语言,又称古典梵文。印度古代的大多数文学、艺术、宗教、科技文献都是用梵文写成的。今天,虽然许多人对梵文相当陌生,但自从两汉之交印度佛教传入中国后,两国一些高僧大德和翻译大家便开始将一些梵文佛经通过汉文、藏文、蒙文、满文翻译出来。因此,可以说我国是最早接受印度梵文的国家,甚至要比欧洲早一千年。而在欧洲,直到公元 18 世纪英国殖民者入侵印度后,才开始对梵文进行研究,从而确认梵文属于印欧语系,这大概与雅利安人公元前两千年进入印度有关,希特勒便声称雅利安人是血统高贵的欧洲人。1789 年英国梵文学家威廉·琼斯(1746—1794)将印度古典梵文名剧《沙恭达罗》译成英文,这比季羡林用中文译出《沙恭达罗》早一百六十余年。过了不久,梵文研究中心又从英国移至法国,德国的一些浪漫主义学者、诗人纷纷前去巴黎学习梵文,如德国梵文研究的奠基人施勒格尔(1772—1829)、印欧语系比较语言学的创立者弗朗茨·葆朴(1791—1867)等。迨至公元 19 世纪,世界上的梵文以及印欧语系比较语言学的研究中心,开始转入德国,并一直保持强劲态势。

德国建国的时间并不长,梵文以及印欧语系比较语言学的研究为何能够后来居上呢?原因是德国人有一种说法,也可以说是"夫子之道",那就是离他们越远的东西,他们越感兴趣,即所谓"距离产生美"。比如,古代希腊和罗马,从时间上来看离得很远,他们很感兴趣,因此对欧洲古典语文学的研究,如希腊文、拉丁文堪称一霸。古代东方的中国和印度,从时间和空间上来看都离得很远,他们也很感兴趣,因此对东方学的研究,其中包括中国古典文学以及印度古代语言文学也堪称一霸。换言之,东方学的研究滥觞于德国。

有例为证,近代德国伟大的诗人歌德便一直移情于印度和中国,他在《浮士德》开头就模仿印度古典梵文剧本的技巧,在诗作中赞颂《沙恭达罗》,并想把它搬到舞台;他还盛赞中国古典文学,《今古奇观》在我们看来并不十分好,他却捧得很高。1827 年 1 月 29 日,歌德在同爱克曼谈话时说:"在中国一切都比我们这里更明朗,更纯洁,也更合乎道德。在他们那里,一切都是可以理解的,平易近人的,没有强烈的情欲和飞腾动荡的诗兴……他们还有一个特点,人和大自然是生活在一起的。你经常听到金鱼在池子中跳跃,鸟儿在枝头唱歌不停,白天总是阳光灿烂,夜晚也总是月白风清。月亮是经常谈到的,只是月亮不改变自然风景,它和太阳一样明亮……还有许多典故都涉及道德和礼仪。正是这种在一切方面保持严格的节制,使得中国维持到几千年之久,而且还会长存下去。"

歌德从未来过中国,他的感想不是直觉,而是通过读中国的书而发,今日有比那时多得多的外国人亲临中国,但又有多少人能像歌德那样,发出如此的慨叹呢?

还有，德国著名剧作家席勒有一句名言："到东方去找最浪漫的地方！"德国浪漫主义诗人 F. 吕克特（1978—1866）在诗中赞美道："像《罗摩衍那》显示给你的，荷马无疑曾教给你藐视它；可是这样高尚的心术和这样深沉的情感，《伊利亚特》却不能显示给你。"德国悲观主义哲学家叔本华（1788—1860）对印度的《奥义书》赞不绝口，他说："每一行都包含着倡导和谐的意义，每一页都闪烁着崇高的思想，全书充满了真正的神圣精神。在这里，我们能够呼吸到印度的空气，感应到顺应自然的生存方式……"由此可见，德国学者不但关注东方人与自然和谐共生的思想和理念，而且认同东方从古至今的精神文化价值。

而在当代，柏林大学梵文研究所的海因里希·吕德斯教授，在梵文研究的许多方面都做出了杰出的跨时代的贡献。他堪称古代梵文碑铭研究的一代泰斗，每逢印度发现了新的碑铭，就连本国的梵文学者都百解不通，最后只好说："去请吕德斯吧！"

上文说过，吕德斯教授与其他学者包括他的学生瓦尔德施米特在内，对 20 世纪初德国考古学家在中国新疆吐鲁番等地发掘的梵文佛典残卷进行研究、校订和出版，从此以佛教梵文研究为重点，发表了一系列重要论文。季羡林继承他们的衣钵也取得了突出的成就。

然后，再来看看哥廷根大学梵文和印欧语系比较语言学的教学、研究的历史和现状。

可以说，这里名家辈出，师资雄厚。比较文学史的创立者本发伊教授（1809—1881）、英籍梵文学者马克思·米勒教授（1823—1900）、"活着的最伟大的梵文学家"雅可布·瓦克尔纳格尔（1853—1938）教授等人，都曾经在哥廷根大学任教和做研究工作。进入 20 世纪，弗朗茨·基尔霍恩教授是真正在此从事梵文讲座的第一人，他曾在印度进行梵文语法学的研究，用德、英文出版的《梵文文法》享有极高的权威；海尔曼·奥尔登堡教授是基尔霍恩的接班人，也是一位杰出的印度学家，其名著《佛陀》德文本刊行 20 余次，并被译成多种外国文字；爱明尔·西克教授是奥尔登堡的接班人，他不但精通梵文，而且精通吐火罗文，并把这一拿手好戏传授给季羡林；瓦尔德施米特教授是西克教授的接班人，亦即季羡林的业师。

1935 年春，瓦尔德施米特教授受聘哥廷根大学东方研究所梵文讲座教授，他把在柏林大学研究佛教梵文的传统和经验也带到了这里。没过多久，一个远离祖国的年轻学子——季羡林来到哥廷根，先后师从瓦尔德施米特和西克两位教授学习梵文、吐火罗文，在这片肥腴的园地里辛勤耕作了十年之久……

然而，机遇再好，希望再大，季羡林要想拿下博士学位，仍然面临困难和挑战。

总的来说，德国大学的特点是绝对自由，那里没有入学考试，学生自愿选择学校，学习期限也没有规定，只要取得博士学位就算毕业。学生上课可以随便迟到和早退，教授不以为忤，学生也形同无事。除了最后的博士论文口试答辩之外，平时再无任何考试。上课前，学生只要请教授在"学习簿"上签上名，算是"报到"，以后愿意听课就来听，不愿意听课就溜之大吉。有的学生"报到"后就杳如黄鹤，一去不返。虽然有很少的课程不但上课前要请教授签名报到，而且在课程结束时还要请教授签名注销，但是只"报到"不"注销"者也大有人在。由于不规定结业年限，便出现了一类特殊人物——"永远的学生"。

但是，德国教授并非让学生永远放任自流。一个学生在几所大学"游学"之后，最后选定了某所大学和某位教授，他便要跟教授做博士论文。教授同意做学生的"博导"并非没有原则，经过选择、考验，认为"孺子可教"，方才给他出论文题目，否则坦言谢绝。教授对博士论文的要求甚严，这在世界上有口皆碑。博士论文虽然也有高低之分，但起码要有新思想、新发现，体现"学术训练的彻底性"。

从季羡林完成博士论文的情况即可见一斑，此为后话。

20世纪初蔡元培（1868—1940）出任北大校长时，即以在德国考察的经验，提出在北大树立"思想自由"与"兼容并包"两大"主义"。季羡林一生提倡自由的学术风气和严谨的治学精神，也必然受到德国的影响。他的弟子、北京大学东方学研究院院长王邦维曾经回忆说：

> 读研究生，要做论文，选什么作论文题目，先生从来就是让我们自己去考虑。一般的情形是，我们自己提出一个选题，先生并不先说行还是不行，只是问我们为什么要选这个题目，如果真要做，打算怎样做。结果往往是我们的想法被否定。于是我们只得再动脑筋，再提出想法，当然也可能再被否定。在反复地被否定中间，我们终于变得比较明白起来，最后，题目出来了，论文也出来了。

这不恰恰验证,季羡林所接受和传播的正是德国式的严谨、自由的学风吗?

总之,季羡林学习梵文、吐火罗文以及攻读博士学位,既面临机遇又面临挑战,最后,在瓦尔德施米特和西克两位教授的培养和教导下,他克服了重重困难,圆满地完成了学业。

一个莫逆之交的影子

2008年7月4日上午9点半,季羡林从301医院回到北大朗润园家中——这已是阔别家园五载了。他来到自己的书房,查看珍藏的书籍和资料,到处翻找那本《章用诗集》,但未找到。他委托助手帮他去找,要在医院里再看一遍。季羡林对这本诗集为何如此偏爱呢?章用又是何许人也?

那是七十多年前,在哥廷根,季羡林与章用虽然是邂逅——由清华老学长乐森璕引见的,相处的日子又很短暂,但在季羡林一生记忆的丝缕上,章用的影子却不时地闪熠在眼前……

季羡林刚来到哥廷根时,虽然那里的中国人不多,却唯独与章用结成了莫逆之交,言下之意就是彼此情投意合,友谊深厚。这里,在介绍章用之前,先来看看季羡林对在德国留学的中国学生的印象。当今不乏海外"阔少"震惊富国居民的例子,殊不知七十余年前某些"长辈"也曾留下不光彩的一页。

据季羡林介绍,在柏林的留学生中,也有一些"官二代"和"富二代",即最有权势、最有范儿的大官和大财主的子女,比如蒋介石、宋子文、孔祥熙、冯玉祥、戴传贤、居正等人的后代和亲属。那些纨绔子弟"有吃、有喝、有玩、有乐,既不用上学听课,也用不着说德国话。有一部分留德学生,只需要四句简单的德话,就能够供几年之用。早晨起来,见到房东,说一声'早安'就甩手离家,到一个中国饭馆里,洗脸,吃早点,然后打上几圈麻将,就到了吃午饭的时候。午饭后,相约出游。晚饭时回到饭馆。深夜回家,见到房东,说一声'晚安',一天就过去了。再学上一句'谢谢'加上一句'再见',语言之功毕矣"。

有些留学生实在有愧于文明之邦。本来,文明程度愈高,说话愈不以声大见长,可是他们吃饭时却像饕餮之徒，兴之所至边吃边吼。季羡林形容中国馆饭里"高声说话的声音，吸溜呼噜喝汤的声音，吃饭呱唧嘴的声音，碗筷碰盘子的声音，汇成了一个大合奏，其势如暴风骤雨"。

那些纨绔子弟一面孤高自赏，唯我独尊，一面却卑鄙庸俗，一张嘴便是吃喝嫖赌，一应俱全。季羡林曾经在日记中写道：

在没有出国之前，我虽然也知道留学生的泄气，然而终究对他们存着敬畏的观念，觉得他们终究有神圣的地方，尤其是德国留学生。然而现在自己也成了留学生了。在柏林看到不知道有多少中国学生，每天手里提着照相机，一脸满不在乎的神气。谈话，不是怎样去跳舞，就是国内某某人做了科长了，某某做了司长了。不客气地说，我简直还没有看到一个像样的"人"。到今天我才真知道了留学生的真面目。

季羡林又讥讽地说：

每个人都少不了有三"机"，照相机，无线电收发机和野鸡。他们都不通德语，与不三不四的人交往，他们也用不着说话，他们的嘴有另外的更为重要的用处。

季羡林便遇见过这样两个败类。一个据说是某某院长的儿子，有时他们在一起吃午饭，直到此人离开时，也不知道姓何名谁。他只说过，他听过耶稣教神学、体育原理、微积分、流体力学、生理学、法律等课，但均不感兴趣，唯独喜欢听医学院妇产科课。他常常向季羡林表演女人生孩子的情形，并重复教授说的话："男人无论如何英雄，无论能征服多少国家，也没有女人生产时那种身体上和精神上的力量。"他对女人赞不绝口，在大街上只要见到漂亮的女人就穷追不舍，有时得到的却是一记清脆的耳光。

还有一个上海大商贾的儿子，从小就生活在国外，后来到了德国，季羡林来时他已经在这儿待了七八年。他学的是航空工程，但代数和几何都不甚了了，外国同学都很奇怪,他居然告诉人家,中国逻辑与外国不同,数学也自成体系,无须向外国人学。他在德国待了十几年,有一天他煞有介事地告诉季羡林,他要回国了,去承担"组织飞机"的任务,季羡林听了真是哭笑不得。

对于这些庸俗无能之辈,季羡林不屑与他们交往,可是又缘何与章用结成莫逆之交呢?

论章用的家庭地位,要比一般的官府衙门高得多,曾经显赫过,风光过。他的父亲章士钊(1881—1973)是中国近现代史上著名的民主人士,1924年任段祺瑞政府的教育总长,绰号"老虎总长",镇压学生爱国运动,反对以鲁迅为代表的新文化运动。新中国成立后落实统战政策,他被选为中央文史研究馆馆长,为党和国家做了许多有益的工作。他的外祖父吴保初是清末"四公子"之一,既维新又革命,且有文采,以诗见长,梁启超的《饮冰室诗话》就收录了吴保初的诗作。他的母亲吴弱男曾经留学英国,做过孙中山的英文秘书。由此可见,章用确乎出身于世家望族,书香名门,深受传统家风的影响,与季羡林在柏林见到的那些令人作呕的"衙门"完全不同,一点儿纨绔习气也没有。

1928年章士钊卸任教育总长后,夫妇俩携三个儿子去欧洲留学,定居哥廷根。章士钊先期回国后,长子章可转赴意大利留学,次子章因到英国念书,幼子章用留下来陪伴母亲。季羡林来到哥廷根时,他们母子已经在此待了将近七年。

1935年秋,季羡林来到哥廷根,因为初来乍到,人地生疏,亏得章用的帮助,才免去了许多不必要的麻烦。还记得,章用陪他奔波于哥廷根全城——到大学教务处报到,到研究所注册选课,到医生家看病……章用还陪他出去消遣,一块儿去听诗,一块儿去喝咖啡,一块儿去逛书店,一块儿去山林中散步……

章用的母亲对季羡林也很好,但她的"痼癖"显而易见,让季羡林看到了一株"老人奇葩",感到无法接受。当今,越来越多的英国人开始学习汉语,就连具有150年历史的伦敦地铁也出现杜甫、李白、白居易的绝世佳句。可是,20世纪30年代却不同,最不肯学外语的就是英国人,他们傲慢与偏见的一个突出表现是:以口叼雪茄烟、运用自如地说英文为无上荣光。章夫人似乎也跟着沾了光,不时地炫耀自己那口流利的英文。她来德国虽然已久,但连一句德文的"早安""晚安"都不会说,每天出门买东西,兜里总是揣着英、德文袖珍字典,想买啥只要往字典上的那个词儿一指,再伸出手指表示要买多少,不费吹灰之力即可成交。章夫人更不认识德文字,希特勒提倡的花体字遍布大街小巷的路牌、门牌上,这下子便难倒了她,出门总是找不到北,平日里只好经常蜗居家中。

章夫人还不时地炫耀自己门第高贵,总是絮絮叨叨地说,"我们官家如何如何,你们民家又是如何如何"。

有时季羡林跟她开玩笑说:"你们官家也是用筷子吃饭,用茶杯喝茶吗?"

她却丝毫也不介意,照旧"官家""民家"地说个没完没了。

章夫人每天在家难得与别人聊天,只有季羡林几个中国留学生来时才有了机会,拉拉不止,一聊就是大半天,但三句话过后总要谈起章士钊——她与丈夫如何如何一见钟情,结为伉俪;丈夫虽然当了大官,但她上车时如何如何给她开车门;走路时丈夫如何如何挽着她的胳臂,有时还用英文喊她"亲爱的"……

然而,就是这样一位贵夫人,也无可避免地遭遇到不测风云,从九天之上的云端坠了下来,终于发现了她的"真我"。自从章士钊下台后,他们全家便不远万里来到了哥廷根。

而章用呢,在季羡林眼中,他与母亲完全不同,是属于一种特立独行的人。章用虽然也很孤高自赏,但那纯属书生气,季羡林也很乐意照着去学,但总是学不来,因为他身上仍然残留着一股土气,可见二人家世不同,性格迥异。比如,章用"贵人言语迟",与人交谈说不上三句话就没词了,甚至根本就三缄其口,沉默如金,呈现出一副神秘地注视着眼前空虚处的神态;章用在哥廷根很少有中国朋友,每天到大学上课,到图书馆看书,到山上散步,总是孑然一身,独来独往;在家里他也很少与母亲唠家常,经常一动不动地坐在那里,好像在思考着什么,眼睛直勾勾地,只有跟他谈学问一类的事他才感兴趣;他对吃饭似乎也不太感兴趣,嘴里嚼着饭,脑筋里仍然思考着什么,吃过饭问他吃的什么,他就呆呆地出神,过了半天也回答不出。

就是这样一个看起来非常怪诞的人,不但没有让季羡林生厌,反而凭借他憨厚诚实的本性和宽泛渊博的学识折服了季羡林。季羡林认为,章用是在为自己负责,是想真正实现自我,以求成为一个独特的人,这种人表面上会给人一种迂腐的感觉,实际上正在为自己追求的事业付出巨大的代价。

章用在哥廷根大学著名的数学研究中心学习,攻读博士学位,但由于家学渊源,他对中国古典文学造诣颇深,既擅长写古文,又擅长作旧诗,并喜欢哲学和宗教,季羡林因此与他有了共同语言。季羡林心想,像他这样的人,在柏林餐馆里是见不到的,更不会与那些三"机"先生沾边儿。

季羡林对章用既羡慕且景仰,于是与他越走越近,最后竟然成了莫逆之交。他们在一起谈哲学,谈宗教,转来转去总会转到旧诗上。

有一次,章用把一本诗作拿给季羡林看,并随口吟道:

频梦春池填秀句,
每闻夜雨忆联床。

他是以此抒发与季羡林一起纵谈诗歌的感想,然后又说:"季兄,自从认识你以后,我的诗兴仿佛又腾涌起来,这是怎么回事呀?"

"我哪有那样大的力量,还是你的文采不同寻常啊!"

章用的话也从他母亲那里得到了证实。章夫人就常跟季羡林说:"你一来到这里,章用就好像变成了另外一个人,脸上有了笑容,话也比以前多了。"

没过多久,章用又把一个黄色的信封交给季羡林,里面的一张硬纸片上工整地写着一首诗:

空谷足音一识君,相期诗伯苦相熏。
体裁新旧同尝试,胎息中西沐见闻。
胸宿赋才俫物与,气嘘史笔发清芬。
千金敝帚孰轻重,后世凭猜定小文。

这首诗意在期许季羡林指日可为"诗伯"。为此,季羡林感到实难担当。他想,自己虽然喜欢读诗,发表过一点儿评论,对各类诗派及其代表人物有些粗浅的看法,但从来没作过诗,毕竟是光知螃蟹好吃,却未捉过螃蟹。不过,章用也算慧眼识珠——对于诗的意境,季羡林从中学到大学着实有所涉猎和感悟,或者说,他已经浮沉于诗的情感海洋中了。

1936年夏,章用因为经济拮据,被迫辍学回国。临行前一天,几个中国留学生在市政厅地下餐馆为他饯行。次日一早,季羡林便来到他家,本想痛痛快快跟他谈一阵子,但他却坚持去学校上完最后一堂课。

章用名为回国筹款,却一去无回。从此,季羡林便与他"天各一方,世事两茫茫"了。

章用走后,季羡林与其他中国留学生担负起照顾章夫人的责任。每次见面时,她照例气喘吁吁地说:"我要告诉你们一件大事……"

其实,她所谓的大事仍然是"官家"如何如何。

1937年春,章夫人也要回国了,因为章用来信说筹款有问题,她要亲自回去办理。季羡林等人帮她退房、收拾东西、办理护照、订购车船票,忙得不亦乐乎。她却仍然没有忘记自己的"官家"身份,让季羡林给她选一张"标准像",以便回国后交给新闻记者进行宣传报道。

再说章用,他在回国途中每次轮船泊岸,总是给季羡林寄来书信,其中有从报纸上剪下来的关于梵文的材料和他新写的诗。

章用回国后在青岛的山东大学任数学讲师,曾给季羡林写了一封长信,仅仅是愤世嫉俗、牢骚满腹、抒发内心抑郁不平而已。他还给季羡林寄来明信片,上书"八年未见海,一见心开怀",并作了一首诗,表达对第二故乡哥廷根的怀念:

越鸟南枝剧自伤,未能反哺累萱堂。

巢倾铩羽归飞日,客树回看成故乡。

1937年,章用经苏步青教授介绍,来到浙江大学任数学教授。不久,抗日战争爆发,浙江大学辗转迁至江西建德。这时,他把回国后作的诗全都寄给了季羡林,其中有一首诗的两句是:"常歌建德非吾土,岂意祈门来看山。"是的,当此民族危急之时,章用哪有心思来看山呢?

有一天,敌机狂轰滥炸,学生问:"警报已经拉响了,老百姓都躲起来了,老师还要讲课吗?"

"讲课!"章用毫不畏惧地说。

"黑板挂在哪儿呢？"学生又问。

"就挂在我身上！"章用斩钉截铁地说。

章用虽然过惯了优裕的生活，可他随浙大西迁时，居然自己挑着行李与学生一起步行。据向达教授回忆，有一次，章用从俞大维那里借到一部1607年版的《几何原本》，在回杭州的路上，正赶上"八一三"淞沪之战，日军大举进攻上海，敌机狂轰滥炸，他什么也顾不得了，只抱着那部《几何原本》紧紧不放。

还有，与季羡林一起回国的刘先志在哥廷根大学学的是流体力学，回国后他带病主持一次学术报告会，由医生陪同并把氧气瓶放在身边，准备随时抢救。就是在这种情况下，他竟做了一个小时的报告。

由此看来，"哥大精神"和德国学术训练的彻底性，在这些"海归派"身上体现得淋漓尽致。

1939年12月16日，章用因肺病在香港逝世。他虽然未及而立之年，却是个通才，涉及多种学科，尤其文理兼通。这样一个卓然独立的人，始终没有脱离社会舞台，他所彰显的个性正是以主张正义、憎爱分明为前提，以履行责任为基石，以对社会的担当为使命。

季羡林得知章用逝世的消息，心中悲恸不已。他从1941年开始撰写一篇《忆章用》的文章，但因在哥廷根从事紧张的博士后研究，时断时续，终于在1946年7月留学回国途中在南京完成，同年7月23日发表在《文学杂志》第3卷第4期上。文中说：

> 他回国以后做的诗都寄给我了。他仿佛预感到自己已经不久于人世，赶快把诗抄好，寄给一个朋友保存下去，这个朋友他就选中了我。我一直到现在还不相信，这是偶然的，他似乎故意把这担子放在我肩上……我们相处一共不到一年。一直到离别还互相称做"先生"。在他没死之前，我不过觉得同他颇能谈得来，每次到一起都能得到点安慰，如此而已。然而他的死却给了我一个回忆沉思的机会，我蓦地发现，我已于无意之间损失了一个知己，一个真正的朋友。在这茫茫人世间还有几个人能了解我呢？俊之无疑是真正能够了解我的一个朋友。我无论发表什么意见，哪怕是极浅薄的呢，从他那里我都能得到共鸣的

同情。但现在他竟离开这人世去了。我陡然觉得人世空虚起来。我站在人群里，只觉得自己的渺小和孤独，我仿佛失掉了依靠似的，徘徊在寂寞的大空虚里。

如今，让这两个伟大的灵魂在另外的世界里相逢吧！在那里，两位莫逆之交一定会尽情地吟诵唱和啊！

一位有知遇之恩的教授

季羡林晚年，除了经常提起的国外两位恩师——瓦尔德施米特和西克教授以外，又补充了一位，那就是古斯塔夫·哈隆教授，称对他有知遇之恩。所谓"知遇之恩"，这里不但指受到赏识和重用的恩惠，而且还有急人之所急的情分。

1937年秋，季羡林在德国留学的两年期限已满，这时国内刚好爆发了七七事变，不久他的家乡济南被日军占领，而希特勒又下达了关闭国门的命令，这就让季羡林望乡兴叹，有家难归，出不去进不来，被迫滞留在哥廷根。但天无绝人之路，正在这时，哥廷根大学汉学研究所所长哈隆教授，主动介绍他到研究所担任汉文讲师。这样，虽然他每月120马克的留学生奖学金拿不到了，但却能拿到每月150马克的汉文讲师工资，这要比那些后来因"二战"爆发，邮路阻塞，不能按时收到从国内寄钱的富家子弟强多了。这区区150马克固若金汤，缓解了季羡林的后顾之忧。

哈隆教授一直不受正统德国人和校方的重视，当时还是副教授。他的祖籍在毗邻德国的捷克西北边疆苏台德区，感情上与其说是德国人，不如说是捷克人，因此，他对德国法西斯的宣传蛊惑非常反感，1938年德国侵占捷克，他便愤而离开哥廷根，到英国伦敦大学教汉文去了。在伦敦大学，他为继续传播中国文化做出了贡献，曾经教过终生热爱中国文化、写出三十多卷皇皇巨著《中国科学技术史》的英国著名科技史家李约瑟（1900—1995）。

在哥廷根大学，就是这样一个不受欢迎的人，在异常孤独和凄苦中，季羡林与他相识、相知、相处了一年多。据季羡林回忆，他与哈隆教授几乎是一见如故，当他看到他们夫妇俩每天坐在办公室里，一人埋头搞研究，一人做针线活儿，过的是形单影只的生活,心里就充满了同情。他想,中国人应该尊重像哈隆教授这样的人,正是他们把中国文化传入欧洲,正是他们努力使西方人对中国文化有所了解。如今哈隆教授怀才不遇,情绪低落,对他更应该发恻隐之心,理解他,帮助他,而没有理由小瞧他,不尊重他。

汉学研究所的图书馆藏书尤丰,大约有几万册,线装书最多,也有不少日文书籍,其中有一套《大正新修大藏经》是季羡林做博士论文和进行博士后研究的必备参考书,而且很少有人看,可供他随时借阅,真是洪福齐天,受益良多。因为哈隆教授在国际汉学界广有声名,而且这里所藏汉文书籍闻名遐迩,一些国内外知名汉学家纷至沓来,吸金纳银,争相观赏。比如,英国汉学家阿瑟·丰利、德国汉学家奥托·冯·梅兴—黑尔芬等人均来过这里。季羡林借此机会又能与这些学者进行交流,开阔眼界,增长知识。当然,他们也难得与中国学子一见,有时还请季羡林帮忙查查资料,搞搞翻译,双方可谓互利共赢。

时间一长,季羡林与哈隆教授便成了无话不谈的知心朋友,也可以说,他们结成了忘年交——哈隆教授比季羡林年长二十多岁。虽然他不会讲汉语,但能读汉文书籍,汉学基础十分雄厚。当时德国人对偏于伦理说教的孔子少有问津,而对充满神秘色彩的老子颇感兴趣,因此哈隆对《老子》《庄子》等研究造诣很高。此外,他对甲骨文很有研究,讲起来头头是道,颇有一些极其精辟的见解;对古代西域史地也钻研得很深,其名著《月氏考》蜚声国际士林。这些正是季羡林尊重他的重要原因。

如果说,哈隆教授采取"拿来主义",要从中国搜集大量的文献资料,那么,季羡林则采取"送去主义",把中国的优秀传统文化借机传播出去。于是,他曾经替哈隆教授写过许多信,寄给中国北平琉璃厂和隆福寺的许多旧书店,订购中国古籍,于是中国古籍源源不绝地越过千山万水来到这里安家。季羡林还特意从国内订购了虎皮纸和笔、墨,然后为每一部线装书写好书签,贴到上面。每当看见书架上那些蓝封套贴上了黄色小条,就像飞满无数的彩蝶,不太明亮的大书库顿时生机盎然,春光普照,季羡林自感心花怒放,哈隆教授也心满意足。只有这时,两位忘年交才忘记了各自的烦恼,一齐会心地笑起来……

在当时特殊的政治环境下,如果能寻到一处安身之地,且能继续完成博士论文,那可是季羡林不顺中的大顺了。而且,当一名汉文教师,对他来说又是手拿把掐,因为他既有一年的高中国文教学经验，又有来到哥廷根大学两年的德文训练。当他的开课通知书赫然贴在大学教务处的公告栏上时，马上就有许多学生蜂拥而来，竞相报名。可是遗憾得很，没过多久听课的学生几乎都走光了。因为那时汉文不像今天这样在世界上受到普遍重视，德国人也觉得学汉文没有太大的用途。但这对季羡林并无任何影响，他倒可以利用课时不多的机会，抓紧完成博士论文，进行博士后研究和跟随西克教授学习吐火罗文，这种情况一直持续到他离开德国。

总之，从1937年到1945年的八年间，即使哈隆教授早已离开哥大，季羡林也一直没有离开汉学研究所，既有每月150马克的工资待遇，作为生存的基本需求，又有充分的时间从事本专业研究，最终为他的学业画上了一个圆满的句号。季羡林常常调侃说，"山重水复疑无路，柳暗花明又一村"，有时机会也向他那儿流，这应该算是一个突出的例子吧！

哈隆教授确实是慧眼识珠、惜才爱才之人。他虽然与季羡林仅仅共事了一年，但两人交情至笃宛如几十年的老朋友。1938年哈隆教授受聘担任伦敦大学汉文讲座教授，当他把这一消息告诉季羡林时，季羡林也感到由衷的高兴，庆幸他终于摆脱了这种不得志不遂愿的窘境。

临走时，哈隆教授问他："你是否想跟我一块儿到伦敦去，我设法为你在剑桥谋一职？"

季羡林略思片刻，回答道："我想拿到学位后再做决定。"

哈隆教授点了点头。他到了伦敦后又来信劝说季羡林去英伦，季羡林从心眼里感激他的关心，但也只好再次谢绝。

二战结束后，季羡林正准备回国，哈隆教授又来信说，已经为他在剑桥谋到一职，等他赴任。此时，季羡林怦然心动，因为他预感到回国后没有研究印度古代语言的条件，颇生"长才难尽"之忧，而到剑桥拿一个终身教授，搞一个名利双收，如同探囊取物，唾手可得。

于是，季羡林马上给哈隆教授写了一封信，说："等我回国后看看情况再说，也许我们还会重逢……"

天下毕竟好人多，直到晚年，季羡林仍然念念不忘哈隆教授的知遇之恩。

第十章　烽火岁月

大轰炸下的逸闻

在哥廷根，季羡林终于赶上了令人震惊的那一刻——第二次世界大战爆发了。

1939年9月1日4点45分，德国法西斯开始闪电般地进攻波兰，拉开了二战序幕。在此之前，季羡林似乎已经觉察出"山雨欲来风满楼"的政治气候。大约有两年光景，德国报纸和广播电台代表官方，不时地报道某某邻国对它进行挑衅了，要来进攻它了……法西斯这种"谎言说上一千遍就变成了真理"的骗术，确实蒙蔽愚弄了绝大多数德国人，他们激动了，沸腾了，掀起了一股股"爱国主义"的狂潮。对此，季羡林起初还有点儿相信，但后来不得不画上个问号。

事实是，德国的四邻陆续被贼喊捉贼者占领，其中波兰首当其冲。1939年8月31日晚，一群党卫队成员穿着波兰陆军制服，对靠近波兰边境的德国格莱维茨电台开枪射击，把事先麻醉过去的集中营囚徒放在地上，充当电台方面被打得奄奄一息的"伤亡"人员，以此制造出"波兰进攻德国"的卑鄙闹剧。与此同时，在其他地方，伪装的波兰军队和游击队也向德军发动了"进攻"，看上去，这一切都跟真的一样。

第二天上午10时，希特勒向国会大言不惭地宣布，德国进入战争状态，要求德国军队要有铁一般的意志和决心，速战速决，不给波兰以任何喘息的机会。他说："从现在起，我只是德意志帝国的一名军人，我又穿上这身对我来说最为神圣、最为宝贵的军服。在最后的胜利之前，我决不脱下这身军服，要不就以身殉国。"

希特勒的这番话激起了议员们一阵阵狂热的欢呼。此时,德国人民大惊,国际舆论大哗,纳粹德国成了"被侵略者"——这就是希特勒导演这场闹剧企图达到的最佳效果。

随着时间的推移,季羡林逐渐识破了德国法西斯的真面目。

1940年6月,德军突破马其诺防线占领巴黎,其四邻完全被征服。季羡林预感到希特勒又要寻找新的进攻目标,很有可能就是苏联。果然,《苏德互不侵犯条约》签订不到两年,德国法西斯即对苏联发动突然袭击,妄想在三个月内征服苏联全境。在斯大林的领导和指挥下,苏联人民同仇敌忾,奋力抵抗,揭开了伟大的反法西斯卫国战争序幕,敲响了埋葬德国法西斯的丧钟。

1940年6月22日,季羡林一早起来,欧朴尔太太告诉他,德国与苏联开火了。这种天大的事儿,并没有在德国人中间引起多大反响,因为他们已经"司空见惯浑无事"了。据季羡林回忆,他听到后也不显得多么紧张,甚至没有留下很深的印象,因为这已在预料之中。前两天,他还与两个德国朋友约好去郊游,那天他们照行不误,在旷野森林中行了几十公里,唱歌、拉手风琴,玩得不亦乐乎。可是,回来时全城已经灯火管制,街灯尽熄,他们在黑暗中摸索着走回家。季羡林倒在床上,辗转反侧,沉思默想,早晨听到的德苏宣战的消息,在他心中突然产生了问号——这一出人类历史上罕见的大战,竟如此悄没声息地开演了,德国的老百姓却那么镇定自若,这到底是为什么?

那些日子,季羡林照旧恪守不谈人家"国事"的禁条,只是默默地等着前方的消息。1941年9月28日,他在日记中写道:

东战线的消息,一点都不肯定,我猜想,大概德军不十分得手。

次日清晨,广播里突然一连八次播出"特别消息":德军已在苏联境内长驱直入,势如破竹……这消息刺激了德国人的神经,他们振奋起来,疯狂地高呼"万岁"。

季羡林气得暴跳如雷,同时又极度紧张,浑身发抖,索性用双手捂住耳朵,心中数着一、二、三、四……盼着那声音快点儿结束。但他一松手,又照样传来鬼喊狼叫般的刺耳声。季羡林再也按捺不住了,他热血沸腾,满腔愤怒,失眠症又加重了,吃了一大堆安眠药。9 月 30 日，他在日记中写道：

> 住下去，恐怕不久就会进疯人院。

事实上，二战期间，在哥廷根的中国留学生并没有受到太大的伤害，即使 1940 年他们宣布为无国籍者，在失去人身保护的情况下，也没有遭遇什么不测。然而，盟军的大轰炸却使他们精神不得安宁，吃尽了苦头儿。

二战刚开始，盟国的飞机主要是飞抵柏林上空，投掷炸弹，但技术水平还很低，至多只能炸毁高楼的上面一二层，地下室仍然固若金汤，人们仍然可以在里面躲避。德国法西斯分子不愧为说谎专家、吹牛大王，他们的报纸、广播嘲弄盟国的飞机是纸糊的，炸弹是木制的，吹嘘德国的防空系统坚如铜墙铁壁。面对这种虚假的宣传，政治上比较天真的德国人哗然和唱，全国一片欢腾。

可是，时间一长，盟军飞机轰炸的次数越来越多，炸弹穿透力越来越强，可以从楼顶一直穿透到地下室，立刻爆炸，德国人已无安身避难之地。19 世纪即已成为"帝都"的柏林厄运难逃。大约从 1942 冬天开始，英、美等盟国飞机分别从东西方向飞来，轮番进行"铺地毯"式的狂轰滥炸，几乎没有一处完整的建筑物。此时，法西斯分子罔顾左右而言他，昔日的牛皮已经吹破，再也不提什么纸糊飞机、木制炸弹了。从此，中国留学生也只能与德国老百姓一样，饱受难以忍受的痛苦和折磨。

再说哥廷根，这是个蕞尔小城，最初盟国飞机尚未光临，日子长了也就蒙受垂青，时不时地前来小规模轰炸。一天夜里，英国飞机来了，季羡林听到警报也没太介意，仍旧拥被安卧，高枕无忧。过了一会儿，当他听到炸弹在附近爆炸，震碎了楼顶上的窗户，才感到大势不妙，赶忙狼狈下楼，钻进了地下室。第二天早晨，他到街上一看，只见人们正在大街小巷清扫散落在地上的碎玻璃，这才知道英国飞机开了一个不大不小的玩笑——投下的不是真炸弹，而是气爆弹，目的不在伤人，而在吓人。季羡林走着走着，发现远处一个老头弯腰屈背正在仔细地看着什么。他走上前去，认出这是德国飞机制造之父、蜚声世界的流体力学权威普兰特尔教授，赶忙问道：

"早安！教授先生，您在做什么？"

"早安！"普兰特尔教授抬起头来，说道，"这真是难得的机会！我在观察气爆弹产生的气流是怎样摧毁眼前这段短墙的,在我的流体力学试验室里,无论如何也做不出这种试验。"

季羡林听了,立刻对这位献身科学的老教授肃然起敬。

无独有偶。季羡林还听别人说过,在慕尼黑城,一天夜里盟军进行轰炸时,人们都纷纷从楼上跑下来,钻进地下室或防空洞。可是奇怪得很,有个老头儿偏偏从楼下往楼顶上跑。原来他是一位地球物理教授,正利用这个机会做试验室里做不出的试验。在这样的科学家身上,正好表现了德国学术训练的彻底性。

在大轰炸中,德国一般的老百姓怎样呢?季羡林更有亲身的感受。每次轰炸,他们都要在地下室和防空洞里蹲上半夜,自然是饥寒交迫,担惊受怕,情绪低落。但是,德国人的天性是不会说怪话,至于是否有腹诽,不得而知。为了封住他们的嘴,法西斯头子采取愚民政策,宣布被炸城市的居民每人增加一份"特殊分配":咖啡豆若干粒,还有一点儿别的东西。德国人特别偏爱咖啡,视之为珍珠宝石,正当他们挨过轰炸将要动点儿肝火、发点儿脾气时,忽然"皇恩"浩荡,几粒咖啡豆从天而降,一杯下肚,精神焕发,又大唱德国必胜的滥调了。

后来,哥廷根如同其他大城市一样,频遭英国飞机轰炸。这时,季羡林与几个中国留学生干脆就不在家里恭候防空警报,而是一大早便拿起装满书籍和资料的皮包,到山上的树林中去躲避空袭,从那里获得生的希望和乐趣。季羡林曾经回忆说:

> 从我来到哥城的第一天起,我就爱上了这山林。等到我堕入饥饿地狱,等到天上的飞机时时刻刻在散布死亡时,只要我一进入这山林,立刻在心中涌起一种安全感。山林确实不能把我的肚皮填饱,但是在饥饿时安全感又特别可贵。山林本身不懂什么饥饿,更用不着什么安全感。当全城人民饥肠辘辘,在英国飞机下心里忐忑不安的时候,山林却依旧郁郁葱葱,"依旧烟笼十里堤",我真爱这样的山林,这里真成了我的世外桃源了。

最有趣的是,刘先志和滕菀君夫妇带来了一只乌龟,是他们从柏林买来的。原来,战争期间德国粮食奇缺,当局从被占领的国家运来一大批乌龟,供人食用。德国人对乌龟大都望而生畏,不敢吃,于是当局又大肆宣传乌龟营养之高,胜于仙丹醍

酬。刘氏夫妇见这只乌龟煞是可爱,便没舍得吃养了起来,于是它就陪着大伙儿天天上山。季羡林曾经回忆说:

> 我们仰卧在绿草上,看空中英国飞机编队飞过哥廷根上空,一躺往往就是几个小时。在我们身旁绿草丛中,这一只乌龟瞪着小眼睛,迈着缓慢的步子,仿佛想同天空中飞驰的大东西,赛一个你输我赢一般。我们此时顾而乐之,仿佛现在不是乱世,而是乐园净土,天空中带着死亡威胁的飞机的嗡嗡声,霎时间变成了阆苑仙宫的音乐,我们忘掉了周围的一切,有点忘乎所以了。

即使在战争最残酷的时候,盟军也没有将哥廷根作为主要的轰炸目标,因此蒙受损失的程度并不很严重。季羡林等中国留学生终于躲过了一劫。但是,距此仅百余千米的古城汉诺威却大不相同。"二战"刚结束,季羡林和张维到那儿去了一次,看见马路两旁高楼断壁之下的地下室垃圾堆旁,摆满了原来应该摆在墓地里的花圈。原来,英、美飞机的重磅炸弹穿透楼层,在地下室爆炸,地下室里到处都是尸体,活着的人便在这里祭奠死去的亲人。

至于柏林,上文说过,被轰炸的程度最令人惨不忍睹。季羡林回国前虽然没有再去柏林,但听别人说,大楼上面几层被炸倒以后,塌了下来,把地下室严严实实地埋了起来。地下室中有人在黑暗中赤手扒碎砖石,走运扒通了墙壁,爬到邻居的尚没有被炸的地下室中,钻了出来,重见天日,可是十个指头的上半截都已磨掉,血肉模糊。没有这样走运的,则是扒而不成,只有呼叫。外面的人明明听到叫声,可是堆积如山的砖瓦碎石,一时无法清除,只能忍心听下去,最初叫声还高,后来就逐渐微弱,几天之后一片寂静。

玩火者必自焚,制造这场悲剧的人必定没有好下场。1945年4月,希特勒不甘最后灭亡,死守老巢柏林做垂死挣扎,在柏林周围筑起了九道防线,配置了100万士兵,20万守备队,分兵把守,并调集3300架飞机,1500辆坦克,10400门大炮。苏联红军则以更大的兵力向柏林发起进攻,共出动飞机70000架次,发射炮弹18000发,为了摧毁柏林的坚固石头建筑物,还使用了重达半吨的炮弹,最后终于攻下了柏林。

1945年4月30日,苏军士兵将柏林国会大厦上的纳粹旗帜拔掉,插上了胜利的旗帜。就在同日下午，躲在总理府地下室的希特勒同爱娃·勃劳恩一起自杀了。这个骄横一世、杀人如麻、凶残暴戾的法西斯元凶，终于结束了罪恶的一生。

在饥饿地狱里煎熬

饥饿与轰炸就像一对孪生兄弟，它也适时地降临在人们头上。

德国法西斯发动这场史无前例的世界战争，必须付出巨大的代价，尤其是在经济上必须做好充分的准备。德国虽然是一个新兴的资本主义国家，但是战前的国力并非雄厚殷实，尤其是1929年至1933年资本主义世界发生前所未有的经济危机，严重依赖美国资本的德国也难逃厄运。权力与力量总是相伴而行，当时德国在资本主义世界中仍然是个弱国，因此政治影响远不及英美。那时德国工业生产萎缩，失业人数多至700万，没有黄金储备，德国商品在国际市场上骤然减少，工人失业救济金和养老金锐减，经济形势几乎跌入低谷，德国老百姓一直怨声载道，叫苦不迭。

然而，希特勒在垄断资产阶级和军方的支持下，经过几番权力争斗，终于在1933年1月出任总理，次年8月自称元首和总理。希特勒上台后，为了扩军备战和维护垄断资本的利益，下令重振国家经济。于是，纳粹政权与垄断巨头相结合，控制了全国的经济生活，为战时提供了财力保证；在农村则扶植富农阶级，在纳税、贷款等方面给予优惠政策，为战时提供粮食需求。

归根结底，希特勒发动的这场战争，真正的受害者乃是德国广大人民群众。二战爆发前几年，法西斯头子就曾扬言："要大炮，不要黄油。"当初德国人并不了解这句口号的真实含意，全国翕然响应，好像他们真的不想要黄油了。实际上，每人每年平均消费的黄油已由26公斤减到17公斤。从1937年开始，逐渐实行了配给制，首先限量的就是黄油，然后是肉类，最后连面包、土豆也限量供应。到了1939年二战爆发，德国人的腰带便一紧再紧，这种推行战争经济的口号终于得以完满实现。

那么，当时季羡林的生活境况如何呢？

如果把当年他在德国受的"洋罪"跟今天的孩子们讲一讲，他们恐怕会像听《天方夜谭》那样，瞪大眼睛感到好奇。但事实就是那种样子，无须夸大和缩小。季羡林对这种"洋罪"也是慢慢体会、慢慢品味到的。其实，黄油之类的东西并不是中国人的主食,在国内也很少有人问津。所以,当德国人对黄油限量供应有点儿沉不住气的时候,季羡林却优哉游哉,处之泰然。但是轮到面包和土豆也限量供应时,他就感到有点儿不妙。后来黄油干脆绝迹,代之以人造油,这玩意儿要是放在汤里,还能看见几滴油珠儿,要是用来煎东西,在锅里嗞嗞几声就烟消云散了,让人哭笑不得。季羡林和中国留学生到饭馆里吃饭,经过再三考虑,才舍得花掉一两肉票,如果能在汤里见到几滴油珠儿,大家就感到心满意足、皆大欢喜了。

对季羡林来说,最重要的还是一日三餐当作主食的面包。但是,让他感到头疼的是,里面掺了什么东西,有人说是鱼粉,刚吃还行,放上一天就有腥味儿,吃进肚子里生成气体,放屁不止。如果到公共场所去方便,经常会发生有伤大雅的事儿;如果到剧院看节目,经常会听到"虚恭"声,此起彼伏,乐煞人也。季羡林偶尔也去看一场电影,虽极力克制自己,但还是要出洋相。

正是在那时候,季羡林种下了不知饱的病根儿。越是肚子填不满,越是饭量猛增。有一天,他同一位德国女士骑着自行车下乡,帮助农民摘苹果。那时城里人谁要是同农民有一些关系,别人就会羡慕不已,其重要性绝不亚于今日拉关系、走后门。那位女士与农民有点关系,季羡林也跟着沾了光。他们高高兴兴地来到苹果园,看见树上结满了晶莹剔透的大红苹果,不禁垂涎三尺。摘了半天,收工时农民犒劳他们一些苹果和土豆。他们大喜过望,骑上自行车,有如列子御风而行,一路青山绿水看不尽,轻车已过数重山。回到家里,季羡林把五六斤土豆全都煮了,蘸着剩下的一点儿白糖,狼吞虎咽地塞进肚里,可是最后仍然没有吃饱。

饥饿,如同轰炸一样,季羡林当初决定来德国,绝不会想到会遭此"洋罪"。眼下,要是能跟亲人倾诉一下自己的苦衷,也许能得到一点儿安慰,可是办不到,因为战争的硝烟阻隔了他与亲人的书信联系。这时的季羡林,就像一只断了线的风筝似的,孤零零地飘浮在雾茫茫灰蒙蒙的远空……

然而,心灵的孤苦和哀伤还可以用另一种方法来医治,那就是寄托于充满幻想的童话般的梦。季羡林虽生不辰,但毕竟没有真正挨过饿,小时候虽然家穷,一年到头只能吃上两三次"白"的,但平日里吃糠咽菜总能填饱肚子。他一生在吃的方面没有什么奢望,"吃品"指数并不高,燕窝、鱼翅、猴头、熊掌这些玩意儿连做梦也不会见到。但这时季羡林却真的做起"美梦"来了,他梦见家乡的花生米和锅饼(又叫锅盂)。每日平旦醒来，回忆起梦中的情景，心中酸酸的，又甜甜的，他的思乡之情犹如大海波涛奔腾汹涌，无论如何也抑制不住……

每当谈起在德国挨饿这件事儿，季羡林总是生发出许多感想，他说：

挨饿这个词儿，人们说起来比较轻松，但这些人都是没有挨过饿的。我是真正经过饥饿炼狱的人，其中滋味实在不足为外人道也。

他想起读过的印度佛典《长阿含经》中关于地狱的描述：

（饿鬼）到饥饿地狱。狱卒来问："汝等来此，欲何所求？"报言："我饿！"狱卒即捉扑热铁上，舒展其身，以铁钩钩口使开，以热铁丸着其口中，焦其唇舌，从咽至腹，通彻不过，无不焦烂。

他又想起《神曲》第六篇：

但丁在走进苦恼之城、罪恶之渊、幽灵之中，即走进地狱之后，看见了一个怪物，张开血盆大口，露出长牙。引路人俯下身子，在地上抓了一把土，对准怪物的嘴投了过去，怪物像狗一样狰狞狂吠，无非是想得到食物。现在嘴里有了东西，就悄然无声了。

季羡林认为，正因为饥饿是最难忍受的，东西方宗教家才设想出恶人到地狱中去尝饥饿滋味的情景。

他还想起读过的果戈理的讽刺喜剧《钦差大臣》，其中奥西普躺在主人床上独白道：

现在旅馆老板说啦，前账没有付清就不开饭；可我们要是付不出钱呢？（叹口气）唉，我的天，哪怕有点菜汤喝喝也好呀。我现在恨不得要把整个世界都吞下肚子里去。

季羡林认为,果戈理一定挨过饿,否则他无论如何不会说要把整个世界都吞下去。对于自己面临的"饥饿地狱",这真是绝妙的讽刺!

烽火连八岁,家书抵亿金

自从 1935 年 8 月离开济南出国留学,直至回国后 1947 年夏天回去省亲,季羡林在外整整漂泊了十二年。其中,前四年他与亲人还能保持正常的书信联系,互相寄过照片。虽然没有飞鸿传书般的浪漫,只有报一声平安的质朴,但双方确实得了温暖和释怀。

二战爆发后,德国法西斯对外国留学生控制极严,他们给自己的亲人和朋友写信只能用战时限定的 25 个词汇。由于邮路阻绝,季羡林与亲人中断书信联系竟达七八年之久,这种情况不仅在今天难以想象,就是在当时也极为罕见。季羡林曾经比喻说:烽火连八岁,家书抵亿金。可见,在他心中"家书"之分量重如泰山。

季羡林逝世后,他的所谓"家庭情结"曾被人诟病,似有"备极哀荣"之嫌。然而,历史是一面镜子,可以照见季羡林的真实一面。

应该承认,季羡林出国前虽然婚姻家庭并非圆满,但毕竟亲情犹在,上有老,下有小——那天,女儿牵着母亲的手,儿子酣睡在母亲怀中,将他送出大门。他要承担起为人子、为人父、为人夫的责任。他出国留学的目的也很一般,充其量只是为了镀一层金,捞到一只"饭碗"。他是家庭的顶梁柱,必须挣钱养家糊口啊!

尽管当时他的家庭气氛并不十分融洽,他或许也希望成为一个没有家庭羁绊的自由人,去寻觅一个理想的归宿,但他到底还是守住了这片家园。上文说过,自从他来到哥廷根那天起,心中便缠着怀念两位母亲的情结。是呀,"十年寒窗苦,一朝功名就",梵文、吐火罗文为他开启了通向世界的大门,但是这个来自齐鲁大地的青年,在异国他乡从来就没有寻觅到一个真正理想的家,他心中始终怀着生他养他的两位母亲以及自己的妻子儿女。

下面,就来看看一封难求的家书究竟给季羡林带来多少精神的苦恼和心灵的创伤。

　　随着二战形势日益险恶,季羡林的思乡之情固然日益腾涌,与刚来哥廷根时大不相同,但并非受到德国人的影响,相反,德国人对待轰炸和饥饿的超然泰然态度,倒使他的心情稳定了一些,不至于那么紧张。

　　先说轰炸,起初并不很严重。盟军飞机飞来时,德国人听到警笛声马上就钻进地下室或防空洞。他们表现得很有组织性,该干什么就干什么,一点儿也不慌张;后来东线德苏战争僵持下来,德国四面受到包围,吹得神乎其神的防空能力几乎瘫痪。盟国飞机频频飞来,不论白天或者夜晚,想投弹就投弹,不想投弹就用机关枪扫射,这时警笛已经失去作用,一天到晚都处于警报之中。可是,德国人也没有多么慌张,出门时随时观察天空,飞机来了就到街旁屋檐下躲一躲,飞机走了还是该干什么就干什么。

　　再说挨饿,德国人不但不说怪话,而且有时还幽默一把儿。有一次,报纸上登出一幅漫画,画的是一家人正在吃饭,舅舅用叉子叉一块兔肉,逗着小外甥说:"太好吃啦!"小外甥则低头垂泪。原来,那兔子是小孩子饲养的宠物,舅舅只晓得兔肉好吃而不理解外甥的心情。德国人留给人家的印象,不像福楼拜的《包法利夫人》和司汤达的《红与黑》描写的那样开朗、活泼、外露,而是严肃、认真、淳朴,他们的彻底性有口皆碑。本来缺少英国人的那种幽默,但在挨饿时他们却意外地幽默起来。

　　正是德国人的这种沉着、冷静、乐观的态度,给季羡林带来了某种安慰。他想,面对意想不到的轰炸和饥饿,与其悲观失望、唉声叹气,不如无复多虑,等闲视之,相信面包总会有的。

　　然而,影响季羡林思乡之情日益腾涌的却是另外的因素。

　　据他回忆,当战争越过高峰逐渐走向低谷时,从东线战场送回了大量的德国伤兵,一部分来到了哥廷根。这时,奔走于哥廷根大学各研究所之间的,除了二战刚爆发男生被征入伍而只剩下的那些女生外,就是缺胳膊断腿、挂着双拐或单拐,甚至坐着轮椅从战场上回来的伤残男生。在教学楼里,在洁净的走廊内,拐杖触地的清脆声回荡在粉白黛绿之间……

　　面对此番情景,季羡林心里不知是一种什么滋味儿。

　　与德国伤兵差不多同时拥进哥廷根的还有苏联、波兰、法国的俘虏兵,人数也不算少。他们最初由德国人看管,后来由于人数多起来,看管人员有限,好多人就在大街上自由地走动。季羡林曾经看见,一些苏联俘虏兵在郊外农田里挖收割后剩下的土豆,放在自带的锅里煮,然后狼吞虎咽地吃起来。这些苏联俘虏兵的命运还不算太差,最差的要数波兰的战俘和平民,在法西斯眼中他们是亡国奴,可以任意侮辱和歧视。他们每人衣襟上都缝了一个写着"P"字的布条,就像印度的不可接触者——"贱民"一样……

面对此番情景,季羡林心里又不知是一种什么滋味儿。

也许,不是所有的事情都可以用来考验人性。然而,灾难却是对人性的最大考验。你想想,战争带来的满目疮痍的惨状,怎能不引起季羡林的反思,唤醒他心中的难言之隐呢?八年未写家书,也未见家书,德国人在一起尚可随时唠唠心里话,借以排忧解愁,而他与亲人相隔万水千山,又向谁倾吐呢?况且,此刻祖国和亲人也同样遭受战争之苦,季羡林又怎能不牵肠挂肚呢?

据他回忆,那时他对祖国的抗日战争的情况几乎完全不清楚,偶尔从德国方面得到一点儿消息,由于法西斯国家德国、日本和意大利签订了《三国公约》,日本成为德国的盟国,这些消息也都是谎言。他日日夜夜在想:祖国变成什么样子呢?家里又怎样呢?德华带着两个孩子,日子不知是怎样过的?叔父年事已高,家里的经济来源何在?婶母操持这个家,结果如何呢?他尤其想到了一双儿女,都说"可怜小儿女,未解忆长安",他盼着自己的儿女能忆得起长安,知道有一个爸爸在很远很远的地方。他想起家里养的那条小狗"憨子",每次他从北平回家度假,一进门就听到汪汪的吠声,一看见他就摇起尾巴,露出亲昵的样子。他又想起自家院子里的那两棵海棠树,有感而发,于1941年5月29日写了一篇文章《海棠花》,其中写道:

六年前的秋天,当海棠树的叶子渐渐地转成淡黄的时候,我离开故乡,来到了德国。一转眼,在这个小城里,就住了这么久。我们天天在过日子,却往往不知道日子是怎样过的……到了德国,更是如此。我本来是下定了决心用苦行者的精神到德国来念书的,所以每天除了钻书本以外,很少想到别的事情。可是现实的情况又不允许我这样做。而且祖国又时来入梦,使我这万里外的游子心情不能平静。就这样,在幻想和现实之间,在祖国和异域之间,我的思想在挣扎着。不知怎么一来，一下子就过了六年。

哥廷根是有名的花城……但是我却似乎一直没注意到这里也有海棠花。原因是，我最初只看到满眼繁花，多半是叫不出名字。"看花苦为译秦名"，我也就不译了。因而也就不分什么花什么花，只是眼花缭乱而已。

但是，真像一个奇迹似的，今天早晨我竟在人家园子里看到盛开的海棠花。我的心一动，仿佛刚睡了一大觉醒来似的，蓦地发现，自己在这个异域的小城里住了六年了。乡思浓浓地压上心头，无法排解。

……乡思并不是很舒服的事情。但是在这垂尽的五月天，当自己心里填满了忧愁的时候，有这么一团十分浓烈的乡思压在心头，令人感到痛苦。同时我却又有点爱惜这一点乡思，欣赏这一点乡思。它使我想到：我是一个有故乡和祖国的人。故乡和祖国虽然远在天边，但是现在它们却近在眼前。我离开它们的时间愈远，它们却离我愈近。我的祖国正在苦难中，我是多么想看到它呀！把祖国召唤到我眼前来的，似乎就是海棠花，我应该感激它才是。

想来想去，我自己也糊涂了。晚上回家的路上，我又走过那个园子去看海棠花。它依旧同早晨一样，缤纷烂漫地开成一团，它似乎一点也不理会我的心情。我站在树下，呆了半天，抬头看到西天正亮着同海棠花一样红艳的晚霞。

这时，季羡林最想念的还是他的生身母亲，要比初来哥廷根时愈加强烈了。母亲入梦，本来司空见惯，但最为遗憾的是，他没有保存母亲一张相片，脑海中的那点儿母亲的影子还是十几岁离开她时留下的，如今即使在梦中也难见母亲的真实面容。他想，假如一边看着母亲的相片，一边将满腹心事倾诉出来，那会得到多么大的安慰啊！呜呼哀哉，这是他一生最大的憾事，是上天对他的最大不公！

下面，就来看看季羡林日夜思念的亲人到底怎样？他的一双儿女是否还记得起他？

据季羡林回忆，那时他家中经济已经破产，只靠摆小摊卖炒花生米、香烟、最便宜的糖果之类的东西勉强糊口。季承先生也说过，那时他和姐姐不知道什么叫父亲，也不知道谁是他们的父亲，更甭说感受父亲的关爱。亲友中有好事者常问他们"你有爸吗""你爸哪里去了""你爸是什么模样"——他们茫然不知如何回答。时间长了,他们感觉到这是挑衅,就再也不理睬,可是心里总在琢磨:"为什么我们没有父亲?我们的父亲到底是什么样子?"承受压力最大的还是他们的母亲,那压力主要不是繁重的家务劳作,而是精神和舆论。那个年头儿男人长久在外不归,女人自然承受不起流言蜚语。母亲也没少听说过:"季羡林在国外有人了,他一定会带回来一个黄头发蓝眼睛的外国女人。"因为没地方去诉说衷情,母亲的精神压力一直无法减缓。自从与父亲中断了书信联系,母亲就更加惶恐不安。国内和国外战争都进行得十分激烈,这对母亲的刺激非常大,无时不惦记着父亲的安危,甚至去找算命先生占卜吉凶。

同千千万万平民百姓一样,战争给季羡林和他的一家带来了深重的灾难。尽管如此,季羡林仍然圆满地完成了学业,奠定了他一生从事科学研究的坚实基础。

博士论文的轰动

季羡林既已下决心拿下博士学位,便颇用了一番心思,付出了常人无法想象的艰辛。当他选了三个系以后,就按部就班地听课。从 1936 年夏学期到 1938—1939 年冬学期,他跟瓦尔德施米特教授学了三年主系即印度学的课程。

瓦尔德施米特教授大概看出季羡林"孺子可教",是一块料儿,便决定收他为真正的及门弟子。1938 年冬季开学时,瓦尔德施米特教授同季羡林商量做博士论文的事儿,征求他的意见,问他有何想法。季羡林直率地说,论文题目绝不同中国有任何牵连,不做"两头蹭"的文章,瓦尔德施米特教授听了笑起来,最后给他出了个题目。对此,季羡林回忆说:

我的老师 Prof. Dr. Waldschmidt 给我出的博士论文题目是《〈大事〉(*Mahāvastu*)颂中限定动词的变化》。《大事》是用所谓佛教梵语(Buddhist Sanskrit)或混合梵语(Hybrit Sanskrit)写成的。在研究佛教的学者中,这种梵语是一门不冷不热的学科。有一些人在研究,但人数不多,英雄大有用武之地。我的老师之所以给我出这样一个题,其用意大概也就在这里。他问我同意不同意这个题目。我是一个初学者,门还没有进,更谈不上登堂入室,除了答应之外,也确实没有别的选择余地。我同意之后,接着来的是长达三年的看书、搜集资料和进行写作的时期,这是一段只争朝夕的艰苦奋斗的时期。

其实,季羡林并非一个初学者,他毕竟学了两年多佛教梵语。他之所以同意老师出的博士论文题目,正是因为他对研究佛教梵语产生了微妙的兴趣,似乎潜意识地感觉到,它是打开印度佛教史研究大门的一把钥匙,亦即"英雄大有用武之地"。瓦尔德施米特教授也并非随意将这一题目强加在他头上,而是考虑到佛教梵语还需要深入研究和开拓创新,需要有人在这片莽林中继续探索前进,做出更大的成就和贡献。

季羡林通过对《大事》的研究写出的这篇论文,其意义非同小可。《大事》是产生于公元2世纪小乘向大乘过渡时期的佛典,在佛教史上具有特殊的研究价值。据说,这是一部佛教分成部派后大众部出世派的律藏,但并没有多少佛教僧团的戒律,主要是描写释迦牟尼的生平传说。这部佛典是用混合梵语即俗语和梵语杂糅其间的语言写成。其中俗语和梵语的成分随时间早晚有所不同,早期的俗语多,晚期的梵语多,因而对印度佛教语言、早期佛典以及佛教史的研究具有特殊意义。

季羡林的入室弟子段晴曾对这篇论文的重要意义评论说:"这篇论文探讨的问题是 *Mahāvastu*(《大事》)所反映出的语言现象,透过对其中伽陀(也作'颂',即诗歌——笔者注)部分动词变化的分析,可以观察这部佛典的起源,从而推断出原始佛典所使用的语言,这对印度佛教史的研究有重要的意义。实际上,这篇论文是一部基于混合梵语佛典的语法分析书。凡是读混合梵语佛典的人,必须参考先生的文章。应该说,世界的学者虽然早已对古典梵语的研究达到淋漓尽致的程度,但对混合梵语以及印度俗语的研究仍然十分欠缺。任何科学的成果都经得起时间的考验。1997年初,我曾在印度普纳大学参加一个国际研讨会,会上一位法国学者大声疾呼,要加强对佛教梵语的研究,会下,这位先生特别找到我,希望得到季羡林先生早期发表的论文,因为国际上的学者没有忘记,季羡林先生曾是研究佛教梵语的专家。"

为了完成这篇论文,季羡林的日程安排得满满的。早晨他在家吃过早点到哥廷根大学梵文研究室去听西克教授的吐火罗文课,或者到汉学研究所讲课;中午在外面饭馆里吃午饭,再回到研究所看书和查阅资料,从来没有午睡过,直到下午六点回家吃晚饭,天天如此。尽管刻板单调,但他全身心投入,感到其乐融融。

季羡林利用一切可以利用的时间,啃那皇皇三巨册的佛典《大事》。《大事》这部佛典很不容易读,他要查几部梵语、巴利语字典,还要经常翻阅 R. Pischel 那部著名的《俗语语法》。他边读边把所有的动词形式写成卡片,按字母顺序排列起来,遇到问题轻易不去请教老师。老师不到关键时刻也不会轻易发表自己的意见,目的在于培养学生独立思考和研究的能力。他还参考《大事》中法国学者塞那校订的注释,但主要靠自己解决问题,一时解决不了就放一放,等到类似的问题积累多了,集拢起来一比较,有些问题自然就得到解决。他用了两年时间读完《大事》,然后再读有关参考书。书读完了,卡片也做完了,他便开始分类编排,逐章逐段写文章。论文主体写完,他又加上一篇附录《论词尾 – matha》和一个详细的动词字根表。至此,这篇论文基本完成。

季羡林写作这篇论文自始至终信心十足,胜任愉快,进展顺利。究其原因,大致有以下两点:

一、坐拥书城,博览群书,学习和掌握了大量的必需资料。东方研究所图书室的专业书籍齐全,又非常肃静,为他提供了难得的读书条件和环境。在这里,他读了许多"宝典",比如海德曼·奥尔登堡的《佛陀》以及他的论文中分析《大事》文体的文章。那些印度古代语言、宗教、文学、碑铭的书,别人看起来极其枯燥乏味,然而他却情有独钟,不忍释手。同时,他还在汉学研究所图书室查阅了诸如《大正新修大藏经》等中国古籍,这是写作论文不可或缺的。能在万里之外读到凝聚中华民族智慧的古籍,他既充满了自豪感,又增加了克服困难的信心。

二、向德国梵文大师学习了堪称国际一流、体现学术训练彻底性的考据学,并将此作为写作这篇论文的方法和路径。这种考据学先是被陈寅恪先生从吕德斯教授手中学到,后来又被季羡林从吕德斯教授的弟子瓦尔德施米特教授手中学到。因此,季羡林非常崇拜中外两位大师陈寅恪先生和吕德斯教授。他说:

> 这两位大师实有异曲同工之妙。他们为文,如剥春笋,一层层剥下去,愈剥愈细;面面俱到,巨细无遗;叙述不讲空话,论据必有根据;从来不引僻书以自炫,所引者多为常见书籍;别人视而不见的,他们偏能注意;表面上并不艰深玄

奥,于平淡中却能见神奇;有时真如"山重水复疑无路",转眼间"柳暗花明又一村";迂回曲折,最后得出结论,让你顿时觉得豁然开朗,口服心服。

季羡林的入室弟子段晴也曾对季羡林这篇论文体现出的学术研究方法评论说:"先生的论文没有长篇大论的背景介绍,没有点缀修饰的辞藻,更没有引人入胜的故事情节。论文经过寥寥数语摆出争论的关键,以及论文希望解决的问题,然后直接进入其独特的研究领域。在整个论述过程中,作者不放过任何一个考察对象。这种经过剖析原始材料而寻出规律的论文风格近乎自然科学的学术文章。先生自己认为他早期的学术研究方法是考证式的。无征不信,这是德国治学精神的影响,结论必须建立在确凿可靠的证据之上。这种实事求是,朴实无华,形成了季羡林先生早期论文的鲜明的特点。季先生写道:'我已经习惯于德国学者(有少数例外)的那种坚实、周到、细致、彻底的,几乎是滴水不漏的治学方法。'而这特点其实贯穿他的整个学术生涯。"

二战爆发后不久,瓦尔德施米特被迫应征从军。其间,虽然饱受中断家书的无尽忧伤,遭遇轰炸和饥饿的骇人厄运,季羡林仍旧争分夺秒,"开电灯以继晷,恒兀兀以穷年",终于在1940年秋把论文基本写好,即将参加研究所主持的博士论文答辩。事前,他将写好的论文送给回家休假的瓦尔德施米特教授一阅,未想到竟出现了意想不到的一段插曲。

由于虚荣心作怪,季羡林想用论文的"导论"来显示自己的才华,巴不得产生一鸣惊人的效应。在洋洋万言的"导论"中,他将搜集来的有关混合梵语的资料以及佛典由俗语逐渐梵文化的各家说法罗列在一起,巨细无遗,面面俱到,把应该与不应该阐述的问题混为一谈。他自以为感觉良好,扬扬得意,把论文交给了瓦尔德施米特教授。

没过几天,瓦尔德施米特教授把他叫来,仍然像平日一样,面带笑容把论文还给他。季羡林接过去一看,只见大部分都无改动,只在"导论"部分前面画了一个前括号,后面画了一个后括号,意思是这部分内容必须全部删掉。瓦尔德施米特教授见季羡林还在愣着,认真严肃地说:"你讨论这个问题,费劲儿很大,引书很多,但都是别人的意见,根本没有你的创见。你重复别人的意见又不完整准确。如果别人对你的文章进行挑剔和攻击,从任何地方都能下手,你是防不胜防,根本无还手之力。因此,我建议把导论通通删掉。"

听了这话儿,季羡林仿佛挨了一顿"棒喝",哑口无言。过了好一阵子,他才清醒过来,如同做了黄粱一梦,由衷地感激老师。最后,他又重新写了一篇文字极短、论述精当的"导论"。

看来,瓦尔德施米特教授对他器重的中国学生还算很客气,否则季羡林就更难堪了。季羡林曾经回忆说:

> 德国教授多半都有一点教授架子,这是他们的社会地位和经济地位所决定的,是不以人的意志为转移的。后来听说,在我以后的他的学生们都认为他很严厉。据说有一位女生把自己的博士论文递给他,他翻看了一会儿,一下子把论文摔到地上,愤怒地说道:"这全是垃圾,全是胡说八道!"这位小姐从此耿耿于怀,最后离开了哥廷根。

1940年10月9日,季羡林把最后定稿的博士论文交给了文学院院长、年轻的戴希格雷贝尔教授,然后安排论文口试答辩时间。

据季羡林说,德国大学是教授说了算,不妨称为"教授治校"。学生经过几年努力写出论文,教授认为可以就举行论文口试答辩,但是通过却很难。一般先在系里或研究所内答辩,然后送到欧洲其他大学审读,经过几道关口认为质量及格才能通过。大学校长、院长和部长也不全是教授,他们无权干涉教授的决定。看来,大学当权者的角色意识非常清晰,时刻警惕"官本位"的影响。而且,每个系或研究所一般只有一个教授,这个教授退休,其他副教授才有机会晋升,可见教授的含金量也很高,其荣誉和地位能够得到学术界乃至全社会的普遍认可。

1940年12月23日,季羡林论文口试答辩的时间到了。瓦尔德施米特刚好回来休假,但是英文教授勒德尔却有病住院,只好决定先口试梵文、斯拉夫语言学和进行论文答辩,以后再补英文口试。

在此前几天,季羡林心中一直忐忑不安。他想,还不知道教授们会提出什么样的稀奇古怪的问题呢。

据季羡林说,19世纪末德国医学泰斗微耳和口试学生时,将一盘猪肝摆在桌子上,问一个学生:"这是什么?"

那个学生瞠目结舌,半天说不出话来。他哪里想到教授会拿猪肝来考学生呢?

微耳和说:"一个医学工作者一定要实事求是,眼前看到什么,就说是什么,连这点儿本领和勇气都没有,怎么能当医生呢?"

结果,那个学生口试落第。

又有一次,微耳和指着自己的衣服问:"这是什么颜色?"

"先生,您的衣服曾经是褐色的。"一个学生回答说。

微耳和大笑,立刻说:"你及格了!"

原来,他平时不大注意穿着,一身衣服穿了十几年,已由褐色变成了黑色。

前事不忘后事之师,季羡林暗自提醒自己,假如教授们也提出这种匪夷所思的问题,那就照实回答,科学最讲究实事求是嘛!

季羡林曾在日记中记下论文口试答辩的情景:

1940年12月23日

早晨五点就醒来。心里只是想到口试,再也睡不着。七点起来,吃过早点,又胡乱看了一阵书,心里极慌。

九点半到大学办公处去。走在路上,像待决的囚徒。十点多开始口试。Prof. Waldschmidt(瓦尔德施米特教授)先问,只有Prof. Deichgraber(戴希格雷贝尔教授)坐在旁边。Prof. Braun(布劳恩教授)随后才去。主科进行得异常顺利。但当Prof. Braun开始问的时候,他让我预备的全没问到。我心里大慌。他的问题极简单,简直都是常识。但我还不能思维,颇呈慌张之相。

十二点下来,心里极难过。此时,及格不及格倒不成问题了。

1940年12月24日

心绪极乱。自己的论文不但Prof. Sieg、Prof. Waldschmidt认为极好,就连Prof. Krause也认为难得,满以为可以做一个很好的考试,但昨天俄文口试实在不佳。我所知道的他全不问,问的全非我所预备的。到现在想起来,心里还极难过。

七点前到 Prof. Waldschmidt 家去,他请我过节(羡林按:指圣诞节)。飘着雪花,但不冷。走在路上,心里只是想到昨天考试的结果,我一定要问他一问。一进门,他就向我恭喜,说我的论文是 sehr gut(优),印度学(Indologie)sehr gut,斯拉夫语言也是 sehr gut。这实在出我预料,心里对 Prof. Braun 产生了无穷的感激。

他的儿子先拉提琴,随后吃饭。吃完把圣诞树上的蜡烛都点上,喝酒,吃点心,胡乱谈一气。十点半回家,心里仍然想到考试的事情。

1941年2月19日,季羡林补上英文口试,瓦尔德施米特也参加了,他又得了一个"优"(sehr gut)。就这样,他以四个"优"通过了考试,获得了博士学位,终于可以告慰祖国母亲,告慰九泉之下的母亲了!

季羡林的博士论文曾经引起巨大的轰动。无疑,这篇论文是他毕生从事印度古代语言学研究的滥觞发轫之作,起点之高令人叹服,具有极其重要的学术价值。其中附录部分《论词尾 – matha》的" – matha"是动词第一人称复数的语尾,不见于其他佛典。有的学者如《大事》的注释者——法国学者塞那对此也百思不得其解,并想解释为" – ma tha",但季羡林却证明它是一个完整的语尾。

参加论文口试答辩的布劳恩教授是一位蜚声世界的比较语言学家,掌握几十种古今语言,虽然自幼双目失明,但有惊人的记忆力,上课前只需别人给他念一遍讲稿,就能几乎一字不差地讲上两个小时。就是这样一位天才人物,对季羡林论文中的"附录"给予极高的评价,认为这是一个了不起的发现,因为同样或类似的语尾在古希腊文中也可见到,这种偶合对研究印欧语系比较语言学具有突破性意义。

由此可见,这篇论文在堪称世界印欧语系比较语言学研究中心——哥廷根大学引起轰动,自在情理之中。

季羡林的博士论文,因为战争原因未能公开发表,呈缴的是打印本,直到1982年4月被收入他的《印度古代语言论集》一书,由中国社会科学出版社公开出版发行。

攻读吐火罗文始末

"吐火罗文"这词儿，想必大多数人都没听说过，即或有人能叫出它的名字，也好像面对蓬莱仙山，可望而不可即。季羡林生前，有人为他深谙此道而叹为观止，笔者便偶尔听到："季老是我国唯一懂吐火罗文的学者，简直太神啦！"季羡林逝世后，人们都为失去一位头顶各色光环的大师而喟然长叹，但又有人多了一分担心——吐火罗文当真会在中国绝后吗？这也许是杞人忧天，国家总会采取急人之所急的补救举措嘛！

其实，早在 2005 年 9 月 20 日，季羡林与冯其庸联合署名的报告便飞到了中南海。报告称："在中国的古代，曾经有一些民族留下了语言文字，但是后来这些民族却消失了。这种文字通常叫作死文字，例如粟特文、吐火罗文、于阗文、印度古梵文等。以上这些珍贵的资料，老早即被西方的掠夺者所劫取，但在这些古文献资料里，不仅包含着当时的民族风情，而且反映着西部不少少数民族政权的内附关系，以至于汉政权行政机构的设施等等。但是这些珍贵的资料大部分在外国人手里，其解释权也由他们掌握主导。我们建议急需做两方面的工作：一是建立研究机构，培养专业人才，并调集国内极少数的几位专家一起带研究生；二是向国外派留学生，不仅学习这些古文字，而且还可以在国外搜集原始资料。我们凭借这些资料，一是可以向兄弟民族做历史主义和爱国主义的教育；二是万一有国际争端的时候，我们可以主动利用这些资料，解释这些资料。"

六天后，中央领导同志做出批示，要求财政部和教育部全力支持此事。

话题拢回。管子曰："疑今者察之古，不知来者视之往。"于今，我们欲求吐火罗文之堂奥，必当先弄清季羡林是如何学得这手绝活儿的，由此方能激励后贤，"为往圣继绝学"，开一代读书治学新风。

季羡林经常说，他与吐火罗文并非天生有缘分，只不过命好，这种机遇才向他那儿流。正是在二战炮声隆隆、饥肠辘辘的日子里，位于战争的心脏地区，他跟随世界顶尖学者西克教授学习堪称"天书"的稀奇古怪的死文字——一个"顶尖"，一个"天书"，遂成就了日后季羡林在此领域的丰功伟绩。

话分两头说。

先说西克教授,他曾用二十余年的精力,与西克灵、舒尔策教授一起,对20世纪初德国考古学家在中国新疆发掘出的吐火罗文残卷进行探索研究,终于解开谜团,译读成功。这种语言又分两种方言:一曰吐火罗文A,或称焉耆语;一曰吐火罗文B,或称龟兹语。二者均为千余年前我国新疆境内库车、焉耆、吐鲁番等地居民所操语言。但是,这种语言又属于印欧语系,与英、德、法、俄、西班牙语同归一途。因此,吐火罗文残卷的发现以及西克等人的译读成功,为印欧语系比较语言学、新疆古代民族史、世界民族迁徙史、佛教在中亚的传播史以及佛教入华史的研究,提供了新的重要的材料。

西克教授那时虽已是古稀老人,却本着"学术乃天下之公器"的精神,决意将这部"天书"——也可称为西方的印度学,通过初出茅庐的年轻学子,名正言顺地传回到东方中国去。因此,季羡林对这位老人顿生仰慕和感激之情,他曾以"猫教老虎"的故事,比喻西克教授并未多留一手,毫无私心和戒忌,把全套本领都拿了出来。

再说季羡林,当时他确乎承载着巨大的生命之重,正在极端地显示自我。二战伊始,他同其他人一样陷进饥饿的地狱,从此"失掉了饱的感觉,大概有八年之久"。这且不说,那么多必须要学的课程和语种,已使他这部机器超负荷地运转——他何尝不想多晒晒哥廷根冬日里的和煦阳光,或者呼吸一下春秋时节山林中的清新空气,而非要在烈日下化作飞蛾,投到炎炎的火焰中去?而且,他尚且没有昧着那颗赤诚的中国心,随时提醒自己:"我是一个中国人,到了外国,就代表中国。我学习砸了锅,丢个人的脸是小事,丢国家的脸却是大事。"

总之,这些似乎都成了季羡林不想碰吐火罗文的理由。他心中着实装着"十五只吊桶"——七上八下哩!

然而,季羡林又不得不正视另一种现实。他转念一想:"能够到哥廷根来跟这一位世界权威学习吐火罗文,是世界上许多学者的共同愿望。多少人因为得不到这样的机会而自怨自艾。我现在是近水楼台,为许多人所艳羡的。"

看来,季羡林的心又活了!

回想在清华读书时,季羡林除了学习名目繁多的必修课,还听过一些先生的选修课。尤其,他旁听的陈寅恪先生的《佛经翻译文学》"简直是一种享受,无法比拟的享受",不仅让他学到了佛学的基本知识,而且促使他到万里异邦来学习梵文、巴利文。而在眼下,他又面临着一个难得的机遇。二战爆发后瓦尔德施米特教授被征从军,接替他的西克教授早已退休,但不甘享受清福,执意要开设吐火罗文课。"投之以桃,报之以李",对于这种"送去主义"的好意,季羡林自当报以"拿来主义"的行动。

虽然季羡林自谦"到哥廷根之前,没有听说过什么吐火罗文",但他对兹事体大早有察觉。在清华,他受到国学大师梁启超、王国维、陈寅恪、吴宓等人治学精神和学术主张的影响。王国维、陈寅恪还对新疆吐火罗文残卷的发现以及吐火罗文的译读成功,给予极高的评价。王国维说:"惜我国尚未有研究此种古代语者,而欲研究之,势不可不求之英、法、德诸国。"

这对季羡林来说无疑是严正的宣言,当会产生一种危机感和责任心。退一步讲,即使德国仍然是中国旧时代的顽固保守分子称作的"蛮夷之邦",采取文化封锁主义,季羡林也会像南宋诗人杨万里的《桂源铺》绝句那样——"万山不许一溪过,拦得溪声日夜喧。到得前头山脚尽,堂堂溪水出前村。"——冲破重重樊篱,捧过这块瑰宝,奔向"柳暗花明又一村"。

1940年6月,西克教授开设的吐火罗文特别班开学了。说它是"特别班",一是不见于大学课程表的新课;二是只有两个异域青年学子——季羡林与独具慧眼、千里寻师的比利时学者沃尔特·古勿勒。这又使我们想起,美国钱卓拉塞卡尔教授开设的天文物理班,最后不是也只剩下两个学生吗?但是,几年后他那两个学生都获得了诺贝尔物理学奖,1985年钱卓拉塞卡尔教授本人也获得了这个奖项。而西克教授与他的两个弟子虽然未曾获得什么诺贝尔奖,但都在吐火罗文研究领域卓有建树,成就斐然,凭着他们对科学和真理的信仰与执着,顺理成章地得到了回报。

回想起学习吐火罗文的情景,季羡林感觉就像被带到一个莫名其妙的王国。

首先,西克教授上演的拿手好戏所用"道具"有三:一是《吐火罗文残卷》原文影印本;二是西克、西克灵教授于1921年出版的《吐火罗文残卷》拉丁字母转写本(影印、转写同在一书中——笔者注);三是西克、西克灵和舒尔策教授于1931年出版的《吐火罗文文法》。上课伊始,西克教授既不教婆罗米字母,也不教吐火罗文文法,而只讲《吐火罗文残卷》原文。这种方法自然令人懵然、茫然,如坠五里雾中,但又正是德国特有的行之有效的学习语言的方法——"推人下水法"。据季羡林回忆，这些残卷原文每一张的一头都有被焚烧的痕迹，焚烧的面积有大有小，但是没有一张是完整的，甚至没有一行是完整的，读这样真正"残"的残卷，其困难概可想见。

课堂上老师讲过残卷原文以后，学生要跟踪查找《吐火罗文文法》和词汇表，学习婆罗米字母。至于这一部文法，又绝不是为初学者准备的，简直像是一片原始森林，一走进去立即迷失方向，不辨天日。由于原卷残破，中间空白的地方颇多，老师根据上下文或诗歌的韵律加以补充。看来，一开始季羡林蒙了，并未马上找到"北"，必须下一番功夫去磨合。

然后，西克教授通过一段时间的"填鸭式"教学，迫使季羡林必须尽快转换角色，由被动变为主动。于是，他同古勿勒在课前充分预习，认真准备，根据老师要讲的课文阅读文法，检查索引，翻译生词；上课时，老师要求他们先将残卷原文用德文译出，再由老师纠正。老师除了纠正译文外，还要用更多的时间将残卷原文的空白补上，并译出完整的意思，但这毕竟调动了学生的主观能动性，因此季羡林的学习兴趣也日益浓烈，每周两次上课不但不以为苦，有时甚至有望穿秋水之感。

最后，西克教授的这种教学方法使季羡林受益终身，尤其对他归国四十年后又重操旧业，承担译读新疆出土的吐火罗文 A《弥勒会见记剧本》起到举足轻重的作用，季羡林堪称万里拓荒第一人。

都说"无巧不成书"，季羡林正在跟西克教授啃这块硬骨头的时候，突然发现第一篇吐火罗残卷——《佛说福力太子因缘经》，恰好在中国《大藏经》中也有多部平行的异本，其中竟有一部连名字都一模一样。而且，除了汉译佛经异本外，他还发现在藏文、于阗文、梵文中，也有吐火罗文本的《佛说福力太子因缘经》的异本。季羡林的这一发现，正中西克教授的下怀。

原来，在译读吐火罗文残卷时，西克教授也曾通过与其内容相近且又能读懂的其他文字的异本，解决了一些难题。但是他对汉文一窍不通，对唾手可得的诸多汉译佛经异本只能望洋兴叹。"师傅有事徒弟服其劳"，西克教授实在大喜过望，连忙请季羡林将发现的汉译佛经诸异本择其要者译成德文。

季羡林当然备受鼓舞——汉文，是他的母语，手拿把掐；佛经，又是他研究的重头戏，成竹在胸。真是得天独厚，无可比肩！

于是，他将与吐火罗文残卷《佛说福力太子因缘经》最为接近的几种汉译佛经异本收集起来，译成德文，其中有《佛说福力太子因缘经》《生经·佛说国王五人经》《大智度论》《大方便佛报恩经》《长阿含经》《根本说一切有部毗奈耶药经》以及混合梵文佛典《大事》，并参照其他大量的汉文、梵文、巴利文佛典进行详细的注释。实际上，这就等于对残损严重的吐火罗文本的《佛说福力太子因缘经》重新进行了检校和勘正，通过对照汉译佛经异本，原来没有读懂之处便迎刃而解了。

对于此方之灵验，季羡林晚年仍然耿耿于怀。他说，《吐火罗文残卷》"第一页反面第一行的'lyom'，原来不知何意，同汉文一对，知道它的确切含义是'泥'；第一页反面第三行'arsal'，原来不知何意，同汉文一对，知道它的确切含义是'堑'……"

显然，西克教授当初没有解决的问题，经季羡林这么一试，就一下子"涣然冰释，豁然开朗"了。

实际上，这就成了季羡林在德国写的第一篇学术论文，也是他的开山成名之作——《吐火罗文本的〈佛说福力太子因缘经〉诸异本》，经过西克教授的推荐，1943年发表在国际东方文学界颇有影响的《德国东方学会会刊》第97卷第2册上。

试想，在"发现一个字的字义等于发现一颗新的行星"的情势下，这篇论文怎能不使他跻身于世界吐火罗文研究的前列？又怎能不使他获取中国人的话语权，在国际学术研究史上留下光辉的一页？

季羡林从德国留学归来后，在20世纪五六十年代的每一次政治运动中，都狠挖自己的思想，躬身自省，认为中华民族的优秀儿女把脑袋挂在裤腰带上，浴血奋战，壮烈牺牲的时候，他却躲在万里之外的异邦，追求自己的名山事业……他为这种基督徒式的"原罪"付出了沉重的代价。然而，当我们听了季羡林学习和研究吐火罗文的故事，可以肯定地说："季先生，当年您在德国法西斯的魔掌下，并没有给祖国和人民丢脸，中华民族的优秀儿女中也有您的一席之地！"

自从20世纪80年代以来，已是古稀老人的季羡林，竟以气壮山河的魄力，用中英文写作一部大书——《吐火罗文〈弥勒会见记〉译释》。其中，他利用四十年前从西克教授学到的那套本领，通过平行异本进行译读，确定残卷的某些字义和语法形式，探索某些汉译字词与吐火罗文的关系，从而解决了诸多前人、洋人未能解决的问题。1998年，此书由设在柏林和纽约的跨国出版公司 Moufon de Gruyfer 出版。

"地到无边天作界,山登绝顶我作峰",难道这还不足以表明,随着季羡林在吐火罗文研究领域所取得的辉煌成就,吐火罗文的研究中心已经由西方转入东方,由德国移到中国,他当之无愧地成了一座不可逾越的高峰吗？所以,我们也可以肯定地说:"季先生,您将百岁人生都交给了祖国和人民,为她们争了光,添了彩!"

季羡林究竟跟西克教授学了多长时间吐火罗文,就连他自己也记不清了,只觉得时间并不算短。留德十年,季羡林心中固然充满了饥饿的历练、乡愁的痛楚——他压根儿就不属于那种"无灾无难到公卿"——却更多地凝结着读书的乐趣、成功的喜悦以及对恩师的感怀。那么,他与西克教授到底保持着怎样的关系呢？

在那六出蔽空的冬日,每逢下课,黄昏降临,天阴沉沉的,大街上由于实行灯火管制,更处在一团黑暗中。此时,只见一个年轻人搀扶着一位老人,一步一步地向前走去,季羡林要把西克教授送回家才会放心。有时下课很晚,夜阑人静,积雪深深,天地间就好像只有他们师徒二人,这是多么感人而纯真的一幕！

在那饥饿难耐的日子,季羡林首先想到西克教授的衰迈之身。有一次,他从自己有数的配给食品中挤出一点儿奶油,又弄来一点儿面粉、鸡蛋和白糖,到点心铺做了一个蛋糕。当季羡林高高兴兴地捧着这盒蛋糕来到西克教授家里时,教授双手颤抖着,竟然忘记说声"谢谢",赶紧喊来师母,一起把它接过去。季羡林在这战乱之时,为西克教授做了一件好事儿,心中感到万分熨帖和激动。

在那德国法西斯行将灭亡的日子,局势直转急下,美、英、苏军队从东西两方面攻入德国境内。一天,美国兵围攻哥廷根,炮火间隙,季羡林急忙来到西克教授家查看情况。

一见到季羡林,师母便抱怨说:"附近刚刚落下一颗炮弹,窗户玻璃全被炸碎,玻璃片落满一桌子,他却好像没事儿似的,仍然坐在那里一动不动地看书。"

季羡林听后惊呆了,急忙问:"教授,伤着了没有？"

"没有,没什么了不起的,已经习惯了。"西克教授笑了笑说。

季羡林立刻对这样一位为了学术而将生死置之度外的老人肃然起敬。

在哥廷根大学的教授们按惯例周六下午去林中散步的时候,有一次,季羡林巧遇西克教授和其他几位教授。西克教授特意把他叫到跟前,得意地向自己的同事介绍说:"这个中国学生刚通过博士论文答辩,是最优等的。"

季羡林听了并未受宠若惊,默默地低下头,心想:"'平生不解藏人善,到处逢人说项斯',传为美谈的'说项',不期竟在万里异域见到,这是教授对自己的砥砺啊!"

1942 年,季羡林获得了博士学位一度想回国,他向西克教授谈起这件事情时,教授立刻声音颤抖地说:"我正准备为你找一个固定的位置,以便在德国继续住下来,万没想到你要回国。即使回国也不要太急,我替你向大学校长申请津贴,到外边去好好休养一下。"

季羡林听了抑制不住激动,真想哭上一场,心想:"一旦离开德国,谁知哪一年还能回来,又能不能回来呢?这位像自己父亲一般替自己操心的老人,十有八九是不能再见了!"

可是,当他回国未成又返回哥廷根时,西克教授喜出望外,又继续给季羡林讲授吐火罗文课,并与瓦尔德施米特教授一起指导他的博士后研究。

季羡林回国后,曾经与西克教授保持几年的通信联系。1951 年,这位耄耋老人谢世了。季羡林与西克教授的忘年之交是那样情深义重,他经常回忆起哥廷根的日子——春光明媚的时节,师徒俩踏着婆娑的树影,漫步在林中小径上;艳阳普照的时候,师徒俩沐浴在平静的河水中;霜叶红如二月花的季节,师徒俩在橡树下促膝交谈;寒气袭人的日子,师徒俩借着迷蒙的灯光,在吐火罗文残卷中蹀去蹀去……

季羡林原本是下定决心不辜负西克教授的期望的,但怎奈归国后资料短缺和受其他条件的限制,长时期没能从事吐火罗文的研究工作。迨至四十余年后机会来了,他又重操旧业,并取得了丰硕的成果,终于可以告慰恩师在天之灵。

博士后的辉煌

1941 年 2 月 19 日,季羡林获得博士学位后,又乘胜出击进行博士后研究。

这时,中国抗日战争已经过去四年,世界反法西斯战争也已经过去两年。沧桑难断情和义,苦难犹记家和国,季羡林无时不在怀念两位母亲。通过了博士考试的他便急着回国,可见那颗火热的赤子之心。

关于出国留学,季羡林历来有自己的看法,生前与很多人议论过。他曾经说道:

我们俩(指与许国璋——笔者注)都在外国待过多年,绝不是什么土包子。但是我们都不赞成久出不归,甚至置国格与人格于不顾,厚颜无耻地赖在那个蔑视自己甚至侮辱自己的国家不走。我们当年在外国留学时,从来也没有久居不归的念头。国璋特别讲到,一个黄脸皮的中国人,那几个诺贝尔奖金的获得者除外,在民族歧视风气浓烈的美国,除了在唐人街鬼混或者同中国人来往外,美国社会是很难打进去的。有一些中国人可以毕生不说英文,依然能过日子。神话传说中说道人成道,鸡犬升天,那一些中国人把一块中国原封不动地搬过了汪洋浩瀚的太平洋,带着鸡犬,过同在中国一样的日子,笑骂由他笑骂,好饭我自吃之,这究竟有什么意义呢?我同国璋不禁唏嘘不已。"回思寒夜话昌明,相对南冠泣数行",我们不是楚囚,也无昌明可话。但是我们的心情是沉重的,我们是欲哭无泪了。岂不大可悲哉!

也许,季羡林当年正是出于这样的心情,才毅然决定返回祖国的。1942 年 10 月,德国政府承认了南京汪精卫汉奸政府,国民党政府的公使馆被迫撤离到瑞士。他到了柏林,从住在那里的初中老同学张天麟了解到,去瑞士办理回国手续并不容易。于是,他趁机去普鲁士科学院,拜访了与西克教授共同释读《吐火罗文残卷》的西克灵教授,然后于 1942 年 10 月 30 日又回到了哥廷根,继续他的博士后研究。

下面,就来看看季羡林在博士后期间所取得的研究成果。

事实上,自从 1940 年 12 月 23 日通过博士论文口试答辩后,他便开始沿着博士论文开辟的道路,进行印度古代语言学的研究,直到 1945 年 10 月 6 日最后离开哥廷根,一共用了五年时间。在此期间,他共写了四篇论文。2001 年 9 月 4 日,季羡林在接受新华网记者采访时说:

现在媒体介绍我的地方非常多,但是我在德国十年究竟干什么东西,知道的不多,因为用德文写的,在国内能看德文的不多。

季羡林的四篇论文的具体情况是:

第一篇论文题目是《中古印度语言中语尾 – am 变为 – o 和 – u 的现象》,由西克教授推荐,1944年发表于当时学术地位极高的《哥廷根科学院院刊》(哲学历史学类)第6号上。这篇论文在印度古代语言学界,尤其在佛教梵文研究领域产生了巨大影响,引起了一些国际著名学者的高度重视和热烈反响。

季羡林曾说,他研究佛教梵文或混合梵文,一直是把研究语言变化规律与印度佛教史结合起来,从中探索一些重要佛教经典和佛教派别产生、流传的过程和特点。这篇论文正好体现了季羡林的这一研究宗旨和目的。

首先,季羡林从用佛教梵文写成的佛典中,发现了许多语尾"-am"变成了"-o"和"-u"的现象。这一发现很重要,可以通过进一步搜集有关资料,进行比较彻底的研究。他又逐渐发现,在印度阿育王石碑铭文、较晚的佉卢文铭文、Dutreuil de Rhins写本残卷、中国西域出土的佉卢文文书(包括于阗俗语和尼雅俗语)、混合方言佛典写本、Apabhramsa语、于阗塞种语、窣利语和吐火罗语中,都有"-am"变为"-o"和"-u"的现象,这种现象延续时间长,流传地区广,很有研究价值。

然后,季羡林采用他的太老师吕德斯首创的研究方法,即利用印度阿育王石碑铭文来确定佛教梵文中所含俗语也就是地方方言的流传地区。在印度古代史上,阿育王(公元前272—公元前232在位)统治的版图空前辽阔,他所颁布的敕令并不是用梵文,而是用古代半摩揭陀语刻的。这种石碑上的语言是印度东部方言,也是原始佛典使用的语言,流通的范围有限。为了使各地臣民都能读懂阿育敕令,当时便把它译成了各地的方言。因此,只要对阿育王在其统辖区域所立石碑铭文的不同方言,进行比较研究,即能看出它们的语法变化规律。

最后,季羡林按照这种方法搞清了语尾"-am"变成"-o"和"-u"的地域分布情况,认定其中"-am"变成"-o"的现象是印度古代西北部的一种方言,它的使用范围甚至延伸到与之接壤的中国新疆等地,这从西域的考古发掘以及部分佛典如《妙法莲华经》也可以得到证明。季羡林得出的结论是:某些佛典正是由东部的古代半摩揭陀语向西北部的方言转化的,继而趋向梵文化,从中可以判断出一些重要佛教经典和佛教派别产生、流传的过程和特点。

时至今日,季羡林的这篇论文仍然在国际学术界引起热烈的讨论,甚至掀起轩然大波。季羡林曾经说道:

以美国梵文学者弗兰克林·爱哲顿为代表的几个不同国家的梵文学者却提出了异议,不同意我的说法,研究学问有异议,是一个非常好的现象。真理愈辩愈明,不要怕争论,不要怕异议。但是,古今中外都有一些学者,总想用从鸡蛋里挑刺的办法,来显示自己的高明和权威。在"-am > o"和"u"这个问题上,爱哲顿就是这样一位学者。可惜他的论证本身就不能自圆其说,矛盾层出。

在真理面前,季羡林绝不让步,他于1956年、1958年、1984年先后发表了三篇论文——《原始佛教的语言问题》《再论原始佛教的语言问题》和《三论原始佛教的语言问题》,予以驳斥爱哲顿等人的观点。

但是,季羡林并不是孤军作战,不乏支持、鼓励他的世界著名梵文学者,比如日本东京大学原实教授就是其中最突出的一位,他在国际梵文学者大会上站在季羡林一边。1980年7月,季羡林应邀赴日本参加"印度学佛教会议",在一次招待宴会上,他与原实教授初次见面。

原实教授问道:"听说您在德国学过梵文,教授是哪一位?"

"在哥廷根,教授是瓦尔德施米特。"

"您或许就是那位研究梵文不定过去式的Dschi Hian-Lin(季羡林的德语拼音——笔者注)?"原实教授接着问。

"是的。"

原实教授听了投以羡慕的目光。

另据20世纪90年代季羡林的日本博士研究生辛岛静志回忆,原实教授那次见到季羡林以后,曾对他说:"我简直不敢相信,40年代就发表了两部德文专著、推动佛教混合梵语研究的学者,三十多年后竟坐在我面前。"

第二篇论文题目是《应用不定过去时的使用以断定佛典的产生时间和地区》,由瓦尔德施米特教授推荐,发表于1949年《哥廷根科学院院刊》上。这是季羡林继博士论文后发表的一篇最长的论文,瓦尔德施米特教授慧眼识珠,认为这样的文章难能可贵,非同寻常,因此亲自为其定题,并负责编校和出版。而季羡林则是倾注大量的心血,秉承吕德斯、瓦尔德施米特等著名梵文学者那种坚实、周到、细致、彻底,几乎是滴水不漏的治学方法和精神完成的。

长期以来，季羡林在阅读许多混合梵文佛典时发现，不定过去时这个平时并非习见的语法形式，在同一部佛典早晚不同的文本中，出现了某些改动，为此他做了大量的读书笔记和卡片。可以说，季羡林这时又发现了具有研究价值的新材料和新问题。于是，他以海德曼·奥尔登堡关于《大事》的论文中明确提出混合梵文佛典有早、晚两种文本为依据，将《大事》等较晚文本与《大品》《长尼伽耶》等较早文本相比较，得出结论是不定过去时这一语法现象在较早文本中出现较多，在较晚文本中出现较少，或者根本没有出现。为何出现这种情况呢？季羡林认为，同一部佛典本来只有一种文本，后来为顺应"梵文化"的趋势，文字便有了改变，其中不定过去时有的被保留下来，有的则被替换掉，因此从早晚不同的两种文本中可以判断佛典产生的时间。

接着，季羡林在承认吕德斯、瓦尔德施米特教授等人提出的存在一种"原始佛典"理论的基础上，认为这种"原始佛典"是释迦牟尼去世后，由其子弟整理的，记述佛祖在悟道成佛后讲的十二因缘、四圣谛一类的内容，最初是用东部方言即古代半摩揭陀语纂成的。在一些有东部方言特点的较早的混合梵文佛典中，不定过去时的语法形式多，反之，不定过去时的语法形式少，甚至逐渐被其他语法形式所代替，从而说明不定过去时这个词法形式最初流行于东部方言纂成的接近"原始佛典"的一些混合梵文佛典中。

季羡林的这篇论文对判定许多佛典的语言特点和产生的时间、地区，提出了非常重要的见解。时过不久，这篇论文连同第一篇论文便在国际梵文学界引起了激烈的争论。季羡林回国后在研究条件极其困难的条件下，尤其经历了"文革"的生死劫难，在三四十年漫长的岁月，仍然断断续续发表了一系列进一步阐述自己学术观点的重要文章，使之更趋完善，受到国际学术界的高度重视和有力支持。

第三篇论文题目是 *Pali Asiyati*，发表于1947年辅仁大学的《华裔学志》上。这篇论文虽然较短，但仍然是一篇极其重要的论文。对此，钱文忠教授评论道："巴利文 Asiyati 这个词的来源，是一个长久以来众说纷纭的问题，此前的学者由于将目光仅限于巴利文本身，一直没有能够解决问题。季羡林第一次突破这种画地为牢的研究方法，将目光不仅延伸到混合梵文，甚至还利用了不少汉译佛典的材料，从而做出了可以肯定是正确的答案。这篇文章解决的何止是一个字的来源问题，而它在方法论上做出了贡献,展示了新的技术手段、研究思路。可惜的是,至少是从语文学角度研究巴利文的人,至今很少意识到这一点。"

第四篇论文题目是《吐火罗文本的〈佛说福力太子因缘经〉诸异本》,发表于1943年著名的《德国东方学会会刊》第97卷第2册,上文提过,此不赘述。

在谈到当年用德文发表的上述论文时,季羡林曾经说道:

> 熟悉德国学术界情况的人都知道,科学院院刊都是享有至高无上的权威的刊物,在上面发表文章者多为院士一级的学者。我以一个20多岁至30岁出头的毛头小伙子,竟能在上面发表文章,极为罕见。我能滥竽其中,得附骥尾,不能不感到光荣。可惜由于原文是德文,在国内,甚至我的学生和同行,读到那几篇论文的,为数甚少。介绍我的"学术成就"的人,也大多不谈。说句实话,我真感到有点遗憾,有点寂寞。

季羡林遗憾吗?在他的众多生徒和仰慕者中,毕竟已经涌现出一些包括精通梵文、巴利文在内的东方学学者,他们仍然顽强地坚守着阵地,并取得了可喜的战绩。可以预见,在印度学,乃至东方学的教学和研究中,将会培养出越来越多的合格人才。但是从目前来看,真正称得上继承季羡林学术精神的人为数不多。在我们这样一个日益强大的国家,不应该只有少数人在此领域内孤军奋战,而应该有越来越多的人加入进来,有所发明,有所创新,以跻身于世界学术之林。正如著名学者、北大学兄郁龙余所说:"对于季羡林的继志者来说,需要认真学习他的著作,更需要学习他的学术品格。季羡林是中国当代学术的骄傲,是中国当代学者的楷模。他的学术品格,概而言之有五:勤勉不息,惜时如金,为其成功秘诀;预流弄潮,追寻真理,为其不死灵魂;取弘用精,灵构妙筑,为其得心常法;学术道德,为其立命之本;真情相待,从善如流,为其会友之道。"

看来,只要秉承季羡林的遗志,学习他的学术品格,就会重现东方学的辉煌,以无愧于我们伟大的时代。

季羡林寂寞吗?他虽然经历过资料匮乏和与国际同行中断联系的苦闷时期,但一直在坚持着、等待着。既然那几篇成名作奠定了他在国际学术界的领先地位,那么，国际著名学者就不能不关注他、看重他，而他则随时告诫自己，只要有条件、有机会，就要继续让自己的学术研究与国际接轨，力求再次置身于前沿阵地。为此，一方面，他在有争议的学术问题上，通过讨论甚至辩论，提出自己的新观点，以此结交包括持不同意见的国际朋友；另一方面，他越到晚年用功越勤，高频率地写出了堪称国际一流的重要文章和专著，有的用英文在国外发表。

看来，只要以季羡林为榜样，不甘寂寞，孜孜以求，锐意进取，就能在国际学术界发出中国人的声音，争得一席之地。

一位异国的母亲

1980年11月4日—15日，季羡林回到阔别三十五年的哥廷根。"访旧半为鬼，惊呼热中肠"，他就是怀着这样的心情走进了各位老友的家。然而，他还有自己的"家"，那就是欧朴尔太太的房子——他在那里住了整整十年。在往昔流年岁月中，他经常梦见自己的生身母亲，但又何尝不会梦见异国的母亲呢？梦如人生，能不信乎？梦中那位母亲的面影，使他真实地感受到人生的苦涩、艰辛、愉悦、欢乐，甚至尝到了生离死别的滋味儿。正如季羡林回忆道：

> 我们共同生活了十年，共度安乐，也共度患难。在这漫长的时间内，她为我操了不知多少心，她确实像我自己的母亲一样，回忆起她来，就像回忆一个甜美的梦……

那还是1935年10月31日——哥廷根的一个迷人的秋日，季羡林带着美丽的遐想兴致勃勃地来到了明希豪森街20号。50岁左右的欧朴尔太太把他领进他的卧室——三楼的一个房间。说来也怪，季羡林第一眼看上去，就感到那女人身上仿佛流露出与自己母亲的相似之处。这莫非是亲人的第六感吗？

欧朴尔太太一家三口，她和丈夫有一个儿子。儿子在外地念大学，就把他的房间租给了季羡林。欧朴尔先生是一个工程师，在市政府工作，像普通的德国人一样，老实憨厚，少言寡语。显然，这个家庭的主角是欧朴尔太太。看起来，她并没有多少惊人之处,相貌和装扮平平常常,说起话来也平平常常。但是,季羡林既然准备在这儿长期住下去,与女主人打交道恐怕要多一些,那就必须品品她到底是什么样的人。

没过多久,季羡林就发现,欧朴尔太太并非平平常常,而是非常诚恳、善良、和气,与她相处根本用不着玩心眼、费口舌,一切都是平平静静、自自然然,无时不沐浴在温暖和煦的春风里。季羡林刚来时,自己的母亲才去世两年,思母之情一直萦绕心间。但从欧朴尔太太那里,他正好拾回了母亲的影子,重温到母亲的温暖。是呀,她那朴实、勤劳、平凡的性格,难道不是普天下的母亲都具备的吗?

中国有一句老话:女人围着锅台转。每天一早起来,欧朴尔太太先做早点,给她丈夫一份儿,给季羡林一份儿。然后,她先把季羡林的房间打扫得干干净净,接着擦地板,擦楼道,甚至擦外面的人行道。地板和楼道必须打蜡,直弄得油光锃亮,人行道要先扫干净,然后用肥皂水洗,就是在上面打个滚儿,也不会沾半点儿尘土。德国人这种爱清洁的习惯,自然感染了一身土气的季羡林。

欧朴尔太太还在季羡林的饮食上动了脑筋。德国人每天都要吃上几顿饭,分正餐和副餐,而季羡林是个穷学生,一无时间,一无金钱,无法摆这个谱儿,仍然是一日三餐,照吃不变。早晨,欧朴尔太太给他沏上一壶热茶,烤几个面包片,季羡林吃得还挺惬意。中午,他在外面吃馆子,用不着欧朴尔太太操心。晚上,如果按德国人的习惯,只能吃冷食,泡一壶茶或咖啡,吃凉面包、香肠、火腿、干奶酪,可季羡林却享受了"特殊待遇"——欧朴尔太太特意把午饭留下一份儿,重新热一热,这样就能吃上热饭热茶,他心里美滋滋的。

季羡林晚上在家待的时间最长。约莫10点钟,欧朴尔太太准时来到他的房间,把被子铺好,把被罩拿下来放到沙发上。季羡林感到过意不去,几次要自己做,但欧朴尔太太却非做不可,嘴里还叨叨说:"我儿子在家时,我就是这样做的。"铺好被子,她又站在那儿同季羡林闲聊一会儿,把她一天干了什么活,买了什么东西,见了什么人,碰到了什么事,到过什么地方,事无巨细,一一道来。季羡林对此虽然不太感兴趣,但也只好洗耳恭听。刚来那阵子,季羡林的德文听力并不强,欧朴尔太太说的话,有很多他都听不懂,这样一来二去他就能听懂了。所以,欧朴尔太太成了他的真正的家庭德文老师。每天"汇报"完了,欧朴尔太太总是说一句:"夜安!祝你愉快地安眠!"季羡林也照样回应了一句,然后她便回到自己的房间去了。季羡林脱下皮鞋放在门外,然后上床休息。第二天早晨,季羡林出门时总会看到自己的皮鞋锃明瓦亮,原来这也出自欧朴尔太太之手。

在此十年间,季羡林生活中杂七杂八的活儿,比如买东买西、跑来跑去、缝缝补补、洗洗漱漱,全由欧朴尔太太一手包办下来。难道这还不是一位可敬的母亲吗?

欧朴尔太太之所以是一个平平常常的人,正因为她没有过分的奢望和企求,对季羡林所做的一切,她总觉得是自己应该做的。实际上,季羡林留学期间所取得的喜人成绩,其中也有欧朴尔太太的一份功劳,由于她的细心照顾,季羡林才能解除后顾之忧,才能全身心地投入学习和研究。当他获得博士学位后,把这一消息告诉了欧朴尔太太,她是多么高兴啊!

她笑着说:"从今以后我该叫你'博士先生'啦!"

"不,不,完全没有必要!"季羡林连忙说。

季羡林是知道感恩的,无论何时他都不会以"大学者"自居,不会轻视和怠慢施惠于他的任何人。对于欧朴尔太太,当然更是如此。

二战爆发的前几年,季羡林在欧朴尔太太家生活得还很安稳、很幸福,双方都留下了许多美好的回忆。可是,战火一旦燃起,而且越燃越烈,季羡林就只好与欧朴尔太太一家同甘共苦,相依为命了。对此,无论是老师,还是朋友,都不会像欧朴尔太太那样,最令季羡林忆念不忘,感受颇深。

季羡林对欧朴尔太太的家世出身,就像对自己的母亲一样,寄予无限的同情和怜悯。她的一生确实颇为坎坷。一战结束,德国马上发生通货膨胀,她家里存的一点儿黄金也"膨胀"光了,生活越来越吃紧。谁知二战又接着来了,等于雪上加霜,日子过得越发艰难。对于这场战争的罪魁祸首,她从来没说过好话,但也不知道如何去反对。她虽有一些种族偏见,说过反犹太人的话儿,但也只是随乎大流,人云亦云。

在那挨饿的日子,她在乡下没有"关系户",仅靠供应的一点儿食品,终日岌岌可危。欧朴尔先生终于挺不住了,他原本是个大胖子,最后饿得皮包骨,没过多久便饿死了。他们的儿子已经结婚,住在另外一个城市,父亲去世也没回来。那天深夜,是季羡林亲自去找大夫来的,因为没法抢救,只好等死。欧朴尔先生去世后,又是季羡林陪着女主人守在尸体旁,度过一夜,第二天一起送到殡仪馆。每逢祭奠日,季羡林总是陪着欧朴尔太太去扫墓……从此,季羡林便成了欧朴尔太太身边唯一的亲人,承担起照顾她的责任,因为她儿子是不管她的,很少回家来。

1942年10月,季羡林完成学业决定回国。欧朴尔太太听到这个消息,极力挽留他,甚至急得哭起来。季羡林也不禁热泪盈眶。当他回国未成又回到哥廷根时,欧朴尔太太仿佛拣回了一只金凤凰,季羡林也仿佛有游子回家的感觉。

二战快要结束时,德国老百姓的日子更加难过,不但食品严重短缺,而且燃料也成问题。既缺米又缺柴,简直到了山穷水尽的地步。有一次,市政府为解燃眉之急让大家到山上砍树,季羡林作为欧朴尔太太家的棒劳力,与她上山砍了一天树,然后运到一个木匠家,用电锯锯成劈柴。那个木匠的态度很不好,季羡林气得同他吵了一架……只有这时,季羡林才真正感觉到,他已经是这个家庭的成员了,欧朴尔太太就是自己的母亲。

二战刚结束,有一天,季羡林和张维闯进躲过盟军轰炸的一个仓库,冒着随时都会被卫兵打死的危险,带出来一大包牛肉罐头。回家后,他将这些罐头分给了老师和朋友,剩下的用来犒劳欧朴尔太太。尝过饥饿地狱滋味的人,这些罐头简直就是仙丹醍醐。看着欧朴尔太太吃着罐头开心的样子,季羡林心中酸甜苦辣一起涌来。他回想起与欧朴尔太太一起度过的岁月,真想一下子扑到她的怀里,尽情享受慈母般的亲情和温暖。

1945年深秋,哥廷根照样天高气爽,艳阳高照。那天清晨起来,欧朴尔太太还像往常一样,把季羡林的床榻收拾得整整齐齐、干干净净。然而,她那红肿的双眼无精打采,步履沉重得像背着千斤重负。是呀,昨夜她几乎没有合眼,季羡林的影子时隐时现,多么可爱的孩子,就要离她而去,何时再能见到他呢?

而季羡林呢,他一早起来一句话也没说,呆坐在沙发上,一动不动,惺忪的双眼透出血丝,昨夜压根儿也没睡着,望着天花板出神。那是三千六百个日日夜夜呀,他一刻也没有离开过欧朴尔太太,如今一旦离开,偌大的五间房子只剩下她孤身一人,冷冷清清,凄凄惨惨,让她如何忍受得了呢?如何生活下去呢?

欧朴尔太太从厨房里端来热腾腾的红茶和烤面包片,季羡林还是一动不动地呆坐在沙发上。

欧朴尔太太终于忍不住了,呜咽着说:"孩子,吃点儿东西吧,省得路上挨饿。"

季羡林仍然一句话也没说,只是勉强地吃了几片面包。

忽然,外面传来吉普车的喇叭声。季羡林立刻站起身,一把儿搂住欧朴尔太太,将头埋在她怀里。欧朴尔太太顿时放声大哭。

季羡林也流着热泪,安慰她说:"欧朴尔太太,您就是我的母亲,儿子很快就会回来看您,望您多保重!"

十年相处,冬去春来,情深似海,义重如山,一切都凝结在这一刻中。这是多么感人的一幕!

季羡林压根儿没有想到,这竟是与欧朴尔太太的最后别离。回国后,他给欧朴尔太太寄过几封信。有一次还费了很大劲儿,搞得一罐美国咖啡寄给她,略表心意。自从20世纪50年代开始,季羡林便与欧朴尔太太中断了书信往来。是他忘记了自己的恩人了吗?不,在那个年代,所谓"海外关系"被看成是最敏感、最危险的玩意儿,稍有不慎就会被卷入苦海中。所以,他虽然一直想着那个孤苦伶仃的异国母亲,但不敢给她写信,怕惹来杀身之祸。季羡林是否太软弱了?他在一篇文章中写道:

一些在国外工作和讲学的中国学人,也纷纷放弃了海外一切优厚的生活和研究条件,万里归来,其中就有后来在"文化大革命"中自沉的老舍先生。他们个个意气风发,斗志昂扬,认为祖国前程似锦,自己的前途也布满了玫瑰花朵。

然而,曾几何时,情况变了,极"左"思潮笼罩一切,而"海外关系"竟成诬陷罗织的主要借口。海外归来的人,哪里能没有"海外关系"呢?这是三岁小儿都明白的常识。然而我们的一群"左"老爷,却抓住这一点不放,什么特务,什么间谍,这种极为可怕的帽子满天飞舞,弄得人人自危,个个心凉。到了"文化大革命"更是恶性发展。多少爱国善良的人遭受了不白之冤……

在这种情况下,季羡林也绝没有那么大的胆量。从此,他与欧朴尔太太便云天渺茫,互不相闻,如杜甫诗中所说"明日隔山岳,世事两茫茫"了。

三十五年后,季羡林重返哥廷根,首先去看的便是他的故居,那座房子依旧整洁如初,三楼屋子的窗台上依旧摆着红红绿绿的花草。他看着看着,眼前突然一亮,那不是欧朴尔太太栽种的吗?他蓦地一阵恍惚,仿佛昨天才离开这里,今天又回家来了。他推开了大门,大步流星地跑上楼去见"母亲",然而……

一份苦涩的恋情

为贤者讳,尤其是在季羡林晚年,圈内人不再忍心打扰他,便尽量回避谈论这个异国之恋的故事。不过,也有人说,季羡林家里仍然保存着两张照片,一张是风姿绰约的金发女郎,另一张是老态龙钟的德国老妇,两张照片那么鲜明地对比着,其中深意,不是谁都能够理解的。不管怎样,这份苦涩的恋情,在季羡林的感情世界中非同小可,占着无法替代的一席之地。

季承先生在《我和父亲季羡林》一书中说:

> 这恐怕是父亲的第一次真正的恋爱,也可以说是初恋。可结果如何呢?伊姆加德一边替父亲打字,一边劝父亲留下来。父亲怎么不想留下来与她共组家庭,共度幸福生活呢?当时,父亲还有可能就聘去英国教书,可以把伊姆加德带去在那里定居。可是经过慎重的考虑,父亲还是决定把这扇已经打开的爱情之门关起来……

我们顺着这种思路,追溯一下这对有情人的恋爱故事。

其实,季羡林与伊姆加德之间,发生的仅仅是擦肩而过的凄美之恋,他们彼此从来没有海誓山盟过,只是将那份真情实意悄悄地藏在心底。就连他们的相识也再平常不过了,那是清华的老学长田德望介绍的,时间在1938年前后。1937年,田德望在意大利佛罗伦萨大学获得文学博士学位后,又来到哥廷根大学进修,1939年便回国了。他虽然只在哥廷根待了一年,却给季羡林和伊姆加德当上了"红娘"。

原来,田德望的房东迈耶先生是一个老实巴交、不苟言笑的人,就跟季羡林的房东欧朴尔先生一样,但是他却有两个如花似玉的女儿。其中大女儿伊姆加德长得最漂亮,修长的身材秀美多姿,白皙的肌肤细腻柔嫩,金黄色的头发轻盈如云,碧蓝的眼睛晶莹似水,是一个聪明伶俐、活泼可爱的西方女性。而季羡林那身"土气"虽然不可能完全散去,但在清华毕竟受的是西方文学的熏陶,接触的是洋人学者,思想感情未免会发生某些变化。他来德国已经三年,身上也沾上了一点儿"洋味",称得上风华正茂、倜傥洒脱、满腹经纶的"帅哥儿"。都说"千里有缘一线牵",季羡林听说老同学田德望来到哥廷根,便鬼使神差地去看他,结果那条爱情的红线却把他与伊姆加德牵了起来。

那时,季羡林一方面饱受轰炸、饥饿和思乡之苦,一方面又被繁重的学业压得透不过气来,要是能够得到一点儿消遣的话,那就是和田德望等几位中国朋友有时在一起玩一玩。不久,田德望离开了哥廷根,季羡林便又从伊姆加德那里获得些许欢乐,以此来温暖这颗冷清寂寞的心。

时间一久,季羡林每次来到伊姆加德家,就仿佛感到这里是避风的港湾,难得的清静和温馨。迈耶先生憨厚朴实,总是默默地坐在那里听着他讲话,脸上一直挂着慈祥的笑容。迈耶太太性格开朗,热情大方,总是对他问寒问暖,体贴入微,就像母亲一样。那对千金小姐当然是真心对待这个既说得一口流利的德语,又具有东方人特殊魅力的大学生,尤其是他那高挑的个头儿,英俊的脸庞,斯文的举止,优雅的言辞,令她们赏心悦目,觉得他正是自己心目中的情人。但是,季羡林更为垂慕的还是姐姐伊姆加德,因为她与自己的年龄相仿,意趣相投,长得也蛮漂亮。总之,这样的家庭,这样的姑娘,正是他所追求和向往的。

说来也是缘分。1940年秋,季羡林把用心血写成的毕业论文拿来请伊姆加德打字,这便为他们之间的频频接触提供了宝贵的时机。他必须天天晚上到她家来。在她的卧室里,他就紧挨着她坐着。每当她把那些必须穿靴戴帽、点横分明的字母弄错的时候,他就手把手地教她改过来。这篇论文篇幅很长,季羡林又在上面改了又改,因此伊姆加德打字并非那么容易,但她却乐在其中。

他俩每天都工作到很晚很晚,季羡林就坐在她身边,形影不离。直到夜深了,万籁俱寂,二人正在喁喁私语时,伊姆加德突然醒过神来,急忙挪动一下身子,停下手中的活儿,柔声细语地说:"天晚了,你该回去了。"

"嗯,对不起,晚安。"季羡林紧握着她的手,涨红着脸,现出无可奈何的样子。

季羡林独自摸黑走在路上,那颗激动的心久久难以平静……

偶尔,伊姆加德打字时,季羡林也会使出大男人的性子来,指手画脚地挑毛病,甚至还会大声地吵起来;每当这时,她总是微微一笑,小声嘀咕几句,便又照旧干起活儿来。事后,季羡林也会尝到后悔的滋味儿。就这样,整整一个秋天过去了,伊姆加德交到季羡林手中的,不仅仅是工工整整、清清楚楚的论文打字稿,还有那颗炽烈纯真的少女的心,或者说,季羡林最终既收获了一张博士学位证书,又收获了一份沉甸甸的爱情。

事情还远不止此。从这时起,一直到1945年10月离开哥廷根,季羡林整整五年几乎是与伊姆加德朝夕不离、亲密无间走过来的。季羡林进入博士后研究阶段,陆续写了几篇重要的论文,也都需要伊姆加德打字才成。每次她都高高兴兴地把活儿接过去,认认真真地完成。

季羡林很懂得感情,他深知伊姆加德绝非简单地帮他打字,而是真心地爱他,只是这种爱没有明确地表达出来而已。每当伊姆加德依偎在他的身旁,用那独特的含蓄的目光深情地注视着他,或者彼此变得十分默契、热烈,而她却突然正襟危坐,欲言又止时,季羡林的心自然是非常矛盾的……

五年中,迈耶夫妇也把季羡林当作家人一样,每逢喜事临门,总是请他来一起庆贺,热闹一番。伊姆加德每次过生日,季羡林都是座上客,迈耶夫人还特意安排他与自己的女儿坐在一起。此时他俨然成了一位"骑士",与心爱的人共度那甜蜜的时光。有时伊姆加德参加社交活动,迈耶夫人也总是让季羡林陪着,就像寻到了一位保护神,生怕女儿有半点儿伤害。至于他俩之间的个人交往,那更不必说,自然是越来越亲近,简直达到须臾不可分离的程度。在那二战正酣,机声隆隆、饥肠辘辘的日子里,他们一起蹲过防空洞,吃过发出鱼腥味儿的劣质面包;在那二战结束的日子里,他们都松了一口气,一起高高兴兴地听贝多芬的交响曲《英雄》《命运》《田园》《合唱》。

1945年9月,季羡林正在做回国的准备。他就要离开迈耶一家,离开心爱的伊姆加德,心里是一种什么滋味儿呢?他是有家室的人,万里之外同样饱受离别之苦的亲人正在向他招手呢!

一天,季羡林终于把决定回国的消息告诉了伊姆加德。出乎意料,她并没有感到多么惊奇,只是稍微平静一下,劝他不要离开德国。伊姆加德越是这样沉稳,季羡林越是不安。

10月2日,在离开哥廷根的前四天,季羡林又来到伊姆加德家,与她最后告别。

伊姆加德仍然没有说过多的话，只是依依不舍，嘱咐他回国后多加保重。是呀，既然那颗少女的心留不住他，那就把她永远留在自己的记忆中，成为抱恨终生的不了情吧！

1980年深秋，季羡林率领中国社会科学代表团赴联邦德国访问。经过三十五载的岁月洗礼，他又将踏上哥廷根的土地。在从汉堡到哥廷根的列车上，他眼前呈现出昔日一长串朋友的面影，其中就有那个"宛宛婴婴"的女孩儿伊姆加德。季羡林心中不停地喃喃自语道："不想她，那不是真话呀！她现在怎么样了？见面后，我要跟她说些什么呢？"

随着列车急速地向前行驶，伊姆加德的影子不时地在他眼前晃动。

到了哥廷根，季羡林首先来到自己的女房东欧朴尔太太家，那里已经物是人非，人走楼空。接着，他怀着一种惆怅而急迫的心情，直奔迈耶先生的房子。他一边回忆往昔那些美好的时光，一边徐徐放慢了脚步。尽管北风吹得很凉，但他身上仍然出着汗，那颗火热的心怦怦跳动……他是否担心遇到熟人呢？熟人会不会指责他当初为什么不向伊姆加德求爱，偏偏在她青春的花朵凋零时才来呢？

季羡林终于来到迈耶先生的房子前，他镇定一会儿，敲了敲门，心想一位白发苍苍、满脸皱纹的老人一定会出现在他眼前，这会给他带来多大的欣慰呀！然而，开门的不是他想见的人，而是一个陌生的中年妇女。季羡林怔住了，急忙向她打听伊姆加德的消息，那人却摇了摇头儿，客气地说："对不起，我不知道伊姆加德小姐。"季羡林乘兴而来，扫兴而去，他心中又不停地喃喃自语道："这是我和她最后一次见面机会了！我已垂垂老矣，等到我不能想她的时候，世界上恐怕就没人再想她了！"

2000年，香港一位女导演为拍摄季羡林传记片，专程去了一趟哥廷根。出人意料的是，她竟然见到了伊姆加德，并进行了采访。伊姆加德说，那天季羡林来到她家时，她正在原来住的房间的楼上，而她原来住的房间换了新人，彼此并不认识。就这样，季羡林与伊姆加德失去了一次宝贵的见面机会。

伊姆加德虽然已是满头银发的老人，但精神矍铄，风韵不减当年。当然，这消息不胫而走，像风似的传到季羡林耳中。使他感到痛心的是，伊姆加德至今未嫁，徒守空房。可是，又使他感到慰藉的是，2001年在他九十华诞之际，他收到了一份来自万里之外的珍贵礼物——伊姆加德的贺卡和她八十岁的照片。伊姆加德遗憾地告诉季羡林,她因年事已高,已不能漂洋过海来看他了!

这就是七十多年前季羡林的一段传奇般的异国之恋!

我们说,尽管季羡林是爱伊姆加德的,但他骨子里却深藏着中华民族的人格真髓,坚守着传统道德的底线。他在家庭婚姻问题上,不敢越雷池一步,始终没有向伊姆加德透露自己的爱意。即使他内心是矛盾的,甚至会产生"非分之想",但也只是"发乎情,止乎礼",理智终于战胜了感情。几十年来,季羡林一直以极大的克制力努力维系着一个完整的家庭,同时把自己的全部精力用于教书育人和科学研究上,自觉地实践着陈寅恪先生所说的"娶妻仅生涯中之一事,小之又小者耳。不志于学志之大,而兢兢惟求得美妻,是谓愚谬"。所以,季羡林的婚姻家庭虽然不甚完美,但他的思想是高尚的,他的灵魂是伟大的。

与反希特勒人的交往

在中国抗日战争和世界反法西斯战争中,季羡林一直身居异邦,生活在法西斯头子希特勒统治下的国度。长期以来,他为没能回国参加抗日战争而感到内疚,曾自责道:

> 反观自己,觉得百无是处。我从内心深处认为自己是一个地地道道的"摘桃派"。中国人民站起来了,自己也跟着挺直了腰板。任何类似贾桂的思想,都一扫而空。我享受着"解放"的幸福,然而我干了什么事呢?我做出了什么贡献呢?我确实没有当汉奸,也没有加入国民党,没有屈服于德国法西斯。但是,当中华民族的优秀儿女把脑袋挂在裤腰带上,浴血奋战,壮烈牺牲的时候,我却躲在万里之外的异邦,在追求自己的名山事业。天下可耻事宁有过于此者乎?我觉得无比地羞耻。连我那一点所谓的学问——如果真正有的话——也是极端可耻的。

然而,季羡林毕竟是有思想、有感情的人,再广而言之,他是爱国主义者,也是国际主义者。在那腥风血雨的日子里,他正好可以利用那种特殊的身份和际遇,亲自了解和考察希特勒的罪恶行径和德国人民反对希特勒的真实情况。

　　季羡林出国前,对希特勒实行法西斯独裁专政,当然有所闻。临行时清华历史系主任兼文学院代理院长蒋廷黻先生曾告诫他,到那里要谨言慎行,不要随便发表政治见解,他会记在心上。虽然,季羡林有爱国心、正义感,但他对旧时中国的当权者并无好感,同时对参加革命活动也十分小心谨慎,怕担风险。在清华时胡乔木劝他投身革命遭到拒绝,便是一例。

　　季羡林来到德国后,对希特勒的本来面目以及德国人民的政治态度,是经历了由模糊到清晰、由感性到理性的过程,逐渐加深了认识。他说,刚来那阵儿,就连柏林的纳粹味儿都不太浓,更甭说哥廷根了,但仍然弥漫着崇拜希特勒的气氛。他走在柏林大街上,看见到处挂着希特勒的头像和"卐"字旗。人们见面时不再说"早安""日安""晚安",分手时也不再说"再见",而只用"希特勒万岁"一句话来代替。当然,他和其他中国留学生却一仍旧贯,不谈他们的国事,德国人跟他们也不便说那个新词儿,还是用旧称。总之,他们与德国人各行其是,互不干扰,没有发生什么不愉快的事情。季羡林的话说明,无论何时世界上各个国家的人民都是友好的,问题就出在当权者或者决策者身上。

　　那时,中国留学生最关心的是,德国法西斯独裁者对待中国人民的态度如何。季羡林从希特勒的《我的奋斗》一书中了解到,这个杀人魔王鬼迷心窍地奉行反犹太主义,甚至把中国人也说成是劣等民族,是文明的破坏者,而只有他所代表的"北方人"才是优等民族,是文明的创造者,这让他感到莫大耻辱,怒火中烧。季羡林并没有亲眼见过希特勒,只是常常从广播里听到他歇斯底里地发表演说,像疯狗一样狂吠着。有人曾偷偷地告诉他,凭希特勒那副长相,满头黑红相间的头发,一点儿也不像金黄头发的"北方人"。且不论希特勒的祖籍在哪里(希特勒生于奥地利,1932年才取得德国国籍——笔者注),就说他把犹太人和中国人都看成劣等民族,文明的破坏者,这又怎能不激起中国留学生对犹太人的同情,对法西斯分子任意屠杀犹太人深恶痛绝呢?

　　季羡林在德国学习古文字,他对哲学、政治学不感兴趣,也根本没有想当哲学家和政治家的奢望。在无任何背景和条件的情况下,尽管季羡林有正义感,非常仇恨法西斯分子迫害犹太人的罪行,但也很难像个别人那样,成为保护和拯救犹太人的英雄和斗士。

季羡林熟悉犹太人的历史,晓得那是一个长期受苦受难的民族。在欧洲一些国家,从中世纪开始就发生过大规模杀害犹太人的悲剧。希特勒只不过继承老祖宗的衣钵,打着"民族社会主义"的幌子,玩弄罪恶的勾当。他上台伊始就将反犹排犹作为鼓吹日耳曼民族优越感和转移德国广大人民群众视线的重要手段。他下令不许犹太人担任公职,从事自由职业,号召抵制犹太人商店。

1935年9月,希特勒颁布《纽伦堡法》,剥夺犹太人的德国公民身份,严禁犹太人与雅利安人通婚,并迫使六岁以上的犹太人佩戴一种容易辨认的"大卫星"徽章,形同法显《佛国记》中"击石以自异"的"不可接触者"。随着反犹排犹的深入,希特勒还将15万犹太人驱逐出国,即使留下来也不受法律保护,他们或被关进集中营,或被杀害。法西斯大小头目恣意抢劫侵吞犹太人的财产,许多人因此成了财主。总之,希特勒迫害犹太人的罪行罄竹难书。

季羡林说,希特勒曾经对德国境内的犹太人搞过量化定性,然后分而治之:百分之百犹太人,即祖父母,父母双方都是犹太人;二分之一犹太人,即父母双方一方是犹太人;四分之一犹太人,即祖父母或外祖父母一方是犹太人……依此类推,还可以分成若干种犹太人。百分之百犹太人必须迫害,毫不手软;二分之一犹太人稍逊;四分之一犹太人处在临界线上,可以暂时不动;八分之一以下可以纳入人民内部,不以敌我矛盾论处。当他刚来德国时,希特勒的反犹排犹高潮已经过去,全部百分之百和一部分二分之一犹太人已经被迫害殆尽,开始向纵深发展,大有一网打尽必欲斩草除根之势。

这时,看起来绝大多数德国老百姓都崇拜和拥护希特勒,甚至达到如疯如狂的程度。宣传舆论也是一边倒,可谓全国上下"同仇敌忾,万众一心"。但是,德国人面对希特勒杀人如麻,残酷迫害犹太人,心里到底是怎样想的,季羡林既有疑问便留心观察。他从那个德国小女孩儿想和希特勒生孩子的事上,似乎感觉到有人确实死心塌地地崇拜和拥护希特勒。他也发现有人好像是稀里糊涂地崇拜和拥护希特勒,比如欧朴尔太太,从来也没赞扬过希特勒,但又不知道如何去反对他,由于种族偏见,她拥护希特勒迫害犹太人的政策,但也谈不上是反犹的"积极分子";他还注意到有人是真正反对希特勒法西斯,比如他的恩人哈隆教授,祖籍在捷克斯洛伐克苏台德地区，在感情上与其说是德国人，毋宁说是捷克人。希特勒上台后，为了吞并苏台德地区，进而占领整个捷克斯洛伐克，不断煽动苏台德的日耳曼人党即纳粹党策划苏台德"自治"，1938年终于将它占领。哈隆教授从此更加认清了德国法西斯的真实面目，愤愤不平地离开哥廷根，到英国伦敦大学任教去了。

从眼前这些人和事上，季羡林清醒地认识到，希特勒正像任何蛊惑人心的政客一样，他的野心必须求助于广大人民群众的支持才能实现。然而，"民能载舟，也能覆舟"，人民群众既能把他扶上台，也能让他滚下台。历史的辩证法便是如此。

季羡林来到德国前几年，日子过得还算平静，尽管一场大风暴正在生成。面对当时那种"山雨欲来风满楼"的政治气候，他和中国留学生共同坚守政治上的底线，就是不允许任何人污辱和侵害中国国格，具体点儿说，即不允许任何人对中国人随意谩骂和攻击。还好，实际上并没有发生这种事儿，只是二战爆发后，德国法西斯承认南京汪精卫汉奸政府，为了表示抗议，1942年他和其他中国留学生决定不与日伪使馆打交道，毅然宣布自己为"无国籍者"，仅此足以证明，他们没有屈服于德国法西斯，具有一颗炽热的爱国心。

二战爆发时，季羡林万万没有想到，这样一出人类历史上罕见的大戏，竟然平淡无奇。的确，如果没有亲身感受，谁都不会想象出这种情况。"不入虎穴，焉得虎子"，正因为季羡林身临其境，才感受得如此真切。其实，他对希特勒的面目和德国老百姓的想法，虽然了解得并非那样全面深刻，但基本上是清楚的。这场战争本来不得人心，战前德国阴霾满天，愁云密布，人民群众在法西斯独裁者的重重高压和滔滔雄辩下，无可奈何地任其摆布。直至战事一起，人民群众才激奋起来，并且随着虚假的战况不时地灌入耳中，他们竟然如疯如狂地高呼"万岁"。然而此时，季羡林却气得暴露如雷，心中热血沸腾，晚上加倍地吃安眠药。他甚至产生疑问：历史上帝国主义发动的战争，难道都是这样千篇一律吗？这与德国二十年前发动的那场战争是否有异曲同工之妙呢？那时他才三岁，而这次还看不出个究竟来吗？

随着时间的推移，季羡林亲眼看见了战争给德国人民带来的沉重灾难。在那轰炸和饥饿的日子里，他与德国人民风雨同舟，患难与共，一起走了过来。灾难能焕发灿烂的人性，季羡林不但同情他们，而且十分尊重那些反希特勒的人，与他们有着共同的语言、共同的感情。

在季羡林认识的德国人中间,虽然也有激烈反对希特勒的人,但是人数不多,因为他们为了自身的安全都隐姓埋名。中国留学生自从来到德国以后,一直固守不与德国人谈论国事的戒律,即使对那些要好的朋友也一样。时间一长,有些德国人看出个中奥秘,便主动跟他们谈起希特勒的话题,边谈边骂声不绝。比如一个退休的法官,岁数比季羡林大多了,季羡林是通过一个中国留学生认识他的。那个中国留学生看来像是"蓝衣社"即后来的"三青团"成员,季羡林本来讨厌他,很少与他来往,但通过他却认识了一个反希特勒的人。这个法官的上司崇拜希特勒,而他却是恰恰相反,对希特勒的所作所为无不激烈抨击。他在德国人面前也很少公开发表看法,只跟季羡林说心里话,发泄满腹的牢骚。季羡林还听说他孤身一人,因此对他更加同情。

还有一个反希特勒的人是学医的大学生,年龄不过二十来岁,精力充沛,热情洋溢,机警聪明。季羡林并不清楚他反对希特勒的背景,但这也无关紧要,"反对希魔同路人,相逢何必曾相识",因为他们有共同的语言,便走到一起来了。

总之,在季羡林的朋友中,无论是普通的德国人,还是大学师生,反对希特勒的都不是很多,其原因恐怕很复杂。季羡林认为,德国人一般对政治不敏感,甚至有点儿迟钝,不过能认识这样的朋友就心满意足了。他记得,有一年春天,中国留学生与几个德国朋友相约到山林中散步。大家坐在长椅上,在骀荡的春风中,大骂希特勒。树林茂密,不怕有人偷听,每个人都高谈阔论,胸中郁垒一朝涤尽,直感到人生之乐莫过如此。

提起反希特勒的人,季羡林印象最深的当属伯恩克一家。伯恩克小姐在哥廷根大学读斯拉夫语言学,她只有母亲,父亲已经去世。据说,她父亲属于四分之一或者六分之一犹太人,似乎已经越出被屠杀被迫害的临界线,所以全家才安然生活下去。但是,既然与犹太人沾边儿,伯恩克小姐与母亲便对希特勒很反感,甚至对希特勒的倒行逆施无比痛恨。每逢季羡林等中国留学生到她家来,母子俩就将心里话儿和盘倒出。大家一边品尝伯恩克小姐的母亲亲手烹饪的美味佳肴,一边开怀畅谈,共同痛骂法西斯头子希特勒,简直成了平生一大乐事。

伯恩克小姐和她母亲尽管对希特勒无比仇恨,但平时不敢轻易跟别人发泄,只能忍气吞声。现在,她们总算找到了推心置腹的朋友,可以将胸中抑郁一吐为快了。

而中国留学生能与他们谈得来,也自有原因。正如季羡林所说:

> 我们几个中国人,除了忍受德国人普遍必须忍受的一切灾难之外,还有更多的灾难,我们还有家国之思。我们远在异域,生命朝不保夕。英美的飞机说不定什么时候一高兴下蛋,落在我们头上,则必将去见上帝或者阎王爷。肚子里饥肠辘辘,生命又没有安全感。我们虽然还不至于"此中日夕只以眼泪洗面",但是精神绝不会愉快,是可想而知的。在这样的情况下,只有到了伯恩克家里,我才能暂时忘忧,仿佛找到了一个沙漠绿洲,一个安全岛,一个桃花源,一个避秦乡……

是的,共同的遭遇,共同的感情,共同的语言,将反希特勒的人们与怀有正义感的中国学子的心,紧紧地连在一起了!

纳粹末日一瞥

1945年春,二战局势急转直下,德国法西斯处于彻底灭亡的前夜。在国际上,除亚洲的另一个法西斯国家日本外,它已失掉盟国和仆从国,陷入空前的孤立。在欧洲,反法西斯的烽火到处燃起,苏军和盟军正从东西两面夹击,向德国腹地迅猛推进。德军在东西两线腹背受敌,节节溃败,伤亡惨重。在反法西斯力量的打击下,希特勒政权内部的矛盾和斗争日趋激烈,广大人民群众反战、厌战情绪日益强烈。德国法西斯已经处于穷途末路、四面楚歌、摇摇欲坠的状态中。

德国经济也已濒临彻底崩溃的边缘,许多工业区和交通要道被英美等军队占领,钢铁、煤炭和石油短缺,飞机、坦克无法开动,只好任凭盟军飞机狂轰滥炸。他们随时可以飞来,甚至不再投弹,只用机枪扫射,命中率百分之百。德国人民群众朝不保夕,叫苦连天,再也看不到战争刚开始听到所谓"特别报道"时,那种手舞足蹈的样子了。1945年3月18日,德国军备和战时生产部长施佩尔在给希特勒的备忘录中写道:"四至八个星期内,德国经济将最后崩溃,这是可以料定的……"在此情况下,德国法西斯已无力再将战争继续下去了。

此时,哥廷根的情况怎样呢?哥廷根虽然是一座小城,但绝非世外桃源,以小见大,足可见证德国人民翻过陈旧历史的那一刻。1945年三四月间,根据二战盟军最高统帅艾森豪威尔的指示——盟军不同苏军争夺柏林,而尽量多用美国等军队去占领德国,美、英、加、法等盟国利用7个集团军共85个师的兵力,相继占领了德国的大部分地区。哥廷根也在美英飞机的狂轰滥炸下,很快就被占领了。

在哥廷根,季羡林与德国人民一起度过了黎明前的暗夜。他在日记中写道:

1945年4月6日

　　昨晚到了那Keller(指种鲜菌的山洞——羡林注)里坐下。他们(指到这里来避难的德国人)都睡起来。我无论如何也睡不着,里面又冷,坐着又无依靠。好久以后,来了Entwarnung(解除空袭警报)。但他们都不走,所以我也只好陪着,腿冻得像冰,思绪万端,啼笑皆非。外面警笛又作怪,有几次只短短地响一声。于是人们就胡猜起来。有的说是Alarm(警报),有的说不是。仔细倾耳一听,外面真有飞机。这样一直等到四点多,我们三个人才回到家来。一头躺倒,醒来已经快九点了。刚在吃早点,听到外面飞机声,而且是大的轰炸机。但立刻就来了Voralarm(前警报),紧跟着是Alarm。我们又慌成一团,提了东西就飞跑出去。飞机声震得满山颤动。在那Keller外面站了会,又听到机声,人们都抢着往里挤。刚进门,哥廷根城就是一片炸弹声。心里想:今天终于轮到了。Keller里仿佛打雷似的,连木头椅子都震动。有的人跪在地上,有的竟哭了起来。幸而只响了两阵就静了下来。十一点,我惦记着厨房里煮上的热水,就一个人出来回家来。不久也就来了Vorentwarnung(前解除警报)。吃过早点,生好炉子。以纲(张维)来,立刻就走了。吃过午饭,躺下,没能睡着。又有一次Voralarm。五点,刚要听消息,又听到飞机声,立刻就来了Alarm。赶快出去到那Deckungsgraben(掩体防空壕)外面站了会。警报解除,又回来。吃过晚饭,十点来了Voralarm。自己不想出去,但天空里隔一会一架飞机飞过,隔一会又一架,一直延续了三个钟头。自己的神经仿佛要爆炸似的。这简直是万剐凌迟的罪。快到两点警报才解除。

1945年4月8日

　　Keller里非常冷，围了毯子，坐在那里，只是睡不着。我心里很奇怪，为什么有这样许多人在里面，而且接二连三地往里挤。后来听说，党部已经布告，妇孺都要离开哥廷根。我心里一惊，当然更不会再睡着了。好歹盼到天明，仓促回家吃了点东西，往Keller里搬了一批书，又回去。远处炮声响得厉害。Keller里已经乱成一团。有的说，德国军队要守哥城；有的说，哥城预备投降。蓦地城里响起了五分钟长的警笛，表示敌人已经快进城来。我心里又一惊，自己的命运同哥城的命运，就要在短期内决定了。炮声也觉得挨近了。Keller前面仓皇跑着德国打散的军队。隔了好久，外面忽然静下来。有的人出去看，已经看到美国坦克车。里面更乱了，谁都不敢出来，怕美国兵开枪。结果我同一位德国太太出来，找到一个美国兵，告诉他这情形。回去通知大家，才陆续出来。我心里很高兴，自己不能制止自己了，跑到一个坦克车前面，同美国兵聊起来。我忘记了这还是战争状态，枪口对着我。回到家已经三点了。忽然想到士心夫妇，以为他们给炸弹炸坏了，因为他们那一带炸得很厉害，又始终没有得到他们的消息。所以饭也吃不下。不久以纲带了太太小孩子来。他们的房子被美国兵占据了。同他们谈了谈，心里乱成一团，又快乐，又兴奋，说不出应该怎样好。吃过晚饭，同以纲谈到深夜才睡。

　　哥廷根就这样被解放了。

季羡林亲身经历了二战的始末，目睹了哥廷根人在战争开始和结束时的反应，应该说最有发言权了。他说：

　　无论如何，这是一个极大的转折点。从此以后，哥廷根——我相信，德国其他地方也一样——在历史上揭开了新的一页。

　　法西斯彻底完蛋了。他们横行霸道，倒行逆施，气焰万丈，不可一世，而今安在哉！德国普通老百姓对此反应不像我想得那样强烈。他们很少谈论这个问题。他们好像是当头挨了一棒，似乎清楚，又似乎糊涂；似乎有点反思，又似乎没有；似乎有点在乎，又似乎根本不在乎。给我的总印象是茫然，木然，懵然，默然。一个极端有天才的民族，就这样在一夜之间糊里糊涂地，莫名其妙地沦为战败国，成了任人宰割的民族。不管德国人自己怎样想，我作为一个在德国住了十年对德国人民怀有深厚感情的外国人，真有点欲哭无泪了。

他又补充说：

> 对哥廷根的德国人来说，不管他们的反应如何麻木，却绝非平平淡淡，对一部分人还有切肤之痛。

此话不假，战争给德国人民造成的心理创伤不是很快就能治愈的，需要经过比较长时间的反思，才能逐渐认清希特勒法西斯的真正面目。

季羡林说，美国兵进城后并没有发生类似古代西哥特人和匈奴人血洗"上帝之城"罗马的屠城事件。表面看，"山姆大叔"表现得还挺文明，没有发生污辱德国人的事情，德国人也没有对他们抱着敌视态度，搞任何破坏活动。实际上，美国兵却暗自在全城搜捕纳粹分子，他们手中有一个"罗名单"，各类纳粹头目都记录在案。

有一天，美国兵按图索骥，找到季羡林住处对面的施米特先生家，他的女儿是纳粹女青年组织一个大区的头目。施米特先生不在家，他的太太吓得浑身发抖，来敲季羡林的门。季羡林得知情况后立即跟着来到她家。美国兵看见季羡林怔了一会儿，然后问他是什么人，来干什么的。季羡林回答说，他是"盟国"中国人，来帮他们当翻译。美国兵没再问什么，就让他当起翻译来。他们的态度还不错，没问太多的事儿。那位太太已把女儿藏起来，他们再问，只要坚持说不知道，也就不了了之。果然，审问很快就结束了，从此美国兵没再来找碴儿。

美国兵进城占用了不少民宅，凡是独门独院的别墅都被占了。瓦尔德施米特教授家的那幢小楼也未能幸免，后来美国兵换防撤走，里面的那些富丽堂皇、古色古香的陈设被破坏得一塌糊涂。季羡林去看时，只见平时老夫妇珍爱的那几把古典式椅子被折断了腿。教授一脸苦笑，说不出话来，心中滋味实不足为外人道也。教授夫人则数落道："美国大兵夜里酗酒跳舞，通宵达旦，把楼板踩得山响，我那几把椅子算是倒霉了！"季羡林心想："这种亡国奴的滋味儿，德国人原本是想不到的！"

那些天，季羡林在大街上又看到了一道"奇景"。沿街那些漂亮的房子，只要开着窗户，就能看到窗台上密密麻麻、整整齐齐地排满大皮靴的靴底，不是平放的而是直立的。看来，这不像是晒靴子，否则靴底不会直立。原来，那皮靴是穿在美国兵脚上的，他们正躺在屋子里睡觉，把脚放在窗台上。美国兵总给人吊儿郎当的印象。他们向上司敬礼，也没有德国兵那样认真严肃，总是嬉皮笑脸，嘻嘻哈哈。

美国兵的大少爷作风和浪费习气，也让季羡林吃惊。一盒鸡鱼鸭肉罐头，往往吃不到一半就扔掉；给汽车加油，往往没加半桶就把剩下的扔掉。季羡林还亲眼看见美国兵剪断军用电线的"豪举"。他们在全城架设了许多军用电线，为了省事儿，不立电线杆，而将电线挂在大街两旁的树枝上，有的树枝上竟挂着几条几十条，压在一起，好像一堆堆"黑蛇"。没过多久，美国兵换防撤走，他们就干脆把每棵树上的电线就地剪断，而不是一条一条地取下来，卷起来再用。这样，每棵树的枝头上挂满了被剪断的电线，压在一起，也好像一堆堆"黑蛇"。美国兵的这些电线、石油和罐头食品，本来是从遥远的本土空运或海运来的，但他们根本不在乎，摆出暴发户和阔少爷的派头儿。对此，季羡林看在眼中，疼在心上，总觉得他们那一套和中国人大不一样。

此时，季羡林等中国留学生已经当了三四年没有国籍的流浪汉，美国兵进城不久，他们竟由流浪汉变成"盟国"一分子，成了"座上客"。有一天，他与张维找到一个美国校官，亮出中国留学生的身份，立刻受到特殊的优待。那个美军校官大笔一挥，在一张纸上写下 DP 二字，即"Displaced Person"的意思，说他们是因战争或政治迫害被迫离开本国，来此避难的。这当然不符合事实，但其用意何在，他们也不便去问。那个校官叫他们拿着这张字条去见一个法国俘虏兵的头儿。见了之后，那个头儿告诉他们，以后每天都可以到这儿来领一份牛肉。这一下可让季羡林和张维乐坏了。季羡林拿着领到的牛肉回到家中，将它交给欧朴尔太太，患难中的"母子俩"过了一段有吃有喝的日子。

德国法西斯倒台时，季羡林在哥廷根经历的这一切，使他心情难以平静。一方面，他深感德国民族是一个伟大的民族，对他们所受的苦难和屈辱非常痛心；另一方面，他对德国民族败类法西斯分子的倒行逆施无比痛恨。他庆幸自己留德十年，终于成了纳粹末日的见证人。

季羡林感到遗憾的是，没有看到日后德国有良心的作家，能够写出类似法国大文豪阿·都德（1840—1897）那样宣传爱国主义的名著《最后一课》。1870年法国与普鲁士交战，拿破仑三世在色当城头竖起白旗，与守城将士一起向"铁血宰相"俾斯麦缴械投降，成为普鲁士的俘虏，从此法兰西第二帝国宣告灭亡。而今，德国面临与当年法国相同的命运，却无人站出来写点儿抒发感想之类的文章，岂不哀哉！

是的，此时季羡林多么急切地盼着，德国人民能够好好总结历史教训呀！

泪别哥廷根

就在中国抗日战争和世界反法西斯战争胜利结束的那一刻，季羡林毅然决定返回祖国。八年前，当清华大学与德国交换研究生的学习期满时，他第一次决定回国未成；三年前完成学业获得博士学位后，他第二次决定回国也未成；如今这是第三次，当战争这个庞然大物被制服后，季羡林的回国愿望终于得以实现。

1945年5月8日24时，柏林的工兵学校大厦鸦雀无声，一片寂静，德国无条件投降仪式在这里举行。在苏军朱可夫元帅主持下，德军元帅凯特尔等人在投降书上签字，次日零时起生效。至此，第二次世界大战欧洲战场宣布取得最后胜利。

1945年8月15日，日本宣布无条件投降，9月2日上午9时，在停泊于东京湾的美国战列舰"密苏里号"上，举行了日本无条件投降仪式，日本外相重光葵代表天皇和政府，陆军参谋总长梅津美治郎代表帝国大本营在投降书上签字，盟军最高统帅麦克阿瑟上将代表所有对日作战的同盟国，以及美、中、苏、英、法等国代表接受投降书。

至此，第二次世界大战宣告全面结束，这也标志着在世界反法西斯战争中做出巨大贡献的中国抗日战争取得最后胜利。

面对这种情况，季羡林自然喜上眉梢儿，乐在心头。他虽然舍不得离开这第二故乡，心中充满着无比眷恋之情，但他如同做了一枕黄粱梦，醒来惊呼道：

是我要走的时候了！
是我离开德国的时候了！

是我离开哥廷根的时候了!

我的真正的故乡向我这游子招手了!

"别日何易会日难,山川悠远路漫漫",此时最让季羡林留恋的是哥廷根的堪称自己祖父、父亲的恩师,堪称自己母亲的房东……他曾这样追述道:

我辞别德国师友时,心情十分痛苦,特别是西克教授,我看到这位耄耋老人面色凄楚,双手发颤,我们都知道,这是最后一面了。我连头都不敢回,眼里流满了热泪,我的女房东对我放声大哭,他儿子在外地,丈夫已死,我这一走,房子里空空洞洞,只剩下她一人。几年来她实际上是同我相依为命,而今以后,日子可怎样过呀!离开她时,我也是头也没有敢回……

是的,正如中国诗仙李白作《送别》曰"送君别有八月秋,飒飒芦花复益愁",在这哥廷根的金色的秋天,离愁别绪立刻拂上季羡林——不,还有其他一些人——的心头儿,仿佛肃杀的冷风阵阵袭来,摇曳的橡树即刻被摧伏一般。

同样,让季羡林留恋的还有哥廷根的物——古城墙上高大的橡树,席勒草坪中芊绵的绿草,俾斯麦塔高耸入云的尖顶,大森林中惊逃的小鹿,初春从雪中探头出来的雪钟,晚秋群山顶上斑斓的红叶……然而,哥城尽处是春山,离人只在春山外,季羡林这一别,远方的客人啊,何时还能投入她的怀抱?

总之,十年光阴,转瞬即逝,多少忘不了的人和事儿,多少看不够的景和物,昔日只道是平常,明朝相见在梦中!

人们常说,动什么别动感情。此时,季羡林的感情却像滚滚长江东流水,一泻千里。一方面,他在留恋着他的第二故乡;另一方面,他又在想念着他的第一故乡。对于家庭的依赖和执着,应该是人类的共同本性。中国古谚说,吃尽滋味盐好,走遍天下家好;德国古谚也说,世界到处跑,才发现没有什么地方比家好。而季羡林何尝不是这样呢?正如他坦言:

当年佛祖规定,浮屠不三宿桑下,害怕和尚在一棵桑树下连住三宿,就会产生留恋之情,这对和尚的修行不利。我在哥廷根住了不是三宿,而是三宿的一千二百倍。留恋之情,焉能免掉?好在我是一个俗人,从来也没有想当和尚,不想修仙学道,不想涅槃,西天无分,东土有根。留恋就让它留恋吧!但是留恋毕竟是有期限的。我是一个有国有家有父母有妻子的人,是我要走的时候了。

就这样,在翻滚着的感情的旋涡里,季羡林离开了哥廷根。

当时想回国也要取道瑞士,可是德国境内的交通已完全中断,到瑞士必须自己解决交通工具。于是,季羡林同张维去找盟军在哥廷根临时组建的军政府,英国上尉沃特金斯非常客气,答应派两辆美国吉普车送他们,起程日期当即敲定。原来,一位美国少校要陪他们一起去瑞士,想借此机会去旅游。季羡林没有想到,此事竟办得如此顺利。他又默默地向上天祈祷,保佑归国途中一帆风顺,万事如意。

1945年10月6日,晴空万里,艳阳高照,哥廷根沐浴在一片灿烂的阳光里,哥廷根人以满腔的热情和诚恳欢送六位中国人——除季羡林以外,还有张维一家三口,刘先志一家两口。在与哥廷根告别的那一瞬间,季羡林的脑际一片空白。面对泣不成声的欧朴尔太太和其他朋友,季羡林并非一步三回首,而是低着头,步履沉重地朝吉普车走去。直到法国司机将车子开动,他才抑制不住激动的心情,扑簌簌地流下热泪……

吉普车急速驶上国家高速公路,季羡林下意识地抬起头,转身看了一眼哥廷根——她就要从他的视野中消逝了。霎时,唐朝诗人刘皂的《旅次朔方》在他心中涌动:

  客舍并州已十霜,
  归心日夜亿咸阳。
  无端更渡桑乾水,
  却望并州是故乡。

季羡林俨然成了一位诗人,他吟起自己心中的诗:

> 留学德国已十霜，
> 归心日夜忆旧邦。
> 无端越境入瑞士，
> 客树回望成故乡。

曾几何时，哥廷根的烟树还历历如在目前，可是随着吉普车的飞速行驶，渐远渐淡，终于变成模糊一团，直到消失得无影无踪……

别了，哥廷根！生活和学习了十个年头的土地，那些激动人心的流年往事，必将成为季羡林隽永而悠远的回忆！

别了，哥廷根！在那炮声隆隆、饥肠辘辘的日子里，克服了重重困难，实现了"求学爱国两不误，甘洒热血铸春秋"的宏愿，季羡林终于无愧于祖国和人民！

别了，哥廷根！严格而彻底的学术训练，博大而精深的研究根基，必将成为季羡林发射科学卫星的助推器！

归 国 篇

  但是，我们真正怕的不是鬼，而是人。当时中国革命形势正处在转折关头，北京市民传说，在北京有两个解放区：一在北大民主广场，一在清华园。红楼正是民主广场的屏障，学生游行示威，都从这里出发，积久遂成为国民党市党部、军统北京站，还有什么宪兵团之类组织的眼中钉，他们经常从天桥一带收买一批地痞、流氓、无赖、混混，手持木棒，来红楼挑衅、捣乱，见人便打。我常从红楼上看到这一批雇来的打手，横七竖八地蹲在原有的那一条臭水沟边，待命出击。我们住在楼上的人，白天日子还好过一点，我们最怕晚上。这一批暴徒，在光天化日之下，还敢手挥木棒，行凶肆虐，到了晚上，不更会肆无忌惮为所欲为吗？有一段时间，楼上住的不多的人，天天晚上把楼内东头和西头的楼梯道用椅子堵塞，只留中间的楼梯，供我们上下之用，夜里轮流把守这楼道，在椅子群中，大有"一夫当关，万夫莫开"之妙。但是，暴徒们终究没有进入红楼，当时传说，这应该归功于胡适校长，他同北平的国民党最高头子约定：不许暴徒进北大。

季羡林

第十一章 归国之路

初到瑞士

吉普车行驶在高速公路上。季羡林极力将离别的忧伤用美丽的自然风光来淡化。道路两旁的青山绿水、斑斓秋林,固然吸引了他的眼球,但脑海中仍不时地闪现出哥廷根人的影子。况且,映入他眼帘的又绝非只是胜境美景,往往还有断壁颓垣、焦木枯林的影像,这又让他伤心惨目,平添了几分忧伤。此时,他的心如同大海波涛,腾涌不已,他又吟起自己心中的诗:

无情最是原上树,
依旧红霞染霜天。

季羡林一行是中午离开哥廷根的,到达法兰克福天色已晚,便在此过夜。法兰克福是全德美军总部驻地,食宿条件当然很好。当晚,他们被安排在一家美军军官下榻的旅馆住下。美军头目见来了盟国人,分外和气,特意为他们准备了一席大餐。自从战争爆发以来,饥饿已将他们折磨得够呛,而今又变成了无钱阶级,不但没有美国钞票,而且仅有的那点儿德国钞票也已作废。然而,他们却受到如此招待,真是受宠若惊,感激不尽。那天晚上,虽然美国兵性情好动,活泼有加,旅馆里吵闹得很凶,但他们的心情着实不错,过得蛮舒适。

次日清晨,他们又继续前行。本来,临行前季羡林曾乞求上天保佑,归国途中一帆风顺,未想到刚刚开始就一帆不顺,行程受阻。他在1945年10月7日的日记中写道:

> 八点多开车,顺着Reichsautobahn(国家公路)向南开。路上没经过多少城市,连乡村都很少。因为这条汽车路大半取直线。在Mannheim(曼海姆)城里走迷了路,绕了半天弯子,才又开出城去。这座大城也只剩了断瓦残垣。从Heidelberg(海德堡)旁边绕过,只看到远处一片青山。走进法国占领区,第一个令人注意的地方就是汽车渐渐少了。法国兵里面的真正法国人很少,大半是黑人,也有黄人。黄昏时候,到了德瑞边境。通过法国检查处,以为一帆风顺。到了瑞士边境,因为入境证成问题,交涉了半天,又回到德国Lonach(勒纳赫),在一个专为法国军官预备的旅馆里住下。

第二天早晨,他们又来到瑞士边境,马上与国民党南京政府驻瑞士公使馆,以及在那里工作的季羡林初中同学张天麟通了电话。此时,季羡林暗下决心:"反正已经走到这一步,只能义无反顾,背水一战了!"不料还算走运,瑞士有关方面果然下达通知,允许他们入境。张天麟还以中国外交官的身份亲自来接他们。可是,陪送他们的美国少校和法国司机却无法进入瑞士。季羡林等人实感抱歉,但又爱莫能助,分别时送给他们一些随身携带的中国小礼品,以作纪念。

1945年10月9日,季羡林一行终于告别了德国,来到瑞士。在从边境开往首都伯尔尼的列车上,他们凭窗远眺,被那奇异的自然风光吸引住了。它是那样的美妙神奇,完全出乎人们的想象——远山如黛,山巅积雪如银,倒影湖中,又氤氲成一团紫气,再衬托上湖畔的浓绿,好一处变幻莫测的仙境。看着看着,季羡林感慨万端,突发奇想:假如天下太平,大自然的美能给人们带来多少欢乐?假如瑞士也卷入了这场战争,眼前的山山水水又会给人们带来多少忧伤?

为了路上充饥,欧朴尔太太特意给季羡林准备了几块黑面包。"一朝被蛇咬,十年怕井绳",哥廷根人确实挨饿挨怕了。可是,这几块黑面包并没有派上用场,于是,季羡林准备按中国人惯用的办法将它处理掉。列车飞快地行驶,他一边欣赏窗外的美景,一边寻找铁路旁边哪里有可以投放的地方,但走了一路也没有找到。瑞士真的是太干净了!季羡林不想让这几块可怜的黑面包玷污了一尘不染的土地,最后只好把它带到了伯尔尼。

伯尔尼车站到了,接站的是季羡林的老同学张天麟全家以及使馆里其他几个人。到达伯尔尼的当天晚上,季羡林一行乘车来到附近的一座小城——弗里堡,这是公使馆特意安排的,目的是为了节省开支。次日,他们又回到伯尔尼,参加当晚公使馆举行的所谓庆祝双十节的宴会。出席宴会的中国留学生很多,来自欧洲许多国家,可谓"八方风雨会中州",济济一堂,分外隆重。那一顿精美的中国饭菜大家已经久违了,都想变成饕餮之徒,放开肚皮,大吃一顿。但是季羡林却留个心眼,因为德国医生曾告诉他,人一旦饿久了,碰上食物就会吃个没完,感觉不出饱的滋味儿,"一战"后就有许多人活活撑死了。于是,他不敢放开肚子,畅所欲吃,但尽管如此,也算解馋了。

从此,季羡林在弗里堡住了将近四个月。

弗里堡见闻

季羡林一行住在天主教神甫沙利爱开办的圣·朱斯坦公寓,这里收费便宜,伙食也不错,他们过了一段安定快乐的日子。

弗里堡是一座文化城,虽然只有几万人,但有一所著名的天主教大学,还有一个藏书颇丰的图书馆,因此也可以说是一座天主教城市。这对季羡林来说,简直是求之不得的好事儿,从中可以获得一些与天主教有关的感性认识。

瑞士是一个多民族、多语言的国家,官方语言就有德语、法语和意大利语,一般老百姓都有驾驭几种语言的能力,连伯尼尔街头卖花的老太婆也能讲几种语言。圣·朱斯坦公寓的沙利爱神甫讲法语,另一位神甫讲德语,可谓五花八门,各显神通。

过了不久,沙利爱神甫即被梵蒂冈教廷任命为瑞士三省大主教。季羡林曾在日记中写道:

1945年11月21日

吃过早饭就出去。因为今天是新主教 charriere（沙利爱）就职的日子，在主教府前面站了半天，看到穿红衣的主教们一个个上汽车走了。到百货店去买了一只小皮箱就回来。同冯、黄谈一谈。十一点一同出去到城里去看游行。一直到十二点才听到远处音乐响，不久就看到兵士和警察，后面跟着学生，一队队过了不知有多久。再后面是神父、政府大员、各省主教。最后是教皇代表、沙主教，穿了奇奇怪怪的衣服，像北平的喇嘛穿了彩色的衣服在跳舞捉鬼。快到一点，典礼才完成。

1945年12月25日

今天沙主教第一次主持大弥撒，我们到了 St. Nicolas 大教堂，里面的人已经不少了。停了不久，仪式也就开始了。一群神甫把沙主教接进来。奏乐，唱歌，磕头，种种花样。后来沙主教下了祭坛，到一个大笼子似的小屋子里向信徒讲道。讲完，又上祭坛。大弥撒才真正开始，仍然是鞠躬、唱歌、磕头，种种花样，一直到十一点半才完。

季羡林在弗里堡认识了几位德国和奥地利的朋友。

首先是弗里茨·克恩教授，他原是德国波恩大学的历史教授，思想进步，反对纳粹，后来在德国待不下去了，被迫逃到瑞士。季羡林一直与他相处得很好，在一起翻译过《论语》《中庸》。克恩教授夫妇对季羡林关怀备至，季羡林也对他们流落他乡的遭遇表示同情和怜悯，回国后还与他们通了几封信。

其次，季羡林还认识了奥地利学者 W. 施米特和科伯斯等人，他们都是天主教神甫。1938年3月12日，德军长驱直入，兵不血刃地占领了奥地利，希特勒竟以征服者的身份，随军到达他曾经作为流浪艺人生活过四年的维也纳，德奥两国签署合并文件，奥地利成为德国的"东方省"。从此，施米特、科伯斯等人类学维也纳学派的领导人，为躲避凶焰逃到瑞士，在弗里堡附近的村庄建立一个研究所，继续从事研究工作。与他们的交往中，季羡林感觉到这些天主教神甫并没有"上帝气"，对天主教以外的其他宗教也很宽容公正。施米特还曾在中国北京辅仁大学教过书，著作等身，在世界学人中广有名声。

最后,经克恩教授介绍,季羡林又认识了远在巴塞尔的瑞士银行家兼学者萨拉赞。此人是一位亿万富翁,对学问也很感兴趣,还建有一个颇具规模的印度学图书馆,因此季羡林急于想去见他。

那天,季羡林长途跋涉来到巴塞尔,参观了那个图书馆,很有感慨,惊叹道:"在世界花园中,有这样一块印度学园地,难能可贵。"萨拉赞热情招待他,请他喝茶,吃点心。分别时,天色已晚,当他赶到车站时,开往弗里堡的直达列车已经过去了,没办法只好登上停在月台上的一辆列车。他想:"反正瑞士也不大,上哪趟车都能到达目的地。"就这样,他稀里糊涂地骑着那条铁龙,在瑞士国土上转来转去,仿佛漫游仙境的爱丽丝。可巧,这个"爱丽丝"又增添了几分传奇色彩。原来,季羡林在列车上碰上了一个会讲德语的中年汉子,三言两语两人就成了朋友。他把沙利爱神甫荣任三省大主教的事儿讲了,那个汉子就像被踏了自己的脚鸡眼一样,立刻亢奋不已,竟然破口大骂,声称自己是新教徒,对天主教不共戴天。季羡林什么宗教都不信,任他骂去,没表示半点儿支持或反对。那汉子更加得意忘形,连骂不止,骂声仿佛能震动寰宇。

时间已是下半夜,不知列车在瑞士大地上究竟转了几圈儿,弗里堡终于到了。那汉子又跟季羡林一起下了车,找到一家旅馆非要请他喝酒。季羡林陪他喝了几杯,直觉得天旋地转,胡乱地到一个房间纳头便睡,醒来已是"红日已高三丈透"。而那汉子却如见首不见尾的神龙,早已消失得无影无踪。季羡林赶紧回到圣·朱斯坦公寓,又回忆起这个"爱丽丝"的神奇故事。

与公使馆的斗争

1942年10月,季羡林获得博士学位后想回国未成,实际上是因为国民党驻瑞士的公使馆不予协助。现在的情况又会怎样呢?

瑞士在二战中保持中立,又地处欧洲中心,因此这里的公使馆便成为全欧的外交代表机构,也是安排组织海外留学生回国的主要办公地。派驻这里的外交人员级别也很高,据说有一位武官曾经是蒋介石手下的"十三太保"之一,后来成为台湾海军总司令。当时,国民党政府为了诱使中国留学生回国,在"救济沦落在欧洲的学生"的幌子下,不定期地向瑞士公使馆拨来款项。国民党内部原本派系复杂,矛盾激烈,这种情况也必然反映在驻外机构中,瑞士公使馆也不例外。季羡林等中国留学生了解到,这里的公使和参赞之间存在矛盾,而且听说公使与留学生之间也存在矛盾,原因往往就在这笔款子上。

1945年11月7日,季羡林等几个中国留学生来到公使馆,见了公使先生客气地说:"公使先生,听说国内来了一笔款项,数目很大,请按时把救济金发给我们。"

公使立刻露出一副怪相,支支吾吾,闪烁其词。季羡林等人见状,马上动起肝火,说:"您别装糊涂了,想瞒天过海嘛?办不到!请按规定赶快发给我们!"

"我同意发给你们。不过,你们不要声张,如果大家都来找我,那就乱套了。"公使额上冒出冷汗,显得十分狼狈。

可是,季羡林等人回来后便把这件事儿传开了。他们觉得,这样做并非唯恐天下不乱,只是想搞点儿恶作剧,让那位公使舒服不得,尝尝留学生的厉害。原来,国内寄款的消息正是那位参赞告诉他们的,此公早年也在德国留学,对留学生有一种同情感,加上他与公使之间存在矛盾,于是便把事情捅了出来,这才叫唯恐天下不乱呢。

这件事儿让季羡林等中国留学生开了眼界,长了见识,真是"行万里路,读万卷书,阅无数人"啊!就当时在德国的留学生而言,其家庭出身各不相同,卑贱者有之,如季羡林等人,显赫者也有之,如蒋、宋、孔、陈以及冯玉祥、居正、戴传贤等子女。公使馆的那些老爷并非真正了解他们各自的背景,只好一律不加得罪。季羡林等人正是摸清了这个底细,才学到了从书本上学不到的知识:对付这些官老爷硬的比软的更好使。

抵达马赛

1946年2月2日,季羡林与张天麟一家、刘先志一家离开瑞士前往法国第二大城市、著名的商港马赛。当时要从欧洲回国只能走海路,由马赛乘船又是最近的一条路,早年从中国去欧洲勤工俭学的人也走这条路。临行前,他们向公使馆提出要求：人乘坐火车，行李用汽车托运，而且必须在费用上给予补贴。公使馆这次痛痛快快地答应了。

在去马赛的路上，他们在风景秀丽的日内瓦游览了几天，参观了1919年建成的"万国宫"，又名"国联大厦"，以及法国启蒙运动思想家卢梭的出生地和伏尔泰的避难所。进入法国边境，海关检查非常严格，因为从瑞士走私手表极为猖獗，他们的几只箱子也不会轻易放过。正当他们等待检查时，有人急中生智，从口袋里摸出一个瑞士法郎硬币，塞到那个检查员手中。此招儿果然奏效，那人赶忙将硬币揣起来，马上在他们的箱子上用粉笔画了一些"鬼符号"，表示放行。季羡林暗中庆幸，他从瑞士买的那两块自动化"Omega"金表终于免遭厄运。就这样，他们没有耽误继续乘车，直奔马赛而来。

来到马赛，最让季羡林感到新奇的是，法国的种族歧视要比欧洲其他国家大显逊色。他在德国待了那么长时间，从来没有看到白人妇女同黑人男子紧挽着臂膀在街上走路的事儿，在瑞士也没有看到。然而，在这里却看到一对对的黑白夫妇，手挽手地在大街上闲逛，那梨花与黑炭的影像交织在一起，真是乐煞人也。可是对法国人来说，这已是"司空见惯浑无事"，不足怪也。

在马赛，季羡林见到了海。虽然他出生于胶东半岛，但从未见过海，这真令人啼笑皆非。此时，他豪情满胸怀，马上吟出杜甫描写洞庭湖的一句诗："乾坤日夜浮。"他想："这位大诗人可能也没有见过海，要不他会把这样浑宏的诗句留给大海的！"

季羡林一行拿着美军在哥廷根开的证明文件，到当地管理二战期间流落他乡者的办事处去办理手续，结果被安排在一个大仓库里住下。他们对此并不感到满足，又使出留学生的脾气来，立刻去找南京政府驻马赛总领事馆，用在瑞士使用的方法与之交涉，结果他们又胜利了，马上搬进一家条件好的旅馆。他们还要求下一段航程必须乘坐头等舱，总领事馆也爽快地同意了。

船上生活

1946年2月8日晚，季羡林一行登上轮船向越南西贡开去，开始了漫长的海上生活。

这艘名叫"Nea Hells"的轮船,排水量一万七千吨,堪称巨轮,为英国所有。船上的管理人员和驾驶人员全是英国人,而乘客则几乎全是法国兵。穿便服的乘客微乎其微,主要是季羡林等几名中国人。

二战刚刚结束,法国为了重新统治印度支那,对越南发动了殖民战争。1945年8月21日,法军乘英国军舰在西贡登陆;9月23日,与从日本集中营释放出来的法国步兵团会合,在英军配合下,用突然袭击的方法占领西贡越南人民委员会和各级机关;10月5日,法国侵略军司令勒克莱尔率增援部队陆续抵达西贡,此后又以西贡为基础逐渐向越南内地进犯。眼下,季羡林等中国留学生乘坐的这艘轮船就是法国从英国租来的,目的正是运送法军到越南去镇压当地的老百姓。

季羡林一行分住在船上的两个房间里,里面设备不太豪华,但很整洁舒适。船上的伙食也不错,令人满意。一天,他们来到最高层的甲板上观望海景,一个英国船员突然走过来说:"只有头等舱的旅客才能到最高层的甲板来。"他们大吃一惊,恍然大悟:"这回又上当受骗了!"原来,战争刚刚结束,一切都未恢复正常,这是一艘运兵船,从船票上看不出是几等舱。他们满以为是头等舱,实际上并不是。马赛的中国总领事馆当初答应得很好,他们也自以为胜利了,未想到那位总领事是一条老狐狸,到底把他们给骗了。为了争回中国人的面子,他们立刻去找船长,声明就是自费掏腰包也要住头等舱,到最高层甲板上观海景。这下子感动了船长,没让他们补钱,满足了他们的要求。从此,一路上还算挺顺利。

不过,他们也碰到过小小的麻烦。每次到餐厅吃饭,必须按照英国人的习惯和船上的规定,穿上燕尾服。对于季羡林这些穷学生来说,这显然是赶鸭子上架,哪有什么带尾的衣服呢?但规定是规定,经过交涉,同意他们穿着西装,打好领带,擦亮皮鞋即可。每次吃饭前,他们都尽量打扮好自己,总算没有失掉"风度"。轮船从地中海进入苏伊士运河,天气开始转热,驶进红海后就更热了。每次吃完饭,他们就汗流浃背,筋疲力尽,简直活受罪。倘若这样继续舍命陪君子,到头来恐怕就没命可舍了,于是他们又去交涉,结果同意他们在房间里用餐。

提起红海,季羡林在1946年2月19日的日记中写道:

今天天气真热,汗流不止。吃过午饭,想休息一会儿,但热得躺不下。到最高层甲板上去看,远处一片红浪,像一条血线。海水本来是黑绿的,只有这一条特别红,浪冲也冲不破。大概这就是"红海"名字的来源。我们今天也看到飞鱼。

红海是一条古老的商道,据说,早在公元前 2000 年古埃及人即在此扬帆过海,从事商业贸易。它之所以是红色的,是因为这一带的红色海藻生长得异常繁茂,形成只有几米宽不知有多长的一条红线。说实在的,季羡林一行能够见到此番盛景,还是很有运气的,大概也会让今日旅游者艳羡不已。

轮船上还不乏"桃色绯闻"。几千名法国兵挤在一艘船上,男女兵混在一起,有违授受不亲的事儿难免时有发生。按理说,法国兵都很热情活泼,逗人喜欢,有时男女之间搂搂抱抱,打打闹闹,也无可挑剔。可是,每当夜幕降临,如果来到甲板上散步,那就要格外小心。季羡林便碰上了这种"艳景":在黑暗的角落里,往往会踩上躺在地上的人,不是一个,而是两个,不是同性,而是异性。他们动手动脚,互相接吻。更有甚者,一个人压在另一个身上,气喘吁吁,正在做苟且之事。每当这时,季羡林就感到非常尴尬,但对方却旁若无人,毫不在乎。季羡林只好赶快逃回房间。此时,房间里灯火通明,甲板上漆黑一片,刚才那一幕在他眼前瞬间消逝了,只在记忆中留下隐隐约约的碎片……

与此相反,季羡林结识的一位法国青年军官却很正经,给他留下美好的记忆。那人身材瘦癯,面孔清俊,一副平易近人的样子。他俩经常来到甲板上用英语交谈,海阔天空,无话不说。那人用轻蔑的语气讽刺法国军队说:"官比兵多,大官比小官多,女兵比男兵多。"对于甲板上男女兵有伤大雅的事儿,他毫不忌讳,但绝不赞成。就这样,他俩仿佛成了最要好的朋友。季羡林有幸结识这样一位把心托在手掌上的人,感到很愉快。

轮船经过红海驶入印度洋,二战期间这一带水域布下的水雷还没有完全清除。当时从欧洲开往亚洲的船虽然很少,但已有几艘触雷沉没了。因此,他们刚一上船就被召集到甲板上,戴上救生圈进行逃生训练。轮船通过了马六甲海峡,一天早上,船长跟大家说:"昨夜我压根儿就没合眼,这是水雷危险区,万一出了差错,我怎能对得起你们?现在危险区已经过去,我可以睡个好觉了!"听了这话,大家都感到后怕。

西贡印象

1946年3月7日,晨曦刚露,晓风未起,"Nea Hellas"号巨轮驶进了南中国海,然后渐渐地转入湄公河。河面很宽阔,有如"秋水时至,百川灌河,泾流之大,两涘渚崖之间,不辨牛马"之气概。但是,它毕竟是河,而不是海,因此便接近"地气"。朝阳冉冉升起,薄雾很快散去,只见两岸的芦苇蒹葭苍苍,一片青翠。船上的人在大海上生活了一个多月,好像飘浮在天上一样,不识人间烟火。此刻,他们又好像从天上回到了人间,心中直感到热乎乎、美滋滋的。

轮船行驶了半天,停靠在西贡的码头上。

然而,上岸后季羡林感到并非事事如意,首先刺激神经的是,那位法国青年军官一反常态,翻脸不认朋友了。码头上,季羡林在人头攒动的法国官兵中好不容易发现了他,兴致勃勃地跑上前去,正想同他握手告别,他却掉转头儿,眼望空虚,佯装根本没有看见的样子。季羡林大为吃惊,仿佛当头挨了一棒,他迟疑半天,觉得这也很自然,姑且顺其自然吧!

原来事出有因:二战期间,1940年日本军国主义占领了作为法国殖民地的越南、老挝、柬埔寨,1945年日军撤走。越南人民成功地举行了"八月革命",正式成立越南民主共和国。法国殖民者为了恢复在越南、老挝、柬埔寨的殖民统治,从1945年9月起又相继侵占了这三个国家。越南人民在胡志明主席的领导下,进行了九年抗法斗争,终于取得了最后胜利。看来,那位法国青年军官盛气凌人的派头儿,并非个例,殖民主义者的"威风"绝非一朝一夕能够形成,也绝非一朝一夕能够消除。

西贡(1976年改为胡志明市——笔者注)是越南最大的海港,其名为法语音译,18世纪已成为东南亚著名的港口和米市。在这里,季羡林第一次领略了热带风光,感受到处处清新别致。此时正是雨季,时而彤云密布,天昏地暗,雷电交加,大雨倾盆而泻,时而雷雨骤停,黑云散去,蓝天现出,风和日丽。这里椰树如林,到处葱郁繁茂,浓翠扑人眉宇。在不知名的大树上,一种大蜥蜴爬来爬去,用小树枝打它立刻变了颜色,由灰黄变成碧绿,再渐次变成蓝色、白色……万变不离其宗,这就是所谓的"变色龙"。

为了适应热带气候，人们的服饰也有特点，妇女更是惹人注目。她们上身穿着类似中国的旗袍，是用白绸子做的，下身则是黑绸子裤子。窈窕淑女迎着热带的微风款款走来，白色的旗袍和黑色的绸裤飘逸招展，宛然亭亭玉立的女神，使人感受到东方女性的美。

西贡向以米市著称于世，这里五谷丰登，仓廪厚实。稻米一年可以收获三四次，米价非常便宜。人们不用为生活发愁，终年悠然自得，整日坐在椰树下吸烟、喝茶、聊天，打发时光。见此情景，季羡林想起西方人说过一句话："世界上谁都害怕时间，但时间唯独害怕东方人。"心中不禁暗自叫绝。

自古以来，越南就是海外的"华人之乡"，特别是离西贡市中心不远的堤岸，几乎全是华人。商店里中国货琳琅满目，饭馆里粤菜独领风骚。这里有华人小学和中学，还有华人报纸、华人书店、华人医院。华侨中的文化人对季羡林等中国留学生高看一眼，认为他们能去留洋镀金，一定很有学问，所以经常请他们给报纸写文章，给学生演讲。

同世界其他国家和地区的华侨一样，这里的华侨也非常热爱祖国，尤其是八年的浴血抗战刚刚结束，他们深感自己的命运与祖国的命运息息相关，因此怀有一颗特殊的爱国心。季羡林在这里第一次听到了《义勇军进行曲》，那颗赤子之心为之激励着、振奋着。有一次，他在知用中学演讲，偶尔提到蒋介石的名字，学生们忽地站起来，肃然起敬，将他吓了一大跳。后来他才知道，"爱蒋便是爱国"是这里教育学生的主要内容。季羡林逝世前一年，2008年5月19日下午，当时听过他的演讲，后来在1952年入北大东语系学习的叶渭渠、唐月梅夫妇，来到301医院看望他。当他们提起这件事儿时，季羡林哈哈大笑，说："那叫不识庐山真面目。"看来，季羡林说得有道理，他在西贡便从爱国华侨嘴里听到南京国民党政府的一些丑闻。

季羡林等中国留学生照旧利用在瑞士、马赛行之有效的方法，与南京国民党政府派驻这里的总领事馆进行斗争。这个总领事馆俨然一个大衙门，沿袭旧时"八字衙门向南开，有理无钱莫进来"的陈规陋习，对当地华侨的疾苦不闻不问。华侨每每遭遇不白之冤，投诉无门，只好忍气吞声。季羡林等人来了以后，华侨将他们视为"青天大老爷"，托他们到领事馆去说情。那些官员以为这些留学生都有后台，而且后台很硬，否则不会留洋镀金，因此不敢轻易得罪，对他们反映的问题很重视，认真加以解决。于是,他们的斗争取得了胜利,受到了华侨的拥护和信任。

此时,不但从距离上看,祖国远比万里之外的欧洲近多了,而且从感情上看,由于身在华侨之中,感受着同胞兄弟姐妹的亲情和温暖,他们的心与祖国贴得更近了。在西贡度过了一个半月,季羡林等中国留学生即将结束漫长的归国之路,回到祖国母亲的怀抱。

第十二章 回到祖国

回 香 港

在季羡林一生的言论和行动中,对生养他的两位母亲寄予了永恒的爱。经过了十年的异邦生活,目睹了德国法西斯的种种罪行,他更加深刻地感受到爱国主义的可贵。他对法西斯分子打着"爱国主义"的幌子,实行对外侵略的行径深恶痛绝,说道:

> 德国法西斯和日本军国主义者狂喊"爱国主义"喊得震天价响。这样的国能爱吗?值得爱吗?谁爱这样的国,谁就沦为帮凶。

是的,季羡林说得对。世界上任何侵略者从不承认字典上有"侵略"一词,他们高喊"爱国主义",实际上是为自己的侵略行径做辩护。希特勒就把法西斯的野蛮侵略说成是为了抵抗别人的"侵略",他在国会上大言不惭地说:"从现在起,我只是德意志帝国的一名军人,我又穿上这身对我来说最为神圣、最为宝贵的军服。在最后的胜利之前,我决不脱下这身军服,要不就以身殉国。"同样,日本法西斯分子在发动侵略战争之前,也蓄意进行挑衅,制造事端,歇斯底里地狂呼中国侮辱了日本,好像日本除了对中国进行"惩罚"之外,再无别的选择,于是发动了一场惨绝人寰的侵略战争。

这就是法西斯的强盗逻辑！若不是三岁孩童,谁会相信他们的这套鬼话?

眼下,季羡林即将回到祖国母亲的怀抱——母亲到底变成什么样子了?儿子的心情会是怎样呢?他又吟起自己心中的诗:

　　十年一觉欧洲梦,
　　赢得万斛别离情。

1946年4月19日,季羡林一行离开西贡,乘上一艘开往香港的船。香港本是中国的领土,虽然鸦片战争后即被英国侵占,已经过去一个多世纪,但他们来到这里就等于回到祖国母亲的身边。

他们乘坐的是一艘排水量只有一千多吨的轮船,虽然被安排在头等舱,但里面设备极其简陋。出发的第二天,他们就遇上了大风暴,轮船被吹得如同海上的浮萍,一会儿仿佛登上三十三天,一会儿又仿佛陷入十八层地狱。狂风怒号,巨浪滔天,好像龙王和虾兵蟹将正在耀武扬威,兴风作浪,又好像孙大圣正用定海神针搅动大海,大闹龙宫。季羡林本来就晕船,这么大的风浪怎能忍受得了?他呕吐不止,在船舱里实在待不下去了,只好来到甲板上,躺在那里,一旦呕吐就把胃里的苦水吐到大海中,活活遭了两天罪。风暴过后,船上准备了鸡肉粥,他觉得味道鲜美,异乎寻常,燕窝鱼翅难比其美,仙药醍醐庶几近之。他连喝几碗,打起精神来。此时,晴空万里,丽日中天,海平如镜,碧波粼粼,远望一片渺茫,大海之深邃广远,令他顾而乐之,简直想手舞足蹈了。

4月25日,季羡林一行抵达香港。国民党南京政府驻香港特派员公署派人去迎接他们,然后把他们安排在一家客栈,住在两间极小的房间里。这家客栈形同中国内地的鸡毛小店,设备极其简陋。住在这里的人形形色色,有的像小商贩,有的像失业者,有的像梅毒患者,他们没有公德心,大声喧哗,随地吐痰,吸着劣质香烟,把屋子弄得乌烟瘴气。

香港乃弹丸之地,人多地少,寸土寸金,对于季羡林这些虽然留过洋但又穷得叮当响的学生来说,能够找到这样的住处就算谢天谢地了。他们并非不想用在瑞士、马赛、西贡使用的方法,与国民党特派员公署的老爷们交涉,而是觉得住处事小,更为重要的事儿还在后头。

英国人统治的香港当然带有洋气。季羡林久仰香港大名,满以为可与西方相媲美,却不然,倒觉得这里有点儿土气,没有想象中的文化气息,甚至找一家书店都不容易。这里仅有的几条马路也极其狭窄,行人摩肩接踵,熙熙攘攘,不时地从路边鸽子窝似的房子里传来打麻将的洗牌声,其势如悬河注水,雷鸣般地倾泻下来,又如暴风骤雨般地扫过辽阔大原。这里也没有什么自然景观,除了海景和夜景,几乎没有任何特色。只有夜幕降临时,全城才披上了柔和而温暖的橘色薄纱,万家灯光点缀着大街小巷,角角落落,或高或低,或上或下,或大或小,或圆或方,有如灿烂的繁星,争辉夺艳,出奇制胜,方显出香港人的无限生命力。

为了急着返回上海,季羡林等中国留学生开始拿出既有的招数来,与特派员老爷动起真格。那位特派员名叫郭德华,威仪俨然,尊相十足,戴着玳瑁框眼镜,留着八字胡,面团团好似富家翁,摆出一副官架来。他们一看心里直恶心,"不打不相识",就给他一点儿颜色看看吧!特派员坐在那里一动不动,他们也没有在指定的位置上就座,而是一屁股坐在他的办公桌上。这下子他挺不住了,马上站起来,脸上露出了笑容。此招儿真灵,季羡林一行回上海的船票很快订好了。

这是季羡林第一次来到香港。新中国成立后,他又数次来香港访问和讲学,结交了包括学术界的八方朋友,他的一些学术著作和散文作品也在香港出版过,赢得香港朋友和学人的拥戴和赞誉。

回　上　海

1946 年 5 月 13 日,季羡林一行乘船驶向上海。这也是一艘小船,排水量还不到一千吨,而且设备更加简陋。几百个中国乘客没有铺位,胡乱地挤在一起,行李、包裹都堆在甲板上。季羡林等几个留学生还算幸运,分别住在头等舱和二等舱。不管外面多么吵闹和脏乱,只要把舱门一关,里面还是非常安静和干净,但想呼吸一下新鲜空气就难了。有时,他们只好到甲板上透透气,虽然只有几步路,走起来却很不容易,必须小心翼翼地通过沙丁鱼般的人群。

甲板上也是横躺竖卧的人。季羡林发现与他们一起上船的比利时和法国的两个女留学生,紧闭双眼,躺在那里不吃不喝,一动不动。有人从她们身上跨过去,或者踩在她们身上,或者把水滴到她们脸上,她们全然不知不觉,连眉毛都不眨一眨。不知道她们是睡着呢,还是醒着,反正就这样一连躺了几天,一直躺到上海。季羡林惊诧不已,暗想:"或许她们是虔诚的天主教徒,正因为心中装着上帝,才练就了这身功夫。"

可是,季羡林心中没有上帝,留德十年他已经变成无神论者。他决不会躺在那里不吃不喝,一动不动,也决不会不知不觉,麻木不仁。此时,他确实思绪万千,心潮澎湃。他想,将近十一年的异邦流离的生活就要结束了,多么盼望向祖国母亲倾诉衷肠啊!那么,季羡林想倾诉些什么呢?请听他说:

十一年前,少不更事,怀着一腔热情,毅然去国,一是为了救国,二是为了镀金。原定只有两年,咬一咬牙就能够挺过来的。但是,我生不逢时,战火连绵,两年一下子变成了十一年。其中所遭遇的苦难与艰辛,挫折与委屈,现在连回想都不愿意回想。试想一想,天天空着肚子,死神时时威胁着自己;英美的飞机无时不在头顶上盘旋,死神的降临只在分秒之间。遭万劫而幸免,实九死而一生。在长达几年的时间内,家中一点信息都没有。亲老、妻少、子幼。在故乡的黄土堆里躺着我的母亲。她如有灵,怎能不为爱子担心!所有这一切心灵感情上的磨难,我多么盼望能有一天向我的祖国母亲倾诉一番。

"祖国母亲",这是一个多么神圣而伟大的字眼儿啊!任何人也不能玷污她。季羡林远在异邦时,就曾怀着一颗赤子之心,遥祝祖国昌盛兴旺,人民幸福安乐。他幻想着,回来时一定跪在母亲的脚下,亲吻她,抚摸她,让热泪通通流出来。

然而,当时的祖国仍旧在国民党的统治之下。出国前,季羡林对国民党就没有什么好感,而现在,他又是怎么看的呢?请听他说:

但是,我遇到了困难,我心中有了矛盾,我眼前有了阴影。在西贡时,我就断断续续从爱国的华侨口中听了一些关于南京政府的情况。到了香港后,听的就更具体、更细致了。在抗战胜利以后,政府中的一些大员、中员和小员,靠裙带,靠后台,靠关系,靠交情,靠拉拢,靠贿赂,乘上飞机,满天飞着,到全国各地去"劫收"。他们"劫收"房子,"劫收"地产,"劫收"美元,"劫收"黄金,"劫收"物资,"劫收"仓库,连小老婆姨太太也一并"劫收",闹得乌烟瘴气,民怨沸腾,其肮脏程度,远非《官场现形记》所能比拟。所谓"祖国",本来含有两部分:一是山川大地;一是人。山川大地永远是美的,是我完完全全应该爱的。但是这样的人,我能爱吗?我能对这样一批人倾诉什么呢?俗语说:"孩子不嫌娘丑,狗不嫌家贫。"我的娘一点也不丑。可是这一群"劫收"人员,你能说他们不丑吗?你能不嫌他们吗?

1946年5月19日,季羡林回到上海。果然,他感到这里是一片陌生的土地,一点儿温热的感觉都没有。

经老同学李长之的介绍,季羡林在上海第一次见到臧克家。臧克家当时负责《华声报》副刊的编辑工作,郭沫若、茅盾、巴金、叶圣陶、冯雪峰等著名作家均为副刊撰稿人。他听说季羡林在德国留学十年,懂许多种语言文字,又要到北大应聘,感到非常高兴,于是请他与自己住在一起。

臧克家后来回忆说:"他带着五六大箱子书,和我热乎乎地挤在一起。我的斗室,仅有一桌一椅,进门脱鞋。我俩在'榻榻密'上,席地而坐,抵足而眠,小灯一盏,照着我们深夜长谈,秋宵凄冷,而心有余温。"

臧克家是季羡林的山东同乡,在清华时季羡林就读过他的诗集《烙印》,并写过评论文章。他在1933年9月13日的日记中写道:

> 在长之处,看到臧克家给他的信。信上说羡林先生不论何人,他叫我往前走一步(因为我在批评《烙印》的文章的最末有这样一句话),不知他叫我怎么走——真傻瓜,怎么走?就是打入农工的阵里去,发出点同情的呼声。

原来,两人以文会友,发生过一次小小的文案。臧克家在这部诗集中描写洋车夫、贩鱼郎、老哥哥等等黑暗里可怜的人群,曾被老舍称为"石山旁的劲竹",真心地"希望它变成一株大松"。而季羡林则认为诗中对洋车夫的真实状况并不了解,对劳动人民的感情也不是站在他们的立场上去理解。因此发表了一篇对《烙印》颇有微词的文章。正如 2004 年季羡林在《痛悼克家》一文中所说：

> 在他的诗集《烙印》中，有一首写洋车夫的诗，其中有两句话：夜深了不回家，还等什么呢？这种连三岁孩子都能懂得的道理——无非是想多拉几次，多给家里的老婆孩子带点吃的东西回去。而诗人却浓笔重彩，仿佛手持宝剑追苍蝇，显得有点滑稽而已。因此，我认为这是败笔。

就是这样一场笔墨官司，让他们成为终生挚友。

季羡林还与臧克家、王辛笛一起看望了郑振铎先生。一晃过去了十余年，如今师生喜相逢，真有一肚子话想说。

郑先生说："我想聘你为《文艺复兴》月刊撰稿人，你有新作尽可在上面发表。"

"好吧，我将尽力为之。"季羡林想起出国前郑先生便想给他出散文集，心中充满了感激之情。

郑先生的母亲还特意做了一桌子福建菜，招待万里归来的季羡林。

郑先生一直关心季羡林的成长进步。后来，当他得知季羡林去北大应聘成功，担任梵文讲座教授，便在他创办的《文艺复兴·中国文学专号》上著文称："关于梵文学和中国文学的血脉相通之处，新近的研究呈现了空前的辉煌。北京大学成立了东方语文学系，季羡林先生和金克木先生几位都是对梵文学有深刻研究的……在这个'专号'里，我们邀约了王重民先生、季羡林先生、傅斯年先生、戈宝权先生和其他几位先生们写这个'专题'。我们相信，这个工作一定会给国内许多的做研究工作者们以相当的感奋的。"

在上海，季羡林本想去拜访郭沫若先生，但他不在，便又去拜访了叶圣陶先生。

回 南 京

季羡林在上海待了几天就来南京见李长之。李长之当时就职于南京国立编译馆。季羡林虽然留过洋，镀过金，但仍然是"无钱阶级"，住不起旅馆，晚上就睡在李长之的办公桌上。白天他在风景秀丽的台城游逛,什么鸡鸣寺、胭脂井,不知去了多少次。台城上郁郁葱葱的古柳,使他想起唐代韦庄的诗:"江雨霏霏江草齐,六朝如梦鸟空啼。无情最是台城柳,依旧烟笼十里堤。"于是,他又吟起自己心中的诗:

> 有情最是台城柳,
> 伴我长昼度寂寥。

此时,季羡林是一种什么心情,不是一清二楚了吗?

季羡林在南京会见了著名作家梁实秋先生(1902—1987)。这位一生"流离贫病"的真名士,抗战后从重庆北碚复原回到南京,也在国立编译馆就职。在清华读书时,季羡林就读过梁先生的文章,非常欣赏他的才华和文采,这次见面愈加感到他人如其文,朴实无华,马上视之为好友。梁先生全家在饭店里宴请季羡林,一边品尝美味佳肴,一边促膝长谈。季羡林出国前,梁先生正在国立青岛大学任外文系主任,当时季羡林无缘结识这位老前辈,十几年后终于见面了,感到他平易近人、不端架子、真诚对待后学者的作风实为可贵,是自己效法和学习的榜样。

最为重要的是,季羡林在南京拜会了恩重如山的陈寅恪先生。他在离开哥廷根时,就给陈先生写了一封长信,并附上用德文写的几篇论文,汇报自己十年的学习情况。陈先生惜才如命,慧眼识人,决定将他介绍到北京大学教书。陈先生是在英国伦敦收到季羡林这封信的。抗战胜利后,1945年秋陈先生为治疗眼疾,并接受牛津大学再次聘请他为客座教授而去英国,可是他的眼疾并未治好,怀着绝望的心情辞去牛津大学教席,于1946年6月经美国纽约乘船回国,几乎与季羡林同时回到上海。

季羡林拜谒陈先生是在时任国民党政府交通部长俞大维的官邸(俞大维夫人是陈寅恪的胞妹陈午新——笔者注),师生见面分外高兴,季羡林详细地汇报了留学情况,陈先生要他带上他的亲笔推荐信到鸡鸣寺下中央研究院会见时任北大代校长的傅斯年(陈寅恪与傅斯年也沾一点儿姻亲,傅斯年再婚娶的是俞大维的胞妹俞大彩——笔者注),还特别嘱咐他带上用德文写的几篇论文。季羡林曾经回忆说:

我同他最重要的一次接触,就是我进北大时,他正是代校长,是他把我引进北大来的。据说——又是据说,他代表胡适之先生接管北大。当时日寇侵略者刚刚投降。北大,正确说是"伪北大"教员可以说都是为日本服务的。但是每个人情况又各有不同,有少数人认贼作父,觍颜事仇,丧尽了国格和人格。大多数则是不得已而为之。二者应该区别对待。孟真先生说,适之先生为人厚道,经不起别人的恳求与劝说,可能良莠不分,一律留下在北大任教。这个"坏人"必须他做。他于是大刀阔斧,不留情面,把问题严重的教授一律解聘,他说,这是为适之先生扫清道路,清除垃圾,还北大一片净土,让他的老师胡适之先生怡然、安然地打道回校。我就是在这样一个关键时刻到北大来的。我对孟真先生有知遇之感,难道不是很自然的吗?

从中可以看出,傅斯年可谓一身傲骨,铮铮有声,虽然有时也很偏激。有人说,他是知识分子中唯一一个敢在老蒋面前跷起二郎腿说话的人。抗战爆发,正是他首先提出将北大、清华、南开联合组建"西南联大"的方案;抗战胜利的消息传到重庆,正是他欢喜得如疯如狂,在大街上一手拎着酒瓶,一手把帽子挑在拐杖上挥舞;抗战胜利后就任北大代校长,在用人上打破人情、地域观念,不讲背景,唯才是举,他的一句名言是"总统介绍的人,如果有问题,我照样可以开除",正是他将自己的老师周作人、容庚等人从北大教授中解聘,容庚为此亲自到重庆去见他,而他却破口大骂:"你这民族的败类,无耻的汉奸,快滚,不要见我!"正是他以"决不为北大留此劣迹"的态度扫荡"伪北大"的教职员,并毫不手软地对"伪北大"校长鲍鉴清提出控告⋯⋯而眼下傅斯年一手将季羡林纳入自己麾下,其原因不是一清二楚吗?当此北大吐故纳新之际,迫切需要真正的人才,尤其需要能独当一面的大才。季羡林既是人才、大才,又是众望所归的老友陈寅恪先生推荐,且又是同乡和留德后辈,傅斯年焉有不加重用之理!看来,在选用季羡林这件事上,所谓的人情、地域观念并不妨害傅斯年的用人之道。

季羡林在南京时,国民党政府教育部长朱家骅接见了他,并委托中央图书馆馆长蒋复聪设宴款待,转达要将他留在南京的意向。但是,季羡林不为所动,执意要到北大应聘。朱家骅知道后猛然想起,大约一年前正是他电告远在大洋彼岸的胡适先生,北大校长一职"非兄莫属"。同时,他又感叹道:"季羡林到北大去没说的,因为胡先生是一位'独为神州惜大儒'的人物啊!"

季羡林在上海和南京时,当他听到爱国民主人士李公朴、闻一多在昆明被国民党特务暗杀的消息,心情万分悲痛;当他听到马叙伦、雷洁琼、曹靖华等人在南京下关车站遭到国民党特务殴打,造成震惊中外的"下关惨案",心情怒不可遏。

回北平和济南

季羡林在上海和南京滞留了四五个月。在此期间,他无书可读,无处可读,如同"坐宫"的杨四郎,白白消磨光阴。须知,季羡林什么都可以抛弃,唯独抛弃读书和写作就简直无法生活,他是多么盼望早日能有一张哪怕是极其简陋的书桌呀!不过,即使在这种情况下,他还是写出了几篇文章,如《胭脂井小品序》《东方语文学的重要性》《忆章用》《老子在欧洲》,分别发表在《北平时报》、天津《大公报》、《文学杂志》、南京《中央日报》上。同时,他还应好友储安平之邀,成为在上海创办的《观察》周刊的撰稿人,其他撰稿人都是各界名流,如胡适、王芸生、张东荪、冯友兰、费孝通、傅斯年、马寅初、许德珩、潘光旦、钱锺书等各界名流。在其后三年间,他在《观察》周刊上又发表七篇文章,即《论翻译》《西化问题的侧面观》《邻人》《论现行的留学政策》《论聘请外国教授》《忠告民社党和青年党》《把学术还给人民大众》。

季羡林本想从上海先回山东老家省亲,然后再去北大履职,但当时解放战争正在激烈进行,津浦铁路中断,无法成行。这时,与他一起回国的几个留学生都各奔东西,唯有他仍在苦等。1946年9月底,他被迫改变计划,从上海乘船到秦皇岛,再转乘火车,回到阔别十一年的北平。

季羡林回到度过五年大学生涯的北平。他从前门车站下车,北大的阴法鲁等老朋友前来迎接,然后乘汽车向沙滩红楼驶去。此时,北风朔朔,寒气逼人,汽车经过长安街,路灯闪着惨黄的光,透射出几分阴冷,遍地的落叶被车轮踏过,发出窸窸窣窣的干裂声,随后消逝到无边的寂静中……面对眼前一片凄凉景色,他心中默诵着"秋风吹古殿,落叶满长安"的诗句。季羡林如此触景伤情,完全由国家的大局所致。正如他说:

此时的局势却是异常恶劣的。以蒋介石为首的国民党，剥掉自己的一切画皮，贪污成性，贿赂公行，大搞"五子登科"，接收大员满天飞，法币天天贬值，搞了一套银元券、金元券一类的花样，毫无用处。人民生活在水深火热之中，教授也不例外。手中领到的工资，一个小时以后就能贬值。大家纷纷换银元，换美元，用时再换成法币。每当手中攥上几个大头时，心里便暖乎乎的，仿佛得到了安全感。

其实，季羡林决定回国原本是做两手准备的，如果国内形势不稳，或者没有他所从事研究的条件和环境，那就考虑是否接受英国剑桥大学的聘约。

一年以后，1947年夏，季羡林终于回到阔别十二年的济南。季羡林回国途经西贡时，济南的一位亲戚便把中国留学生从德国启程回国的消息告诉了季家，那是从收音机里听到的。过了两个月，家里终于接到季羡林从南京寄来的信，随信还寄来了一点儿钱，这钱是他卖掉从瑞士带回来的金表换来的。按理，季羡林在德国留学十年，应该有些积蓄了，但事实并非如此，他回国的路费还是在瑞士与克恩教授一起翻译《论语》《中庸》挣来的。家里收到季羡林的信一直盼呀，盼呀，盼了一年才盼到。

济南，作为"四面荷花三面柳，一城山色半城湖"的泉城，季羡林当然是再熟悉不过了。在这里，他度过了半个童年和半个青年时代，共有十三四年的光景。季羡林此番与亲人相见的情景如何呢？季承先生在《我和父亲季羡林》一书中写道：

1947年夏天，父亲乘飞机回到他阔别十二年的故乡济南。当时乘坐的飞机从北平起飞的时候，济南家里的空气就凝固了。大家什么都不做，只等待那个时刻的到来。

一天中午过后，在大门外探风的热心人忽然跑进院子里喊道："来啦！来啦！"叔祖母让我和姐姐到西屋廊檐下站好。我向前院二门方向望去，只见一个和照片上相像的年轻人走了进来，留着洋头，身穿土黄色风衣，里面是西服领带，足下是皮鞋。

当他走近我和姐姐站的地方的时候,我和姐姐便大声叫道:"爸爸!"他好像没有亲吻和抱我们一下。之后,我们就被安排到别的房间去待着了……

……只记得那天晚上,父亲一直站在叔祖父的床前,恭立伺候,身上已经换上长衫,但并没有说什么话。后来,叔祖父一挥手说:"歇着去吧!"父亲才轻手轻脚地从屋里退出。此后每天晚上都是如此。这给我留下了深刻的印象。至于父亲怎么和母亲话说阔别之情,又是怎样度过分别十二年后的第一个夜晚的,我当然不得而知。但从母亲第二天那木讷的感情来看,那一夜恐怕没有什么幸福可言。从那时起,父亲就演起了舍情求仁的悲剧来了!

季羡林回乡省亲期间,寻师访友,活动频繁。他去正谊中学探望了郑又桥老师。师生二十余年未得相见,见面后自然欣喜若狂。季羡林为表达自己的心情,特将杜甫的诗改成:

人生不相见,
动如参与商。
今日复何日,
共此明月光。

季羡林还应邀在济南青年会做了一次演讲,题目是"从比较文学的观点上看寓言和童话",这是他十二年后重登家乡学术讲坛,自然引起各界人士的关注。

还有两件事值得一提,一是时任山东省政府主席的王耀武设宴款待,并表示欢迎季羡林回山东工作,被他婉言谢绝;二是季羡林在济南著名的聚丰德饭庄"大宴群雌",招待二十多位年轻女士,其中便有他的初恋情人——荷姐。

季羡林曾在文章中回忆说:

说心里话,她就是我心想望的理想夫人。但是,阻于她母亲的短见,西湖月老祠的那两句话没有能实现在我们俩身上。现在,隔了十几二十年了,我们又会面了。她知道,我有几个博士学位,便嬉皮笑脸地开起了玩笑。左一声"季大博士",右一声"季大博士"。听多了,我蓦地感到有一点凄凉之感发自她的内心。胡为乎来哉! 难道她又想到了二十年前那一段未能成功的姻缘吗? 我这个人什么都不迷信,只迷信缘分二字,有缘千里来相会,无缘对面不相识。我们俩之间的关系难道还不是为缘分所左右的吗? 奈之何哉! 奈之何哉!

看来,如同德国姑娘伊姆加德一样,荷姐也是季羡林一生爱情生活中的"牺牲品"。与同辈大家,如周一良、钱锺书等人相比,季羡林可谓既无母爱,又无夫妻之爱。正如周一良著文称:

> 我是生而丧母的人,不知母爱为何物,而羡林兄贫农出身,七岁过继出去后,近九十年在这九百六十万平方公里的国土上,再未见到他的生母,这是多么残酷的事。我虽没受过母爱,但却享受过男女之爱,我和老伴共用一大书案,对坐齐眉达六十年,不可谓非幸运。而羡林兄是父母之命,媒妁之言结婚的……我过去很敬仰胡适之先生,原因之一,就是因为他为了不伤母亲的心而违背自己的意愿结了婚,我常把羡林兄与胡先生相比,钦佩之情不能自已。但近来才知道,胡先生的美国女友始终未婚,与他通信几十年(胡太太也知道此事),这对胡先生当然是一个很大的慰藉。如此看来,羡林兄的忠厚美德就更加可贵。这和他得以把毕生精力用于学术文化,取得这样大的成就是否也有关系?

周一良的话再次印证了,尽管婚姻给季羡林带来了悲剧,但他却能给社会带来福音……

第十三章 走进红楼

红楼感想

留德十年,季羡林将全部心思和精力用于求知解惑上,终于学有所成。在此期间,他虽然历尽千辛万苦,但凭着毅力和胆识,还是挺过来了。1946 年 9 月底,季羡林从上海乘船到秦皇岛,再转乘火车回到北平,走进熟悉而陌生的红楼。以后的路仍然会坎坷不平,他同样要拿出信心和勇气,借以验证罗曼·罗兰说的,"我是一切痛苦的主人,而非奴隶"。

在北京大学百年历史长河中,红楼经历了半个世纪的风风雨雨,培育了闻名天下的"北大精神"。它位于今北京市沙滩东部,即紫禁城神武门以东的汉花园,称北大一院,建成于 1918 年,时值蔡元培校长任上。当时,北大共有三个学院,除红楼的文学院外,在其附近还有理学院和法学院。不过,唯有红楼被作为北大的象征,"北大精神"正是从这里传播出去的,著名的五四运动和"一二·九"运动便是其精华所在。季羡林也曾说道:"北大最突出的特点就是继承而且发扬了中国知识分子的优良传统:关心国家大事,'天下兴亡,匹夫有责'。这种爱国主义,在北大是有源可寻,由来已久的了。"一位享年百岁的老人,对于北大精神的认可远非今日始,他对北大再熟悉不过了!

此时,季羡林自然百感交集,思绪万千。十五年前,北大和清华均破格录取了这位齐鲁才子。季羡林舍北大而选清华,个中隐私即是毕业后能够留洋镀金,以便抢到一只"饭碗"。在清华五年，他还听了不少北大名教授，如杨丙辰、朱光潜先生的课，结交了很多北大的文学青年，如号称"汉园三诗人"的何其芳、卞之琳、李广田以及萧乾、陈梦家等人，因此对北大有一种难以割舍的感情。如今，他回来了，学有所成，手中端着的不是平平常常的"饭碗"，而是货真价实的"金饭碗"。季羡林也很走运，经由陈寅恪推荐，受胡适、傅斯年、汤用彤聘请，来到红楼走马上任。可是，十年过去了，北大对他又变得很陌生，必须一切从零开始。那么，此刻他内心深处究竟想了些什么呢？对此，他并没有发表过多的言论，当时的日记迄今也尚未公布于众。笔者只能根据他的行止背景按图索骥，略做粗浅的分析。

首先，季羡林要掏出心窝子来感激恩人陈寅恪，同时也可见他有一股子恃才傲物、不甘拜下风的信心和勇气。在即将离开哥廷根时，他给远在伦敦的陈寅恪写了一封长信，并附上在德国公开发表的几篇论文。要说他与陈先生有多少交情，恐怕还谈不上，只不过在大学里听过他的选修课。然而，"骐骥筋力成，志在千里外"，昔日的藐予小子如今翅膀变硬了，也敢登高望远，向被誉为"教授之教授"的人投去爆炸性的信息——在名师门下学习十年梵文、巴利文、吐火罗文，且又成果惊人喜人，只等他伸出手臂，招贤纳士了！

且说陈寅恪，抗战爆发后，他于1937年冬即离开北平，携家人踏上了逃亡之路，先到长沙，然后途经香港、越南海防市到昆明联大，一路上颠沛流离，备尝艰辛，身心交瘁。1945年，他满怀"眼暗犹思得复明"的期望，远赴英伦医治，但万没想到等待他的竟是失明已成定局的判决。这无疑是一声晴天霹雳，重重地打击了一位壮志未酬的大学者。为此，他曾赋诗感叹曰："天其废我是耶非，叹息苌弘强欲违。著述自惭甘毁弃，妻儿何托任寒饥。西浮瀛海言空许，北望幽燕骨待归。先君柩暂厝北平，待归葬西湖。弹指八年多少恨，蔡威唯有血沾衣。"

正当他绝望而归时，收到了季羡林的自荐信，这虽然绝非是治疗眼疾的灵丹妙药，但他却于朦胧中看到了暗夜中的星光。"吾侪所学关天意"，按季羡林驾驭印度和中亚古代语言所具备的潜质和能力，陈寅恪依稀感觉到，在未来中国印度学的研究中，能发前人未发之覆者，非斯人莫属也。当然，也可能不止季羡林一人，比如周一良，季羡林在德国学梵文的事儿，就是他在纽约码头上送别陈寅恪回国时听说的，当时他已在哈佛大学师从叶理绥教授学习七年梵文，胡适和陈寅恪对他都很器重，但他回国后并没有真正在梵文研究上发力。

总之,季羡林既没有辜负老一辈学者的期望,"明知山有虎,偏向虎山行",始终如一地坚持印度和中亚古代语言的研究,又知恩图报,对陈先生的感恩之情,自打走进红楼就一直铭记在心,念念不忘。

其次,季羡林对来北大工作的安排可谓心悦诚服,满心欢喜。宏愿既遂,那他就绝不应该见异思迁,用他自己的话说,既已跳过龙门,焉能再有其他非分之想?但是,季羡林又必须面对另一种严酷的事实。那时,北平在国民党和日伪政权的长期统治下,经济上早已成为烂摊子,广大人民群众生活在水深火热之中,教授的日子也很不好过,这对季羡林来说当然有很大的影响。

季羡林是有家室之累的人,既然他已经回国,就必须承担养活全家的重担。季承曾经回忆说:"像我们这样的家庭,都要靠糊火柴盒接济家庭的开销,这说明那时人们的生活水平多么低下。正统思想非常严重的叔祖父也无法顾及自己的脸面,容忍他的家庭干这种低下营生,这足以说明我们家庭经济上的窘迫。那个时候,我们多么盼望父亲能够回来……全家在庆幸抗战胜利之余,又陷入了沉重的疑惑和期盼之中。很明显,如果没有父亲,即便是抗战胜利了,我们家今后的日子也是很难维持下去的。"如果只从眼前的利害得失来说,大概有人会提出这样的看法:季羡林与其选择来北大工作,倒不如在官场上谋个一官半职,有权有势,名利双收。而在季羡林面前,这种机会也并非绝无仅有。1946年他回国路过南京时,国民党政府教育部长朱家骅想把他留下来,1947年夏他回乡省亲,时任国民党第二绥靖区司令官兼山东省政府主席王耀武欢迎他回山东工作,但都被他谢绝了。

诚然,季羡林选择胡适而非朱家骅、王耀武,失去了做官的机会,但他心里怎样想的,倒是值得探究。事实证明,季羡林青年时代对国民党从未抱有任何好感,其中包括刚刚结束的漫长的国外留学生涯。所以,要让他当个国民党的官,尽管名声显赫,利禄厚实,却非其所愿,不敢恭维。同时,季羡林对共产党也缺乏真正的了解。虽然不像他说的那样严重,"中国人民浴血抗战,我自己却躲在万里之外,搞自己的名山事业",但在那如火如荼、出生入死的战争岁月,他毕竟身居异域,对国内的斗争情况毫无感性认识,对国民党和共产党的所作所为均无亲身体验。季羡林回国后曾见到朱光潜抗战时期从重庆写给周扬的信,其中表达了这位老先生对国民党的不满情绪和向往延安的愿望。看来,这种具有正义感的爱国知识分子确实大有人在。比如,像傅斯年那样对蒋介石忠贞不贰的人,抗战时也曾以无党派人士的身份,与黄炎培、章伯钧等人一起访问延安,受到毛泽东、周恩来、朱德的接见。然而,季羡林即使具有这样的觉悟和意愿,由于客观条件的限制,他也无法身体力行,见诸行动。

如今,季羡林回来了,他内心首先想的或许正是要补上这一课。比如,他在羁留上海和南京期间,前去拜访郑振铎、叶圣陶等先生,这不但是礼节性的拜访,从中体验前辈们平易近人、奖掖后学的风尚,而且因为这些人均为倾向共产党的民主进步人士,与其接触既能了解他们的政治主张、爱国活动,又能学习他们的斗争精神。季羡林还被聘为郑振铎、李健吾在上海创办的《文艺复兴》月刊和储安平在上海创办的《观察》周刊的撰稿人。须知,这都是当时的进步刊物,《文艺复兴》的宗旨是"为新的中国而工作,为中国文艺复兴而工作,为民主的实现而工作";《观察》则为中国自由主义知识分子的主要言论阵地。因此,两种刊物受到国民党的仇视,没办多久便被迫停刊和被查封。至于刊物的撰稿人,均为教育界、思想界、学术界、文艺界、新闻界的著名爱国民主人士,前者有郭沫若、茅盾、巴金、叶圣陶、许广平、沈从文、周而复、靳以、王辛笛、钱锺书、师陀、路翎、吴岩等,后者有胡适、傅斯年、许德珩、马寅初、王芸生、张东荪、冯友兰、费孝通、潘光旦、钱锺书等。季羡林得以跻身其中,无疑有助于廓清他对政治形势的模糊认识,增强民主自由的思想觉悟。

还有,季羡林刚刚回国,还在上海和南京时,著名爱国民主人士李公朴、闻一多在昆明被国民党特务暗杀的举国震惊的事件——尤其是闻一多先生,他在出国前还拜访过。上海人民团体联合会和学生和平促进联合会组成和平请愿团,推派马叙伦、雷洁琼、曹靖华等九名代表赴南京请愿,在南京下关车站遭到国民党特务殴打的震惊中外的"下关惨案",他听到这些消息后怎能不扼腕激愤呢?是的,国民党的倒行逆施只能加剧季羡林心中无比的痛恨。无数爱国之士的鲜血更会激发季羡林追求进步、向往光明的决心……

总之,季羡林走进红楼,虽然时局纷扰牵动着他的心,但压根儿也没想去做官,以图荣华富贵,而是想如何使自己的思想和行动跟上时代前进的步伐,如何不辜负恩师的关心和期望,在发展和创新中国印度学的崇高事业中有所建树。

最后,也是最重要的,诚如季羡林所说:"怀旧能净化人们的灵魂,能激励人们的斗志。"此时此刻,他刚刚告别了第二故乡——哥廷根,那里的一山一水、一草一木,师友们的一颦一笑、一言一词,都萦绕脑际,形成了许多美好的回忆。当时只道是寻常,现在却愈加想着那些人和事儿,感到格外可亲、可爱和可贵。可是,季羡林绝不会只停留在一个"想"字上,他要用怀旧的丝缕编织激情,刺绣灵感,薪火相传,只争朝夕,力求走进红楼伊始便风生水起,旗开得胜,用生花之笔描绘出一幅美妙的蓝图。那么,季羡林又想怎样做呢?

其一,他想尽快地使梵文、巴利文乃至吐火罗文在中国大地上生根、开花、结果;其二,他想在佛教梵文的研究上打开局面,由弱变强,使世界都能听到中国的声音;其三,他想集四方之力,建立和扩大东方语文学的教学和研究基地,培养出更多的研究东方学的人才和进行文化交流的使者。

看来,季羡林确实要"弃燕雀之小志,慕鸿鹄之高翔",庶几一展宏图了。然而,常言说得好:"理想和现实永远是差那么一大截儿。"季羡林的主观愿望难免受到客观条件的制约,他必须审时度势,顺其自然,一步一个脚印地前行……

红楼冷雨

"红楼隔雨相望冷",季羡林走进红楼映入眼帘的正是一片云谲波诡、胆战心寒的景象。在中国近现代史上,每当外族入侵,北大这块最能代表中华文化精粹的渊薮之地,总是被视作眼中钉、肉中刺,极尽破坏毁灭之能事。还记得,1900 年八国联军打进北京时,俄军、德军先后侵占了北大的前身——京师大学堂及其周边地区,打、砸、抢无所不用其极,致使学校停办两年。1937 年七七事变后,日本帝国主义悍然发动全面侵华战争,伴随中华民族长达八年的浴血奋战,自 1938 年起,由北京大学、清华大学、南开大学组成的国立西南联合大学,在春城昆明巍然挺立,谱写了中国现代教育史上光辉灿烂的篇章。可是,北平沙滩的北大红楼,虽然也以北大名义继续办学,却变成了另外一个天地。

据季羡林回忆,他刚来时住在红楼的三层楼上,偌大的一座楼房,从其造型和外表的颜色来看,本来就给人一种神秘感,更何况楼内只住着四五个人,愈加感到人声寥寥、鬼影绰绰。听别人讲,自从 1937 年 7 月 29 日北平沦陷后,红楼便落入日寇之手,成了他们宪兵队的驻地,地下室则变成刽子手行刑杀人的地方。人们都说由于冤魂多多,惨相戚戚,深更半夜常常听到从里面传出一阵阵鬼叫声。季羡林有时也下意识地等着那鬼叫声出现,但又不相信真会有这回事儿。最让他烦恼的还不是那种鬼叫声的恫吓,而是真正的魔鬼——国民党特务以及由他们纠集来的充当打手的天桥地痞流氓,经常来寻衅滋事。

1946年年中,国民党政府撕毁国共两党停战协议,在美国的支持下,依仗财力和物力的优势,调动了30万军队,大举进攻中原解放区,将中共的6万军队包围分割,企图歼灭殆尽。同年秋季,国民党公然发动全面内战,中国共产党随即领导了全国解放战争。此时,国共双方矛盾激化,势不两立,北平的国民党当局也正在做垂死挣扎,把号称北平解放区之一的北大民主广场(另一个在清华园——笔者注)作为镇压民主力量的目标,并把民主广场后面的红楼视作共产党的秘密据点。随着从昆明联大复员的师生陆续返校,住在红楼里的人越来越多,季羡林与他们一起每天都提高警惕,注意动静,用桌椅封锁住楼口,防备国民党特务闯入。

魔鬼们盯住红楼不放,虽然几次被挡了回去,但"屋漏偏逢连夜雨,船破又遇顶头风",在国民党的黑暗统治下,红楼及其周边的环境早已不像一个大学校园的样子。季羡林身居其中,在险恶的生活环境中,又怎能从事正常的教学和科研工作呢?他回忆说:

红楼对面有一个小饭铺,极为狭窄,只有四五张桌子。然而老板手艺极高,待客又特别和气。好多北大的教员都到那里去吃饭,我也成了座上常客。马神庙(即北大理学院,又称二院的地址——笔者注)则有两个极小但却著名的饭铺,一个叫"菜根香",只有一位主菜:清炖鸡。然而,却是宾客盈门,川流不息,其中颇有些知名人物。我在那里就见到马连良、杜近芳等著名京剧艺术家。路南有一个四川饭铺,门面更小,然而名声更大,我曾看到过外交官的汽车停在门口。顺便说一句:那时北平汽车是极为稀见的,北大只有胡适校长一辆。这两个饭铺,对我来说是"山川信美非吾土",价钱较贵。当时通货膨胀骇人听闻,纸币上每天加一个0,也还不够。我吃不起,只是偶尔去一次而已。我有时竟坐在红楼前马路旁的长条板凳上,同"引车卖浆之者流"挤在一起,一碗豆腐脑,两个火烧,既廉且美,舒畅难言。当时有所谓"教授架子"这个名词,存在决定意识,在抗日战争前的黄金时期,大学教授社会地位高,工资又极为优厚,于是满腹经纶外化而为"架子"。到了我当教授的时候,已经今非昔比,工资一天不如一天,虽欲摆"架子",焉可得哉?而我又是天生的"土包子",虽留洋十余年,而"土"性难改。于是以大学教授之"尊",而竟在光天化日之下,端坐在街头饭摊的长板凳上,却又怡然自得,旁人谓之斯文扫地,我则称之源于天性。是是非非,由别人去钻研讨论吧。

他又回忆说:

我现在的邻人几乎每个人都是专家。说到中国戏剧,就有谭派正宗,程派嫡传,还有异军突起自创的新腔。说到西洋剧和西洋音乐,花样就更多。有男高音专家,男低音专家,男不高不低音的专家。在这里,人长了嘴仿佛就是为了唱似的。每当晚饭初罢的时候,左面屋子里先涌出一段二黄摇板来。别的屋子里当然也不会甘居人后,立刻挤出几支洋歌,其声呜呜焉,仿佛是冬夜深山里的狼嗥。我虽然无缘瞻仰歌者的尊荣,但我的眼却仿佛能透过墙壁看到他脸上的青筋在鼓胀起来,脖子拼命向上伸长。余音在长长的走廊里回荡,我们这房子可惜看不到梁,不然这余音绕在上面怕是永远再不消逝了。岂能只绕三天呢!古时候圣人在齐闻《韶》,三月不知肉味。我听了这样好的歌声,吃到肚子里的肉只是想再吐出来。自己发恨也没办法。以前我也羡慕过圣人,现在我才知道,圣人毕竟是不可及了。

在这种恶劣的环境中,季羡林纵有孙行者的本领,也难逃如来佛的掌心。他自然又想起在哥廷根时那种遗世独立的情景:印度学和汉学研究所的图书室里空无一人,那盈屋插架的图书任他翻阅。虽然,天上飞机的嗡嗡声和腹中的饥肠辘辘声此起彼伏,连成一片,但他闭目则浮想联翩,神驰万里,睁眼则梵典在前,华光四射,他正在埋首读经,欲发前人未发之覆。

学术本为天下之公器,然而对于季羡林来说,既然天公不作美,学问搞不成,此处又焉能久留？于是，他欲做乱世中特立独行的人，过不多久便搬进了翠花胡同。听起来这个名字温文尔雅，清新悦耳，但也是"出得龙潭，又入虎穴"。翠花胡同与红楼隔着一条马路，是北大文科研究所的住处，同样是阴森可怖的地方。如果说红楼地下室的鬼叫声是近人所为，那么这里的鬼叫声则来自遥远的年代。原来，翠花胡同就是令人发指的"东厂"，明朝大奸佞魏忠贤的特务机关就设在这里，刽子手杀人如麻，横尸遍地，于是经常出现闹鬼的事儿。下面就来看看季羡林对这处常人却步的凶宅是怎样描述的：

> 曾经有很长一段时间，我孤零零一个人住在一个很深的大院子里。从外面走进去，越来越静，自己的脚步声越听越清楚，仿佛从闹市走向深山。等到脚步声成为空谷足音的时候，我住的地方就到了。
>
> 院子不小，都是方砖铺地，三面有走廊。天井里遮满了树枝，走到下面，浓荫匝地，清凉蔽体。从房子的气势来看，从梁柱的粗细来看，依稀还可以看出当年的富贵气象。
>
> 这富贵气象是有来源的。在几百年前，这里曾经是明朝的东厂。不知道有多少忧国忧民的志士曾在这里被囚禁过，也不知道有多少人在这里受过苦刑，甚至丧掉性命。据说当年的水牢现在还有迹可寻哩。
>
> 等到我住进去的时候，富贵气象早已成为陈迹，但是阴森凄苦的气氛是原封未动。再加上走廊上陈列的那一些汉代的石棺石椁，古代的刻着篆字和隶字的石碑，我一走回这个院子里，就仿佛进入了古墓。这样的环境，这样的气氛，把我的记忆提到几千年去，有时候我简直就像是生活在历史里，自己俨然成为古人了。
>
> 这样的气氛同我当时的心情是相适应的，我一向又不相信有什么鬼神，所以我住在这里，也还处之泰然。但是也有不泰然的时候。往往在半夜里，我突然听到推门的声音，声音很大，很强烈，我不得不起来看一看。那时候经常停电，我只能在黑暗中摸索着爬起来，摸索着找门，摸索着走出去。院子里一片浓黑，什么东西也看不见。连树影子也仿佛同黑暗黏在一起，一点都分辨不出来。我只听到大香椿树上有一阵窸窸窣窣的声音，然后咪噢的一声，有两只小电灯

似的眼睛从树枝深处对着我闪闪发光。

这样一个地方,对我那些经常来往的朋友们来说,是不会引起什么好感的。有几位在白天还有兴致来找我谈谈,他们很怕在黄昏时分走进这个院子。万一有事,不得不来,也一定在大门口向工友再三打听,我是否真在家里,然后才有勇气跋涉过那长长的胡同,走过深深的院子,来到我的屋里。有一次,我出门去了,看门的工友没有看见。一位朋友走到我住的那个院子里,在黄昏的微光中,只见一地树影,满院石棺,我那小窗上却没有灯光。他的腿立刻抖了起来,费了好大力量,才拖着它们走了出去。第二天我们见面时,谈到这点经历,两人相对大笑。

我是不是也有孤寂之感呢?应该说是有的。当时正是"万家墨面没蒿莱"的时代,北京城一片黑暗。白天在学校里的时候,同青年同学在一起,从他们那蓬蓬勃勃的斗争意志和生命活力里,还可以吸取一些力量和欢乐,精神十分振奋。但是,一到晚上,当我孤零零一个人走回这个家的时候,我仿佛遗世而独立。没有人声,没有电灯,没有一点活气。在煤油灯的微光中,我只看到自己那高得、大得、黑得惊人的身影在四面的墙壁上晃动,仿佛是有个巨灵来到我的屋内。寂寞像毒蛇似的偷偷地袭来,折磨着我,使我无所逃于天地之间。

当时正在念高中的北大教授白化文先生曾回忆说,那时他去过北大文科研究所,一进门是一个小院,左右两边各有一排厢房,分别住着周燕孙(祖谟)先生和宿季庚(白)先生,再往里还有几层院子,可就不敢进去了。据说里面原来是明朝东厂宦官设私刑之处,弄死人是常事。他因为胆子小,没敢进去。里面只住着季希逋(羡林)一个人,看到他进出研究所,感到真是"从容出入,望若仙人",觉得敢于单独住在那样一个深宅大院中的高级知识分子,一定是参透了天人三界的人;一位甘愿在近似大庙荒斋之处生活的人,一定在寂寞中追求什么,除了钻研学术,想不出还有别的。

臧克家先生也曾回忆说,1949年春他从香港回到北平,到翠花胡同来见季羡林。他孤身住在这里,两间小西屋让书籍占了一大半,显得拥挤。院子里树木阴森,古碑成行,仿佛还有挖掘出来的一具古棺。季羡林笑着对他说:"我与鬼为邻。"臧克家心中暗想:这房子要叫蒲松龄来住多么合适呀!可季羡林不甘寂寞,反而觉得清静,可以读书,可以安心工作,少受外界事物的打扰。

季羡林在翠花胡同一直住到1952年秋季。1952年夏,季承来北京参加高考,就住在父亲的宿舍里。他回忆说:

> 翠花胡同那一所大宅院,当时是北大文科研究所的所址,但在历史上它却是明朝特务机关东厂的所在地,正门在南面。深宅大院,几层几进,不知道有多少院落。那时,大门是开在翠花胡同路南一侧,其实是大院的后门,而父亲则住在从南面数第二个院落里,也就是从北面看是倒数第二个院落的西屋里。白天大院里有人工作,到了晚上,灯光微暗,阴森恐怖,只有一个人在临街的门房里值班,绝少有人敢深入大院。父亲就住在这样的环境里,我感到非常惊讶。姐姐当时也来了北京一趟,在那里住了几天。我目睹了父亲的孤独生活。父亲带我和姐姐吃过东来顺的涮肉和馅饼,喝过北京的豆汁,也在沙滩北大红楼外面的街边地摊上吃过豆腐脑和烙饼。除豆汁外,沙滩附近一家小饭馆做的猪油葱花饼、小米绿豆粥,给我留下了很深的印象。我记得,在父亲的住处,还有美国铁筒装的白砂糖,那恐怕是他在德国时的"战利品",我很惊讶,他竟能保存到那个时候。有时,我就把砂糖夹在馒头里当饭吃。

现今的年轻人确实是生活在蜜罐中,他们很少能想到前辈们创业的艰辛和痛楚,甚至会怀疑,那些老学究"手无缚鸡之力,心无一夫之雄",怎么能有那种大无畏的劲头儿?

《人民日报》高级记者卞毓方曾经问季羡林:"您难道就一点儿也不怕吗?"

"在德国待了十年,锻炼成了一名无神论者,不相信天地有鬼神,所以不怕。"季羡林回答说。

卞毓方进而评论道:"季先生这种不怕鬼、不信邪的精神,反映在政治信仰和学术修炼,则为一种大无畏的淡定,包括'文革'中的'跳上井冈山',以及晚年的政治性散文,如《牛棚杂忆》《八十抒怀》《九十抒怀》《一个老知识分子的心声》等。季先生曾自我解剖说,经过了七波八折,他如今是什么也不怕。难怪有位外国朋友对笔者的一位北大学长说:'在你们中国,有些话,只有季羡林敢说;而且说得好,易于为各方面采纳。'诚哉斯言,这的确是一种难以企及的境界。"

来到胡适和汤用彤旗下

季羡林来到红楼的第二天,就向北大校长胡适先生和文学院院长汤用彤先生报到。从此,他们在红楼共事了几年。

1946年7月,胡适先生刚刚从美国回来走马上任,在他之前傅斯年代理北大校长。这位蜚声华夏、驰名域外的学者、思想家和政治家,来到红楼后立刻受到师生的热烈欢迎。胡适先生回国前,傅斯年先生即给蒋介石写信,力荐他担任此职:"适之先生经师人师,士林所宗,在国内既负盛名,在英美则声誉之隆尤为前所未有。今如以为北京大学校长,不特校内仰感俯顺与情之美,则全国教育界,亦必以清时佳话而欢欣。"在胡适就职的欢迎会上,著名学者冯友兰先生发言说:"胡先生出任北大校长,是一件应乎天而顺乎人的事,就全国范围来讲,再没有比胡先生更合适的人选了。"胡适先生本人在致辞中则说:"我在抗日战争期间,对于国家的贡献,实甚微末,虽然做了几年的驻美大使(是在1938年9月至1942年8月期间——笔者注),但是没有替国家借过一文钱,买过一支枪,甚感惭愧。"这大概是一句实话,难怪,蒋介石及其幕僚对胡适先生担任驻美大使期间的作为并不满意,否则不会派宋子文去做特使,将他的职权架空。

胡适先生确实是北大校长的最好人选,他"新官上任三把火",归国途中在"塔夫脱总统号"上即给国民党南京政府致函,说要用"十年的时间让北大学术独立发展",再造北大。

此前,季羡林与胡适先生只有一面之交。1932年10月13日,他在清华听过胡适的一次演讲,并在当天的日记里写道:

听胡适之先生演讲,这还是第一次见胡先生。讲题是文化冲突的问题。说中国文明是唯物的,不能胜过物质环境,西洋是精神的,能胜过物质环境。普通所谓西洋物质东洋精神是错的。西洋文明侵入中国,有的部分接受了,有的不接受,是部分的冲突。我们虽享受西洋文明,但总觉得我们背后有所谓精神文明可以自傲,比如最近班禅主持时轮金刚法会(即指九一八事变后,国民党政客戴季陶等拉拢当时的班禅喇嘛,在北平等地发起"普利法会",诵经礼佛,以超荐天灾病祸中死去的鬼魂——笔者注),就是这种意思的表现。Better is the enemy of good(译为"更好是好的敌人"——笔者注)。我们觉着我们 good enough(译为"足够好"——笔者注),其实并不。说话态度声音都好。不过,也许为时间所限。帽子太大,匆匆收束,反不成东西,而无系统。我总觉得胡先生(大不敬!)浅薄,无论读他的文字,听他的说话。但是,他的眼光远大,常站在时代前面我是承认的。我们看西洋,领导一派新思潮的人,自己的思想常常不深刻,胡先生也或者是这样罢。

事后不久,季羡林又在《新月》月刊上发现胡适先生的一篇文章《四十自述·我怎样到外国去》。读后他仿佛对胡适先生增添了好感,因为这显然是关于出国留学的经验之谈,季羡林本来也在做出国梦。而且,他还知道了胡适先生的家境并非阔绰,为了遵守慈母定下的黄山脚下的婚约,他只好违心地与江冬秀结了婚,后来他又与美国的女友韦莲司小姐长期通信来往,后者始终未婚……季羡林从中似乎感受到某种反叛中的浪漫主义的情调。

这是十多年前季羡林对胡适先生仅有的一点儿亲身感受,比起他的清华同学吴晗来,真差得不少。吴晗于 1930 年在上海读中国公学时,曾以一篇题为《西汉经济状况》的论文,博得该校校长胡适先生的赏识。不久,胡适离开中国公学去北平任教,吴晗随后也去了北平,在燕京大学图书馆工作,并写了一篇《胡应麟年谱》,又受到胡适先生的赞赏。1931 年吴晗报考清华历史系,被破格录取,时任北大文学院院长的胡适先生写信给清华代校长翁文灏和教务长张子高,请他们关照吴晗,"给他一个工读的机会",翁、张立即请文学院院长冯友兰先生和历史系主任蒋廷黻先生办理……由此可见,吴晗实为与胡适先生关系密切的学生,而季羡林只是从此时开始成为胡适校长的部下,充其量在一块儿共事两三年,但他却把胡适先生视为一生六位恩师之一。

再说时任北大文学院院长的汤用彤(1893—1964),季羡林来到红楼之前与他素不相识,但读过他的书。文如其人,他想象出那一定是一位瘦削慈祥的老人,有五绺白须,飘拂胸前……可如今一见面,大大出乎意料——身体略胖,身着灰布长衫,脚踏圆口布鞋,一副老农老圃的形象。季羡林与汤用彤先生应该是清华校友,但后者属于师长之辈,又是他"高山仰止,景行行止"的大师级人物。

汤用彤先生1917年从清华学堂毕业,1918年赴美国留学,先在汉姆林大学学哲学,后入哈佛大学研究院师从"新人文主义"大师、比较文学系主任白壁德,攻读梵文、巴利文和印度学,当时与陈寅恪、吴宓并称"哈佛三杰"。他于1922年获哲学硕士学位后回国,先后在南京中央大学和南开大学哲学系任教授、系主任。1931年夏,北大校长蒋梦麟特聘他为北大哲学系教授。抗战期间,他任西南联大哲学系主任,后又任文学院院长。直到1946年春夏之交,他从云南昆明复原回到北京,仍然担任北大文学院院长。

季羡林至今还记得那天前来报到的情景。早饭过后,他由代理校长傅斯年带领去见汤用彤先生。一路上,傅斯年先生又跟他重复在南京时说的话,就是从国外留学回来,不管得了什么学位,来北大只能给个副教授的头衔,再过两三年才能评正教授。又说北大的门槛很高,别的学校教授要进北大,都要降一级,教授改成副教授。对此,季羡林早有思想准备。他在清华读书时,就听说王力先生1932年7月获得了巴黎大学文学博士学位,回国后被清华大学中文系主任朱自清先生聘为专任讲师,相当于副教授。但也有例外,他的清华同学钱锺书1937年获得牛津大学副博士学位,然后去法国巴黎大学进修,1940年回国西南联大清华大学聘其为教授,虽然遭到陈福田、叶公超等人的极力反对,但在吴宓、陈寅恪的力荐下,清华文学院院长冯友兰只能对他说,这是破例的事。季羡林承认钱锺书很聪明,在校时就很有名气,而今自己既然堂而皇之地走进红楼,那还有什么过高的要求呢?

季羡林来到北大图书馆后面的北楼,走进汤用彤先生的办公室,立刻被他那蔼然仁者的风采吸引住了,浑身顿时感到一阵儿温暖。当晚,汤用彤先生又邀请他赴家宴,为他接风,师母也是慈祥有加,更增加了他的亲切感。季羡林久仰汤用彤先生大名,现在竟然来到他的旗下,虽为同事,但正是一个拜师求教的机会,所以认为汤先生是他的六位恩师之一。

"学为人师,行为世范",中国人特别注重人师的行为是道德文章,也就是为人和为学。要论汤先生，可谓当之无愧。他不仅是中国现代学术史上少数几位能融会中西、贯通华梵、熔铸古今的国学大师，尤其对印度哲学、中国佛教和魏晋玄学的研究造诣颇高，著作等身，而且为人平和宽厚，有海纳百川之度。抗战期间，他在西南联大的生活虽然极其艰苦，并遭受失去长子和爱女的巨大打击，却以继承和弘扬中华民族文化为己任，教学和科研从未间断过，出版了《汉魏两晋南北朝佛教史》《印度哲学史略》等重要著作，同样，在那种环境下，他既对学生教诲不倦，慈祥可亲，又以身示范，关心国事，对贪官污吏、发国难财者深恶痛绝。

这第一次见面，按北大的规定，汤用彤当然也会向季羡林交代关于"职称"的问题。季羡林曾经回忆说：

我可绝没有想到，过了一个来星期，至少不过十天，锡予先生忽然告诉我，我已经被聘为北京大学正教授兼新成立的东方语言文学系主任……我这个当一周副教授的纪录，大概可以进入吉尼斯世界纪录了吧！

笔者又注意到另外一个细节，那就是季羡林临终前"口述人生"时说："到北楼见到汤用彤，还没有进入正常的谈话阶段，他就先讲，我让你当一个礼拜的副教授，立刻给你改成正教授。当然出我意外啊，至于为什么，我不知道。不过当时你要说我没有资格，我1941年在德国哥廷根大学，拿到哲学博士学位，这是1946年了。"看来，汤用彤好像事先跟季羡林交了底。

无论如何，既然北大决定聘任季羡林，事先内定他为教授和东语系主任，也是顺理成章。季羡林确实是有"后台"，而且很硬，首先由陈寅恪先生引荐，再由汤用彤先生接纳，最后由傅斯年先生和胡适先生一锤定音，这道程序看来是合情、合理、合法。其中，破格提拔为正教授又有先例，不足为奇，更何况季羡林获得博士学位已经五年，就连他自己都认为有资格；委任新组建的东语系主任一职则是一件非常严肃的事，但事实证明，季羡林履职三十五年，成绩显著，硕果累累，据1996年统计，北大东语系一共为国家培养造就了五千余名德才兼备的人才，他们在语言文学等教学和研究领域，在社会主义建设的其他战线，均做出了杰出贡献，仅担任过驻外大使的就有十二名，出使二十五个国家，占所有驻外使节七分之一。

当然，上述成就不能只归于季羡林一人，但从他一生的个人学术成就来看，也确实给国家和民族增光添彩。机遇，对季羡林一生的关键几步都很重要，但必须首先奋斗到那个份儿上，它才会送上门来。季羡林回国后，由于陈寅恪、汤用彤、傅斯年、胡适等前辈远见卓识，知人善任，才使他人尽其才，学为所用，这是起码的条件，正可谓"伯乐者善识千里马也"。

陈寅恪、汤用彤先生自不必说，他们堪称季羡林的业师，或者说，季羡林与他们是同道中人。

傅斯年先生实际上是当时北大的"掌门人"，被胡适先生称为"人间一个最稀有的天才"和"最能办事、最有组织才能的天生领袖人物"。胡适远在美国尚未履职赴任时，他便果敢地吐故纳新，一面将沦陷区的北大师生清除殆尽，在几个月内为胡适打平了天下，使他回来顺利地走马上任，一面搜罗人才，接纳新兵，而对既是留德同学又有姻亲关系的大名鼎鼎的陈寅恪先生推荐来的季羡林，他当然会欣然同意。

胡适先生则不但生性平和，待人宽厚，一向奉行"温情主义"，而且慧眼识人，爱才如命，尊重前贤，奖掖后学，当年他介绍王国维先生到清华国学研究院任教一时传为佳话，陈寅恪为此曾赋诗曰："鲁连黄鹞绩溪胡，独为神州惜大儒。学院遂闻传绝业，园林差喜适幽居。"因此，他对威望极高、受人尊敬的陈寅恪先生推荐季羡林，当然也会欣然同意。

至于胡适与汤用彤之间的关系，根据《胡适日记》的记述可见一斑。1937年1月17日，胡适为汤用彤校读《汉魏两晋南北朝佛教史》稿本，次日与汤用彤交谈。本来，汤用彤的学风与胡适"大胆假设，小心求证"的治学方法迥异不同，但他在交谈中却不以争个优劣长短的口气相逼，而是调侃说："我胆子小，只能做小心求证，不能做大胆假设。"

"我胆子大，但在大胆假设时，还要向你学习小心求证。"胡适对汤用彤的话很敏感，但承认这是一句"谦辞"，于是也调侃说。

汤用彤在文化观点上强调要从民族文化中吸取精华，融汇西方文化，而不赞成胡适的"全盘西化论"，但仍以协商温和的口气调侃说："我颇有一个私见，就是不愿意说什么好东西都是从外国来的。"

"我也有一个私见，就是不愿意说什么坏东西都是从印度来的。"胡适深知汤用彤研究印度哲学和佛教成就斐然，于是又调侃说。

最后，二人哈哈大笑。

可见，胡适与汤用彤之交不可谓不深矣。眼下接纳季羡林来北大，他们的意见当然会一致的。

总之，季羡林来到胡适和汤用彤旗下，被聘任为正教授和东语系主任，可谓占了"天时""地利"与"人和"。

痛苦而无悔的选择

然而，季羡林在当时动荡而艰险的境遇中，又必然面临彷徨与坚守、思考与挣扎，经历了痛苦而无悔的选择。

1946年5月西南联大宣布解散后，北大师生返回北平。经过八年抗战的血与火的考验，他们看见曾经引以为荣的红楼变成日本侵略者的兵营，被糟蹋得不成样子，心中自然无比愤慨，但又怀有难以割舍的亲情，决心要重振北大的雄风。新上任的校长胡适先生提倡自由的学术氛围，教师的学术观点可以自由表达，学生的独立思维可以随意发挥。总之，北大人的性情尽可发泄无遗，可谓"独立不羁，率性而行"。有一次，同住在沙滩附近松公府后院的北大教授废名（冯文炳）和熊十力，因为对佛教的看法不同而争吵起来，吵着吵着突然鸦雀无声，阴法鲁先生走过来一看，原来两人互相卡住了脖子而发不出声来。季羡林本来是正正经经、规规矩矩的人，听了这故事自然感到好奇得很，心想："这也许只是北大的'逸事'，而非'正史'吧！"

此时，北大决定成立东方语言文学系，这本来是季羡林走进红楼的理想之一，而且又把系主任的重担交给他，使他感到分量不轻。其实，北大早有成立东方语言文学系的打算，但"巧妇难为无米之炊"，只因缺少诸多小语种的师资而未果。而这时的情况却变得略微好一些，招来的几位精通东方语言和文学的学者，尽可施展才华，大显身手。东语系的建立直接来自胡适、傅斯年、汤用彤诸先生的决策，并有陈寅恪先生的给力。正因为如此，季羡林方感到肩上的担子非常沉重。

出乎意料的是，东语系创建之初并非红红火火，而是冷冷清清。全系共分三个教研组：第一组的语种是蒙文、藏文、满文；第二组的语种是梵文、巴利文、龟兹文（吐火罗文A)、焉耆文(吐火罗文B);第三组的语种是阿拉伯文。全系教师除季羡林外,还有王森、马坚、金克木、马学良、于道泉等,其中后三位是后来调来的。学生的人数比教师还少,只有梵文班三名,其他语种没有招生,要是开全系大会,季羡林那间十几平方米的办公室就足够了。面对这种"六七个人,七八条枪"的局面,如果说季羡林一点儿也不感到尴尬难堪,那是假话。他曾经回忆说:

我"政务"清闲,天天同一位系秘书在办公室里对面枯坐,既感到极不舒服,又感到百无聊赖。

又说:

我们这种语言哪,也招不了多少学生。梵文、巴利文,哪有什么人学啊!费力不讨好。那时候,就出力不讨好。即使到现在,学梵文、巴利文的有多少呢?没有几个。真正成才的不多,大概不到十个人。

当时那唯一的三名学梵文、巴利文的学生,后来都到香港去了,也都改了行。但话说回来,星星之火可以燎原,新中国成立伊始,这个北大最小的系开始迅速发展壮大,迨至1952年秋京津地区高等学校院系调整结束,东语系一跃而变成北大最大的系。

再来看看季羡林走进红楼的另一个理想,即他在德国十年学习的佛教梵文和吐火罗文是不是派出了用场。应该说,当时国内对于佛教梵文和吐火罗文的研究还是空白,犹如一片原始森林,亟待有人蹚出一条路子来。前辈学者如陈寅恪等人,虽然为此也曾大声疾呼过,但他们自己并未身体力行,于是只好把希望寄托在年轻人身上。陈寅恪先生看过季羡林在德国写的几篇论文,立即决定向北大推荐。至于那些与季羡林同辈的学者,印度的或欧美的"海归者",不但学习佛教梵文和巴利文的寥若晨星,而且专门进行研究的几乎没有。比如周一良先生,他曾在英国剑桥学习梵文,受到胡适先生的器重,回国后先在燕京、清华讲授"佛经翻译文学",后在北大治魏晋南北朝史,旁及敦煌文献、日本史等,终成一代学人,但因多次转换研究方向,没有将主要精力用在研究梵文上,未免有"长才未尽"之憾。但是,早在1945年他就在《思想与时代》月刊上发表《中国的梵文研究》一文,对梵文语音在中国的研究情况做了回顾,指出:"由于翻译佛典的关系,梵文语言的研究在中国历史比较悠久。关于梵文语言的书,有唐智广的《悉昙字记》和北宋印度僧人法护、中国僧人惟净合编的《天竺字源》。关于梵文文字的书,有相传为义净所著的《梵语千字文》和龟兹僧人利言所著的《梵语杂名》。"他还认为梵文在中印文化交流中占有重要地位,而中国古代士大夫对梵文文法重视不够,呼吁我国学术界人士今后努力于这方面的研究。

这种情况季羡林当然也无不清楚。在他出国前,20世纪二三十年代,我国与印度的文化学术交流,只限于对现成汉译佛典的研究和通过第三种语言(英、日文)翻译印度梵语文学著作的层面上,陈寅恪、汤用彤、鲁迅、闻一多、沈从文、郑振铎等前辈均做出了贡献。而季羡林在德国学习梵文、巴利文、吐火罗文时间之长,用功之勤,环境之险恶,生活之艰苦,到头来如果学非所用,前功尽弃,那他怎能接受得了呢?但是,当时国内研究佛教梵文的现状着实让他不寒而栗。原来,季羡林所以能够在德国写出那样几篇有分量的论文,与那里图书资料之丰富密切相关。由于他在哥廷根大学图书馆和梵文研究所、汉学研究所的图书室查阅了上千种专著和杂志,写起论文来才能下笔如神,游刃自如。季羡林曾回忆说:

> 我每天几乎是一个人坐拥书城,"躲进小楼成一统",我就是这些宝典的伙伴和主人,它们任我支配,其威风虽南面王不易也。整个 Gauss – Weber – Haus 平常总是非常寂静,里面的人不多,而德国人又不习惯于大声说话,干什么事都只静悄悄的。门外介于研究所与大学图书馆之间的马路,是通往车站的交通要道;但是哥廷根城还不见汽车,于是本应该喧阗的马路,也如"结庐在人境,而无车马喧"。这真是一个读书的最理想的地方……除了礼拜天和假日外,我每天就到这里来。主要工作是同三大厚册的 Mahāvastu 拼命。一旦感到疲倦,就站起来,走到摆满了书的书架旁,信手抽出一本书来,或浏览,或仔细阅读。时之既久,我对当时世界上梵文、巴利文和佛教研究的情况,心中大体上有一个轮廓。世界各国的有关著作,这里基本上都有……世界各国有关印度学和东方学

的杂志,这里也应有尽有。总之,这是一个很不错的专业图书室。

相比之下,北大乃至北平图书馆的情况却令人失望,季羡林又一次面临尴尬难堪的局面。本来,他所搞的那套玩意儿,即所谓的印度学,如果缺少书刊资料,任凭再有本事,也比登天还难。科学研究又毕竟不同于文学创作,光有灵感和想象无济于事。那时,他的生活虽然清苦些,寂寞些,但只要有书可读,于书中得闲,便会自有乐趣,抑或能在印度学研究上搞出一点儿名堂来。

平心而论,北大给予季羡林工作上的待遇是优裕的。除东语系主任外,他还兼任北大教授会成员,北大文科研究所导师,北平图书馆评议会成员。虽然身兼数职,但他仍然有空儿读书,因为当时很少开会,有时偶尔被召集到一起,也只是为大家提供一个见面聊天的机会。为了使季羡林集中精力搞科研,汤用彤院长不但批准他搬到寂静的翠花胡同文科研究所宿舍去住,而且与北大图书馆馆长毛子水先生共同特批,专门在北大图书馆为他设立一间研究室,并指派汤先生的研究生马理小姐做助手。

可是,季羡林发现,我国虽然以典籍之富甲天下,堂堂的北大图书馆(现今被辟为新文化运动纪念馆,李大钊、毛泽东均曾在此工作过——笔者注),也被冠以藏书甲大学天下的美名,但是于他真正有用的书却凤毛麟角,微乎其微。北平图书馆的情况又是怎样呢?有一天,图书馆馆长袁同礼先生把季羡林请来,让他将馆内的梵文藏书清点一下。结果,这里的情况虽然比北大图书馆稍好一些,但除了并不完整的巴利文藏经和寥寥几本梵文书籍外,其他重要的梵文书籍也一概不见,比起哥廷根大学的藏书简直是九牛一毛。季羡林暗自感叹道,如此偌大的一个图书馆,还不如他自己的梵文书多呢?显然,这是实话,臧克家先生即可出来做证:在上海,他见季羡林从国外带回了五六箱书;在翠花胡同,他见季羡林的书占了两间屋子的半壁江山。至于当时的燕京大学图书馆,所藏包括印度的东方典籍虽然稍多一些,但也远非与欧美和日本可比,只能是小巫见大巫。待到他发现这块"新大陆"时,已是1952年院系调整以后的事了。可以说,从走进红楼那天起,季羡林即无以与书为伴,其威风又焉有南面王百城之尊?

在这种情况下,视学术研究与生命同等重要的季羡林,真就急了!他必须做出或走或留、非此即彼的选择。虽然一百个人眼中有一百个哈姆雷特，但摆在他眼前的，唯有像真正的哈姆雷特那样：走呢，还是不走？此刻，哈隆教授的影子又重新出现，剑桥大学的聘约又炙手可热。季羡林心想："赶快回济南把家庭问题处理一下，然后返回欧洲，从事我的学术研究吧！"

这期间，还有一个小小的插曲，季羡林在晚年"口述人生"时谈到。在季羡林的研究室做助理的马理小姐，是北大中文系教授马裕藻（1878—1945）的女儿，长得很漂亮。她的姐姐马钰更漂亮，是北大的"校花"。马理与季羡林接触了一段时间后，竟然爱上了他。她先委托北大中文系教授阴法鲁先生向季羡林提亲，可阴先生实难启齿。于是，她就亲自找到季羡林，非常坦率地说："季先生，我要嫁给你。"

"啊……"对于这种突然袭击，季羡林不知如何是好。他想了半天，终于婉言谢绝了。

据季羡林回忆，那时从国外回来的留学生，尤其留美的学生，回国后第一件事情是找工作，第二件事情便是休妻。他对这种现象很反感，总认为中国古语说得好——糟糠夫妻不下堂。不过季羡林又说："马理这个问题，主要也是因为我怕叔父，胆小，要不是胆小的话，我在北京找一个房子，跟马理结婚，毫无问题，合情合理，也符合潮流，后来我还是怕这个叔父。"看来，季羡林又险些一念之差铸成大错。

1947年暑假，季羡林回到济南省亲。那时淮海战役还没有打响，济南仍处于国民党的黑暗统治下。当他看到家中的处境比他想象的还要严重得多，马上意识到要承担为人子、为人夫、为人父的责任，于是毅然决然地给哈隆教授写信，告知已被北京大学聘为正教授兼东方语言文学系主任，不再去剑桥大学履职，对他的关心表示感谢。

季羡林做出这样的选择是痛苦而无悔的。说它痛苦，自然会被人理解，上文说过，北大对他的安排本来出于"人尽其才"的初衷，但由于条件所限，又无法使他"才尽其用"，他怎能不感到痛苦呢？说它无悔，也自然会被人理解，回答"过去"的问题是"现在"，现在终于证明这一选择是正确的，他又怎能不感到无悔呢？

首先，这一选择维护和保全了一个上有老下有小的家庭。季承先生说："当时，父亲还有可能应聘去英国教书，可以把伊姆加德带去在那里定居。可是，经过慎重的考虑，父亲还是决定把这扇已经打开的爱情之门关起来。但可以想见，做这个决定是多么不容易啊！'祖国'是个伟大的概念,当时执政的是国民党,父亲对国民党不感兴趣,对自己的那个家也并不留恋。回去,就好像跳进了两个笼子,可是最终他还是选择了这两个笼子。"这里指的是季羡林还在哥廷根时的选择,但他回国后完全可以改弦更张,重新做出选择,先休妻,然后带上自己的情人私奔,去追求所谓的自由和幸福。假如这样,他给家庭必然造成悲剧。如此看来,季羡林即使跳进了家的"笼子",他也应该无怨无悔。因为,在那艰苦的岁月,全家人对于他的回国,就仿佛久旱逢甘霖,盼来了救星。季承先生说:"父亲回国后,我们家的生活稍稍宽裕和安定了一些。""叔祖母这位家庭主持人想的主要是父亲能多给家里一点钱……""济南解放后,1949年春,北平也解放了。父亲又寄钱回来了,家庭生活又恢复了正常。"

其次,季羡林之所以想重返欧洲,其主要原因是国内没有研究印度古代及中世佛典梵文的条件,这使他在思想上产生了剧烈的波动。用他自己的话说,就好像"虎落平川,龙困浅滩,纵有一身武艺,却无用武之地"。但是,坏事可以变成好事,人非龙虎,具有主观能动性,何况季羡林又是从不使脑筋投闲置散的人,因此他便反复琢磨,绝不能让自己的学术生命就此结束。正如他说:

然而,我心中最大的疙瘩还没有解开:旧业搞不成了,我何去何从？在哥廷根大学汉学研究所图书室阅书时,因为觉得有兴趣,曾随手从《大藏经》中,从那一大套笔记丛刊中,抄录了一些关于中印关系史和德国人称之为"比较文学史"(Vergleichende Literaturgeschichte)的资料。当时我还并没有想毕生从事中印关系史和比较文学史的研究工作,虽然在下意识中觉得这件工作也是十分有意义的,非常值得去做的。回国以后,尽管中国图书馆中关于印度和比较文学史的书籍极为匮乏,但是中国典籍则浩瀚无量。倘若研究中印文化关系史和比较文学史,至少中国这一边的资料是取之不尽用之不竭的,而且这个课题至少还同印度沾边,不致十年负笈,前功尽弃。我反复思考,掂斤播两,觉得这真是一个极为灵妙的主意。虽然我心中始终没有忘记印度古代语言的研究,但目前也只能顺应时势,有多少饭吃多少饭了。

季羡林是这样说的,也是这样做的。有人说,季羡林是个"杂家",他自己也诙谐地说,是"大大的杂家"。的确,季羡林一生学术研究的范围很广泛,在语言学、文化学、历史学、佛教学、印度学和比较文学等诸多领域建树卓著。但对一般人来说,殊不知这么多"家"戴在他头上,那是被"逼"出来的。但话说回来,如果季羡林为了坚持搞印度古代和中世佛典梵文的研究,决计到剑桥大学去,他也可能取得一定的成绩,被冠以某某"家"的头衔,但那皇皇数十卷、洋洋数千万字的巨著,其中包括对中华文化的许多精辟论述,恐怕不会那么容易问世。

最后,也是最重要的,像季羡林这样学有所成的海外学子,毕竟代表国家和民族的荣誉和尊严。可是,如果他决定到英国定居,严格说来则是另一码事了。且让我们回头看看,有多少旅居海外的中国学者和专家,有的是在新中国成立前夕归来的,有的是在新中国成立之初归来的,有的正好是踩着开国大典的鼓点归来的,他们无不为国家和民族赢得了荣誉和尊严。笔者在此仅举两例,意在说明我国老一代知识分子的共同特点,就是具有爱国心、民族情。

其一为汤用彤先生。1947年,他去美国加州伯克利大学讲授"中国佛教史"。一年后,哥伦比亚大学也邀请他去讲学,但他出于关心国事,或许期盼共产党的胜利,婉言谢绝而毅然返国。1948年年底,国民党政府行将垮台时,从南京派来飞机接一批著名的学者专家,胡适先生派人给他送来全家的机票,又被他毅然拒绝。这不仅因为他有一颗情系祖国的拳拳之心,而且出于他对中华传统文化和学术事业的执着和信仰,以及由此而形成的坚定刚毅的人格和品质。

其二为老舍先生。虽然他在"文革"中含冤投湖自尽,但正如季羡林所说:"我猜想,老舍先生决不会埋怨自己的祖国母亲,祖国母亲永远是可爱的,在任何情况下都是可爱的。他也决不会后悔回来的。"1946年,老舍与曹禺一起远赴美国,从事讲学和文化交流活动。1947年1月曹禺按期回国,老舍却留了下来,原因是他想尽快写完80万字的《四世同堂》,并对国民党当局的独裁统治非常反感和鄙视。虽然他在美国的条件也很艰苦,心情也很不舒畅,但还是在那里观望等待着,心想如果共产党在国共决战中胜出,他便马上回国,否则他便去英国伦敦大学教书。就这样,直到等来了五星红旗在天安门庄严升起,他立刻兴高采烈地启程回国,于1949年12月12日回到北京。

这两位先生都是季羡林的长辈,前者是他的恩师,后者是他的挚友,他们的行为堪为人师之典范。在新中国即将诞生的那一刻,曾经一再自省"中国人民浴血抗战,我自己却躲在万里之外,搞自己的名山事业"的季羡林,如果回来了又走出去,难道他就不感到后悔吗?古语说:"'利'之一字,是学问人品的试金石。"笔者认为,季羡林此时思想上的波动,归根结底也是因为那个"利"字在作怪,但他毕竟留下来了,同其他的学者专家一样,不但为国家和民族赢得了荣誉和尊严,而且为国家和民族的复兴做出了巨大贡献。

所以说,季羡林的选择既是痛苦的,也是无愧的。

最初的学术研究成果

季羡林在缺少研究条件,主要是资料匮乏,处于"马行在夹道内,难以回马"的窘境时,只好采取迂回折中的办法,暂且将印度古代及中世佛典梵文的研究搁置起来,转到对中印文化关系史和比较文学史的研究上。这样既不至于脱离本行,多少与印度学沾边儿,又能充分利用国内的现成资料。于是,他就在那种艰苦的环境中,开始了学术研究工作。

那么,季羡林从1946年至1949年的学术研究成果如何呢?他的学术研究成果,主要体现在学术文章上,同时也有一些其他的文章,如散文、杂文等。

1946年

这一年的大部分时间,季羡林是在回国旅途中度过的,直到年底方才安顿下来。但他于车船倥偬中,仍然见缝插针,分秒必争,写出了一些文章。在他看来,属于学术文章的仅有两篇。

1.《一个故事的演变》,发表于《北平时报》1946年12月25日。这篇文章闪烁出季羡林的灵感和想象的火花。原来,他在读小学时,语文课本中出现这样一个故事:一个乞丐讨到一罐子残羹剩饭,他就对着这罐子幻想起来——怎样卖掉这些残羹剩饭,怎样买成鸡,鸡又怎样下蛋,鸡蛋又怎样孵成鸡,鸡又换成马牛羊,终于成了大富翁,娶了太太,生了孩子。他越想越高兴,不禁手舞足蹈,狂欢之余猛然一抬脚,把罐子踢了个粉碎……至此,这个美妙的梦想化为泡影。季羡林几十年前学到的故事竟然与他在哥廷根读过的故事发生了碰撞。原来,他在哥廷根大学汉学研究所图书室阅读了上百册的中国笔记丛刊,发现其中的《梅磵诗话》和《雪涛小说》也有这个故事。同时,他在阅读印度古典梵文名著《嘉言集》和《五卷书》时,也发现了同样的故事。于是,他考证了这个故事流传演变的过程,得出中国的故事是舶来品、其老家在印度的结论。不止如此,阿拉伯的《天方夜谭》、法国拉封丹的寓言、德国格林兄弟的童话也有这样的故事,也是从印度传过去的。季羡林的这篇文章既有比较文学史研究的理论价值,又对文化交流产生积极的促进作用。

2.《梵文〈五卷书〉:一部征服了世界的寓言童话集》,发表于《文学杂志》1947 年第 2 卷第 1 期上。季羡林曾自谦道,从严格意义上讲,这篇文章不是学术性文章,他只是根据 19 世纪德国"比较文学史"的创立者 Th. Benfey 关于印度《五卷书》的一篇长文,重复介绍了《五卷书》流布世界的情况。但他考虑到 Th. Benfey 是"比较文学史"的创立者,其文章非同一般,对他影响很大,才把自己的这篇文章归于学术文章之列。《五卷书》是一个世界性的命题,德国著名学者 Th. Benfey 曾将《五卷书》译成德文,并穷毕生之力追踪此书传播发展的轨迹,从而建立了一门新学科"比较文学史",实际上就是后来发展起来的比较文学的前身。季羡林也对《五卷书》进行了长期深入细致的研究,并于 1959 年由人民文学出版社出版了《五卷书》的中译本。因此,他的这篇文章同样具有学术价值。

季羡林发表的其他一些文章是:《东方语文学的重要性》(天津《大公报》,1946 年 7 月 21 日)、《忆章用》(《文学杂志》,1946 年第 3 卷第 4 期)、《老子在欧洲》(南京《中央日报》,1946 年 8 月 7 日)、《学术研究的一块新园地》(天津《益世报》,1946 年 10 月 21 日)、《大学外国语教学法刍议》(南京《世纪评论》,1947 年第 1 卷第 3 期)、《胭脂井小品序》(《北平时报》,1946 年 11 月 6 日)、《论自费留学》(天津《大公报》,1946 年 11 月 24 日)、《谈翻译》(《观察》,1947 年第 1 卷第 21 期)、《关于东方语文学的研究》(天津《大公报》,1946 年 12 月 25 日)。

1947 年

这一年的学术文章共有五篇:

1.《一个流传欧亚的笑话》,发表于山东《大华日报》1947 年 5 月 15 日的《学文周刊》上。在这篇文章中,季羡林从在德国留学时经常听到的一个笑话写起:一个白人与一个黑人同住在旅馆的一个房间,夜里,正当白人酣睡时,黑人把白人的脸涂黑,然后偷了他的东西,溜之大吉。白人醒来发现那个黑人和自己的东西不见了,到处寻找,突然在镜子里看见自己的脸黑黑的,一下子怔住了,自问道:"黑人原来在这里,可我到哪儿去了呢?"这笑话看似很离奇,但季羡林在哥廷根大学汉学研究所图书室翻阅中文典籍时,发现中国明代刘元卿的《应谐录》中也有这样的故事:一个里尹在押解罪僧的途中,被罪僧灌醉,剃光了头发,用绳子捆住。里尹醒来时,摸着自己的光头说:"僧故在此,我今何去耶?"故事的末尾说:"夫人具形宇宙,同罔然不识真我者,岂独里尹乎?"季羡林感到这个笑话和故事立意高远,寓意深刻,于是引发了他对起源问题的思考:①在欧洲和中国不约而同产生出来的?②首先产生于中国,后来传到欧洲去的?③原产欧洲,中国从那里借用来的?④老家既不是中国,也不是欧洲,而是另外第三个地方?季羡林根据"中国同欧洲流行的许多寓言和童话,都不是在中国或欧洲产生的,而是来自印度"的流传学派的印度起源说,否认了上面前三种设想,肯定了第四种设想。但他尚未发现印度也有这样的笑话,便给自己留下继续研究和探讨的空间,并表示今后如有新材料发现,一定及时公布于众。

2.《木师与画师的故事》,发表于天津《大公报》1947年5月30日的《文史周刊》第30期上。这也是关于比较文学史研究的一篇文章,提供了中国和印度民间故事互相流传的例证,此不赘述。

3.《从比较文学的观点上看寓言和童话》,分别发表于《山东新报》1947年10月17日的《问学周刊》第1期上和北平《经世日报》1947年12月3日的《读书周刊》第68期上。在这篇文章中,季羡林广征博引,通过纵横数万里、上下数千年的中国、印度、希腊故事的流传和演变,探讨寓言和童话的起源问题。他列举了中国家喻户晓的《曹冲称象》的故事,曾经堂而皇之地见诸正史《三国志·魏志》中,而相同内容的故事也出现在汉译《大藏经》的《杂宝藏经》中;他又列举了希腊《伊索寓言》中"狼与鹤"的故事,相同内容的故事也出现在印度巴利文《佛本生经》的《慧鸟本生》中。季羡林认为,世界上的寓言和童话最初产生于一个国家、一个地域,然后向外辐射扩散,这叫作"一元产生论",但世界上所有的寓言和童话又不可能都产生于一个国家和地域内,只能说大多数的寓言和童话产生于一个国家和地域,西方学者说这个国家和地域不能超出印度和希腊,Th. Benfey 即说"世界上一切童话故事的老家是印度,一切寓言故事的老家是希腊"。季羡林则不同意将童话和寓言分开,认为它们的老家都是印度,"因为印度的民族性极善幻想,有较其他民族丰富得多、深邃得多的幻想力",正如鲁迅所说"尝闻天竺寓言之富,如大林深泉,他国艺文,往往蒙其影响,即译为华言之佛经中,亦随在可见"。

4.《柳宗元〈黔之驴〉取材来源考》,发表于上海《文艺复兴》1948 年 9 月《中国文学专号》(上)。唐代柳宗元《黔之驴》的故事众人皆知,其全文如下:"黔无驴,有好事者,船载以入。至则无可用,放之山下。虎见之,庞然大物也,以为神,蔽林间窥之。稍出近之,慭慭然,莫相知。他日,驴一鸣,虎大骇,远遁。以为且噬己也,甚恐。然往来视之,觉无异能者;益习其声,又近出前后,终不敢搏。稍近,益狎,荡倚冲冒。驴不胜怒,蹄之。虎因喜,计之曰:'技止此耳。'因跳踉大㘎,断其喉,尽其肉,乃去。噫!形之庞也,类有德;声之宏也,类有能。向不出其技,虎虽猛,疑畏卒不敢取。今若是焉,悲夫!"对于这篇教训意义颇为深刻的寓言故事,读者似乎只是读其文而不知其来源。季羡林提出了自己的看法:它的来源与印度有关。他在读了许多印度的梵文典籍后发现,其中也有这种"黔驴技穷"的故事。比如,《五卷书》第 4 卷第 7 个故事说,一个洗衣匠以虎皮蒙驴,令其到田中偷吃麦苗,后来驴大叫起来,显露出真相而被打死;在《嘉言集》《故事海》《佛本生经》中也有相似的故事。他还发现,在希腊《伊索寓言》和法国拉封丹的《寓言诗》里,也有《披着狮子皮的驴》的寓言故事。最后,季羡林认为,这类以驴为主角蒙了虎皮或狮皮的故事,虽然流传世界上许多地方,但"它原来一定是产生在一个地方,由这地方传播开来,终于几乎传遍了全世界",对比起来,还是印度的故事更为原始,更为古老。

5.《浮屠与佛》,发表于国立中央研究院《历史语言研究所集刊》1948 年第 20 本上。上文说过,季羡林回国后由于缺乏梵文资料,已经无法进行研究。吐火罗文资料更是如此,世界上唯独在我国新疆发现的少量残卷,也早已被西方人窃走,季羡林说他当时"只有从德国带回来的那一点点资料,根本谈不上什么研究"。正当他准备与吐火罗文研究说声再见时,偶然翻阅了《胡适论学近著》,其中有一篇文章谈到汉译佛经中"浮屠"与"佛"谁先谁后的问题,并就此与陈垣先生展开了辩论,双方大有破釜沉舟、一辩到底之势。季羡林心想:何不站出来发表一管之见呢? 看来,他的这一想法是有底气的，因为他刚刚从吐火罗文研究的那片莽林中走过来，而眼前探讨的这个问题，如果从吐火罗文入手，或许会便捷得多。于是，他抱着"两老我都不敢得罪，只采取一个骑墙的态度"，写了一篇学术文章《浮屠与佛》。

季羡林利用所掌握的印度古代梵文、俗语和中亚吐火罗文的本领，经过一番周密的考证，首先认为释迦牟尼的名号——梵文 Buddha，在汉文佛经中被译为"佛陀""浮屠""佛"等等，按一般的说法，均把"佛"当作"佛陀"的省略，比如《宗轮论述记》说："'佛陀'梵音，此云觉者，随旧略语，但称曰'佛'。"但是这种说法有问题，值得商榷。因为"佛"这个词儿是随着佛教传来的，中国和尚刚译经时，应该保留原来的音调，不会按照自己的习惯，将两个音节的"佛陀"缩写成一个音节的"佛"，所以"佛"不是"佛陀"的省略。季羡林发现，梵文"Buddha"在龟兹文（吐火罗 B）中为"pūd"或"pud"，在焉耆文（吐火罗 A）中为"pat"，这才是汉文佛经中将释迦牟尼的名号译为"佛"的来历，即"佛"的译名是从吐火罗文的"pūd"（或"pud"）、"püt"译过来的。再看东汉、三国时的佛教文献，其中"佛"的出现早于"佛陀"，即在"佛"字出现之前不见有"佛陀"这个词儿。季羡林由此确信，"佛陀"非但不是省略后成"佛"，反而是"佛"的延伸。

接着，季羡林认为，东汉永平年间，汉明帝遣使赴西域求法，于大月氏国写佛经四十二章，然后带回来的佛经即《四十二章经》有两个译本，第一个译本译自印度古代俗语，其中"佛"被译成"浮屠"；第二个译本为三国孙权时来华的大月氏国高僧支谦所译，译自中亚某种语言，第一个译本中的"浮屠"在此被译成"佛"。

最后，季羡林认为，"浮屠"这个名称，从印度古代俗语译出后就为一般人所采用，当时中国史家的记载也多用"浮屠"；其后西域高僧到中国来译经，才把"佛"这个名词带进来，当时还只限于译自吐火罗文的佛经中；后来逐渐传播开来，为一般和尚或接近佛教的学者所采用；最终由于它本身具有优越的条件，才将"浮屠"取而代之。经过季羡林的论证，笔者不妨打一个虽不确切却很通俗的比喻，原来"浮屠"与"佛"就像跑在一条道上的两驾马车，一前一后，同向而行，互相并不发生干扰，最后终于有一驾马车胜出……

对于季羡林这种十分冷僻的语言学的考证，人们也许要问：这玩意儿究竟有多少意义呢？像他的老师陈寅恪一样，季羡林绝不为考证而考证，他研究梵文、吐火罗文的最终目的,在于解决中印佛教史和文化交流史的有关问题。他将吐火罗文引入进来,参加讨论,便为以往只用传统的常规手段进行研究,创新了思路,开阔了视野。尽管当时资料有限,没有圆满地解决问题,但他锲而不舍,或用他自己的话说,"抓住一个问题不放",在 1989 年又写了一篇《再论"浮屠"与"佛"》,终于解决了中印佛教史和文化交流史上的一个重要问题——印度佛教传入中国的时间和途径。

值得提及的是,在写作这篇文章时,身为正教授的季羡林,为了弥补音韵学的不足,竟去听副教授周祖谟的课,并在这篇文章结尾写道:"承周燕孙先生帮助我解决了'佛'的古音问题,我在这里谨向周先生致谢。"文章写好后,他又亲自去清华念给陈寅恪先生听,蒙他首肯,介绍给国立中央研究院《历史语言研究所集刊》发表。此刊自 1928 年起由傅斯年先生一手创办和管理,几十年来一直是国内外最权威的人文社会科学刊物,在上面发表文章宛若登临龙门,身价倍增,是十分光荣的事。

季羡林发表的其他一些文章是:《现代德国文学的动向》(《文艺复兴》,第 3 卷第 3 期),《西化问题的侧面观》(《观察》,第 2 卷第 1 期),《纪念一位德国学者西克灵教授》(天津《大公报》,1947 年 2 月 22 日),《我们应该同亚洲各国交换留学生》(天津《大公报》,1947 年 4 月 23 日),《我们应该多学习外国语言》(《北平时报》,1947 年 5 月 18 日),《东方语言学的研究与现代中国》(《文讯月刊》,第 7 卷第 4 期),《中印研究》(期刊简介,天津《大公报》,1947 年 7 月 4 日),《送礼》(天津《大公报》,1947 年 7 月 13 日),《论伪造证件》(《北平时报》,1947 年 9 月 21 日),《中国文学在德国》(《文艺复兴》,1948 年 12 月),《中国人对音译梵字的解释》(《山东新报》,1947 年 11 月 4 日),《论梵本〈妙法莲花经〉》(《学原》,第 1 卷第 11 期),《语言学与历史学》(上海《申报》,1947 年 12 月 6 日),《论梵文纯文学的翻译》(《山东新报》,1948 年 1 月 23 日;北平《民国日报》,1948 年 2 月 16 日)。另外,他于哥廷根大学用德语写作的学术文章 Pāli Asīyati 发表在辅仁大学《华裔学志》上(Monumenta Seria, Journal of Qriental Studies of the Catholie University of Peting, Vol. XⅡ, 1947)。

1948 年

这一年的学术文章共有五篇:

1.《〈儒林外史〉取材的来源》,发表于上海《申报》1948 年 1 月 31 日。在这篇文章中,季羡林对清代著名小说家吴敬梓(1701—1779)的长篇小说《儒林外史》提出新的看法,认为该书虽然多有历史事实根据,但吴敬梓是在写小说,因此不可避免地从其他书中抄来了一些材料。为了进一步说明问题,20世纪90年代,季羡林在另一篇文章《一个老知识分子的心声》中又说:"吴敬梓真把穷困潦倒的知识分子写活了。"这与鲁迅对《儒林外史》的评价一样:"秉持公心,指摘时弊,机锋所何,尤在士林;其文又戚而能谐,婉而多讽。"季羡林认为,印度的知识分子可与中国的知识分子相比,比如居于四种姓之首的婆罗门,在古代是掌握文化大权的,本应受到尊重,然而在社会上,特别在印度古典戏剧中,少数婆罗门却受到极端的嘲弄和污蔑,被安排成剧中的丑角,而《儒林外史》就不缺少嘲弄"腐儒",也就是落魄的知识分子的地方,鲁迅笔下的孔乙己也是这样的人物。由此看来,季羡林说吴敬梓从其他书中抄来了一些材料,其中就可能包括印度的书。

2.《从中印文化关系谈到中国梵文的研究》,发表于北平《经世日报》1948年3月10日。季羡林从宗教、哲学、文学、医学、语言、雕塑方面,介绍了自古以来中印两国存在的密切的文化交流关系,认为如果按照对文化下的定义,这些交流应该属于狭义文化的交流。季羡林说:"我曾经把文化分成两类:狭义的文化和广义的文化。狭义指的是哲学、宗教、文学、艺术、政治、经济、伦理、道德等,广义指的是包括精神文明和物质文明所创造的一切东西,连汽车、飞机等也都包括在内。"笔者想起我国古代《易·系辞》称:"形而上者谓之道,形而下者谓之器。"这里的"道"和"器"则具有精神的和物质的双重性。季羡林认为,虽然就上述几个方面看,在长达两千年的中印文化交流中,仅仅是中国接受了印度的影响,而印度没有接受中国的影响,但从全局来看,中印文化的交流并非单向流动(one‐way traffic),而是互为影响。季羡林最后特别强调:"要想了解中国文化,最少应该了解从印度传出来的佛教思想。要想了解佛教思想,最少应懂得梵文。但我们对梵文的研究是怎样呢?一千多年以前中国也曾出现过玄奘那样伟大的学者,深通梵文,但以后却继起无人,连有名的高僧在解释音译梵字的时候都出了不少的笑话。到现在竟有无知妄人公然主张学佛经当以中译本为主,我真不知道应该说什么好了。"看来,季羡林的要求似乎高了些,与现实的条件相差远了些,但依笔者看,亏得这一提醒,我们方能及时培养造就出了一批接班人,避免了无可为继的局面。季羡林为了进一步以正视听,1996年,他又发表了

《漫谈梵文研究》一文,指出印度佛教传入中国,"在宗教外衣的掩护下,它带来的却是印度的文化。这种文化影响面极大,中国的哲学、文学、艺术、语言学、音韵学,以及民间信仰等等,无不受到影响。佛教不但带来了印度意识形态方面的东西,而且带来了自然科学,其中包括天文、历算、医学等等","所有这些东西都是通过佛典的翻译传进来的,而佛典原文大部分就是梵文,一小部分是与梵文有联系的印度叫作'俗语'的语言,南传佛教的经典语言是巴利文……"。季羡林甚至认为,包括用汉、藏、蒙、满文译出的佛典应该被纳入中华民族的传统文化范畴,从而提出了"大国学"的命题,受到学术界的关注。

3.《"猫名"寓言的演变》,发表于上海《申报》1948年4月24日。季羡林在哥廷根大学汉学研究所图书室读过明代刘元卿的《应谐录》,从中发现了一个《猫号》的寓言故事:"齐奄家畜一猫,自奇之,号于人曰:'虎猫。'客说之曰:'虎诚猛,不如龙之神也。请更名曰"龙猫。"'又客说之曰:'龙固神于虎也,龙升天须浮云,云其尚于龙乎? 不如名曰"云猫。"'又客说之曰:'云霭蔽天,风倏散之,云固不敌风也。请更名曰"风猫。"'又客说之曰:'大风飙起,维屏以墙,斯足蔽矣,风其如墙何? 名之曰"墙猫"可。'又客说之曰:'维墙虽固,维鼠穴之,斯墙圮矣,墙又如鼠何? 即名曰"鼠猫"可也。'东里丈人嗤之曰:'噫嘻! 捕鼠者,故猫也。猫即猫耳,胡为自失其本哉?'此外,季羡林还在1943年7月出版的《艺文杂志》上发现一篇《日本古笑话》,其内容也与上述中国故事相同。当然,季羡林绝不会到此罢手,因为他研究比较文学史是以中印间的比较为重点。最后,他终于在印度的梵文名著《五卷书》《故事海》《说薮》中发现了属于同一类型的故事《老鼠招亲》,于是得出结论说:"我们研究比较文学,往往可以看出一个现象:故事传布愈广,时间愈长,演变也就愈大;但无论演变到什么程度,里面总留下点痕迹,让人们可以追踪出它们的来源来。正像孙悟空把尾巴变成旗杆放在庙后面一样,杨二郎一眼就可以看出来,这庙是猴儿变的。"另据笔者了解,当代印度人也很乐意讲述这类故事,虽然为了某种道德说教,内容改动较大,但万变不离其宗,仍然具有原始故事的框架和建构。

4.《佛教对于宋代理学影响之一例》,发表于上海《申报》1948年5月22日。这也属于中印文化交流的文章。佛教固然对我国宋代理学有很大的影响,但以往的哲学史家只顾及思想方面的影响,而对其他方面却很少涉猎。季羡林则自谦道:"我不能,而且也不敢,讨论思想方面的大问题。"于是,他"指出一件过去似乎还没有人注意到过的小事情,让大家注意",即清尹铭绶《学规举隅》所引朱子的一段话:"朱子曰:前辈有欲澄治思虑者,于坐处置两器。每起一善念,则投白豆一粒于器中;每起一恶念,则投黑豆一粒于器中。初时黑豆多,白豆少,后来随不复有黑豆,最后则虽白豆亦无之矣。然此只是个死法,若更加以读书穷理底工夫,则去那般不正当底思虑,何难之有?"季羡林认为,朱子的这种以黑白石子劝善戒恶的方法并非"国货",实际上是受了佛经的影响,如《大藏经》中的《贤愚经》卷第十三,(六七)优波毱提品第六十便有这样的故事:阿难的弟子耶贯鞠,奉持佛法。他听说某个居士生了一个孩子,就去向居士索要,"欲使为道",居士不肯。后来,居士又生了一个孩子,他又去索要,居士仍然不肯。两个孩子长大以后,居士让他们在市场上做生意。有一天,耶贯鞠来到这里,教他们"系念"之法:"以白黑石子,用当筹算。善念下白,恶念下黑……初黑偏多,白者甚少。渐渐修习,白黑正等。系念不止,更无黑石,纯有白者。善念已盛,逮得初果。"此法与朱子所说几乎完全相同,区别只在豆子与石耳。1999年春,季羡林应邀赴台湾参加法鼓人文社会学院举办的"人文关怀与社会实践——人的素质"系列研讨会,做了《关于人的素质的几点思考》演讲。其中他又引了朱子和佛经的这两段话,认为两处都讲了善念和恶念,要"系念"不外是放纵本性和遏制本性的斗争。人为万物之灵,是能思考和分辨是非的动物,能自律,但也必须济之以他律。朱子说这个"系念"的办法是个"死法",光靠它是不行的,还必须读书穷理,才能去掉那些不正当的思虑。

5.《论梵文 ṭḍ 的音译》写于 1948 年 7 月 28 日,收入 1957 年出版的《中印文化关系史论丛》。这是季羡林来到红楼最初三年最长的一篇学术文章,是为纪念北大五十周年校庆写作的。抗战胜利后北大重归红楼,本该好好庆祝一番,但瞬间内战即发,学校成为党争的重要阵地。五十周年校庆前夕,在胡适校长的倡议下,北大教授写了不少纪念论文,终因时局混乱而未能正式结集出版,季羡林的这篇论文也只能单篇铅印。他曾谈到这篇论文的内容和写作经过:

这篇论文讨论的主要是利用佛典中汉文音译梵文的现象来研究中国古音。钢和泰(A. Von Staël – Holstein)先生想用音译来构拟中国古音,但必须兼通古代印度俗语才能做到。

梵文的顶音 ṭ 和 ḍ 在汉译佛典中一般都是用舌上音知彻澄母的字来译。ṭ 多半用"吒"字，ḍ 多半用"荼"字。但是在最古的译本中却用来母字来对梵文的 ṭ 和 ḍ。这就有了问题，引起了几位有名的音韵学家的讨论和争论。罗常培先生、周法高先生、陆志韦先生、汪荣宝先生等都发表了意见，意见颇不一致。我习惯于"在杂志缝里找文章"，这一次我又找到了比较满意的正确答案。

原来上述先生仅仅从中国音韵学上着眼，没有把眼光放大，看一看 ṭ 和 ḍ 在古代印度和中亚以及新疆地区演变的规律；没有提纲，当然无法挈领。在古代印度和中亚一带，有一个简单明了的音变规律：ṭ > ḍ > ḷ > l。用这一条规律来解释汉译佛典中的音变现象，涣然冰释。我在文章中举了大量的例证，想反驳是不可能的。

从中可以清楚地看出，季羡林之所以将这个问题拿捏得如此自信，又如此迎刃而解，得益于他兼通古代印度俗语以及印度和中国新疆地区的语音演变规律。这是一门绝活儿，非术业有专攻者莫能为也，因此，著名音韵学家、语言学家罗常培先生评价此文说："考证谨严，对斯学至有贡献。"

季羡林还发表了其他几篇文章，如《论聘外国教授》(《观察》，第 4 卷第 3 期)、《论南传大藏经的翻译》(上海《申报》，1948 年 3 月 13 日)、《忠告民社党和青年党》(《观察》第 4 卷第 13 期)、《读马元材著〈秦史纲要〉》(上海《申报》，1948 年 6 月 26 日)。

1949 年

这一年的学术文章共有两篇：

1.《列子与佛典——对于〈列子〉成书时代和著者的一个推测》，写于 1949 年 2 月 5 日，收入 1957 年出版的《中印文化关系史论丛》。《列子》相传为战国时道人列御寇所撰，《汉书·艺文志》著录《列子》八篇，早佚。今本《列子》八篇多为民间故事、寓言和神话传说，从其思想内容和语言使用上，似为晋人作品。柳宗元、朱熹、宋濂、俞正燮等均对此进行过考证，近代章炳麟认为《列子》系由为其作注的东晋人张湛伪造,与上述某些人的考证结论相同。张湛作《列子注》称,《列子》之旨"往往与佛经相参",但章炳麟并未具体指出抄袭哪部佛经。季羡林则以佛经中的故事与《列子》中的故事相比较,最终考证出《列子》抄袭的佛经名称及其汉译时间,从而使《列子》的成书时代和著者得以确定。季羡林认为,《列子·汤问》第五周穆王命工匠偃师献机器人的故事,与西晋竺法护所译《生经》卷三《佛说国王五人经》第24节中的故事几乎完全相同,"前者抄袭后者,绝无可疑",《生经》译出时间当在西晋太康六年(285年),因此《列子》的成书不会早于这一年,至于《列子》的作者,就是故弄玄虚的张湛。

季羡林在这篇文章的末尾写道:"此文初稿曾送汤用彤先生审阅,汤先生给了我很多宝贵的意见,同时又因为发现了点新材料,所以就从头改作了一遍。在搜寻参考书方面,有几个地方极得王利器先生之助,谨记于此,以志心感。"定稿后他又送给胡适先生看,胡适先生挑灯夜读,次日便给他写了一封信,信中说:"《生经》一证,确凿之至!"再说,季羡林此前发表的《浮屠与佛》一文,胡适先生也不会不读。难怪,1999年他访台时曾听李亦园院士说,胡适先生晚年任中央研究院院长时,经常与年轻的研究人员在一起聊天,有一次他说,做学问应该像北京大学的季羡林那样。

另据钱文忠教授后来评论说:"《列子与佛典》照理与吐火罗文研究毫无关系,然而,先生还是在有关《生经》处的注12里引用了自己用德文发表的那篇吐火罗文专论(即指1943年发表于《德国东方学会会刊》第97卷第2册上的《吐火罗文本的〈佛说福力太子因缘经〉诸异本》一文)。"

2.《三国魏晋南北朝正史与印度传说》,写于1949年2月18日,收入1957年出版的《中印文化关系史论丛》,英文稿收入1982年出版的《印度古代语言论集》。季羡林在这篇文章开头说,陈寅恪先生曾作《三国志曹冲华佗传与佛教故事》一文(原载《清华学报》,第6卷第1期),现在他又发现一个例证,不但见于《三国志》,而且还见于《晋书》《陈书》《魏书》《北齐书》《周书》。什么例证呢?他注意到在这些史籍中均有"自古创业开基之王或其他大人,多有异相"的记载。于是,季羡林将上述史籍的记载一一列了出来,认为所谓"垂手过膝,目能自顾其耳"等等,事实上绝不可能。他还引用了大量汉译佛典和部分梵文、巴利文佛典,指出其中所载"世尊三十二大人相及八十种好"固然为印度的一种传说,却影响了中国,上述史籍所记诸帝形貌

"实有佛教传说杂糅附会其间","史家乃以天竺传说大人三十二相中极奇特之一相加诸其身,以见其伟大耳"。因此,这篇文章也属于中印文化交流史研究的范畴。钱文忠教授也曾评论说,季先生的这篇文章"虽然主要引用的是汉译佛典和不多的梵文、巴利文佛典,但是,在说明'三十二相之次第因佛教宗派不同而异'时,还是注引了当年的同学 W. Couvreur 的吐火罗文研究论著,这篇文章更是时隔三十三年后的1982 年的《吐火罗语 A 中的三十二相》的先声"。

总之,季羡林回国后最初三年的学术研究成果,还是差强人意的。试想,在那时局动荡、资料匮乏、公务缠身的环境和条件下,也真够他勉为其难了!但他仍然谦虚地说,他只写了四篇有点分量的文章,即《浮屠与佛》《论梵文 ṭḍ 的音译》《列子与佛典》《三国魏晋南北朝正史与印度传说》。他去世前几年,一再提到留德期间所写的那几篇比较有分量文章,如果对比一下,眼前的这些文章虽然难以令他满意,但他已经是尽心尽力了。季羡林没有辜负恩师的教诲,也没有辜负北大的厚爱,这个被破格提拔的正教授当得够格儿。

再从季羡林一生研究印度古代梵文、巴利文和中亚吐火罗文的全部历史来看,这几篇文章也起到了承前启后的重要作用。如果说他在德国的研究具有一个高起点的开端,那么,他回国后最初的研究又具有一个高要求的开局,这势必为他以后的研究奠定坚实的基础。正如钱文忠教授评论说,《浮屠与佛》《论梵文 ṭḍ 的音译》《列子与佛典》《三国魏晋南北朝正史与印度传说》以及《吐火罗语的发现与考释及其在中印文化交流中的作用》(《语言研究》,1956 年第 1 期)、《原始佛教的语言问题》(《北京大学学报》,1957 年第 1 期)、《再论原始佛教的语言问题——兼评美国梵文学者弗兰克林·爱哲顿的方法论》(《语言研究》,1958 年第 1 期),无论放在季羡林学术史上的哪一个阶段,也都是佳构杰作。

与师友们在一起

总体说来,季羡林自从回国那天起,思想上一直倾向积极进步,工作上一直保持发愤图强。从他的学术水平和社会地位来看,虽然不可能是最高,但也够得上其次。对于圈内的错综复杂的人际关系,他也总是怀着一颗平常心,采取与人为善、坦诚相见、谦虚谨慎、主动好学的作风和态度。

中国有句古话："以文会友。"陈寅恪先生也说过："平生风义师友间。"季羡林既然是舞笔弄墨的人,又长期受到"尊师重道"的熏陶,那他便偏爱于结交学界和文坛的良师益友,无论新朋或者旧友,都会给他带来极大的愉悦和欢欣。

朱 光 潜

季羡林回国后与朱光潜先生重逢了。昔日的师生现在成了同事,朱先生是西方语言文学系主任,季羡林是东方语言文学系主任。朱先生当时正主编复刊后的《文学杂志》,邀请季羡林写了一篇文章《梵文〈五卷书〉:一部征服了世界的寓言童话集》,该刊还同时发表了废名的长篇小说《莫须有先生坐飞机》,可见朱先生对学界文坛老少知名人士的重视。在此后的风雨岁月中,尽管季羡林与朱先生的际遇多少有些不同,但他们是紧挽臂膀一起走过来的。

周 一 良

季羡林还结识了刚从美国归来、在清华任教的周一良先生。他俩本来素不相识,1946年春,周一良在纽约听陈寅恪先生说过,季羡林在德国学习梵文。如今,两人走到了一起,非但没有那种"文人相轻"的低俗,反而从此一块儿切磋砥砺,加深了友谊。季羡林还从汤用彤先生那里得知,"周一良的文章有点儿像陈寅恪",便对周一良又增加了几分敬佩。既已寻到知音,季羡林搬到翠花胡同后,便发起成立一个读书会,名曰"中国东方学会",邀请燕京大学、清华大学和北大的研究领域相同或相近的学者,如周一良、翁独健、邵循正、金克木、马坚、王森等参加,定期聚会,互通信息,讨论彼此感兴趣的学术问题。学会举办了多次报告,周一良的报告内容是谈《牟子》。学会还计划出刊物,与国外学术团体进行交流,等等。季羡林本来不善交际,拙于应酬,但在治学上却不甘寂寞,喜欢广交朋友,这种"君子之交淡如水"的举动,唤起了他的热情和朝气,就连翠花胡同那座"凶宅"也仿佛充满了生机和活力。

冯至、张星烺、向达

季羡林虽然久仰冯先生大名,深深记得鲁迅先生赞誉过的这位最优秀的抒情诗人，且读过他的诗，但直到 1946 年秋才在红楼与他见面，最终竟然成了相知甚稔的朋友。冯至先生当时在北大西语系任教，他的办公室与季羡林只有一步之遥，互相来往也就越来越多。季羡林印象最深的是，他们在校外的中德学会度过了一段美好的时光。还记得，季羡林在清华时曾与张天麟等同学做了一个美好的梦——成立中德学会，而今这个民间学术组织已经发展壮大起来。

中德学会在北平常见的一座大四合院里，看上去古色古香，虽无曲径通幽之感，却有回廊重门之趣。"庭院深深深几许"，偌大一个三进或者四进的院落，阻绝了甚嚣尘上的市声，宛如宁静空寂的古刹。季羡林与冯至先生等人在这里开了许多次会，讨论中德之间文化学术交流的问题。季羡林对参加这一活动自有乐趣，积极性蛮高，其原因一是他与冯至先生都是搞德文起家，20 世纪二三十年代他们先后受业于北大德文系主任兼清华德文教授杨丙辰先生；二是他与冯至先生又先后在德国留学过，虽然冯先生现在仍然搞德文，而他改了行，搞起印度和中亚的古文字，但他们毕竟接受过德国式的教育，具有共同的语言和感情。

在中德学会，季羡林还结交了张星烺、向达等研究中外交通史和文化交流史的大家和前辈，他们能够为他的研究工作起到指导、示范和促进作用。20 世纪 80 年代，笔者在课堂上听季先生说："比较详细了解印度史是在清末，有《海国图志》等。真正开始研究是在民国以后，有张星烺、向达等。向达在北大教书，有《印度简史》《唐代长安与西域文明》，成绩最好。"反过来，这些学者也曾对他的研究成果给予中肯的评价，比如向达先生在《唐代长安与西域文明》前言中曾说：

> 关于唐代历史的研究，陈寅恪、岑仲勉、贺昌群、唐长孺诸位先生都有很好的贡献。我只是参加文化史和中外关系史特别是和西域的文化关系研究的一方面。在这一方面，像近来季羡林先生对于唐代中国和印度文化关系的研究，比我以前的规模要壮阔得多了。

吴 晗

当时在清华任教的吴晗先生得知季羡林回到北平的消息，立即请他去做报告。1946 年 5 月 4 日西南联大解散后，吴晗夫妇于 6 月 9 日先到上海，那时季羡林也回到了上海和南京,但二人无缘见面。8月中旬吴晗夫妇回到阔别多年的北平,因为曾被日寇糟蹋得破烂不堪的清华园正在修葺,同年10月夫妇二人才同师生一起搬进校园,住在十分宽敞的旧西院十二号。

吴晗先生与季羡林是清华同级校友,读的是历史,抗战后思想进步,倾向革命,新中国成立前夕堪称第三方面民主党派的中坚分子。

季羡林来清华做报告就住在吴晗家里,报告的内容还是不离本行,讲西域的古代语言,也就是吐火罗语。记得,他归国途中在西贡知用华侨中学演讲的内容也是吐火罗语。季羡林晚年"口述人生"时说,他这次在清华做报告"其实就是胡说八道啊,听的学生哪里懂那个啊!不过我也没有什么话好说"。

依笔者看,此话正好道出了季羡林的苦衷。他在德国学了那么长时间的梵语、巴利语和吐火罗语,现在刚刚回国,连中国话都说不明白了,何谈其他呢?其实,他途经南京时由李长之、胡一贯安排,在中央文化运动委员会做过一次演讲,因为十一年不说中国话了,说起来很不地道,演讲效果也自在意料之中。

不过,季羡林几十年的教学和演讲、报告的效果,自有公论。他去世后出版了一部《季羡林演讲录》,从中可见一斑。

陈寅恪

1946年季羡林回国后,正逢通货膨胀、物价飞涨的难关。他当时虽然已经评上了正教授,但是待遇相当低,当时正教授月收入才80块大洋,副教授50块大洋。他曾说:"那时时局动荡,生活维艰,教授们连自己的肚子都填不饱,想尽种种办法为稻粱谋,社会上没有人瞧得起。"直到新中国成立后,1952年他被评上了一级教授,由供给制改为工资制,他的工资也没有直线上升。正如季承所说,1955年下半年,他和姐姐大学毕业后开始给济南家里寄钱,接济生活,"因为那时父亲虽然已经是大学正教授,但工资也不过100多元"。(实为184.8元——笔者注)

就是在这种情况下,季羡林回国后第一个想到的是年老体弱的陈寅恪先生。1946年10月,他特意到车公庄附近的天主教修道院,买了几瓶外国神甫亲手酿制的栅栏红葡萄酒,来到清华园新西院三十六号公寓去拜访陈寅恪先生。当他把酒递到陈先生手里——那是恩师最喜欢的东西啊,他心中颇感安慰。第二年春天,季羡林又与周一良、王永兴、汪篯等人请陈寅恪先生到中山公园赏花散心。师生们在来今雨轩藤萝深处，一面慢慢地品茗，一面促膝谈心，直感到自己是世界上最幸福的人。陈先生一生爱花，此时双目几近失明，只能看到累累垂垂、紫气弥漫的藤萝花的影子，但心中却感到极大熨帖。

还有一件难忘的事情。1947年冬天北平奇冷，冰天雪地，就连陈寅恪这样的知名学者也无钱买煤取暖，整日蜷缩在冷屋子里。季羡林得知此事后，立刻报告了胡适先生。这位"独为神州惜大儒"的校长又突发善心，决定赠送给陈先生一笔数目可观的美元，以解燃眉之急。但是，陈先生羞于无功受禄，拒不接受，最后决定卖掉自己的藏书来接受赠送。

那天，季羡林用胡适先生的汽车把书拉回北大，陈先生只收了2000美元。等到季羡林仔细将书清点了一遍，方才发现这满满一车书全是佛教和中亚古代语言的外文书，珍贵极了，其中一部《圣彼得堡梵德大词典》的市价就远远超过2000美元。难道陈先生真的想不再搞自己的专业了吗？不，绝不。事实证明，即使他在双目失明的痛苦中，仍然坚持学术研究。新中国成立前夕，国民党要员们动员他去台湾，被他断然拒绝。"无端来做岭南人"，他离开北平南下广州，先在岭南大学任教，1952年岭南大学划归中山大学，他又来到中山大学任教，虽然身患多种疾病，需要医护人员护理才能维持日常生活，但却以顽强的毅力通过口述，由助手记录后又反复口述修改，完成数部学术论著。1963年他又不幸将腿摔断，只能单足站立，但仍然坚持口述80万字的《柳如是别传》。

此时此刻，季羡林完全明白陈先生"卖书"的真实动机和目的——这种视金钱如粪土的狷介秉性难道不值得全社会学习吗？20世纪80年代初，季先生正在翻译印度史诗《罗摩衍那》，笔者在北大东语系图书室见他正在查阅一部厚厚的外文大词典，那不正是陈寅恪先生留下的《圣彼得堡梵德大词典》吗？

沈从文

在清华读书时，季羡林与沈从文先生也是以文会友，二人之间发生的那段逸事令他终生难忘。十多年过去了，1946年冬他们又在红楼相见。沈先生从西南联大复原回到北大，仍然是中文系教授，住在中老胡同，与季羡林的住处相距很近，互相经常来往。有人曾说沈从文是个"土包子",季羡林也认为自己是个"土包子",虽然他是刚刚回国的洋博士。于是,二人在一起或许就有了共同语言。

据季羡林回忆,有一次沈先生请他吃云南有名的汽锅鸡,那锅是沈先生从昆明特意带回来的,"外表看上去像宜兴紫砂,上面雕刻着花卉书法,古色古香,虽系厨房用具,简直可以成为案头清供,与商鼎周彝斗艳争辉"。吃饭时,"要解开一个用麻绳捆得紧紧的什么东西,只需用剪子或小刀轻轻地一剪一割,就能开开。然而从文先生却抢了过去,硬是用牙把麻绳咬断。这一个小小的举动,有点蛮劲儿,有点粗劲儿,有点土劲儿,并不高雅,并不优美,然而它却完全透漏了沈先生的个性。在达官贵人、高等华人眼中,这简直非常可笑,非常可鄙"。季羡林觉得并不奇怪,他所欣赏的正是这样一种劲头儿。

还有一次,他们一起到中山公园游逛,喝茶时季羡林拿起壶来倒茶,沈先生又抢了过去,"先斟出了一杯,又倒入壶中,说只有这样才能把茶叶调得均匀"。季羡林平时也许不太在意这种事儿,但此时品一品沈先生泡制的温润的茶味儿,却有所感悟,"从这一件微不足道的小事上看出沈先生的精神来"。

20世纪三四十年代,沈从文就是很有影响的著名作家。抗战期间,他多次著文主张知识分子要在自己的岗位尽其所能,以体现"一个中国国民身当国家存亡忧患之际所能尽的义务",反诘"作家是满足于际会风云,以'文化人'身份猎取一官半职,还是甘耐寂寞,在沉默努力中为民族抗战切切实实尽自己义务"。这些言论即遭到巴金、郭沫若的尖锐批评,认为他是在重弹20世纪30年代所宣传的"作家应与政治保持一定距离"的老调。抗战胜利后,沈从文又多次著文,一方面继续坚持他的文艺观,强调作家就应该埋头于创作,以实绩来显示文学的伟大;另一方面对正在进行的"内战"大发议论。

1946年冬天,也就是上面提到的季羡林回国与他相会的前前后后,他在《大公报》上发表了《〈文学周刊〉编者言》《从现实学习》等文章,阐述"武力与武器能统治这个国家,却也容易堕落腐烂这个国家民族向上的进取心",主张"把重造民族生机的希望寄予有理性的学有专长的知识分子身上,应超乎国共之上的'第三种'政治势力",并认为"内战"无异于玩火,"历史上玩火者的结果,虽常常是烧死他人时也同时焚毁了自己"。这一系列言论当然有悖于当时的政治气候,引起了左翼作家的严厉批判和清算。其中,最具政治判决意味的是,1948年3月郭沫若在香港出版的《大众文艺丛刊》上发表《斥反动文艺》一文,说"他一直有意识地作为反动派而活动着",是"粉红色文艺"作家代表。一石激起千层浪,其他一些左翼作家也纷纷发表文章,将矛头指向持自由主义文艺思想的代表人物沈从文、朱光潜、萧乾等人。但沈从文仍然想按照自己的观点来应对未来的变局,1948年11月又和朱光潜等教授与学生进行文学座谈,在发言中以红绿灯作比喻,谈论文学与政治的关系,说道:"文学自然受政治的限制,但是否能保留一点批评、修正的权利呢?"

正在此时,沈从文恰好可施"金蝉脱壳"之计,免于杀身之祸。昔日西南联大的同事、国民党青年部长陈雪屏受蒋介石之命,来到被解放军包围的北平抢运知名学者教授,通知沈从文先生做好准备,携家眷一起南飞。同时,北大学生、中共地下党员乐黛云及其他进步学生李瑛、王一平等人也先后登门,劝说他不要去台湾,留下来迎接解放,为新中国的文化教育事业做出贡献。

国民党的覆灭早已在沈从文先生的预料之中。既然他过去不曾依赖于国民党政权,抗战时选他为湖南省参议员,也被他一笑了之,如今就更不心存幻想,毅然决定不去台湾。沈先生后来说过:"用笔了二十多年,根本不和国民党混过,只因习惯为自由处理文字,两年来态度上不积极,作成一些错误,不知不觉便被人推于一个困难环境中,'为国民党利用'的阱坑边缘。如真的和现实政治相混,那就早飞到台湾广州去了。哪会搁到这个孤点上受罪?"

沈从文选择留下来,但他却成为季羡林众多师友中第一个被政治旋涡卷进去的人。1949年1月上旬,正当北平解放前夕,北大的左翼学生发起了对他的面对面的激烈批判,他们贴出全文抄录郭沫若《斥反动文艺》的大字报,挂出"打倒新月派、现代评论派、第三条路线的沈从文"的大标语。1949年2月北平解放后,他的思想压力很大,极度恐慌,老觉得有人在批评他,在监视他,几乎成了一个被迫害狂。结果,1949年3月28日上午,他做出了一个丧失理智的举动,用剃刀割破颈处的血管,并喝下煤油,幸好被及时发现和抢救,才捡回了一条命。后来他被送往精神病院疗养,1949年8月被调往北平历史博物馆工作。从此,他决定搁笔,不再触碰与现实政治联系密切的文学,转而从事远离时代和政治的古代文物研究……

沈从文先生的悲剧是在20世纪40年代后期凸显出来,当时季羡林已经回国,对此他不能不了解。尽管他对沈先生的人格、精神和品质极为赞赏,但也只能将要说的话儿埋在心头。又因为他们的行当毕竟不同,各忙各的事,虽不能说"隔岸观火",却也是无暇顾及。1988年沈从文先生逝世后,季羡林写了《悼念沈从文先生》一文,其中说道:

> 有很多可尊敬的师友,比如我的老师朱光潜先生、董秋芳先生等等,我对他们非常敬佩,但在他们健在时,我很少去拜访。对沈先生也一样,偶尔在什么会上,甚至在公共汽车上相遇,我感到非常亲切,他好像也有同样的感情。他依然是那样温良、淳朴,时代的风风雨雨在他身上,似乎没有留下什么痕迹,说白了就是没留下伤痕。一谈到中国古代科技、艺术等等,他就喜形于色,眉飞色舞,娓娓而谈,如数家珍,天真得像一个大孩子。这更增加了我对他的敬意,我心里曾几次动过念头:去看看这一位可爱的老人吧!然而,我始终没有行动。现在人天相隔,想见面再也不可能了。

听两门课

解放前的北大很少开会,东语系招来的学生只有星星点点几个人。所以季羡林白天上班,与其和秘书苦坐在一起,大眼瞪小眼,还不如去听听课。须知,他不是去听东语系教师的课,检查教学情况,更不想挑人家的毛病,评头论足,以此作为"淘汰"教师的证据。季羡林历来反对这种美其名曰的"评教评学",指出"评学是虚,评教才是实"。据说,20世纪80年代初他曾顶住了外界压力,声明东语系的教师一个也不能动。那么,他又去听什么人的课呢?据公布的资料,1947年他起码听了两个人的课,而且都是以毕恭毕敬、老老实实的态度听课的。

一门课是汤用彤先生的《魏晋玄学》。汤先生早在西南联大时就开设了这门课,并计划出版一部《魏晋玄学》著作,但终因解放前生活极不安定而未能如愿以偿,直到1957年《魏晋玄学讲义》一书才正式出版。季羡林来到红楼正赶上汤先生继续开这门课,课堂就在他的办公室的楼上。这真是天赐良机!季羡林本来对汤先生高山仰止,景行行止,正因为没有成为他的授业弟子而遗憾,这机会又焉能放过!再说,他也正好缺少这方面的知识。魏晋时期玄学成为占统治地位的思想形态,为佛教的发展创造了良好的条件。正如汤先生所说,当时"佛教哲学已被引而与中国玄学相关合","魏晋玄学以老庄为宗",因此"般若谈空,与二篇虚无之旨并行而亦视为得本探源之学"。看来,季羡林虽然对宗教的研究仅限于佛教方面,但认为对魏晋玄学乃至老庄之学也有必要进行探究。他在德国十年都用在学习梵文、巴利文和吐火罗文上,而如今汤先生的这门课,对他来说可谓久旱之后云霓,不可或缺。正如他后来回忆道:

> 我自认是一个上不得台盘的人,有没有架子,我自己不得而知。但是,在锡予先生跟前,宛如小丘之仰望泰岳,架子何从端起!而且听先生讲课,正是我求之不得的。在当时,一位教授听另一位教授讲课,简直是骇人听闻的事。这些事情我都不想,毅然征得了锡予先生的同意,成了他班上的最忠诚的学生之一,一整年没有缺过一次课,而且每堂课都工整地做听课的笔记,巨细不遗。这一大本笔记,我至今尚保存着,只是"只在此室中,书深不知处"了,有朝一日总会重见天日的。这样一来,我就自认为是锡予先生的私淑弟子,了了一个夙愿。

另一门课是周祖谟先生的《音韵学》。上文说过,1947 年季羡林写作了一篇论文《浮屠与佛》,其中,对应汉字"佛"字的本来应该以浊音"b"开头,而不应该以清音"p"开头,但是吐火罗文中的"佛"字却以清音"p"开头。为此,他颇伤了一番脑筋。刚好,那时周祖谟先生正在开《音韵学》课,真是近水楼台,他马上决定去听,以弥补自己在音韵学方面的欠缺。周先生当时还是副教授,一位正教授听副教授的课,简直是"天方夜谭",但季羡林并不管它,而是真心实意地听下去。终于,在周先生的帮助下,他在论文中解决了"佛"字的古音问题。

中印文化交流两件事

季羡林留德十年,所接触的是德国学者,并没有与印度人直接打交道。既然他搞的是"印度学""东方学",又身为北大东语系主任,那么,当时北大与印度之间进行文化学术交流的事情，便自然而然地落在他头上，这里有两件事值得一提。

其一，1946年9月尼赫鲁应英印总督魏菲尔之邀，组织成立临时政府，担任副总理和外交部部长，从此开始重视与中国交换留学生的工作。

1947年8月15日印度宣布独立，尼赫鲁担任总理，即派印度泰戈尔国际大学教授、著名汉学家师觉月先生来中国讲学。于是，师觉月先生便成为北大印度学讲座的第一位客座教授。季羡林主持了这次讲座，胡适校长极为重视，用英文致欢迎词，回顾历史上中印两国的来往和友谊，称赞师觉月先生的学术成就。

师觉月（1898—1956）是印度现代佛学家、中印文化史学家。1923年他赴法国巴黎大学留学，师从S.列维学习汉语，获博士学位。他所著的《印度和中国：文化关系一千年》（四卷），利用印度和中国的大量原始资料，阐述自公元前2世纪以来两国交往的历史，论证佛教传入中国的时间和路线、佛教在中国的发展、中印僧人在文化交流中的贡献，指出汉译佛经对佛教史和印度文明史研究的重要意义，分析印度宗教、哲学、艺术、医学、天文学、数学对中国文化的影响，以及中国文化对印度文化的影响，等等。总之，师觉月的学术成果为印度学者研究中印文化交流拓宽了道路。

师觉月在中国待了一年多时间，1948年11月25日返回印度，在此期间，他与随后派来的印度留学生一起对汉文翻译印度词汇有误之处做了修正，还用英文发表《中古古籍中的印度古名考》论文。季羡林受胡适校长委托，负责这次讲座和师觉月的研究工作。他对师觉月的学术研究给予肯定，但对他的梵汉对音问题却提出中肯的意见。20世纪80年代初，笔者在课堂上听季羡林说：

> 梵文与汉文的对音问题，搞得好很有说服力，搞得不好就像玩积木，拿着字母玩耍，把字母当成积木挪动，前面不行就放到后面，其结果必然是牵强附会，甚至荒诞离奇。

这既是季羡林的经验之谈，也反映出他的严谨治学的精神。

其二，1948年6月北大举办了印度著名诗人泰戈尔画展，胡适校长也委托季羡林负责此事。

泰戈尔（1861—1941）曾于1924年4月来中国访问，到北京之前访问了济南，在省议会发表讲演。那时季羡林才十三岁,却有幸目睹了泰翁的风采——一把长须,神采奕奕,声如洪钟,开头便是"I know……"。其实,泰戈尔的名字在中国人心中并不陌生,20世纪一二十年代,泰戈尔的作品便被陆续介绍到中国来,老一辈作家郑振铎、冰心等人都翻译过他的诗歌,郭沫若、徐志摩、张闻天、王统照等人也深受他的诗歌的影响。20世纪60年代初,季羡林也曾写过关于泰戈尔的三篇文章,但被腰斩了,没有及时得到发表,原因是在极"左"思潮的控制下,"将创造性的个人化的写作劳动纳入教条主义统一规范的政治框框里去"。

在筹备泰戈尔画展期间,季羡林首先想到徐悲鸿先生,请他给予帮助和指导。1939年年底,徐悲鸿应泰戈尔之邀去国际大学讲学,1941年回国。这两位东方艺术大师、赤诚的爱国者,一见如故,遂结成忘年交。徐悲鸿与泰戈尔一起度过了一段美好的时光,为泰戈尔作了十多幅肖像,包括素描、速写、油画等。他还为来国际大学访问的圣雄甘地画了两张素描像。泰戈尔对徐悲鸿的画作非常欣赏,赞之曰"有韵律的线条和色彩"。因此,季羡林久仰徐先生大名,亲自登门拜访,借来了他的名作《泰戈尔》画像,并邀请徐悲鸿、廖静文夫妇前来指导。被邀请光临画展的还有吴作人先生。泰戈尔画展于6月15日如期举行,而且办得很成功。当日,季羡林与胡适校长同各界名流学士欢聚一堂,欣喜无比,并在子民堂前合影留念。

新中国成立前夕,因为胡适校长的秘书不懂外文,北大的外事工作基本上都委托季羡林处理,比如1948年9月底,他还代表胡适校长去机场迎接印度大使。谁知几个月后,胡适也"乘机"离开北平,从此与季羡林天各一方,分道扬镳,"世事两茫茫"了。

亲睹夜幕下的北平

季羡林回国后,经历了第三次国内革命战争从爆发到结束的全过程。他虽然身在北平,囿于一隅,却感受到内战的硝烟越来越浓。当前季羡林在清华读书时,对国民党并无好看法,但对共产党也缺乏了解;八年抗战时他留学德国,对希特勒法西斯也无好看法,但对国内的抗日战争同样缺乏了解。如今时过境迁,正处于国共两党决战的关键时刻,关系到中华民族的命运和前途,季羡林将要身临其境接受锻炼和考验。自从西南联大解散,饱受血与火考验的北大迁回北平,这里又成为国共斗争的重要阵地,季羡林目睹了一桩桩、一件件惊心动魄的事情……

那确是中国历史上最黑暗的年头儿。在举世闻名的古都北京,国民党军队、美国大兵横行霸道,无恶不作。据报载,城内"天坛古柏被砍伐,'弘佑天民'牌楼为军用卡车撞倒,中央公园花木夷为兵操场"。更有甚者,1946年12月24日夜晚,美国兵皮尔逊在东单广场强奸了北大女学生沈崇。消息传出,激起了北平各高校师生的极大愤慨,立即召开群众大会,痛斥美军的暴行,并于12月30日举行了上万人的示威游行,高喊"打倒美帝国主义!""还我中华民族尊严!"等革命口号。

季羡林晚年"口述人生"曾提到这件事情,他说:

> 沈崇事件,你知道,北大、清华的学生,所有大学学生都起来示威,喊"打倒美国帝国主义"。北京那时候,国民党军队的头儿是李宗仁,他是桂系的,与蒋介石合作。"沈崇事件"一出来,学生闹学潮。蒋介石派的是北平宪兵第5团(蒋介石的贴身队伍),去抓了一些学生。后来,胡适就坐他那辆北平仅有的一辆汽车,奔走于李宗仁和其他党政要员之间,(要他们)释放学生,抓学生不行。

季羡林与北大其他教师也积极行动起来,声援学生的正义行动,共有48位教授联名发出《致美国驻华大使司徒雷登书》,提出三项要求。季羡林还与北大、清华、燕京等北平各大学教授许德珩、闻家驷、向达、朱自清、张奚若、赵访熊、雷洁琼、翁独健等纷纷发表讲话或登台演说,抗议谴责美军暴行,强烈要求美军撤出中国。

1947年2月,国共谈判完全破裂,国民党军队由全面进攻转为重点进攻,继续将战争引向解放区;而在国统区,国民政府开始非法逮捕民主人士和进步学生。1947年四五月京沪苏杭16所学校6000余名学生举行"反内战、反饥饿"的示威大游行,在南京珠江口被国民党巡警封锁,当场重伤21人,轻伤97人,逮捕20余人,造成"五二〇血案",激起国统区学生普遍举行"反内战、反迫害"的游行活动,北大学生也走向街头,举行"反内战、反迫害"的游行活动。为了支持学生运动,北大坚决拥护共产党的一些教师,如许德珩、杨汉卿、樊弘等人在民主广场发表演说,大骂蒋介石。

季羡林作为系主任,经常要到孑民堂前东屋里那间狭窄简陋的校长办公室汇报工作,亲眼看到胡适校长对学生运动的态度:他明明知道背后有中共地下党员指挥和发动,但在每次国民党宪兵和警察逮学生时,他总是奔走于国民党各大衙门之间,奔走于北平行党各大衙门之间,奔走于北平行辕主任李宗仁和其他党政要员之间,逼迫当局非释放学生不行。他关心的是学生,而不是什么党员。平时季羡林在他那间简陋的办公室也会碰到学生会的领导人去找他,提出什么要求和意见,这些学生大部分是左派学生,他统统和蔼相待,无所轩轾。

1948 年 8 月,人民解放军即将进入战略决战阶段,国民党反动派正在做垂死挣扎,变本加厉地镇压学生运动及其他一切民主运动,穷凶极恶地逮捕进步学生和民主人士。同时,国民经济也已达到崩溃的边缘,通货更加膨胀,物价更加飞涨,正如季羡林所说,当时通货膨胀已经达到了钞票上每天加一个零还跟不上物价飞速提高的速度。国民党政府为了笼络人心,破坏学生运动,给教师发了配购证,凭证可用较低价格买到"美援面粉"。

著名学者朱自清先生此时身患重病,宁愿饿死也不吃嗟来之食,最终在北平逝世。季羡林得知这个消息,万分悲痛。他向来对朱先生十分崇拜,尤其对他的文风和文采赞不绝口,在清华读书时亲聆他的教诲,出国前还亲自到《荷塘月色》中描写的荷塘边,抒发感慨。此时,季羡林又自然惦记起清华的那些自己崇拜的老师,如陈寅恪、冯友兰、俞平伯、金岳霖诸位先生,赶忙前去看望。

1948 年 11 月 2 日,东北野战军解放沈阳,辽沈战役胜利结束。紧接着,林彪、罗荣桓、聂荣臻指挥的东北野战军和华北军区部队会合一起,发动了平津战役。不到两个月的时间,国民党的主要军事力量基本被消灭殆尽,华北基本解放,全国面临革命胜利的前夜。12 月上旬,解放军对北平形成合围态势,这座古老的城市寒风瑟瑟,满天阴霾,正处在风雨飘摇之中。

12 月 17 日,在隆隆的炮声中,北大迎来了建校五十周年纪念日。据季羡林回忆,北大同人和学生不但不人心惶惶,而且有的非常殷切,有的还有点儿狐疑,都在期望着迎接解放军。实际上,那时北大并没有停课,正在筹备各项校庆活动,季羡林还为校庆撰写了一篇论文《论梵文 ṭḍ 的音译》。在这次校庆活动中,胡适校长的印记尤其明显,无论《水经注》版本的展览,还是介绍图书馆善本书和文科研究所的贡献等,均可见胡适先生的个人趣味。可是万万没有想到,就在 12 月 17 日北大校庆的前两天,亦即 12 月 15 日,胡适先生乘机离开北平到南京去了。

原来,以蒋介石为首的国民党政府在其行将灭亡之际,制订了一套"双抢"计划:一是抢黄金和文物,把国库中的数百万两黄金以及五千余箱文物运往台湾;二是抢人才,把能动员走的有影响的高级知识分子送往台湾。这后一项计划由蒋介石本人在南京直接策划指挥,陈雪屏、蒋经国、傅斯年三人小组具体负责实施。12 月 13 日,蒋介石特派青年部长陈雪屏飞抵北平去劝胡适先生:"北平的城防一天天地接近,不如早点离开!"但胡适先生显得十分镇静,仍无马上离开之意。陈雪屏随即飞回南京复命,蒋介石并不罢休,遂于 14 日再次派专机飞赴北平,强行接人。当时的形势确实是一天比一天紧张,正如季羡林所说:"外面的机场去不了了,在东单(现在看不出来了,原来有一块空地),飞机在那里可以勉强起飞。"

胡适先生并未看清蒋介石的真正面目,决定要跟国民党走下去,他以为这是最后一次机会了,于是打电话约辅仁大学校长陈垣一起走,但被拒绝。胡适先生与陈垣先生为多年旧友,他们之间在学术上曾有许多交往,胡适离开北京前几天,还写信和陈先生讨论学问。陈先生拒绝后,胡适又去约清华的陈寅恪先生,陈先生表示同意,因为他虽然历来对蒋介石国民党无好看法,此时对国民党政权更不抱任何希望,但在北方生活不习惯,想到南方去,才与胡适先生一起去了南京,最后又转道上海去了广州,在岭南大学和中山大学任教。12 月 14 日夜晚,胡适先生又给北大文学院院长汤用彤和秘书长郑天挺留下便笺,写道:"今早及今午连接政府几个电报要我即南去。我就毫无准备地走了。一切的事,只好拜你们几位同事维持。我虽在远,决不忘掉北大。"15 日下午,胡适夫妇与陈寅恪、毛子水、英千里、钱思亮等人,在傅作义的卫队护送下,从南苑机场(季羡林说是从东单那个临时机场——笔者注)登机起飞。

胡适先生到南京后又派来一架飞机,点名要接走几位老朋友,如汤用彤、冯友兰、朱光潜、沈从文等人。但当飞机返回南京,他亲临机场迎接时,打开舱门他不禁大失所望,满怀希望要见的老友,除一两位以外,绝大多数都没有来。他甚至痛苦不已,大哭一场。

12 月 16 日,国民党政府教育部长朱家骅在总统府设宴欢迎回来的胡适等人;次日胡适先生在南京出席北大同学会举办的"北大五十周年校庆大会",他在致辞中说:"我是一个弃职的不名誉之逃兵,实在没有面子再在这里说话。"

1949年1月8日,即将下野的蒋介石请胡适共进晚餐,劝他去美国,意欲让他做大使,但被他拒绝,他只表示愿意去做民间外交,争取美国人支持。3月22日胡适先生到台湾,4月27日抵纽约。他的民间外交很快宣告失败,从此在美漂泊九年,于1960年10月23日返回台湾,直到1962年2月猝死于"中央研究院"院长任上。

20世纪50年代,就在胡适先生遭到大陆学术界批判的时候,他对北大的感情丝毫未减。1957年春胃溃疡大手术后,他在纽约立下遗嘱,其中第二条是:"确信中国北平北京大学有恢复学术自由的一天,我将我在一九四八年十二月不得已离开北平时所留下请该大学图书馆保管的一百零二箱内全部我的书籍和文件交付并遗赠给该大学。"

再说季羡林,当时大概是不够格被接走的,他资历尚浅,初出茅庐,才三十七岁。退一步讲,即使他够格就能走吗?也许,他如果向胡适先生表达要走的愿望,也能一锤定音,必走无疑。还记得,两年前当他回国路过南京时,国民党政府教育部长朱家骅不是有意将他留在南京吗?然而,此时季羡林是绝不会走的,因为他有自己的理智、人格和正义感,抑或有爱国心、民族情。

胡适先生走后的第五天,亦即12月20日,季羡林应邀参加董必武、叶剑英在北京饭店招待北平各界民主人士的集会。群贤毕至,高朋满座,季羡林自然想起胡适先生。如今一别,要说他不动之以情,麻木不仁,那又岂能当真?是呀,就在胡适离开北平的那一刻,季羡林还借用南唐李后主的词"最是仓皇辞庙日,教坊犹奏别离歌,垂泪对宫娥"来抒发自己的感情。

季羡林虽然与胡适先生仅仅相处三年,但在晚近去世的一代学人中,他是对胡适先生颇有亲身感受的一位,胡适先生那朋友似的微笑永远留在他心中。正如他对汤用彤先生一样,虽然不敢谬托自己是胡适先生的知己,却始终把胡适先生看作自己的知己。他与胡适先生学术辈分不同,社会地位悬殊,但由于工作的关系,却成了校长办公室里的常客。他从来没有见到胡适先生摆当时颇为流行的名人架子、教授架子。在北大教授会上,在文科研究所的导师会上,在北京图书馆的评议会上,他与胡适先生经常面对面地发表个人的观点和看法,从来没有局促之感,与胡适先生谈话如坐春风中……

北平围城后,有一天,季羡林正在胡适先生办公室汇报工作,有人忽然走进来告诉胡适先生,解放区的广播电台昨夜有专门给他的一段广播,劝他不要跟蒋介石集团逃跑,北平解放后让他继续当北大校长兼北京图书馆馆长。胡适先生听后笑了笑说:"人家信任我吗?"

实际上,对于胡适先生等人的南飞,共产党早有意料,不仅通过电台进行宣传,而且还通过北平地下党做工作。时为北大哲学系研究生的中共地下党员汪子嵩便承担了这项任务,季羡林提到的那个人可能就是汪子嵩。与胡适先生交情甚笃的吴晗也曾两次派人登门劝其留下,转达毛泽东的意见:"只要胡适不走,可以让他做北京图书馆馆长。"

然而,胡适先生毕竟走了。在他离开北大前,委托汤用彤和郑天挺两位先生主持北大校务。北大教授会马上召开了校务会议,决定成立校务委员会,管理学校各项工作。汤用彤当选为校务委员会主席,代行校长职权,领导北大度过新旧政权交替的特殊时期。

1948年12月17北大五十周年校庆过去不久,中国人民解放军即进入西郊罗道村,北大农学院率先进入新时代,而后清华大学也被解放。消息传来,沙滩红楼沸腾了,广大师生正准备迎接黎明的曙光。

1949年1月,东北野战军和华北军区主力联合攻克天津后,便开始围攻北平。国民党将领傅作义做出和平起义的决定,命令部队撤到郊外,接受改编。1月31日,北平和平解放,季羡林眼前呈现出万象更新的情景,他踌躇满志,信心十足,又整装待发,准备踏上新的征程……

至此,季羡林的青少年时代过去了。在此夯实事业基石的求学生涯中,在国内外错综复杂的社会历史背景下,在异常艰苦的环境和条件下,他能与时俱进,发愤图强,孜孜以求,终于由一个少无大志的顽童,逐渐成长为融通古今、学贯中西、兼备华梵的著名学者。

新中国成立后,为了祖国的富强和文化教育事业的发展,季羡林同样以赤子之心,鞠躬尽瘁,死而后已,奋斗到生命的最后一息,做出了巨大的贡献。